Lynda
Neillet
Juin 2015

JUSQU'À CE QUE
LA MORT NOUS SÉPARE

La Vengeance aux yeux noirs, L'Archipel, 2004.

Tu ne m'échapperas pas, L'Archipel, 2003.

La Fille cachée, L'Archipel, 2001.

LISA GARDNER

JUSQU'À CE QUE
LA MORT NOUS SÉPARE

traduit de l'américain
par Sophie Dalle

ARCHIPOCHE

Ce livre a été publié sous le titre
The perfect husband
par Bantam Books, New York, 1998.

www.archipoche.com

Si vous désirez recevoir notre catalogue
et être tenu au courant de nos publications,
envoyez vos nom et adresse, en citant ce livre,
aux Éditions Archipoche,
34, rue des Bourdonnais, 75001 Paris.
Et, pour le Canada,
à Édipresse Inc., 945, avenue Beaumont,
Montréal, Québec, H3N 1W3.

ISBN 978-2-35287-296-2

Prologue

Dès qu'il la vit, il sut que c'était elle. Il regarda ses pompons rouge et blanc s'agiter dans les airs. Il admira ses longs cheveux dorés ondulant dans le ciel bleu. Son sourire éclatant le frappa, tandis qu'elle y allait de ses slogans et dansait avec les autres *pom-pom girls* sur la pelouse fraîchement tondue du terrain de football.

Il connaissait tout d'elle. Il savait que ses parents jouissaient d'une grande considération à Williamstown, fait rare pour des non-intellectuels dans cette enclave universitaire. Il savait que sa famille était d'origine allemande. Quatre générations de blonds au teint clair avaient dirigé l'épicerie Matthews, sans jamais s'éloigner de plus de cent mètres de leur lieu de naissance. Les Matthews avaient une forte propension à s'éteindre paisiblement dans leur sommeil. Seul l'arrière-grand-père de Teresa était mort asphyxié en voulant aider son voisin à libérer des chevaux d'une écurie en flammes.

Il savait que, chaque après-midi, une fois l'entraînement terminé, Teresa se précipitait chez elle pour aider ses parents à la boutique. Elle rangeait sur les étroites étagères des bouteilles d'huile d'olive importée, des bocaux de pâtes au basilic et de bonbons au sirop d'érable. Fin septembre, début octobre, quand Williamstown subissait l'assaut des touristes s'extasiant sur les ors et les pourpres de la forêt, Teresa avait le droit de découper des tranches de fromage du Vermont pour les visiteurs. Une fois la saison passée, elle se retrouvait au ménage, à épousseter les rayonnages recouverts de papier à carreaux bleus, à balayer le plancher centenaire et à cirer les tables en pin. Elle accomplissait ces tâches depuis l'âge de douze ans et il avait maintes fois entendu son père proclamer qu'elle n'était pas assez intelligente pour faire autre chose.

Teresa ne protestait jamais. Elle nouait son tablier, baissait le nez et se mettait au travail.

Au lycée de Mont Greylock, elle était appréciée, ouverte sans être exubérante, jolie mais modeste. Alors que, le vendredi et le samedi, les autres adolescentes de dix-sept ans succombaient aux charmes des joueurs de l'équipe de football ou se laissaient tenter par la bière de mauvaise qualité, Teresa rentrait sagement chez elle à vingt-deux heures.

Elle était d'une ponctualité exemplaire, lui avait expliqué sa mère. Elle achevait ses devoirs en temps et en heure, allait à la messe régulièrement, exécutait sans rechigner toutes les corvées domestiques. Elle ne traînait jamais en compagnie de drogués ou de délinquants ; elle ne s'écartait pas du droit chemin.

Mme Matthews avait dû être aussi belle que sa fille, mais les années l'avaient usée. Aujourd'hui, elle n'était plus qu'une femme fatiguée, aux yeux d'un bleu éteint, à la chevelure blondasse et au corps fourbu. Elle portait ses cheveux tirés en arrière et faisait le signe de croix toutes les deux minutes, son rosaire cliquetant entre ses doigts. Il connaissait ce genre de femmes. Toujours à prier Dieu de les délivrer d'un mal quelconque. Soulagées de ne plus avoir à accomplir le devoir conjugal. Le vendredi soir, lorsque, après avoir descendu sa bouteille de whisky,

M. Matthews se mettait à les battre, elle et sa fille, elle se disait qu'elles le méritaient bien, puisque Ève avait donné la pomme à Adam et que, depuis, les femmes en subissaient les conséquences.

À cinquante ans, M. Matthews était tel qu'il s'y était attendu : cheveux gris taillés en brosse encadrant un visage sévère. Silhouette encore svelte, bras musclés à force de soulever des sacs de farine et des cartons remplis de conserves. Il déambulait dans le minuscule magasin tel un empereur en son royaume et, lorsqu'il parlait, sa femme comme sa fille se précipitaient pour lui obéir. Alors que les autres s'affairaient, il aimait se pencher sur le comptoir pour plaisanter avec les clients, commenter la chute du prix du lait ou se répandre sur les difficultés de diriger une petite entreprise. Il cachait un pistolet chargé sous son lit et un fusil à l'arrière de sa camionnette. Une fois par an, il partait tuer un daim, comme il en avait le droit, puis, selon la rumeur, un second, en fraude, juste pour se prouver qu'il en était capable.

Il ne serait venu à l'idée de personne de lui dire comment mener sa vie, son affaire ou sa famille. C'était un pauvre type borné et stupide.

Jim avait passé deux après-midi seulement dans la boutique à inspecter père, mère et fille. Il disposait de tout ce qu'il voulait savoir. Les parents n'atteindraient jamais un niveau social élevé, mais ils ne souffraient ni de défauts génétiques ni de tics faciaux. Quant à leur fille, adorable, soumise et ravissante, elle était parfaite.

Jim ouvrit la portière de sa voiture et mit pied à terre. Il était prêt.

Le ciel printanier était d'un bleu limpide. Devant lui, les montagnes du Berkshire encadraient de verdure le lycée de Mont Greylock. À ses pieds, la vallée s'étirait en un patchwork infini de champs et de prés parsemés de granges rouges et de vaches blanches et noires. Il inspira une bouffée d'air aux senteurs de pin et d'herbe coupée. Il écouta le slogan des *pom-pom girls*: « Va, cours, gagne! Va, cours, gagne! » Il regarda Teresa sautiller sur ses jambes longues et fines.

Il esquissa un sourire et s'avança. Au moment où elle exécutait le grand écart, il capta son regard. Instinctivement, elle lui répondit par un sourire.

Il ôta ses lunettes de soleil et elle écarquilla les yeux. Son sourire s'élargit et elle rougit avant de se détourner. Ses camarades les regardaient à tour de rôle sans cacher leur envie. Quelques-unes esquissèrent une moue charmeuse et une jolie rousse bomba la poitrine dans l'espoir d'attirer son attention.

Son regard resta rivé sur Teresa. C'était elle.

Il se déplaça légèrement et un rayon de soleil frappa son badge argenté. À trente mètres de là, derrière la barrière, Teresa aperçut l'insigne. Il la vit aussitôt tressaillir, mal à l'aise. Puis elle scruta son visage, l'air intrigué.

Il sut tout de suite qu'il l'avait conquise. Il enregistra l'instant précis où l'incertitude disparut, laissant place à un léger espoir.

Il en éprouva un incroyable sentiment de puissance.

Il réentendit la voix de son père, grave et rassurante comme aux premiers temps, avant que tout ne tourne mal. Il pensa à cette parabole qu'il lui avait souvent racontée : « Il était une fois une tortue et un scorpion, au bord d'une rivière. Le scorpion demande à la tortue de le transporter sur l'autre rive. Elle accepte, à condition qu'il promette de ne pas la piquer. Le scorpion donne sa parole et grimpe sur sa carapace. Mais la tortue, ainsi chargée, a bien du mal à nager contre le courant et se fatigue. Bientôt, le scorpion lui paraît un fardeau insupportable. Cependant, elle refuse de le chasser. Enfin, le rivage apparaît. À ce moment, le scorpion la pique. La tortue se retourne, stupéfaite, et sent aussitôt ses pattes devenir de plomb. Tous deux commencent à se noyer. À la dernière minute, la pauvre tortue s'écrie : "Pourquoi ? Tu nous as tués tous les deux !" Et le scorpion lui répond simplement : "Parce que c'est ma nature." »

Jim aimait beaucoup cette histoire. Il la comprenait. C'était sa nature, à lui aussi. Il s'était toujours senti plus fort que les autres, plus intelligent, plus rapide, maître de lui.

Ce qu'il voulait, il l'obtenait.

Il adressa un sourire à la ravissante Teresa Matthews. Il s'arrangea pour qu'elle remarque son badge de la police du comté de Berkshire, pour lequel il s'était donné tant de mal. Il caressa avec tendresse la matraque accrochée à sa ceinture.

Regarde-moi, Teresa. Regarde ton futur mari.

Au début, tout avait paru très simple.

Au début...

1

Cinq ans plus tard

Il était ivre.

Dehors, le soleil blanc du désert étincelait très haut dans le ciel, desséchant les montagnes, et les cactus semblaient surfer sur des vagues de chaleur. Les habitants de Nogales étaient tous réfugiés dans la pénombre de pièces aux volets clos, se passant des glaçons dans le cou et sur la poitrine en pestant contre Dieu, qui avait l'audace de prolonger en septembre leur calvaire du mois d'août.

Il ne remarqua rien de tout cela.

Au milieu de l'oasis fraîche et verdoyante de sa demeure, J. T. Dillon gisait sur le dos, sa main droite serrant un cadre en argent d'où lui souriaient une ravissante jeune femme et un petit garçon. De sa main gauche, il tenait une bouteille de tequila vide.

Au-dessus de lui, un ventilateur brassait l'air conditionné du salon. Le tapis navajo sur lequel il était étendu absorbait sa transpiration. Le décor était simple et élégant : meubles de rotin et plantes vertes.

Ces détails, il ne les voyait plus. Pour tout marine digne de ce nom, se soûler était un art et J. T. se considérait comme un maître en la matière. La première lampée arrachait la gorge. La deuxième faisait passer le goût de la première. Une demi-bouteille plus tard, on ne sentait plus rien.

À la fin de la première journée, J. T. avait commencé à divaguer. Le ventilateur tournant au-dessus de sa tête s'était métamorphosé en une sorte d'oiseau préhistorique, le canapé en tigre guettant sa proie. Quant au marine le plus endurci du monde, il était victime d'une crise de fou rire. Lorsqu'il avait fermé les yeux, tout s'était mis à tournoyer dangereusement, aussi avait-il passé la nuit à maintenir ses paupières ouvertes du bout des doigts et à fixer le plafond, heure après heure.

À présent, à son quatrième jour de tequila pure, il frisait le delirium. Au bord de la piscine, il s'était rendu compte tout à coup qu'il ne sentait plus son nez. Il avait essayé de le tâter avec l'index. En vain. Volatilisé, son nez! Une heure plus tard, ses joues avaient disparu à leur tour. Et voilà qu'il perdait ses lèvres. Impossible de les entrouvrir. Il n'avait plus de bouche.

Pas facile de boire dans ces conditions. Or, il lui restait vingt-quatre heures à tenir.

Il roula lentement sur le côté, découvrit qu'il avait encore des bras et quelques restes de cerveau. Il ferma les yeux de toutes ses forces et une multitude d'images se bousculèrent dans sa tête. Autrefois, il avait été champion de natation et de tir au fusil. Il se remémora l'odeur du chlore, le poids de l'arme sur son épaule. Avant qu'on le remercie, il avait été un marine « très doué, au potentiel énorme ».

Après les marines, il était devenu mercenaire, accomplissant des missions dont il ne parlait jamais à quiconque, car alors il aurait été obligé de le tuer. La vision suivante fut plus vacillante, plus douloureuse. Il était de retour aux États-Unis. Rachel se tenait à ses côtés. Il était son mari.

Son regard se posa sur le petit garçon qui lui serrait la main. Il était papa.

À présent, un ivrogne.

Freddie, le valet de chambre, surgit, prit le portrait dans le cadre d'argent et le remplaça par un Margarita glacé. J. T. s'accrocha au verre moite en regardant Freddie tirer la tapisserie indienne, ouvrir le coffre et y ranger le cadre, qui resterait là jusqu'au mois de septembre suivant.

Il perdit connaissance.

Lorsqu'il se réveilla, il gisait dans une mare de sueur. Il avait mal au dos. Mal à l'épaule, aussi. La longue cicatrice sur son torse le brûlait.

Il perçut une sorte de ronronnement étouffé et réussit à fixer le bout de ses pieds.

— Va-t'en, Glups! parvint-il à chuchoter entre ses lèvres desséchées.

L'iguane long de deux mètres ne bougea pas. Il continua de dormir paisiblement sous le rayon de soleil qui s'était glissé entre deux lattes du store vénitien. J. T. aimait bien Glups.

Freddie reparut.

— Un peu d'eau, Monsieur?

— Quel jour sommes-nous?

— Le treize, Monsieur.

— Donne-moi un autre Margarita.

Au loin, la sonnerie du téléphone retentit. J. T. grogna et, comme le son avait l'audace de se répéter, il rampa péniblement jusqu'au patio pour y échapper.

Le soleil l'assaillit aussitôt. Il se leva en chancelant, plissa les paupières. Une chaleur sèche, lui avait-on dit lorsqu'il était arrivé en Arizona. Oui, bien sûr, il fait chaud, mais c'est une chaleur sèche. Tu parles! Quarante degrés à l'ombre, c'est quarante degrés à l'ombre. Il fallait être cinglé pour vivre dans un endroit pareil.

Il avait passé assez de temps dans la jungle à feindre de ne pas remarquer la vapeur s'échappant de son corps. Il avait appris à ignorer ses propres odeurs. La jungle, encore un souvenir qui ne le lâchait plus.

De temps en temps, il se rappelait les plantations de Virginie et son père, assis en bout de table, en uniforme de béret vert, le pantalon blousant au-dessus des rangers noires et brillantes, la chemise sans le moindre faux pli, les médailles alignées sur le torse.

Alors, J. T. se mettait à rire. S'il avait retenu une quel-conque leçon de son père, c'était bien celle-là : les femmes pleurent, les hommes rient. Les pleurnicheurs geignent. Les hommes rient. Les poules mouillées se plaignent. Les hommes rient.

Lorsque Marion l'avait appelé pour lui annoncer que le colonel était en train de mourir d'un cancer de la pros-tate, J. T. avait ri aux larmes et lâché le combiné.

Le téléphone continuait de sonner au loin. Le bruit était insupportable.

Il s'agenouilla et s'avança à quatre pattes jusqu'au bord de la piscine. Son reflet le surprit. Une vraie tête de cadavre, avec des cheveux, une moustache et des yeux noirs.

Freddie émergea de la maison.

— Téléphone pour vous, Monsieur.

— Nous sommes toujours le treize ?

— Oui, Monsieur.

— Dis que je ne suis pas là.

— C'est Vincent, Monsieur. Il a déjà appelé à quatre reprises. Il affirme que c'est très important.

J. T. trempa les doigts dans l'eau. Il avait rêvé pendant des années d'une piscine comme celle-ci. Aujourd'hui, il l'avait. Il la détestait presque.

— Monsieur ?

— Vincent croit toujours que c'est très important.

— Il refuse de raccrocher, Monsieur, répliqua Freddie en posant l'appareil sur le sol du patio.

J. T. se mit sur le dos. Ni Freddie ni le téléphone ne semblaient décidés à le laisser tranquille.

À contrecœur, il s'empara du combiné.

— Vincent, je suis à la retraite.

— Pas possible, mon vieux ! J'ai une affaire pour toi, Dillon. Tout à fait dans tes cordes.

— Nous sommes le treize.

— Et alors ?

— Et alors, je ne prends aucun appel avant le quatorze, les tiens encore moins que les autres. Je suis à la retraite.

— Attends au moins de connaître le montant…

— Je n'ai pas besoin d'argent.

— Tout le monde a besoin d'argent.

— Pas moi. C'est fini. Salut !

— Hé là ! Une seconde ! Écoute-moi jusqu'au bout, au moins. Figure-toi que j'ai rencontré une jeune femme. Elle est vraiment épatante…

— Au lit, tu veux dire ?

— Mais non, je…

— Elle est blonde, je suppose. Tu as toujours eu un faible pour les blondes.

— J. T., tu m'agaces. Je ne t'aurais pas dérangé pour rien. Je sais bien que tu ne travailles plus. Mais cette femme a besoin d'aide. C'est grave.

— Ça m'est égal ! aboya J. T. en raccrochant.

Freddie était toujours là. Une goutte de sueur descendait le long de sa lèvre supérieure. J. T. secoua la tête.

— Qu'est-ce qui t'inquiète ? gronda-t-il. Tu as eu peur que j'accepte ? Que j'abandonne tout ça pour une poussée d'adrénaline de trente secondes ? Freddie, je croyais que tu me connaissais mieux que ça.

— Je vous rapporte un Margarita, Monsieur.

— Excellent, Freddie. Nous nous comprenons, toi et moi.

J. T. laissa retomber sa tête sur le sol frais de la terrasse. Freddie revint muni d'un grand verre qu'il posa près de son employeur.

— Freddie ?

— Oui, Monsieur ?

— Laisse passer encore un coup de fil et je te renvoie.

— Bien, Monsieur.

— Même si c'est le colonel, Freddie. Compris ?

— Parfaitement, Monsieur.

— Tant mieux.

Freddie pivota sur ses talons et disparut. J. T. fixa son attention sur l'eau de la piscine. Il était cuit. Chaque année, il s'enfonçait un peu plus.

Il n'avait pas envie de penser à ça. Il plongea tout habillé. Se laissa couler, sans se débattre. Il n'avait jamais eu peur de l'eau. Marion avait toujours été l'experte en équitation, lui était imbattable en natation.

Ses pieds touchèrent le fond. Il ouvrit les yeux et contempla son royaume.

Un chatouillement le prit à la gorge, le besoin instinctif de respirer. Il ne le combattit pas non plus. Il l'accepta. Besoin, panique – sous l'eau, il était prêt à accepter n'importe quoi. Sous l'eau, le monde avait enfin un sens.

Il laissa s'écouler quelques secondes, jusqu'au moment où il sentit qu'il allait étouffer. *Ne lutte pas, vas-y doucement.* Il passa le stade des deux minutes. À une époque, il pouvait tenir quatre minutes ; plus aujourd'hui.

Deux minutes, quarante-cinq secondes. C'était la limite. Il remonta à la surface et émergea en aspirant de grandes bouffées d'oxygène. Des tam-tams résonnaient dans sa tête.

Au bout d'une minute, il se mit à nager. À l'extérieur, l'air était sec, les grillons commençaient à chanter et le ciel se striait de rouge.

— Vous êtes vivant?

— Hein?

J. T. leva la tête. Il s'était évanoui, face contre le sol, dans le patio. Ses vêtements étaient encore trempés.

— Monsieur Dillon? Monsieur J. T. Dillon?

Il plissa les paupières. Ses pupilles refusaient obstinément de coopérer. Tout lui paraissait rouge, sombre et moche. Un être humain se dessina devant lui. Une femme. Elle avait les cheveux noirs, horriblement mal coupés. On aurait dit qu'elle portait une perruque coiffée à la manière d'Elvis. Il reposa son front par terre.

— Ça va?

— Le sujet mérite d'être débattu, marmonna-t-il. Écoutez, miss, je n'achète ni Tupperware, ni gâteaux préparés par les scouts. En revanche, si vous me proposez de la tequila, j'en prendrai deux caisses.

— Je ne suis pas représentante de commerce.

— Tant pis pour vous.

— Monsieur Dillon…

— Allez-vous-en.

— Je ne peux pas.

— Mettez-vous debout, tournez à cent quatre-vingts degrés et marchez.

— Monsieur Dillon, je vous en supplie, je vous demande juste de m'écouter.

Il finit par poser sur elle un regard embrumé. Elle était perchée sur le rebord d'une chaise longue, l'air d'un oisillon effarouché. Jeune. Une coiffure franchement abominable. Quant à la teinture, une véritable catastrophe.

Elle s'efforçait de paraître décontractée, mais ses genoux tremblaient. Il poussa un grognement.

— Vous n'avez rien à faire ici, miss.

— Je... Le... Je...

Elle se leva, rejeta les épaules en arrière. Son visage exprimait une grande résolution, mais le reste de sa personne trahissait sa nervosité. Son tailleur blanc était froissé et trop grand. Elle semblait avoir perdu beaucoup de poids, ces derniers temps, et les cernes sous ses yeux trahissaient des nuits difficiles.

— Monsieur Dillon...

— Freddie! Freddie!

— Il est sorti, répondit la jeune femme au bout d'un moment avant de se mettre à ronger avec application l'ongle de son pouce droit.

— Sorti?

J. T. secoua la tête, passa une main dans ses cheveux et se concentra de nouveau sur l'importune.

Elle s'était levée et se tenait à une distance prudente. Il éprouva une vague sensation de déjà vu, mais l'intuition fut éphémère et il n'eut pas le courage de s'y attarder.

— Votre ami est parti, expliqua-t-elle. Je l'ai vu monter dans une voiture et s'en aller.

— Hmmm.

J. T. s'assit. Tout tournoya autour de lui avant de se stabiliser. Étant donné ce qu'il avait ingurgité depuis quatre jours, sa vision lui paraissait anormalement bonne. Combien de temps était-il resté évanoui? Il retrouvait beaucoup trop vite ses facultés.

Il arracha son T-shirt puis entreprit de retirer son jean.

— J'ai besoin de vos services, dit la jeune femme d'une voix légèrement tremblante.

Il acheva de se déshabiller.

— Ah! Je me sens déjà mieux.

— Je... Je ne suis pas sûre que ce soit convenable, balbutia-t-elle.

J. T. se tourna vers elle, les mains sur les hanches. Nu comme un ver, il la regarda droit dans les yeux en se demandant comment elle n'avait pas eu l'intelligence de disparaître pendant qu'il en était encore temps.

— Vous n'êtes pas ici dans un couvent mais chez moi, et le patron, c'est moi. À présent, sortez, sinon...

— C'est Vincent qui m'envoie, chuchota-t-elle.

— Cet imbécile, grogna J. T. Je vais devoir le supprimer de ma liste des vœux de Noël... Je compte jusqu'à cinq, reprit-il en avalant d'un trait la seconde moitié de son cocktail. Si vous n'êtes pas partie avant que j'aie terminé, priez pour que le ciel vous vienne en aide.

— Vous pourriez au moins m'écouter!

— Un!

— Je suis prête à vous payer cent mille dollars.

— Deux!

— Vincent ne m'avait pas dit qu'en plus d'être ivrogne, vous étiez arrogant!

— Trois!

— J'ai besoin de l'aide d'un professionnel.

Il se tourna vers elle, bras croisés.

— Quatre!

Elle devint écarlate. La frustration parcourut tout son corps, elle avança le menton, les yeux brillants. L'espace d'un éclair, elle devint presque jolie.

— Je ne m'en irai pas! hurla-t-elle. Il faudra me jeter dehors de force. Je n'ai nulle part où aller. Si vous pouviez cesser de vous lamenter sur votre triste sort le temps de m'écou...

— Cinq!

— Je ne partirai pas. Je ne peux pas.

— Comme vous voudrez.

J. T. haussa les épaules, posa son verre vide sur la table. Puis, il s'avança vers elle.

2

La sueur perlait sur sa lèvre supérieure. Dans ses yeux passa une lueur inquiétante. Elle regarda d'un côté, puis de l'autre, avant de plonger la main dans son sac.

J. T. bondit, se jetant sur elle de tout son poids. Ils tombèrent lourdement et le contenu du sac se répandit par terre. Un petit pistolet argenté glissa sur le sol du patio. La jeune femme se cabra, tenta de le griffer.

Il l'empoigna violemment et s'allongea sur elle pour la maîtriser, tout en tentant de protéger les parties les plus sensibles de son anatomie des coups de pied qu'elle lui envoyait. Elle le saisit par les cheveux et tira.

— Merde !

Il se libéra d'un coup de tête et plaqua son bras au sol. Elle grimaça mais le dévisagea sans ciller, ses prunelles lançant des éclairs. Il était plus grand qu'elle, plus fort et nettement plus brutal. Lutter ne servirait à rien.

Pendant un moment, ils restèrent ainsi, leurs poitrines se soulevant à un rythme irrégulier. Elle tenta une dernière fois de se libérer.

— Allez, railla-t-il méchamment. Recommencez un peu, pour voir ! Vous croyez que je vais changer d'avis tout d'un coup et vous relâcher ? Écoutez-moi bien, trésor.

Vincent ne vous a pas rendu service en vous donnant mes coordonnées. Je suis aussi mauvais que j'en ai l'air.

— J'ai de l'argent, souffla-t-elle.

— Et alors?

— Cent mille dollars.

— Mais mon ange, c'est bien trop peu pour moi!

— C'est curieux, je ne vous imaginais pas comme un type vénal.

Il haussa un sourcil, surpris par cette pique inattendue. Elle ne se débattait plus. Il l'examina avec attention. Elle était dans un état pitoyable. La blancheur de sa nuque montrait que la coupe de cheveux était récente. Les racines de sa chevelure d'un noir terne paraissaient blondes. Ses ongles étaient rongés jusqu'à la peau. Elle était blême, sans doute anémique.

— Vous ne pensez pas que vous avez assez de soucis comme ça, sans venir me provoquer?

— C'est probable, répliqua-t-elle avec humour, mais il faut bien que je commence quelque part.

Elle lança brusquement son pied. Il esquiva le coup juste à temps et souriait de satisfaction lorsqu'elle planta les dents dans son avant-bras.

Il pâlit. Une douleur fulgurante le transperça. Il essaya de se dégager, mais elle résista. Une rage aveugle monta en lui. Le besoin de riposter. De rendre le mal qu'on lui infligeait. L'écho des tam-tams résonna dans sa mémoire et il se rappela le claquement des bottes de son père sur le parquet. Il resserra son étreinte. La jeune femme gémit.

— Merde! aboya-t-il de nouveau en dégageant son bras.

La vue des gouttes de sang accentua sa colère. Les poings crispés, il se leva. *Contrôle-toi. Contrôle-toi.* Il ne supportait pas les hommes qui s'en prenaient aux femmes. Il les haïssait. *Contrôle-toi. Contrôle-toi.*

Le Walther 22 semi-automatique argenté se trouvait à un mètre devant lui. Il le balança d'un coup de pied dans la piscine. Cela ne suffit pas à le calmer.

— Pour qui vous prenez-vous? rugit-il.

Elle était toujours allongée par terre, sa jupe remontée jusqu'à mi-cuisses révélant de longues jambes trop maigres. Elle tenait son poignet contre sa poitrine. Elle souffrait visiblement, mais ne disait rien.

Il poussa un juron, se demanda s'il n'allait pas se jeter à son tour dans le bassin. Il avait soif.

— On ne vise jamais un marine! gronda-t-il. Il faut être cinglé pour pointer une arme sur un professionnel.

— Vous alliez me sauter dessus, se défendit-elle dans un chuchotement.

Il remarqua l'empreinte rouge de sa main sur sa peau trop blanche. Il eut honte.

— J'allais seulement vous mettre dehors.

Elle ne répondit pas.

Il pointa le doigt dans sa direction.

— Vous êtes ici chez moi. On n'entre pas chez les gens comme ça, sans y être invité, sans… sans…

— Sans être entraîné? proposa-t-elle.

— Parfaitement!

Elle ne discuta pas. Elle se releva en vacillant, puis défroissa sa jupe en serrant sa veste contre elle, comme pour se protéger.

— Je sais que ma présence vous importune. Vincent a essayé de vous joindre, vous n'étiez jamais là. Je… Je ne pouvais pas attendre davantage. J'ai obtenu votre adresse et… et je suis venue… Je veux que vous m'entraîniez, ajouta-t-elle soudain. C'est tout ce que je vous demande. Un mois de votre temps. Je vous donnerai cent mille dollars en échange de tout ce que vous savez.

— Qu'est-ce que c'est que cette histoire?

— Un mois, pas plus. Vous n'aurez pas à quitter la villa, vous n'aurez qu'à m'expliquer ce que je dois faire. Je suis plus forte que j'en ai l'air. J'apprends vite. Je ne me plains jamais.

— Mais enfin, *qui* êtes-vous?

Elle hésita.

— Te… euh… Angela.

— Te-euh-Angela? Mouais. Et pourquoi une charmante créature comme vous veut-elle s'entraîner?

— Je… On me poursuit.

— Bien sûr. Qui?

— Qui, quoi?

— Qui vous poursuit?

Elle se tut. Il secoua la tête.

— Ce n'est pas un mercenaire qu'il vous faut, mais un psy.

— Un homme, murmura-t-elle.

— Pas possible!

— Mon… mon mari. Ou plutôt, mon ex-mari. Vous connaissez la rengaine.

Elle s'exprimait trop vite. Elle jeta un coup d'œil vers lui : la croyait-il? Une fois de plus, il hocha la tête, d'un air méprisant cette fois.

— Vous êtes venue jusqu'ici pour un vulgaire problème conjugal? Seigneur Dieu! Allez plutôt chercher un ordre d'internement et fichez-moi la paix.

Elle esquissa un sourire las.

— Croyez-vous vraiment qu'un bout de papier suffise à décourager un monstre?

— En tout cas, c'est mieux que de vous adresser à un professionnel de mon espèce. Où avez-vous rencontré Vincent?

— Un ami commun, qui sait que j'ai vraiment besoin d'aide, nous a présentés.

— Vraiment besoin d'aide? Vous regardez trop la télévision. Adressez-vous à la police de Nogales. Je vais vous indiquer le chemin.

— C'est la police qui a perdu sa trace, argua-t-elle.

La nuit était calme, ponctuée par le clapotis de l'eau sur les bords de la piscine et le chant des grillons. Une brise légère agita les branches du *mesquite*[1].

— J. T., reprit-elle tout bas. Avez-vous sauvé les orphelins du Guatemala?

— Quoi?

Son cœur se mit à battre à toute allure.

— Vincent m'a parlé des orphelins. Avez-vous vraiment fait ça?

— Non, non, vous ne pouvez pas me mettre ça sur le dos, rétorqua-t-il un peu trop vite.

Elle le fixa longuement.

— Vincent dit que vous êtes le meilleur. Il paraît que vous pouvez abattre, retrouver, détruire n'importe quoi…

— Vincent est un imbécile.

— Un mois, insista-t-elle. Un mois d'entraînement intensif. Autodéfense, tir, évasion, poursuite…

— Contrôle de la population, renseignement, pièges et contre-pièges, tir et contre-tir, infiltration et pénétration…

— Oui, c'est ça.

— Non! Vous n'avez rien compris! Les machines à tuer ne se fabriquent pas du jour au lendemain… Vous vous imaginez que Rambo est né comme ça? Il faut *des années* pour apprendre tout ça, pour savoir se maîtriser, viser un être humain et tirer.

Elle blêmit.

— Allez-vous-en, conclut-il.

---

1. *Mesquite*: arbre du genre *Prosopis* appartenant à la famille des légumineuses et typique de l'Arizona et du Mexique. (Toutes les notes sont du traducteur.)

— Je… je peux m'offrir, en échange.

— Quoi?

— Je vous offre mon corps pendant un mois.

— *Chiquita,* je préfère de loin l'argent!

Elle sourit, l'air penaud, résigné. Avant qu'il ne puisse l'en empêcher, elle se mit à genoux.

— Je vous en supplie!

— Oh! pour l'amour du ciel! s'écria-t-il en venant la secouer par les épaules.

— Je vous en prie. S'il vous plaît…

Il ouvrit la bouche, essaya de crier, de grogner. Aucun son ne sortit.

— Nom de nom! Nous sommes le treize septembre et je suis sobre. Qu'on m'apporte à boire!

Elle se leva pour lui obéir, mais chancela, ses jambes se dérobant sous elle.

— Bon! Ça suffit, grommela-t-il. Au lit. Choisissez une chambre, n'importe laquelle et couchez-vous. Il me reste encore quelques heures pour taquiner la tequila. Je ne veux pas vous revoir avant le quatorze, sauf si c'est pour m'apporter une bouteille et un citron vert… Ouste!

Elle ne discuta pas, mais s'éloigna d'un pas hésitant. En la voyant tituber, il n'eut d'autre choix que de la rattraper.

Marmonnant un juron, il la prit dans ses bras. Elle était minuscule, frêle comme un oiseau et elle sentait… le talc pour bébé!

Il faillit la lâcher.

Il ne voulait rien savoir.

La chambre la plus proche était impeccable, grâce aux bons soins de Freddie. J. T. la déposa sans ménagement sur le lit.

— Vous avez des affaires avec vous?

— Un sac.

— Où?

— Dans le salon.

— Freddie vous l'apportera. Vous êtes venue en voiture?

— En taxi.

— Vous avez voyagé sous un faux nom, *Angela*?

— Oui, et j'ai tout payé en liquide.

— Pas mal, concéda-t-il à contrecœur.

— Je suis sur la bonne voie.

— Dormez. C'est aussi important que le reste.

— Vous êtes alcoolique? lui demanda-t-elle.

— Parfois.

— Et le reste du temps?

— Dormez.

— Je sais pourquoi vous avez sauvé ces enfants.

— Ouais, c'est ça. Bonne nuit.

— Parce que votre famille vous manquait.

Il s'immobilisa au milieu de la pièce et frémit. *Rachel et Teddy et les jours heureux…*

Elle se trompait, bien sûr. Sa famille, il l'avait fondée après l'épisode des orphelins. Mais elle avait trouvé la faille.

— Vous ne savez pas ce que vous dites.

— Si. Je n'ai pas le choix. Ma fille et moi avons besoin de vous. Vous êtes notre dernier espoir.

— Merde! lança J. T. avant de se précipiter sur sa bouteille de tequila.

Minuit. Au cœur de Nogales, certains bars ouvraient à peine. En général, à cette heure-ci, J. T. sortait de chez lui en jean et chemise, de l'argent plein les poches, pour aller se soûler à la bière. Il rentrait au petit matin, complètement imbibé, une femme à son bras.

L'homme songea que c'était bien la première fois qu'une femme dormait dans la chambre d'amis avec sa valise et pas dans le lit de J. T. Ce dernier ronflait dans la salle de séjour avec l'iguane pour unique compagnon.

La maison était tranquille. Pourtant, l'homme était conscient que tout avait changé. Le schéma, immuable depuis trois ans, venait d'être bouleversé.

Il s'avança à tâtons dans la pénombre du couloir. Un rayon de lune inondait le salon d'une lueur argentée. Dans un coin, une petite lampe jaune éclairait l'iguane et les pieds nus de J. T. Ni l'homme ni le lézard ne bougeaient.

L'homme se détourna et s'avança prudemment jusqu'au bureau, où il décrocha le téléphone. Il composa de mémoire le numéro et plaça sa main en coupe sur le combiné pour dissimuler sa voix.

— Il y a une femme, annonça-t-il, lorsqu'on décrocha à l'autre bout de la ligne.

— Une femme?

— Envoyée par Vincent.

— Mince! Son nom?

— Angela. Ce n'est pas son vrai nom.

— Évidemment. Description?

— Environ vingt-cinq ans, un mètre soixante-quatre, quarante-cinq kilos, yeux marron, teint pâle. À l'origine, elle était blonde.

— Elle est armée?

— D'un Walther 22 semi-automatique.

— Ha! Un gadget! Une pièce d'identité?

— Aucune trace. J'ai tout inspecté, la valise, la doublure, le contenu de la bombe de laque, le manche de la brosse à cheveux, les semelles des chaussures, tout. Elle a du liquide en quantité, mais pas une seule pièce d'identité. Elle parle avec un accent que j'ai du mal à identifier. Elle pourrait être du Nord, de Boston…

— C'est une professionnelle?

— Je ne le crois pas.

— Vu les relations de J. T., elle vient sûrement d'assassiner mari et enfants.

— Qu'est-ce que je dois faire?

— Il se remet au boulot?

— Elle est là, non?

— Qu'il aille au diable! Laisse tomber. Je m'en occupe. Tu as bien fait de m'appeler.

— Merci. Et… comment va-t-il?

Le silence s'éternisa.

— Il est mourant. Il souffre beaucoup. Il veut savoir pourquoi son fils ne vient pas le voir.

— Il me demande?

— Non. Mais rassure-toi, il ne me réclame pas davantage. J. T. est le seul dont il se soucie.

— Bien sûr, murmura l'homme. S'il y a du changement, je vous recontacte.

— Très bien.

— Bonne nuit.

— Oui, bonne nuit.

Il raccrocha avec précaution. Le lustre central s'alluma.

Il se retourna lentement. J. T. était adossé contre la porte, les bras croisés sur la poitrine. Ses yeux étaient rouges, mais bien vifs.

— Freddie, je crois que nous avons à parler, toi et moi.

3

Tess Williams se réveilla comme elle avait appris à le faire, tout doucement, degré par degré, afin d'atteindre un état de pleine conscience sans jamais se trahir. Ses oreilles d'abord guettaient une autre respiration. Ensuite, sa peau reprenait vie, cherchant la brûlure du corps de son mari, collé contre son dos. Rassurée de se retrouver seule dans son lit, elle ouvrit les yeux. Son regard se porta machinalement sur l'armoire et la petite chaise en bois qu'elle avait coincée sous la poignée de la porte au milieu de la nuit.

Le siège n'avait pas bougé. Elle respira de nouveau normalement et s'assit. La pièce était déjà inondée de soleil. L'air était brûlant. La transpiration plaquait son teeshirt contre son dos, sans doute la conséquence des cauchemars qui revenaient sans cesse. Autrefois, elle avait apprécié le matin. Aujourd'hui, elle appréhendait ce moment, mais moins que la nuit quand ses yeux cherchaient les ombres dans le noir.

Tu as réussi, songea-t-elle. *Tu y es arrivée.*

Depuis deux ans, elle fuyait avec sa fille Samantha, âgée de quatre ans, à qui elle tentait en vain d'expliquer que tout allait s'arranger. Depuis deux ans, elle collectionnait les identités et les adresses. Elle ne s'était pourtant jamais sentie totalement en sécurité. Tard le soir, perchée sur le bord du lit de l'enfant, elle lui caressait les cheveux tout en fixant avec angoisse les portes de l'armoire.

Elle savait quel genre de monstre pouvait s'y cacher. Elle avait vu les photos de ce dont ils étaient capables. Trois semaines auparavant, son monstre personnel s'était échappé du quartier de haute sécurité de la prison en frappant à mort deux gardiens. Cela lui avait pris moins de deux minutes.

Tess avait aussitôt téléphoné au lieutenant de police Lance Difford. Celui-ci s'était adressé à Vincent. La machine s'était enclenchée. Tess avait mis Samantha à l'abri, puis elle était partie.

Le train l'avait d'abord emmenée à travers les prés verdoyants et les zones industrielles de la Nouvelle-Angleterre. Elle avait ensuite pris l'avion, survolant le pays comme si cela pouvait l'aider à oublier.

En arrivant à Phoenix, elle avait eu la sensation d'avoir atterri dans un cratère lunaire : tout était rouge, poussiéreux, l'horizon fermé par une rangée de montagnes bleutées. Elle n'avait encore jamais vu de palmiers. Ici, ils bordaient toutes les rues. Elle n'avait jamais vu de cactus. Ici, ils étaient partout, envahissant le paysage.

L'autocar l'avait emmenée plus loin encore. Les collines rougeâtres s'étaient estompées, le soleil était devenu plus ardent. Les panneaux annonçant les villes avaient cédé la place à ceux mettant en garde les conducteurs : « Prison d'État à proximité. Ne prenez pas d'auto-stoppeurs. »

Le car avait poursuivi son chemin dans un paysage couleur d'ambre brûlé, parsemé de taches d'un vert éteint. Dans cette partie étrange et austère du sud de l'Arizona, même les collines semblaient tourmentées, méthodiquement mises à nu par les bulldozers et les camions qui transportaient le minerai.

Ici, l'on s'attendait à tomber sur OK Corral. Ici, les lézards étaient beaux, les coyotes, mignons. Ici, les roses de serre mouraient, les cactus épineux vivaient.

C'était parfait.

Tess descendit du lit. Elle se déplaça avec lenteur. Sa jambe droite était endolorie, la cicatrice en zigzag ravivant de vieilles douleurs. Son poignet gauche, couvert d'hématomes, la faisait souffrir. Elle savait que ce n'était pas grave : son père lui avait appris à reconnaître un os cassé. Étant donné sa situation actuelle, cette blessure était le moindre de ses soucis.

Elle concentra son attention sur le lit.

Elle le retapa sans réfléchir, tirant les couvertures avec une précision toute militaire.

Je veux que ce soit impeccable, Teresa. La jeunesse n'excuse pas la négligence. Il faut toujours s'efforcer de faire mieux.

Soudain elle s'arrêta, arracha draps et couvertures, jeta le tout par terre.

— Je ne ferai pas mon lit ce matin, déclara-t-elle à voix haute. J'ai décidé de ne pas le faire !

Elle ne ferait plus le ménage, elle ne laverait plus la vaisselle et ne frotterait plus les planchers. Elle se rappelait trop bien l'odeur de l'ammoniaque, tandis qu'elle astiquait vitres, poignées de portes et autres rampes d'escalier.

Voilà ma maison. Non seulement elle a l'air propre mais, en plus, elle sent le propre.

Un jour, lorsqu'elle avait pris l'initiative de nettoyer les rebords de fenêtres à l'ammoniaque, Jim l'avait félicitée. Elle lui avait souri. Ils étaient mariés depuis un an, elle était enceinte de huit mois et avide de compliments.

Plus tard, le lieutenant Difford lui avait expliqué que l'ammoniaque était une des rares substances ayant le pouvoir d'effacer les empreintes.

À présent, elle ne pouvait sentir cette odeur sans avoir la nausée.

Son regard revint sur le lit, les draps et les couvertures jetés en tas sur le sol. L'espace d'un instant, elle éprouva un besoin presque irrésistible de le faire. Le front moite de transpiration, les poings crispés, elle dut lutter contre elle-même pour ne pas céder.

— Il t'a complètement perturbée, Tess, mais c'est fini, maintenant. Tu t'appartiens, tu es forte. Tu as gagné, ma vieille, tu as gagné !

Ce petit sermon personnel ne la soulagea guère. Elle s'approcha de la commode pour sortir son pistolet de son sac. Elle se rappela à la dernière minute que l'arme était tombée dans la piscine.

Désormais, elle était entre les mains de J. T. Dillon.

Elle se figea. Elle devait absolument récupérer ce pistolet. Elle mangeait, dormait, marchait avec lui. Elle ne pouvait pas se déplacer sans cette protection.

Son cœur se mit à battre follement, elle fut prise de vertiges. Un tremblement la saisit.

Respire, Tess. Respire. Cependant, l'air brûlant du désert jouait avec ses bronches. Elle se pencha en avant, paupières closes, et s'obligea à en aspirer une grande bouffée.

— Puis-je vous raccompagner chez vous ?

Elle fut sidérée.

— Qui, moi ?

Elle serrait ses livres et ses cahiers contre sa poitrine. Elle n'en revenait pas que le policier lui adresse la parole. Elle n'était pas de celles que les hommes séduisants remarquaient.

— Non, je parle à la pelouse, la taquina-t-il.

Il s'éloigna de l'arbre contre lequel il était adossé. Son sourire révéla deux adorables fossettes. Toutes les filles de sa classe en parlaient, en rêvaient, de ces fossettes.

— *Vous êtes bien Teresa Matthews?*

Elle acquiesça bêtement. Bouger. Elle devait bouger. Elle était déjà en retard et son père ne le supporterait pas.

Elle demeura là, figée, le regard rivé sur ce magnifique jeune homme. Il paraissait fort, solide. Il était un représentant de la loi. Était-il intègre? Si je vous racontais tout, pensa-t-elle, viendriez-vous à mon secours? Qui peut m'aider?

— *Eh bien! Teresa Matthews, je me présente, officier de police Beckett. Jim Beckett.*

— *Je sais. Tout le monde vous connaît.*

— *Puis-je vous raccompagner chez vous, Teresa Matthews? M'accorderez-vous ce privilège?*

Elle était trop impressionnée pour répondre. Son père la tuerait. Seules les jeunes femmes aux mœurs légères incitaient les hommes à les raccompagner chez elles. Pourtant, elle n'avait aucune envie de congédier Jim Beckett. Que faire?

Il se pencha et lui adressa un clin d'œil. Ses yeux étaient si bleus, si clairs, si calmes.

— *Venez, Teresa. Je suis policier. Si vous ne pouvez pas avoir confiance en moi, en qui d'autre aurez-vous confiance?*

— J'ai gagné, marmonna-t-elle, la tête entre les genoux. J'ai gagné!

Mais elle avait envie de pleurer. Elle comptait enfin une victoire à son actif, mais celle-ci avait un goût amer. Le prix à payer était trop élevé. Il lui avait fait subir des choses trop épouvantables. Il lui avait pris ce qu'elle ne pouvait se permettre de perdre. Aujourd'hui encore, il hantait son esprit.

Un jour, bientôt, il la tuerait. Il avait promis de lui arracher son cœur encore battant. Or, Jim Beckett mettait toujours ses menaces à exécution.

Elle se força à se redresser et pressa les paumes de ses mains sur ses cuisses.

— Bats-toi, Tess. Tu n'as pas le choix.

Elle s'écarta de la commode et se rapprocha de sa valise, poliment apportée par Freddie. Elle était là. Elle avait donc franchi la première étape de son plan. Il ne lui restait plus qu'à persuader J. T. de l'entraîner. Elle se rappela vaguement avoir mentionné sa fille. Erreur grossière. Il ne fallait surtout pas trop parler. Ne jamais dire la vérité si un mensonge pouvait suffire.

J. T. s'en souviendrait-il? Il n'avait pas paru particulièrement sobre. Vincent aurait dû la prévenir qu'il était alcoolique.

Elle ne savait pas grand-chose de J. T. Vincent s'était contenté de lui dire qu'il était de ces hommes capables du pire comme du meilleur. Issu d'une riche famille de l'État de Virginie, il avait entamé des études à l'école militaire de West Point, puis, pour des raisons inconnues, avait tout abandonné pour rejoindre l'infanterie de marine. Plus tard, il avait quitté les marines et s'était lancé en solo, se forgeant une réputation de témérité frisant la folie. En tant que mercenaire, il s'était spécialisé dans les missions impossibles. Il détestait la politique et avait un faible pour les femmes. Il mettait un point d'honneur à tenir ses promesses, mais refusait de s'engager autrement.

Cinq ans plus tôt, il avait abandonné le métier, sans explication. Tel le fils prodigue, il était rentré en Virginie et, dans un tourbillon d'activités frénétiques, s'était marié, avait adopté un enfant et s'était installé dans une maison en banlieue. Plus tard, un gamin de seize ans, pourvu d'une Camaro flambant neuve et d'un permis de conduire tout frais, avait tué l'épouse et le fils de J. T. dans une collision frontale.

J. T. s'était réfugié en Arizona.

Elle ne s'était pas attendue à trouver un ivrogne, encore moins quelqu'un d'aussi athlétique. Elle l'avait imaginé plus âgé, un peu empâté, peut-être. Au lieu de cela, elle avait découvert un homme qui empestait la tequila, doté d'une musculature puissante, d'une abondante chevelure noire et d'une pilosité à l'avenant.

Jim était dépourvu de poils. Son corps, son crâne étaient lisses comme du marbre. Il avait toujours paru froid, sec, un être trop parfait pour transpirer. La première fois qu'elle l'avait entendu uriner, elle avait été surprise. Il donnait l'impression d'être au-dessus de ce genre de fonction biologique.

Jim représentait la perfection.

Elle ne quitterait pas J. T. Dillon. Il avait sauvé des orphelins. Il avait été marié, il avait eu un fils. Il avait détruit pour de l'argent. Il semblait habile, avait l'air endurci, dangereux.

Il était exactement ce dont elle avait besoin.

Et s'il l'aidait, que lui en coûterait-il, à lui?

Elle connaissait déjà la réponse. Elle avait mis des années à l'accepter.

Par moments, elle regrettait de ne plus avoir seize ans. À une époque, elle avait été une jeune fille normale, rêvant d'un chevalier en armure qui viendrait à sa rescousse. Un homme qui ne la battrait jamais. Un homme qui la serrerait dans ses bras et lui murmurerait qu'elle n'avait plus rien à craindre.

À présent, elle se rappelait la sensation de son doigt sur la détente. La secousse, la détonation, l'écho résonnant interminablement dans ses oreilles.

L'odeur de poudre, le cri rauque de Jim. Le bruit sourd de son corps qui s'écroulait. L'odeur du sang qui se répandait sur le tapis.

Tout cela lui revint à la mémoire.

Elle se dit qu'elle ne reculerait devant rien.

4

J. T. fut debout aux premières lueurs de l'aube. Contre son gré. C'était idiot, pour un retraité, de se lever avec le soleil, mais il avait passé trop d'années parmi les militaires pour se défaire de cette habitude. Six heures précises : le soldat bondit hors du lit. Six heures quinze : il effectue quelques mouvements de gymnastique. Six heures trente : le marine accomplit cinquante longueurs de piscine, puis se douche. Sept heures pile : le retraité ouvre une canette de bière au milieu de son salon et se demande pourquoi il persiste à se réveiller à six heures tapantes.

Il était maintenant neuf heures passées, le quatorze septembre. Il avait survécu une fois de plus, complètement déshydraté, écœuré. La tequila, c'était fini. Désormais, il boirait de la bière.

Il en était à sa troisième, lorsque Rosalita arriva pour le grand nettoyage annuel post-cuite. Née dans une famille de onze enfants, Rosalita s'était servie de son instinct de survie pour devenir l'une des prostituées les plus réputées de Nogales. J. T. l'avait rencontrée dès sa première semaine en Arizona, de la manière la plus banale qui soit. Au fil des ans, leur relation s'était peu à peu transformée. Dans le rôle de la putain, Rosalita ne connaissait ni principes ni honte. Dans le rôle de la femme d'affaires, en revanche, elle faisait preuve d'une morale rigoureuse et d'une agressivité de tigresse.

Elle était l'une des rares personnes pour lesquelles J. T. éprouvait du respect et certainement l'une des seules en qui il avait confiance. Peut-être étaient-ils devenus amis ?

Vêtue d'une jupe rouge transparente et d'un chemisier noué sous ses seins voluptueux, elle s'assit sur lui. Il plaça une main sur sa hanche. Elle ne s'en aperçut pas. Son attention était tout entière concentrée sur le visage de J. T.

Elle avait étalé une vieille serviette verte sur sa poitrine nue. Après avoir battu la crème à raser dans un petit récipient à sa droite, elle en appliqua une couche généreuse sur sa figure. Rosalita pensait qu'un homme devait se raser à l'ancienne, avec une lame et beaucoup d'attention.

Il connaissait suffisamment son tempérament pour rester immobile.

Il était là, assis, à émerger petit à petit de la torpeur dans laquelle il se complaisait depuis ces dernières années, lorsqu'il sut, *sentit* qu'elle entrait.

Ses pieds nus étaient silencieux sur le parquet. Ce fut son parfum qui annonça sa présence. Lorsqu'il avait six ans, son père lui avait appris à faire sécher ses vêtements à l'air libre, à se laver avec un savon sans odeur et à se rincer la bouche à l'eau oxygénée, afin que les cerfs ne puissent les détecter. À l'époque, il avait accepté sans broncher ces enseignements. À ses yeux, son père, cet homme maigre, sévère et solide, était le seul capable d'abattre d'un coup de fusil un mâle de six cors. À dix ans, il marchait derrière le colonel, le doigt sur la détente en regrettant de ne pas avoir le courage de le tuer. Une fois, le colonel s'était retourné et avait remarqué la lueur de haine dans les prunelles de son fils. Il s'était contenté de rire.

— Tu vas me tirer dessus, fiston? Tu en serais bien incapable. Tu devrais ranger cette arme et porter un bouquet de fleurs à la place. Petit garçon à sa maman…

J. T. cligna des paupières, chassant ce souvenir de son esprit. À cet instant, Rosalita aperçut Angela, qui hésitait sur le seuil de la pièce. Elle enfonça un doigt dans le menton de J. T.

— *Hijo de puta*[1]! cracha-t-elle.

J. T. la dévisagea sans ciller. Ils savaient tous deux ce qu'ils étaient. Fidélité et loyauté étaient des termes inconnus pour eux. Au bout d'une minute, elle eut une moue, puis secoua la tête d'un air dégoûté. J. T. haussa les épaules et porta la canette de Corona à ses lèvres.

— Angela, je vous présente Rosalita. Rosalita, Angela. Angela est notre invitée dans ce magnifique lieu de retraite. Quant à Rosalita, comment puis-je te qualifier? Disons que tu es… une hôtesse et une animatrice d'envergure internationale? Tous les ans, le quatorze septembre, reprit-il à l'intention d'Angela, Rosalita vient me ramasser à la petite cuillère.

Angela hocha le menton, passa son regard de l'un à l'autre, visiblement mal à l'aise. Elle était vêtue d'un débardeur blanc et d'un short kaki déchiré qui avait dû lui aller autrefois. Aujourd'hui, il pendait lamentablement sur ses hanches.

— Heureuse de vous connaître, bredouilla-t-elle enfin.

Rosalita se figea, puis esquissa un sourire. Elle répéta ces mots à J. T. en espagnol et s'esclaffa. Rares étaient les femmes qui se prétendaient *heureuses* de rencontrer une putain. Rosalita trouvait la plaisanterie irrésistible.

---

1. « Fils de pute! »

Sa bonne humeur revenue, elle reprit son rasoir, repoussa la tête de J. T. en arrière pour dégager sa gorge et se mit à l'ouvrage.

— Mon Dieu! souffla Angela.

— Elle ne peut pas me tuer tout de suite, lança J. T. Je suis un des rares qui puisse la payer à son véritable prix.

En quatre mouvements précis, son cou fut net. Rosalita lui inclina la tête de côté et se concentra sur sa joue.

Angela osa enfin s'avancer, les bras le long du corps.

— Le poignet? aboya J. T.

Rosalita et Angela sursautèrent.

— Pardon? Ah! oui. Ça va. Quelques bleus, c'est tout.

— J'ai de la glace. Nous allons en mettre dessus.

— C'est inutile. Il n'est même pas enflé.

Elle fit le tour de la pièce sur la pointe des pieds, le dos au mur, en faisant l'inventaire de toutes les sorties. Son regard tomba sur l'iguane et elle fronça les sourcils.

— C'est un vrai, annonça J. T.

— Quoi?

— L'iguane. Il s'appelle Glups. Il est vivant.

— Ah!

Elle observa Glups quelques secondes. La créature ne bougeait pas.

— Vous avez un iguane comme animal domestique?

J. T. ne daigna pas répondre. Elle se tortilla les mains.

— Où est Freddie? s'enquit-elle.

— Je lui ai donné un jour de congé.

— Vous le lui avez *donné*?

— Ouais!

— Il n'y a donc personne?

— Je doute que Rosalita apprécie de ne pas être considérée comme une personne.

— Elle n'habite pas là, je pense?

— Non.

41

— Il n'y aura donc que vous, aujourd'hui?

Elle était visiblement très nerveuse. Tout son corps était crispé, prêt à bondir. Jambes écartées, épaules rejetées vers l'arrière…

Comme la veille, il eut une sensation de déjà vu.

Soudain, il comprit.

— Un flic, murmura-t-il.

Elle se raidit.

— Mouais, j'ai vu ça hier. Vous vous tenez comme un flic, les pieds bien plantés dans le sol, le buste en avant, la jambe gauche légèrement en arrière pour maintenir votre arme hors de portée.

Elle eut l'air d'un animal pris au piège.

— Je ne suis pas flic, marmonna-t-elle.

— Qui êtes-vous donc, *Angela*? Et votre fille?

— Quelle fille? balbutia-t-elle, sa voix grimpant d'une octave.

— Je vous conseille d'arrêter les frais : vous mentez très mal.

Elle ébaucha un sourire.

— Dans ce cas, vous allez devoir m'apprendre.

— *Idiotas*! intervint Rosalita en s'emparant de la serviette pour essuyer avec une vigueur exagérée le visage de J. T. *Hombres y mujeres? Perritos y gatitas*[1]!

Elle secoua de nouveau la tête et, posant ses paumes sur le torse de J. T., voulut se lever. Il la saisit par le poignet.

— Attends.

Il l'attira vers lui. Angela s'était figée, comme si elle s'attendait à quelque nouvel assaut.

— Regarde-la, dit-il en montrant du doigt la jeune femme. Regarde cette coupe de cheveux, Rosalita. Nous ne pouvons pas la laisser se balader comme ça.

---

1. « Les hommes et les femmes? Ils sont comme chiens et chats! »

Rosalita examina Angela de bas en haut, l'œil impitoyable. De toute évidence, elle n'était guère impressionnée.

— Je vais la renvoyer d'ici, Rosalita, mais tu pourrais peut-être la coiffer d'abord. Ce serait ma bonne action de l'année.

— Vous êtes trop gentil, murmura Angela.

— Tu peux faire quelque chose pour elle? demanda J. T. à Rosalita. Je te paierai, bien sûr.

Paiement. Le mot magique. Rosalita commença par demander vingt dollars, puis finit par se contenter d'un billet de dix. J. T. prit l'argent à Angela, qui ne cacha pas son scepticisme. Il riposta que Rosalita ne pourrait sûrement pas faire pire qu'elle. Un moment plus tard, Rosalita avait installé Angela sur la chaise de J. T., la serviette autour du cou. Elle se mit au travail, tandis que J. T. se vautrait sur le canapé et entamait sa quatrième bière, malgré l'air désapprobateur d'Angela. Il voyait son poignet, à présent, sur ses genoux. Il était couvert d'hématomes.

Voilà que tu maltraites les femmes, J. T. Jusqu'où tomberas-tu?

Aucune réponse ne lui parvint dans le silence déconcertant de la salle de séjour. Il ne s'était jamais considéré comme un homme spécialement bon. Cependant, il avait quelques principes qui le rassuraient. Ne jamais mentir, ne jamais faire semblant. Ne jamais s'attaquer à plus faible que soi. Et surtout, ne jamais, jamais faire du mal à une femme.

Si Rachel le voyait, elle aurait honte. Quant à lui, il n'oserait pas la regarder dans les yeux.

Il se dirigea vers la baie vitrée coulissante et contempla les rayons de soleil qui dansaient à la surface de l'eau.

— Terminé! décréta Rosalita.

J. T. se retourna pour inspecter la nouvelle coiffure d'Angela. Il en resta muet.

Rosalita avait pratiquement tout enlevé. La coupe aurait pu lui donner un air d'adolescent effarouché, mais avec ses pommettes saillantes, son petit nez, ses lèvres charnues et ses immenses yeux marron, elle n'avait rien d'un jeune garçon.

— Seigneur! marmonna-t-il. Seigneur!

Angela le dévisagea. Il se mit à aller et venir.

— En tout cas, le résultat est probant, lança-t-il enfin.

— Ce… c'est un début, bégaya Angela, apparemment subjuguée elle aussi par la métamorphose.

Rosalita s'affairait. Elle sortit de la pièce avec la bassine d'eau savonneuse. Angela se tordit les mains. J. T. eut la sensation qu'il devait dire quelque chose.

— Le temps est superbe. Une chaleur torride.

La conversation s'éteignit. Angela se mordilla la lèvre inférieure. Il se surprit en train de l'observer et s'obligea à concentrer son attention sur la fenêtre.

— Vous voulez un conseil? s'enquit-il brusquement. C'est gratuit.

— Cela fait deux bonnes actions en une journée. Il me semblait que vous aviez déjà rempli votre quota pour cette année.

— Vous m'avez surpris en flagrant délit de faiblesse. Bon, vous le voulez, mon conseil, oui ou non?

— D'accord.

— Teignez-vous les cheveux. C'est le but du jeu: être plus soi que soi. J'opterais pour un châtain foncé ou un auburn, quelque chose qui se rapproche de votre couleur naturelle. Vous obtiendrez un nouveau « look » tout en subtilité. Pour l'instant, c'est trop criant. Autant vous accrocher un écriteau « Je suis en fuite » dans le dos.

— Ah! bon.

— Voilà. Allez vous acheter de la teinture et, trente minutes plus tard, vous serez une autre personne.

— Merci.

Il grimaça.

— Mon conseil ne vaut pas grand-chose.

— J. T., à propos d'hier… Il faut que je vous parle. Pouvez-vous…

— Vous avez faim ? coupa-t-il. Il faut manger davantage. Je peux vous préparer des flocons d'avoine.

Elle hésita, car elle voulait en revenir à ce qui la préoccupait.

— Vous en êtes à votre troisième B. A.

— C'est à cause de mon éducation.

— À vrai dire, je ne refuserais pas un petit déjeuner… Il semble que vous ayez déjà pris le vôtre, ajouta-t-elle en désignant du menton la bouteille de bière vide qu'il avait en main.

— Ouais.

— Vous buvez toujours autant ?

— À l'excès seulement.

— Vincent ne m'avait pas dit que vous étiez alcoolique.

— Je ne le suis pas.

Il fit rebondir la bouteille sur sa hanche. Elle avait un accent. Un accent du Nord. Elle était cultivée. Qu'est-ce qui pouvait bien amener une jeune femme cultivée du Nord jusqu'à la frontière mexicaine dans un tel état de malnutrition, de fatigue et de terreur ?

Son regard se porta sur les jambes de la jeune femme.

Merde !

Il s'approcha d'un pas. Elle se raidit. Tant pis.

Il vint se placer devant elle et elle se recula contre le dossier de sa chaise. Ses yeux étaient grands ouverts, emplis de crainte. Ignorant sa détresse, il laissa courir un doigt sur la méchante cicatrice qui marquait la peau blanche de sa cuisse.

— C'est lui qui a fait ça ?

Elle ne dit rien.

— C'est lui, oui ou non?

Elle ouvrit la bouche, puis renonça à lui répondre.

— Qui êtes-vous, Angela?

— Une femme en détresse.

— Votre mari était à ce point épouvantable?

— Non, riposta-t-elle. Pire.

J. T. se détourna. Il était de nouveau furieux. C'était son problème. Il se mettait trop facilement en colère, ce qui n'arrangeait pas les choses. *Contrôle-toi. Contrôle-toi. Ce n'est pas ton problème, ce ne sont pas tes affaires.*

Cependant, la vue de cette balafre le révoltait. Il repensa à des situations qu'il s'était efforcé d'oublier ces derniers temps. Il eut envie subitement de retrouver cet ex-époux indigne et de lui mettre son poing dans la figure.

Il se força à se décontracter, ne reprenant la parole qu'une fois sûr de lui.

— Je vais préparer les flocons d'avoine.

— Merci.

— Attendez un peu d'y avoir goûté.

Angela le suivit dans la cuisine. Il était fier de cette pièce, entièrement conçue par Rachel. Il savait tout sur les piscines et les jardins, mais pas grand-chose de la décoration intérieure. Chez les marines, on se contentait d'afficher le poster d'une fille aguichante.

Rachel avait un goût sans faille. Elle avait dessiné la maison dans laquelle ils allaient s'installer dans le Montana, là où le ciel s'étirait à l'infini et où ils se sentiraient toujours libres. Lui se consacrerait à l'élevage des chevaux, pendant qu'elle étudierait l'architecture intérieure. Peut-être auraient-ils un deuxième enfant, une petite sœur pour Teddy. Ils les élèveraient avec beaucoup d'amour afin que, plus tard, une fois adultes, les cauchemars ne viennent pas les réveiller.

De ces rêves, il ne lui restait que la cuisine imaginée par Rachel, une pièce vaste et fraîche, au carrelage rouge et au comptoir bleu. Au-dessus de l'imposante cuisinière était accrochée une superbe collection de casseroles en cuivre. L'ayant écoutée soir après soir décrire son domaine, il avait tout arrangé comme elle l'aurait voulu.

— C'est une pièce magnifique, déclara Angela. Vous aimez cuisiner?

— Pas du tout.

Il s'approcha de la porte coulissante que Rosalita avait laissée entrouverte. L'air chaud s'y infiltrait comme des tentacules. Il la claqua, puis se dirigea vers les placards.

— Vous ne fermez pas à clé?

— Non.

Il y eut un bref silence. J. T. contempla ses casseroles en se demandant laquelle choisir. Il ne s'était pas mis aux fourneaux depuis une éternité. C'était le boulot de Freddie.

— Vous verrouillez la porte d'entrée?

— Jamais.

— Vous… puis-je le faire?

Il la regarda. Elle se tenait près de la table en chêne en se tordant les mains, les yeux rivés sur la baie vitrée.

— Trésor, nous sommes ici à Nogales, à la lisière de la ville. Vous n'avez absolument rien à craindre.

— Je vous en prie.

Elle commençait à l'agacer, avec ses supplications.

— Vous avez peur, prononça-t-il.

Elle ne prit pas la peine de le nier.

— Vous pensez qu'il vous a suivie jusqu'ici?

— Peut-être. Il est très habile.

— Vous m'avez dit que vous aviez tout payé en liquide et voyagé sous de fausses identités.

— C'est exact.

— Dans ce cas, tout va bien.

Il se remit face à la cuisinière, mais il l'entendit bouger derrière lui, puis pousser le loquet. C'était inutile, mais tant pis. Il n'avait pas envie de lui parler de l'arsenal qu'il conservait dans un coffre-fort. Il ne tenait pas à ce qu'elle sache que, même ivre mort, il était capable de viser la tête de Lincoln sur une pièce de monnaie à deux cents mètres. Si fermer les portes à clé pouvait la rassurer, il n'allait pas discuter.

Il fit bouillir de l'eau. Il ouvrit une boîte de flocons d'avoine. Quelle quantité devait-il verser? Il opta pour la moitié. Après tout…

— En général, ça se mesure, se permit d'intervenir Angela.

— Je préfère vivre dangereusement.

— Je veux récupérer mon pistolet.

— Le 22? Autant s'équiper d'un lance-pierres.

— Je veux mon arme.

Sans trop savoir pourquoi, son insistance l'exaspéra. Trop de gens s'imaginaient qu'un pistolet suffisait pour tout arranger. C'était faux. Il en savait quelque chose. Il était expert en l'art de manier le fusil et pourtant, tout ceux qu'il avait aimés étaient morts.

— Commençons par déjeuner.

Il versa les céréales chaudes dans deux bols. Le mélange avait la consistance de la boue. Il parsema le tout de raisins secs et remplit deux verres de lait.

— Mangez, ordonna-t-il. Les hommes forts ne refusent jamais un repas nourrissant. Si nous étions dehors, j'y aurais probablement ajouté une poignée d'insectes. C'est de la protéine pure, vous savez.

— Je l'ignorais.

Elle s'attaqua courageusement à la première cuillerée de bouillie. Elle avait fermé les yeux. Elle avait l'air d'une enfant et il se surprit à repenser à Teddy.

— Beurk!

— Je vous avais prévenue que je n'étais pas fin cuisinier... Ne mâchez pas. Ça descend mieux.

Horrifiée, elle repoussa son bol. Il le replaça aussitôt devant elle.

— Mangez, répéta-t-il. Je ne plaisantais pas : les bons soldats ingurgitent ce qu'on leur donne. Vous manquez de fer, Rambo, alors cessez de rêver à des plats raffinés.

L'espace d'un instant, il crut qu'elle allait se rebeller. Cependant, elle repris sa cuillère et attaqua son porridge.

— J'y arriverai, décréta-t-elle.

— Ce ne sont que des flocons d'avoine, Angela, pas la fin du monde!

Elle avala tout et débarrassa la table sans un mot. Puis elle se mit à laver la vaisselle avec les gestes précis et aisés d'une personne qui a passé son existence entière à effectuer des tâches domestiques.

J. T. n'était pas habitué à voir quelqu'un d'autre que Freddie ou Rosalita. Il était mal à l'aise. Son éducation prenait le dessus. La petite voix de sa conscience lui dictait de mettre une chemise, des chaussures, d'offrir une chaise à la demoiselle, de lui proposer un citron fraîchement pressé, de la complimenter sur sa beauté, de parler de la pluie et du beau temps.

— Pourquoi êtes-vous venu en Arizona? demanda Angela, en empilant avec fracas les assiettes rincées au bord de l'évier.

— Le port du casque n'y est pas obligatoire.

— Ah!

Elle ne savait plus quoi dire. Lui non plus et depuis longtemps. Il se mit à compter les secondes. Il avait atteint la sixième, lorsqu'elle ferma le robinet et s'adressa à lui d'un air décidé.

— Je ne partirai pas, annonça-t-elle. J'ai besoin de votre aide. Tôt ou tard, vous le comprendrez.

— Il n'en est pas question. Vous mentez comme vous respirez.

Elle pinça les lèvres.

— La vérité, vous n'avez pas envie de la connaître. Les hommes de votre espèce ne veulent jamais s'engager. Vous vous croyez heureux, à vous lamenter sur votre sort.

— À me lamenter, dites-vous? Vous m'avez d'abord accusé de boire et voilà que je m'apitoie sur moi-même. Vous regardez trop la télévision.

— Vous vous imaginez que vous vous en sortirez en refusant de vous impliquer.

— Pouvez-vous me prouver le contraire?

— Je me fiche de ce que vous pensez de moi, monsieur Dillon. Ce que je veux, c'est que vous deveniez mon professeur.

— Non, ce que vous voulez, c'est que je sois à votre service, rectifia-t-il. Vous voulez que j'écoute vos mensonges, que je vous obéisse au doigt et à l'œil sans poser de questions. Je connais la chanson.

Il se leva brutalement et traversa la pièce, passa la barrière du comptoir, les yeux plissés. Il la vit arrondir la bouche, mais aucun son n'en sortit. Elle recula d'un pas et fut arrêtée par l'évier. Elle était prise au piège.

Il l'aplatit contre le plan de travail. Le cœur de la jeune femme se mit à battre follement, pourtant, elle ne céda pas. Elle avança le menton et regarda J. T. droit dans les yeux. Il la serra contre lui, pencha la tête vers elle.

— Je ne vous crois pas, chuchota-t-il d'un ton menaçant. Je ne peux pas croire qu'une femme abandonne sa fille et parcoure tout le pays pour se rendre chez un mercenaire, sous prétexte que son mari la poursuit. Je déteste qu'on se serve de moi.

— Pourquoi n'aurais-je pas le droit de louer les services d'un professionnel? rétorqua-t-elle. Maris, petits amis, pères, il y a toujours des meurtriers.

— Prenez un garde du corps.

— Je n'en veux pas! Je veux savoir me battre toute seule. Je veux pouvoir protéger ma fille. J'en ai assez de courir sans cesse, d'être terrifiée. Vous ne savez sans doute pas ce que c'est que d'être vulnérable. Moi, si. Et j'en ai assez. Je veux vivre.

Avant qu'il puisse réagir, elle s'empara d'un bol en porcelaine et le fracassa contre le bord de l'évier. Elle brandit un morceau pointu.

— À une époque, j'ai peut-être manqué d'audace. J'ai cru que si j'étais obéissante, gentille, je serais en sécurité. Ce temps-là est fini, monsieur Dillon. Vous n'avez pas idée de ce dont je suis capable.

Elle pressa le bout tranchant contre sa poitrine et suivit le tracé de la grande cicatrice irrégulière qui courait sur son sternum. Cette blessure lui avait été infligée par un homme réputé pour son tempérament de feu, son adresse et sa dureté. J. T. chercha dans le regard d'Angela un indice: il n'y déchiffra qu'une absence d'émotion. C'était pire que tout.

— Vous êtes une femme dangereuse.

— J'apprends à le devenir.

Un son strident les interrompit. Des sirènes. Il s'écarta.

Il se dit que ce ne pouvait être que Marion. Cependant, Angela avait pâli, visiblement affolée. Pourquoi une femme cherchant à fuir son ex-mari aurait-elle peur de la police? Il comprit alors qu'elle l'avait dupé.

— Qu'avez-vous fait?

— Rien. Rien du tout.

Le hurlement des sirènes se rapprocha. Il compta trois voitures.

— Pourquoi avez-vous peur ? Que cachez-vous ?

Elle tremblait. Elle tenta de le repousser, mais il la maintenait avec trop de force.

— Lâchez-moi. Je ne suis coupable de rien. Je ne veux simplement pas qu'on sache que je suis là. Surtout pas les flics. C'est trop risqué. Il a des contacts…

— Qui, *Angela* ? Qui est cet homme mystérieux qui vous poursuit sans doute, qui vous a sûrement blessée à la cuisse, qui peut-être n'existe même pas ? J'en ai assez d'entendre parler de *lui,* Angela. Si vous voulez mon aide, il va falloir cracher le morceau une fois pour toutes.

— Je ne mens pas ! Jim veut me tuer. Jouir de ma souffrance. J'ai vu les photos. J'ai vu ce qu'il a…

Les mots moururent sur ses lèvres. Soudain, elle devint hystérique, l'assaillant de coups de poing furieux.

— Lâchez-moi !

Les pneus crissèrent devant la maison.

— Mon Dieu, chuchota-t-elle. Peut-être m'a-t-il déjà retrouvée.

Il continua de la tenir par les épaules, mais, à présent un doute le rongeait. Sa panique était trop sincère. Elle frémissait.

— Parlez-moi, Angela. Dites-moi la vérité.

— Il était flic ! Vous n'avez pas encore compris ? Il était flic, lui aussi !

Sous le choc, J. T. s'écarta, la libérant machinalement. Il était étonné, mais ne savait pas pourquoi. Après tout, aucune règle n'obligeait les flics à être de braves types.

Angela se dirigea vers le milieu de la cuisine, les bras croisés autour de sa taille.

— Mon pistolet, il me le faut tout de suite.

— Je ne peux pas vous le donner.

— Que craignez-vous ? Que je vous tire dessus pour m'enfuir ?

— Une arme ne vous sera d'aucun secours.

— Jusqu'ici, c'est ce qui m'a sauvée. Je m'en vais. Dites-leur ce que vous voudrez, je ne veux pas qu'ils me voient ici. Je croyais que, dans votre métier, la confidentialité avait un sens.

— Attendez…

— Je n'ai pas le temps.

Ils entendirent les portières claquer.

— Qu'a fait votre ex-mari ? s'enquit J. T.

Il se sentait mal à l'aise. La situation lui échappait.

Angela se précipita dans sa chambre et s'y enferma à clé. Il l'imagina se cachant derrière le lit.

Il se prépara à la suite des événements. Depuis qu'il avait surpris Freddie au téléphone, il s'attendait à la venue de Marion. Mais peut-être s'était-il trompé ? Et si l'ex-mari surgissait ? Comment réagirait-il ? Pourrait-il s'empêcher d'intervenir ?

Une voix tonna dans le mégaphone. Il se décontracta et rit malgré lui. Non, ce n'était pas le grand méchant Jim.

Ce n'était que sa sœur.

Il redressa les épaules et se prépara à la bataille.

5

Marion Margaret McAllister n'avait commis que deux péchés dans son existence. Le premier : être la cadette. Le second : naître de sexe féminin.

Elle avait fait de son mieux pour surmonter ces handicaps. Dans l'univers clos du FBI, elle était plus rapide, plus forte et plus intelligente que ses collègues. Sa blondeur et sa froideur lui avaient valu le surnom d'Iceman[1]. Elle y tenait beaucoup.

Depuis deux semaines, cependant, tout son univers s'écroulait.

Elle venait de fêter ses trente-quatre ans et s'était vu refuser une promotion sous le prétexte qu'elle était trop jeune. William Walker, qui avait obtenu le poste à sa place, n'avait que trente-six ans... et couchait avec la fille du directeur adjoint. Son père souffrait d'un cancer de la prostate et mettait un temps fou à mourir. Quant à son mari, au bout de dix ans de mariage, il venait de la plaquer pour une serveuse de vingt-deux ans. Pour couronner le tout, elle avait reçu la veille un coup de téléphone de Freddie. J. T. avait toujours su choisir son moment.

---

1. « L'homme de glace ».

Elle fit signe aux policiers de Nogales de rester à l'écart et s'approcha seule de la maison. Elle portait son tailleur-pantalon bleu marine préféré. Une tenue beaucoup trop chaude pour l'Arizona. Elle se concentra sur la sensation de fraîcheur de l'arme pressée contre ses côtes.

— Bonjour, Marion, articula J. T., adossé à la porte, demi-nu et les cheveux ébouriffés comme s'il venait d'être surpris en pleine partie de jambes en l'air. C'est gentil de me rendre visite.

— Nous avons été informés de la présence d'un intrus. Je suis venue enquêter.

— Tu as parcouru tout ce chemin depuis Washington?

— Rien n'est trop beau pour mon frère aîné, riposta-t-elle. Pousse-toi, J. T., mes hommes vont inspecter ta demeure.

— Je n'y tiens pas.

— Jordan Terrance…

— C'est Freddie qui t'a appelée? coupa-t-il.

Il changea de position, croisa les chevilles, s'installa plus confortablement. Elle savait par Freddie qu'il buvait beaucoup. Elle s'était attendue à le trouver en piteux état, mais J. T. avait été gâté par la nature : il était aussi mince, élancé et en forme que dans ses souvenirs. L'adolescent qui gagnait tous les trophées de natation. Le fils dont le père était si fier. Elle l'aurait volontiers étranglé.

— C'est Freddie qui a prévenu la police.

— Ah! Et moi qui croyais avoir trouvé un arrangement avec lui.

— Que veux-tu dire?

J. T. feignit d'examiner ses ongles.

— Je sais qu'il est en contact avec toi, Marion. Je sais qu'il est l'espion de Papa. Vous avez peur que je me soûle assez pour dire la vérité un jour. Ne t'inquiète pas, j'en parle depuis longtemps, mais personne ne semble intéressé.

— Je ne sais pas de quoi tu…

— Je l'ai envoyé promener. Je lui ai dit de prendre quelques jours de congé. J'ai pensé que mon visiteur préférerait la tranquillité. Quant à moi, reprit-il avec un haussement d'épaules… Freddie prépare d'excellents margaritas. Seulement, maintenant, je vais hésiter à le reprendre. Téléphoner à la police au sujet d'un intrus, voilà qui est très malin. D'ailleurs, il est sans doute infiniment plus malin qu'on le croit…

— Il y a donc bien quelqu'un? Pousse-toi.

— Non.

— J. T., je sais qu'il y a une femme chez toi. Que sais-tu d'elle? Pense un peu à ton passé…

— Il n'a rien à voir là-dedans.

— Nous allons fouiller la maison. Je veux que cette personne s'en aille.

— Tu as un mandat?

— Bien sûr que non. Nous répondons à un appel faisant état d'une intrusion…

— Et moi qui suis propriétaire de cet endroit, je te dis : sois mignonne, emmène tes petits hommes bleus et allez jouer ailleurs.

— Espèce d'ivrogne entêté et…

— Marion, un peu de calme, s'il te plaît.

— J. T., en tant que sœur…

— Tu as honte de me compter parmi les membres de ta famille et, les jours de bonne humeur, tu rêves de me voir mort. Je sais, Marion. Ces sentiments familiaux me réjouissent et me font chaud au cœur.

— J. T., si jamais je trouve la moindre arme chez toi…

— Nous sommes ici en Arizona. La possession d'une arme à feu est autorisée.

— Je suis ici pour t'aider, J. T.

— Faux, Marion. Tu suis les ordres de Papa. Pourquoi ne passes-tu jamais simplement me dire bonjour, Merry Berry? Pourquoi est-ce toujours la guerre avec toi?

La jeune femme devint rouge de colère. J. T. se redressa.

— Renvoie tes flics. Papa n'a jamais approuvé que des étrangers viennent mettre le nez dans nos affaires. Au fait, il n'est pas encore mort?

— Non.

— Dommage. Bon, j'ai été content de bavarder avec toi. Nous devrions nous rencontrer plus souvent.

— Je ne m'en irai pas.

— Je regrette, Marion. Tu sais que je t'aime bien mais, malheureusement, je suis allergique aux agents fédéraux. Les flics et les agents fédéraux sont interdits de séjour chez moi.

— Tu n'es qu'un goujat.

Le sourire implacable de J. T. annonçait qu'il n'en démordrait pas. Il avait toujours été têtu comme une mule. Elle pouvait l'être aussi. De plus, elle avait reçu des ordres. En direct du colonel.

— Bon. J'enlève mon badge.

— Et tes petits camarades? s'enquit J. T.

— Si tu peux m'assurer qu'il n'y a personne à l'intérieur, je les renverrai.

— Oh! il y a bien quelqu'un. Cependant, il me semble qu'ils auraient intérêt à partir de toute façon.

J. T. sourit, puis entra et ferma la porte.

Elle demeura là, sous le soleil brûlant, les trois policiers attendant ses ordres. Elle aurait voulu hurler, jurer tout ce qu'elle savait mais, surtout, elle aurait voulu pouvoir oublier avoir un jour connu son mari.

— Rentrez chez vous, décréta-t-elle. Je maîtrise la situation.

Puis elle se prépara pour le deuxième round.

Tess était assise par terre dans sa chambre, l'oreille collée contre la porte. Elle l'avait verrouillée, mais elle savait que le loquet était fragile. Elle n'avait toujours pas récupéré son pistolet et, au fond, n'était pas sûre de ce qu'elle en aurait fait. Il était impératif qu'on ne la voie pas, mais de là à tirer sur un agent du FBI! *Oui*, songea-t-elle, *paniquée, elle était à ce point désespérée qu'elle aurait pu envisager de le blesser.*

Elle avait entendu la conversation au-dehors. À présent, elle percevait l'écho des paroles de la jeune femme dans le salon.

— Bon, où est-elle, J. T.?

— Elle est sortie un moment. J'ai eu la nette impression qu'elle ne tenait pas à rencontrer la police.

— N'est-ce pas révélateur, mon *frère chéri*?

— Elle a passé un certain temps à Los Angeles.

— Arrête, J. T. Si Lizzie Borden[1] était encore vivante aujourd'hui, elle se serait adressée à toi pour la secourir.

Ce commentaire aurait dû irriter Tess, mais elle n'y fut guère sensible. Trop de journaux l'avait baptisée « la fiancée de Frankenstein ». Certaines feuilles de chou avaient même eu l'audace de raconter sa « biographie » sous le titre : « J'ai épousé un tueur. » Les émissions-débats de la télévision s'en étaient donné à cœur joie, aussi.

Elle ne voulait pas penser à Jim. Un homme beau. Fort. Un officier de police très respecté, un solitaire, orphelin dès son plus jeune âge. Il lui avait expliqué que sa mère

---

1. Célèbre criminelle américaine qui massacra ses parents à coups de hache.

était une créature frêle et souffreteuse. Elle s'était écroulée lorsqu'il avait huit ans et son père avait péri dans un accident de la route en se précipitant à son chevet. Comme il n'avait personne, on l'avait placé dans une famille d'accueil. Il s'y était senti à l'aise, mais le drame avait frappé de nouveau. Il avait quatorze ans lorsque son père adoptif avait succombé à un accident de chasse. L'épouse de ce dernier s'était battue pour garder Jim, mais était partie à son tour, victime d'un cancer du sein. Jim Beckett était resté seul au monde. Jusqu'au jour où il l'avait vue.

Lors de leur quatrième rencontre, il s'était assis près d'elle sur la balancelle de la véranda et lui avait pris la main.

— Teresa, avait-il chuchoté, l'air grave. Je suis au courant de la façon dont ton père vous traite, ta mère et toi. Je comprends ta terreur. Mais tu n'es plus toute seule. Je t'aime, ma chérie. Nous sommes semblables. Nous n'avons personne. Désormais, nous serons ensemble pour toujours. Personne ne te fera du mal.

Elle l'avait cru. Ce soir-là elle avait pleuré et il l'avait bercée contre lui. Elle s'était dit que son chevalier en armure était enfin arrivé.

Six mois plus tard, elle avait épousé Jim. Le mariage avait été somptueux. Elle avait quitté la demeure de son père et regardé Jim accrocher une photo de leurs noces au-dessus de la cheminée de leur nouvelle maison. C'était la première chose que l'on voyait en entrant chez les Beckett : un immense portrait du couple le plus séduisant de Williamstown. Certains les avaient surnommés Ken et Barbie.

Pendant leur lune de miel, Jim lui avait expliqué qu'elle aurait quelques règles à suivre, maintenant qu'elle était son épouse. L'épouse d'un officier de police. Les règles étaient simples : marcher deux pas derrière lui.

Lui demander la permission avant d'acheter quoi que ce soit. Ne porter que les tenues qu'il approuvait. La maison devait toujours être impeccable, la viande servie saignante. Enfin, ultime recommandation : ne *jamais* l'interroger sur son emploi du temps.

Elle avait acquiescé. Elle ne comprenait pas très bien, mais avait promis d'essayer. Elle avait dix-neuf ans, elle venait de se marier, elle voulait être parfaite.

Elle avait commis des erreurs.

Le deuxième soir, après leur retour de voyage, Jim avait brûlé sa robe de mariage pour la punir d'avoir acheté des cartes de visite sans lui en parler auparavant. Elle l'avait supplié d'arrêter, mais il avait aussi mis le voile au feu. Elle ne devait pas lui poser de questions.

Elle s'était efforcée de ne pas l'oublier. Dans les premières semaines, la plupart de ses affaires personnelles avaient fini dans les flammes. Son uniforme de *pom-pom girl*. Sa couverture de bébé. Son journal intime. Après cela, Jim avait découpé l'ours en peluche de son enfance en menus morceaux, avant de tout brûler parce qu'elle n'avait pas servi le repas à l'heure. Elle avait redoublé d'efforts.

Elle ne voulait pas décevoir la seule personne qui affirmait l'aimer. Il ne la frappait jamais. Il criait parfois. Il était sévère, il la traitait d'idiote, mais jamais, jamais il n'avait levé la main sur elle.

Elle lui en était immensément reconnaissante.

Elle avait appris. Elle ne possédait plus rien. Puis elle avait découvert qu'elle était enceinte et le calme était revenu. Jim était impatient d'être papa. Lorsqu'elle avait mis au monde Samantha, il s'était présenté à l'hôpital avec un superbe rang de perles. Il lui avait dit qu'elle était belle. Qu'il était fier d'elle.

Elle s'était dit que tout s'arrangeait.

Deux mois plus tard, Jim avait annoncé qu'il était temps de songer au second enfant. Assise à la table en train d'allaiter sa fille, elle était tellement épuisée qu'elle avait du mal à garder les yeux ouverts. Elle avait commis une erreur. Oubliant les règles, elle avait répondu non. Elle ne se sentait pas capable d'entretenir la maison tout en s'occupant de deux bébés. Jim s'était tu. Il avait posé sa fourchette. Il l'avait dévisagée de ses yeux bleus, trop brillants.

— Tu ne t'en sens pas capable, Teresa? avait-il répété. Qu'es-tu en train de me dire? Que tu pourrais battre la petite? Je sais que tu as cela dans le sang.

Elle avait sangloté. Non, non, jamais elle ne frapperait Samantha. Mais il ne la croyait pas. Un peu plus tard dans la semaine, elle avait commis son premier acte de rébellion: elle avait acheté un diaphragme, qu'elle avait caché sous le lavabo. Huit jours plus tard, en le sortant, elle avait découvert une épingle, délicatement enfoncée dessus. Jim était derrière elle, impassible. C'en était trop. Elle n'avait pas dormi depuis deux mois et demi, elle était épuisée, à bout de forces, affolée à l'idée de faillir à sa tâche de mère. Elle s'était mise à pleurer. Jim l'avait prise dans ses bras, lui avait caressé les cheveux, se montrant gentil pour la première fois depuis des semaines. Il l'avait consolée, lui avait promis que tout irait bien. Puis il l'avait allongée par terre, dans la salle de bains, et avait remonté sa jupe.

Après cela, il lui avait annoncé que le prochain devrait être un garçon. On l'appellerait Brian, en souvenir de son père.

Les absences de Jim avaient commencé à se prolonger. Ses retours étaient de plus en plus pénibles. Quoi qu'elle fasse, ce n'était jamais assez bien. Elle était une mauvaise épouse, une mère épouvantable. Elle était stupide.

Elle aurait dû lui être reconnaissante qu'il ait bien voulu l'épouser, lui, un homme si séduisant, si respectable.

Un jour, après l'avoir fait asseoir sur le canapé du salon, il lui avait annoncé qu'il sortait. Il en avait pour un bon moment. Peut-être reviendrait-il. Peut-être pas. Il n'avait pas encore décidé. Quoi qu'il en soit, elle ne devait en aucun cas descendre au sous-sol.

— Au sous-sol? Pourquoi irais-je au sous-sol?

— Parce que je t'ai dit de ne pas y aller, donc, maintenant, tu y songes. Et dès l'instant où je serai parti, tu te diras: « Qu'y a-t-il au sous-sol? Pourquoi ne dois-je pas m'y rendre? Que cache-t-il en bas? » J'ai semé la graine du soupçon dans ton esprit et tu ne seras satisfaite qu'après y être allée. Je te connais bien, Teresa. Je te contrôle totalement.

— Non. Non, je ne descendrai pas.

Cependant, dès qu'il eut disparu, son regard s'était posé sur la porte menant à la cave. Elle avait mis la main sur la poignée, tourné, ouvert...

Tess s'empressa de chasser ce terrible souvenir de son esprit. Elle pressa les doigts sur ses tempes. Elle avait un goût de bile dans la bouche.

Certains jours, elle parvenait à évoquer le passé avec objectivité. Elle arrivait à prendre de la distance, à analyser les scènes comme si elles s'étaient produites dans l'existence de quelqu'un d'autre. À d'autres moments, c'était impossible. Elle s'obligea à se concentrer sur la chaleur environnante.

Dans le couloir, Marion et J. T. continuaient de se chamailler.

— Il est mourant, J. T. Il ne s'agit pas d'une ruse. Notre père est en train de mourir.

— Notre père? Sûrement pas. Je te l'ai cédé quand tu avais quatorze ans. Nous jouions au poker, si mes souvenirs sont bons, et je gagnais. Tu t'es emportée. Je t'ai demandé ce que tu voulais…

— Jordan Terrance, va te faire cuire un œuf.

— … et tu m'as répondu que tu voulais Papa pour toi toute seule. Aujourd'hui, je reste persuadé que tu n'as pas fait une bonne affaire. À moins que tu n'aies oublié cela aussi, Marion?

— Je n'ai rien oublié, J. T. J'ai simplement choisi de me rappeler des jours meilleurs… C'est à cause d'*elle*, n'est-ce pas?

— Elle avait un nom, Marion. C'était un être humain.

— C'était une menteuse, une prostituée qui a mis le grappin sur Papa dans un moment de faiblesse. Il venait de prendre sa retraite, il était vulnérable à… aux attentions féminines.

— Maman serait ravie d'entendre ton analyse.

— Papa a commis une erreur…

— Une erreur? Il a engrossé une gamine de dix-sept ans. Notre père, le pédophile.

— Il s'est occupé d'elle.

— Comment peux-tu affirmer cela?

— Ah! c'est vrai, j'oubliais qu'à tes yeux, Papa est l'incarnation du diable. Écoute, J. T., Papa a besoin de toi en ce moment. Dieu sait pourquoi. Tu ne l'aimes peut-être pas, tu ne lui pardonnes peut-être rien, mais c'est lui qui t'a donné la vie. Lui qui a mis un toit sur ta tête. Il t'a élevé, il t'a offert tout ce que tu voulais, la voiture de sport, les études à West Point, les missions militaires, tout…

— C'est bien ce qui t'agace, n'est-ce pas, Marion? Il me semble pourtant que Roger n'était pas un mauvais prix de consolation.

— Roger m'a quittée, J. T., mais c'est bien aimable de ta part de me demander de ses nouvelles.

— Quoi? s'écria-t-il, visiblement surpris. Marion, je suis désolé. Vraiment, je…

— Je ne suis pas venue ici quémander ta pitié. J'en ai assez de cette conversation. Je reste une semaine, J. T. Au bout de ces sept jours, j'espère que tu y verras plus clair. Sinon, je m'en lave les mains.

— Merry Berry…

— Ne m'appelle pas ainsi! Et dis à ton « invitée » que si jamais je vous surprends en train de commettre un acte illégal, je vous arrête aussi sec. Compris?

— Inutile de crier si fort pour me montrer combien tu m'aimes.

— Oh! Va te faire voir!

Tess entendit le claquement sec de talons sur le parquet. Les pas se rapprochèrent et elle retint son souffle. Mais Marion poursuivit son chemin jusqu'à la chambre du fond, dont elle claqua violemment la porte.

Tess respira de nouveau normalement. Elle se laissa aller contre la porte. Tout allait bien. Marion était bien un agent du FBI, mais elle était surtout la sœur de J. T. et sa présence ici n'avait aucun rapport avec elle.

Elle était en sécurité. Personne ne savait qui elle était. Personne ne savait qu'elle était en Arizona.

À bout de forces, elle rampa jusqu'au lit, se coucha et sombra dans un profond sommeil.

6

Il faisait froid au sous-sol. Un courant d'air l'effleura, mais elle fut incapable d'en déterminer l'origine. Une ampoule nue suspendue au plafond constituait le seul éclairage. Tess s'avança sur le sol en terre battue.

Qu'était-ce, là, dans le coin? Une pelle, une scie, un marteau. Une paire de cisailles, deux râteaux. Avait-elle jamais vu Jim se servir de ces outils? Elle remarqua aussi une batte de base-ball. Elle avait cru qu'il les rangeait dans l'armoire à manteaux. Pourquoi en trouvait-elle une à la cave? Ils n'y descendaient presque jamais.

Une odeur de terre fraîchement remuée attira son attention et elle se tourna dans cette direction. Dans le fond, elle repéra un monticule rappelant une tombe tout juste creusée.

Non. Non, non, non, non!

Une main se plaqua sur sa bouche.

Elle hurla. Elle hurla et la paume refoula le son au fond de sa gorge. Pressée contre un corps, elle se débattit follement. Mon Dieu, au secours!

De gros doigts saisirent sa mâchoire, l'obligeant à redresser la tête.

— Je croyais que tu ne devais pas venir, Teresa. Tu m'as dit que tu ne viendrais pas.

Elle gémit. Elle était prise au piège. Il allait la punir.

Un foulard noir fut attaché devant ses yeux, l'isolant de tout.

Elle geignit de terreur.

Il la bâillonna avec une taie d'oreiller roulée.

— Je t'avais dit de ne pas descendre, mais tu n'as pas résisté à la tentation, n'est-ce pas, Teresa ? Il fallait que tu saches. Il ne faut pas être trop curieux quand on ne veut pas connaître la vérité.

Il la tira de l'autre côté de la pièce. L'odeur de terre fraîche s'intensifia, associée à une autre, astringente. Du citron. Du citron vert, pour couvrir l'odeur de cadavres en décomposition. Elle eut un haut-le-corps.

— Oui, Teresa, tu es au bord d'une tombe. Si je te pousse, tu tomberas dedans.

Il la bouscula, puis la ramena vers lui et ricana méchamment.

— Pas encore... Tu ne sais pas qui je suis, Teresa. Tu n'en as pas la moindre idée.

Il plaça les mains autour de sa gorge et serra, serra, serra...

Elle fut prise d'un vertige. Elle allait tomber, elle allait mourir, le supplice se terminerait enfin... À cet instant, il relâcha son étreinte, lui arracha le bandeau. Baissant le regard, elle vit du sang partout. Elle se détourna, trop horrifiée pour s'enfuir.

Elle vit son visage clairement. Son visage glacial et moqueur.

J. T. Dillon la transperçait de ses yeux noirs et narquois.

Tess se réveilla en sursaut, un cri au bord des lèvres, le cœur battant. Elle porta une main à sa gorge, cherchant son souffle. Ses joues ruisselaient de transpiration.

Au bout de quelques instants, elle descendit du lit pour allumer toutes les lumières. Les lampes étaient trop peu nombreuses. Elle avait besoin d'un éclairage beaucoup plus fort pour chasser les ombres tapies dans les coins.

Elle se retrouva devant les portes de l'armoire, solidement bloquées par une chaise.

Ouvre, bon sang! Assure-toi qu'il n'est pas là, que tu as gagné.

Soudain, un cri de rage lui échappa. Elle donna un coup de pied dans le siège, s'empara des poignées.

— Où es-tu, espèce de monstre?

Elle ne découvrit qu'une rangée de cintres. Elle s'obligea à respirer normalement.

Tu es en Arizona. Tu n'as rien à craindre. Il n'y a pas de sang sur tes mains. Ce n'était pas du sang d'humain. Il t'a joué un tour digne d'un gamin.

Elle revit le visage de Jim lorsqu'il avait allumé le sous-sol.

— Regarde bien, Teresa. Tu vois de quoi tu as eu peur? D'un tas de terre et d'un peu de peinture rouge. Si tu as pu penser que c'était du sang, je comprends que tu me considères comme un monstre!

Elle s'était écroulée.

Il s'était agenouillé pour lui parler les yeux dans les yeux.

— Je t'avais dit de ne pas descendre. Tu m'as désobéi. Tu es tellement persuadée que j'ai commis un acte répréhensible. Comment peux-tu avoir aussi peu d'estime pour ton mari, Teresa? Pourquoi t'obstines-tu à me craindre?

Elle n'avait pas pu lui répondre.

— Tu sais ce que je pense? Je pense que tu n'as aucune confiance en toi, Teresa. Ton père et son comportement abusif à ton égard t'ont fait croire que tu n'étais bonne à rien. Aujourd'hui, tu es l'épouse d'un beau et séduisant officier de police qui t'aime, mais tu n'arrives pas à t'en convaincre, n'est-ce pas? Un homme t'aime, mais toi, tu préfères te demander ce qui ne va pas chez lui. Ça t'obsède. Je te conseille de cesser de t'occuper de mes problèmes, Teresa, et de passer un peu plus de temps à méditer sur les tiens.

Sur ces mots, il était remonté.

Elle était restée par terre, à se demander comment elle avait pu être assez bête pour remettre en cause un époux aussi parfait.

Jim était tellement habile.

D'autres souvenirs jaillirent. Les mains de Jim autour de son cou, qui serraient, relâchaient, caressaient, rassuraient, étouffaient. La batte de base-ball décrivant un arc de cercle dans le clair de lune, puis s'abattant dans un sifflement. Le craquement de sa cuisse…

Elle se précipita sur la porte, la déverrouilla et atteignit la salle de bains juste à temps pour vomir.

— C'est à cause de ce que j'ai dit? s'enquit J. T., sur le seuil.

Elle ferma les yeux de toutes ses forces et demeura pliée au-dessus du lavabo, jambes flageolantes. Elle avait un goût de bile dans la bouche. Un goût de désespoir.

— Allez-vous en, chuchota-t-elle.

— Navré, mais il n'existe pas un seul homme dans cet État qui abandonnerait une femme dans votre situation. C'est sans doute ce qui fait notre charme.

Elle perçut le bruit de ses pieds nus sur le carrelage et sentit une vague odeur de chlore. Il se pressa contre elle. Comme elle se raidissait, il la rassura.

— Je fais couler de l'eau, c'est tout. Elle n'est pas fameuse, mais cela vous soulagera.

Il s'écarta. Avec un soupir, elle s'aspergea la figure et la nuque.

— Vous vous sentez mieux? lui demanda-t-il au bout de quelques instants.

Elle arrêta le robinet et se tourna vers lui. Il était en caleçon de bain, les épaules encore mouillées. Il leva sa bouteille de bière à demi entamée et, sans la quitter des yeux, avala le reste d'un trait.

— Prenez-la.

— Quoi?

— La serviette, *chiquita*. Vous faites pitié.

Avec un temps de retard, elle remarqua la serviette qu'il lui tendait. Elle la prit, l'air penaud. Il n'avait rien fait et, pourtant, elle avait peur. D'après son expérience, les hommes, surtout les hommes musclés, représentaient une menace. Elle ne pouvait pas évoquer son père sans le voir le poing levé sur elle, son visage tournant au rouge violacé. Elle ne pouvait se souvenir de son ex-mari sans se remémorer son regard d'un bleu glacial, alors qu'il jetait sa robe de mariage au feu.

Cependant, J. T. lui avait été hautement recommandé. Les mercenaires tuaient-ils leurs clients? Sans doute pas. Ce serait mauvais pour les affaires.

Et les policiers qui assassinaient les contribuables? Ça non plus, ce n'était pas très bon pour les affaires.

Elle était chez J. T. depuis quarante-huit heures. Il n'y avait pas eu le moindre incident. Il lui avait offert un petit déjeuner. Il l'avait protégée de la police. S'il avait eu tendance à être violent, elle en aurait décelé au moins un signe.

Elle avait mis deux ans à reconnaître la brutalité de Jim.

Elle se frotta le front. Elle voulait être son propre maître, avoir confiance en elle. Deux ans et demi après avoir envoyé Jim en prison, elle en doutait encore. Elle oscillait entre la Teresa Beckett d'autrefois et la nouvelle Tess Williams.

— Venez donc dehors prendre un peu d'air frais.

Il tourna les talons et elle comprit qu'il s'attendait à ce qu'elle le suive. Elle contempla ses jambes, que révélait un vieux T-shirt mauve. Elle n'avait pas l'habitude de suivre des hommes à demi nus, elle-même vêtue en tout et pour tout d'un T-shirt. Sa mère avait eu de grands principes sur la question : seules les femmes aux mœurs légères s'autorisaient à exposer trop de chair. Elles allaient directement en enfer, où d'horribles petits démons les tourmentaient pour s'être montrées à ce point dévergondées.

Elle, dévergondée ? L'idée la fit sourire malgré elle. Elle n'avait jamais rien eu d'une femme fatale. Elle n'avait été qu'une épouse soumise et malheureuse. Aujourd'hui, elle était une mère terrifiée et émaciée. J. T. devait la trouver à peu près aussi séduisante qu'un squelette ambulant. Tant mieux. Elle n'avait besoin de lui que pour apprendre à manier un semi-automatique.

Elle lui emboîta le pas. L'air frais de la nuit la fit frissonner. J. T. ne sembla pas s'en rendre compte. Il se laissa choir sur l'un des sièges et s'empara d'une boîte de cigarettes dorée. Un pack de bière trônait sur la table basse.

Les bras serrés contre sa poitrine, elle contempla le ciel parsemé d'étoiles. À Williamstown, à cette époque de l'année, l'air aurait sans doute été chargé de l'odeur un peu poussiéreuse des feuilles. Que faisait sa fille, en ce moment ? Elle devait dormir, bordée dans son lit, en chemise de nuit de flanelle rose, sa poupée préférée dans les bras. Paupières closes, Tess essaya de se remémorer le parfum de son shampooing et de son talc.

Mon bébé, je t'aime.

— Vous écoutez aux portes, reprocha-t-elle à J. T.

— En effet.

Il prit une cigarette, l'alluma, en aspira une longue bouffée.

— C'est une manie détestable. Vous en voulez une? Attendez, vous avez déjà du mal à tenir debout... non, pas de cigarette pour vous maintenant.

Il exhala un nuage de fumée et croisa les jambes.

— Je ne savais pas que vous fumiez.

— J'avais arrêté.

— Vous êtes sorti en plein milieu de la nuit acheter des cigarettes pour pouvoir recommencer?

— Sûrement pas. J'ai piqué celles de Marion. C'est moi qui lui ai appris à fumer, vous savez. Du moins, il me semble. Il faudra lui demander si elle s'en souvient.

— Vous ne vous aimez guère, tous les deux.

— Je n'ai jamais été partisan de l'histoire révisionniste.

— Elle est vraiment agent du FBI?

— Oui. Remarquable, en plus.

— Je l'ai entendue dire qu'elle restait une semaine.

— C'est exact. Si vous êtes un escroc, gardez-le pour vous. Elle vous arrêterait.

— Vous ne l'en empêcheriez pas?

— J'ai dit : si vous êtes un escroc.

— Excellent, le félicita-t-elle. Vous avez envisagé toutes les possibilités. Si je reste, c'est que je n'ai rien à me reprocher. Si j'ai disparu demain matin, je vous aurais épargné quelques problèmes.

— Ne vous laissez pas impressionner par mon physique de star, ma belle. Je ne suis pas un imbécile.

Elle acquiesça et reporta de nouveau toute son attention sur le ciel. Elle avait froid. Elle avait envie de rentrer et de dormir, mais elle était terrifiée à l'idée d'être rattrapée par ses cauchemars.

— Un mois, annonça brutalement J. T. C'est d'accord.

— Je sais.

— Ne prenez pas cet air satisfait. Nous commencerons aux aurores demain matin. Six heures pile. Gymnastique d'entretien, autodéfense, petites armes à feu, tout y passera. Vous partirez d'ici métamorphosée.

— Très bien.

— Voulez-vous savoir pourquoi j'ai changé d'avis?

— Ça n'a aucune importance.

— Au contraire, Angela, pour moi, c'est essentiel. Rien de cela, expliqua-t-il en désignant d'un geste la villa, le jardin et la piscine, ne m'appartient. En tout cas, pas vraiment. Chaque centimètre carré de cette propriété a été payé par mon père. On pourrait dire que je vis de mon argent de poche. Je peux rester ici et continuer de vivre ainsi le temps qu'il me plaira, à deux conditions. La première ne vous concerne pas. La seconde, c'est que je ne reprenne pas le « boulot ». Je vous garde, je vous entraîne, je perds tout. Croyez-vous que vous en valez la peine, Angela?

— Non, répondit-elle en toute sincérité.

— Nous sommes donc d'accord. C'est pour moi que j'agis. Parce que j'en ai envie.

Il s'empara d'une bouteille de bière et s'approcha de la jeune femme.

Elle sentait la tension qui l'habitait. Ce n'était pas un homme qui respectait les règles. Il avait probablement fait sauter des églises. Il était imprévisible et se déplaçait sans le moindre bruit. Après Jim et son aspect de marbre poli, il paraissait incroyablement réel. S'il était en colère, il n'irait pas se venger en empoisonnant le chien ou en incendiant le garage. Il le dirait en face. S'il découvrait qu'un père battait sa fille, il se planterait devant lui et lui mettrait son poing dans la figure.

Il s'arrêta devant elle, si près qu'elle percevait la chaleur de sa cigarette.

— Vous rêvez de lui, Angela?

— Parfois.

— De quand date votre dernière nuit complète?

— Je... Je n'en sais rien.

— Votre dernier repas correct?

— Un bon moment.

Il laissa courir un doigt sur son bras. Elle tressaillit et il secoua la tête.

— Il faut que ça cesse, Angela. Vous vous êtes laissée aller. Il ne reste plus rien. Vous n'êtes qu'un tas d'os, vos yeux sont noyés par les cernes. Un coup de vent vous renverserait.

— C'est difficile, bredouilla-t-elle. Nous... Nous étions en fuite, cela pose des problèmes...

— Tant pis. Il faut apprendre à compartimenter. Désormais, vous séparerez les choses. Vous avez peur? Dormez quand même. Vous êtes anxieuse? Mangez des fruits et des légumes. Remplumez-vous, ensuite nous pourrons songer à vous muscler. Et cessez de vous ronger les ongles. Si vous ne prenez pas votre corps au sérieux, qui le fera à votre place?

— C'est un drôle de conseil, venant de vous.

— Je me contente de prêcher.

Il laissa traîner la main sur son poignet. Elle était rude et chaude. Du bout de l'index, il caressa distraitement sa peau. Tess eut un mouvement de recul.

— Ça ne vous plaît pas?

— Je... non. Arrêtez.

— Menteuse, ricana-t-il.

— C'est un professeur que je cherche, pas à commettre une nouvelle erreur.

— Ah? C'est donc ainsi que vous voyez les hommes? répliqua-t-il avant d'avaler une longue gorgée de bière. Nous commencerons par la piscine, décréta-t-il. Histoire de vous mettre en forme sans trop de dommages.

— Je ne suis pas une bonne nageuse.

— Je croyais que vous ne pleurnichiez jamais?

Elle avança le menton et il s'esclaffa :

— Bravo! Vous avez du caractère.

— Oui, c'est tout à fait moi, railla-t-elle entre ses dents. J'ai un cran à toute épreuve!

Il rit encore, puis son regard devint lointain. Il leva sa cigarette, inhala. Le bout incandescent luisait dans le noir. Plusieurs secondes s'écoulèrent avant qu'il n'exhale la fumée.

Elle se surprit à observer le « o » que formaient ses lèvres ornées d'une moustache. Pour des raisons qu'elle ne s'expliquait pas, l'air lui parut soudain plus doux. Elle s'attarda sur les longues mèches de cheveux qui effleuraient ses épaules. Au-dessus d'eux, la lumière de la véranda vacilla. Tess fut soudain saisie d'une envie de le toucher, de savoir si sa peau était aussi douce qu'elle en avait l'air.

Elle baissa précipitamment les yeux, atterrée par sa propre réaction.

— Vous avez peur? murmura-t-il.

— Non.

— Menteuse! Vous tremblez comme une feuille. Et je n'ai rien tenté. Pas encore.

— Je n'ai pas peur! insista-t-elle.

Ils savaient tous deux qu'elle était paniquée, mal à l'aise, troublée. Pouvait-elle oui ou non avoir confiance en lui? Devait-elle partir en courant? Jouer les dures? S'écarter, se jeter dans ses bras? Elle en avait assez de se poser des questions.

Elle prit sa décision. Avant de perdre courage, elle lui arracha des mains la bouteille de bière et alla la vider au pied d'un cactus.

— Terminé. Je vous ai engagé. Je veux un professeur sobre.

— Un marine tire toujours mieux lorsqu'il est ivre.

— J. T., vous n'êtes plus un marine !

— Attention, Angela. Vous venez de commettre une grave erreur, marmonna-t-il en la rejoignant.

— Vous devenez méchant ? rétorqua-t-elle, hautaine. Vous êtes déjà en manque ?

— Oui, mais de sexe, pas de bière.

Son bras se détendit plus vite qu'elle ne l'aurait imaginé. Il plaça une main sur sa tête.

— Vous avez peut-être envie de m'embrasser. Si vous faites quelque chose d'aussi dangereux, cela vous donnera-t-il une impression de puissance ?

Il se pencha sur elle, une lueur dangereuse dans ses prunelles. Elle contempla sa barbe de vingt-quatre heures. Il ne pouvait pas savoir ce que cela représentait pour elle. Il n'avait pas la moindre idée de ce qu'elle pouvait ressentir face à un homme qui était tout sauf froid.

— Embrassez-moi, Angela. Je vous montrerai un autre de mes talents.

Il se rapprocha encore, mais se garda d'effleurer ses lèvres. Tous deux savaient qu'il n'en ferait rien.

D'une main hésitante, elle lui caressa le menton. La surface était moins rugueuse qu'elle ne l'avait cru. Il retint son souffle. Elle osait à peine respirer. De l'index, elle suivit le contour de sa mâchoire, jusqu'à sa nuque.

— Pour l'amour du ciel, vous ne savez pas embrasser un homme ? maugréa-t-il en l'attirant vers lui.

Elle le gratifia d'un magistral coup de poing dans l'épaule.

Il grogna, davantage de surprise que de douleur, et recula d'un pas.

— C'est ce que vous vouliez, n'est-ce pas ? Que je me défende. Voilà, c'est fait. Et pendant que j'y suis, ajouta-t-elle en lui arrachant sa cigarette, j'ai horreur de la fumée.

— Trop tard. Vous auriez dû vous enfuir pendant qu'il en était encore temps, Angela.

De nouveau, il l'enlaça. Elle arrondit la bouche pour protester, mais il en profita pour s'emparer de ses lèvres. Il n'était ni timide ni calculateur. Il sentait le tabac. Elle se tortilla dans l'espoir de se libérer de son étreinte. Le baiser s'intensifia, non pas douloureux, mais insistant, provocateur.

Elle faillit fondre, s'accrocher à lui.

Avec un petit cri, elle lui frappa la poitrine. Il la relâcha aussitôt.

— Salaud !

— Je vous avais prévenue.

Elle s'essuya la bouche du revers de la main. Elle se sentait mise à nu. Elle l'aurait volontiers étranglé.

Il ne bougea pas. Il demeura là, à l'observer, la défiant de se battre. Elle ne pourrait jamais avoir le dessus, il était beaucoup plus fort qu'elle et elle n'avait encore aucune technique. Ses yeux se mirent à piquer. Il ne manquait plus que ça ! Voilà qu'elle allait se mettre à pleurer.

— Arrêtez ! lança-t-il.

— Laissez-moi tranquille.

— Allons, Angela, vous pouvez faire beaucoup mieux que cela. N'abandonnez pas la partie maintenant.

— Vous n'êtes qu'un goujat arrogant et…

— C'est déjà mieux, Angela. À présent, allez vous coucher.

Elle aurait voulu le frapper au bon endroit, mais… si elle le ratait ?

— Allez ! insista-t-il. Vous avez besoin de repos.

— Et vous ? riposta-t-elle. Vous allez rester ici toute la nuit à ignorer vos propres conseils ?

— Probablement.

Elle inclina la tête et l'examina de bas en haut.

— Je vois, murmura-t-elle. Votre sœur n'est ici que depuis douze heures et, déjà, vous craquez.

— Taisez-vous, Angela.

— Pourquoi? Je ne suis pas très forte et je tire sans doute comme un pied, mais je ne suis pas complètement demeurée. Vous et votre sœur avez un avis différent sur votre père. Vous paraissez avoir envie de vous rapprocher d'elle. Elle semble rêver de vous voir brûler sur le bûcher. Que dites-vous de mon analyse, jusqu'ici?

— Allez vous coucher.

— Je suis trop bien partie. Que vous a-t-il fait, votre père?

— Que ne nous a-t-il pas fait? Bonne nuit.

— Il vous a battus? Je sais ce que c'est.

— Votre père vous battait?

— Tout le temps. Je lui en veux encore.

— Hmmm. Voyez-vous, d'après moi, ce genre de haine est sain. J'y crois beaucoup pour ma part. Marion n'est pas d'accord. Elle préfère dire que notre père était un peu strict.

Il grogna avant de poursuivre :

— Le colonel confondait éducation des enfants et sport de combat.

Il s'avança jusqu'à la table, alluma une nouvelle cigarette. Sa main tremblait légèrement.

— Allez vous coucher, Angela. Vous n'avez pas à vous préoccuper de ma famille tordue.

Elle ne bougea pas. Ils avaient au moins un point commun et, pour elle, c'était essentiel.

— Et la femme?

— Quelle femme?

— La prostituée qui a eu l'enfant de votre père.

— Vous avez vraiment tout écouté!

— Oui, répondit-elle sans honte.

Il fuma encore un peu, décidé à ne pas lui répondre. Cependant, lorsque sa cigarette ne fut plus qu'un minuscule mégot, il soupira.

— Mon père avait une maîtresse, une prostituée de dix-sept ans. Elle est tombée enceinte. Le colonel l'a jetée dehors. Elle est restée sur les marches de la maison en le suppliant de lui donner au moins ses vêtements. Il a ordonné au valet de chambre de lâcher les chiens. Elle est partie.

— C'est tout?

— Bien sûr que non. Elle s'est précipitée chez Marion. Elle ne voulait pas d'argent pour elle, mais pour le bébé.

— Et Marion…

— Marion l'a rejetée. L'existence de ma sœur est fondée sur la mémoire sélective. Papa est son petit chéri. Quoi qu'il fasse, c'est bien, ou alors la Terre cesserait de tourner. Si Papa dit que la fille ment, alors la fille ment.

— Elle est venue vous trouver ensuite?

J. T. haussa un sourcil.

— Vous n'avez toujours pas compris?

Elle secoua la tête.

— La fille s'appelait Rachel. Son fils, Teddy, était mon demi-frère.

— Oh! souffla-t-elle, les yeux écarquillés.

— Exactement, poursuivit J. T. tout bas. Je l'ai épousée. C'est la meilleure chose qui me soit arrivée.

Il écrasa son mégot par terre, la salua d'un air moqueur. Tess se découvrit incapable de réagir.

— Allez dormir. Rendez-vous à six heures pile au bord de la piscine. Et méfiez-vous de Marion. Elle ne vous aime pas. Elle serait capable de vous déchiqueter et de vous dévorer toute crue. Nous sommes très fiers d'elle.

Il la laissa seule sur le patio, à écouter le clapotis de l'eau contre les parois du bassin. Au loin, un coyote hurla.

7

Voici l'enregistrement du premier entretien de Jim Beckett avec l'agent spécial Pierce Quincy, assisté du lieutenant Lance Difford, de l'Unité de contrôle et de prévention contre le crime du Massachusetts. Nous sommes au centre de détention de Cedar Junction, Walpole, Massachusetts. Nous sommes le 11 novembre 1995. Jim Beckett est incarcéré depuis environ trois mois. C'est avec son accord que cette rencontre est filmée. Avez-vous des questions?

BECKETT : Quincy? Comme le coroner à la télévision?

QUINCY : Le médecin légiste.

BECKETT : Vous regardiez cette émission quand vous étiez enfant? C'était votre programme préféré?

QUINCY : Je l'ai vu plusieurs fois.

BECKETT : Que faisait votre père?

QUINCY : Il est plombier.

BECKETT : C'est nettement moins palpitant. Je comprends votre...

DIFFORD : Silence, Beckett, nous ne sommes pas ici pour vous écouter psychanalyser le FBI. Quincy ne sait rien de vous en dehors des rapports qu'il a lus. Moi, je vous connais. Ne l'oubliez pas.

BECKETT : Toujours aussi charmant, lieutenant. Lorsque j'étais officier de police, ça m'amusait beaucoup de me retrouver sous les ordres d'hommes comme vous. Le grand méchant lieutenant qui croit protéger tout le monde la nuit grâce à son expérience, alors que, pendant ce temps, c'est un de ses hommes qui assassine les jolies blondes et les découpe en morceaux. Vous dormez bien, lieutenant?

DIFFORD: Taisez-vous!

QUINCY: Venons-en aux affaires sérieuses. Le lieutenant Difford a raison, je ne vous ai jamais rencontré personnellement, Jim, mais je suis au courant de la situation. Je sais aussi, d'après les dossiers que vous avez consultés dans notre unité de support d'enquêtes, que la mise au point du profil psychologique d'un tueur en série n'a plus de secret pour vous. Comme convenu, vous participez à cet entretien de votre plein gré. Vous n'aurez rien en échange, sinon une pause dans ce qui doit vous paraître une routine bien monotone. Voulez-vous une cigarette?

BECKETT: Je ne fume pas. Mon corps est mon temple.

DIFFORD: Seigneur Dieu!

BECKETT: Je veux voir mon profil.

QUINCY: Pas de chantage, Jim.

BECKETT: Quoi? Vous avez peur que je n'en voie que les défauts? Ou vous craignez que je m'en serve un jour à mon avantage?

QUINCY: Vous avez un QI de 145. Je ne vous sous-estime pas, Jim.

BECKETT: *(rire)* Vous n'êtes pas bête non plus, agent Quincy. Peut-être même arriverai-je à vous apprécier.

DIFFORD: Dites, on s'y met, oui ou non?

BECKETT: Une petite minute! J'ai compris. Vous jouez à bon flic/mauvais flic. Le brillant agent du FBI contre le poulet illettré. Vous ai-je signalé que le FBI, tout comme la police, n'a pas eu la moindre idée originale depuis 1975?

DIFFORD: Peut-être nous contentons-nous d'être nous-mêmes.

QUINCY: J'aimerais tout d'abord que vous vous décriviez. Quel portrait feriez-vous de vous?

BECKETT: Mauvaise idée, Quincy. C'est vous, le professionnel. Lancez-vous le premier, je vous dirai si vous êtes sur la bonne voie.

Une pause.

QUINCY: Très bien. Le FBI est intervenu dans cette affaire lors de la découverte d'un troisième cadavre à la lisière de Clinton, Massachusetts. On s'est rendu compte plus tard que c'était la sixième victime, mais, à l'époque, il n'existait que deux autres crimes souffrant la comparaison. La victime était une jeune mère de vingt-trois ans, serveuse dans un bar. Elle rentrait de son travail. Sa voiture fut découverte sur une route de campagne, toutes vitres remontées, portières verrouillées. À l'intérieur, la boîte à gants était ouverte, la clé de contact mise, le sac à main sur le siège passager. On a trouvé dans le coffre ses vêtements, soigneusement pliés et recouverts de débris venant des bois alentour. Il n'y avait pas le moindre signe de lutte. Le corps gisait à cinq cents mètres de là, dans un fossé. La victime était nue, dans une position destinée de toute évidence à choquer. Elle avait été sauvagement torturée et violée. La cause précise de sa mort fut difficile à préciser: son collant était noué autour du cou de façon à l'étrangler et elle avait été violemment frappée à la tête avec un instrument contondant.

Le meurtrier avait pris le temps de nettoyer les lieux du crime. On n'a décelé ni empreintes, ni cheveux, ni échantillons de sperme, ni bouts de tissu. Aucun fragment de peau ou trace de sang n'a été relevé sous les ongles de la victime, qui s'était apparemment débattue mais avait été très vite immobilisée.

Selon nous, le coupable s'est servi d'un prétexte plausible pour attirer la victime hors de sa voiture. Puis il l'a torturée, violée et tuée avec une sauvagerie effroyable. Ensuite, il a disposé le corps dans le fossé, il s'est encore défoulé un peu sur le cadavre, avant d'aller ranger les vêtements dans le coffre et de verrouiller les portières de la voiture.

Plusieurs détails nous ont frappés. *Primo :* le coupable a su convaincre la victime de descendre de son véhicule. Il devait donc inspirer une certaine confiance et posséder un incontestable talent de persuasion. *Secundo :* le temps passé auprès de la victime indique que le meurtrier se sentait à l'aise pour commettre son crime et s'enfuir sans danger. D'après les tests effectués en laboratoire, il avait mis un préservatif, qu'il a fait disparaître. *Tertio :* la violence et la cruauté dont il a fait preuve, ajoutées aux mutilations post-mortem, indiquent qu'il s'agit d'un homme nourrissant une rage incroyable à l'égard du sexe opposé. Bref, nous avons affaire à un psychopathe.

BECKETT : Continuez, je vous en prie, ça devient enfin intéressant.

QUINCY : Le coupable est vraisemblablement un Blanc, entre vingt et quarante ans. Ce dernier élément peut être difficile à déterminer mais, étant donné la nature élaborée du crime, nous pensons qu'il couve sa haine depuis un certain temps : il en était déjà à raffiner et perfectionner sa technique. Nous imaginions un homme séduisant, charismatique, doté d'un QI supérieur à la moyenne, bien intégré sur le plan social. Un employé compétent, soit marié, soit fiancé, en bonne forme physique, exerçant sans doute un métier spécifiquement masculin.

De toute évidence, il se considérait comme un tueur sophistiqué. Les trois femmes étaient jeunes, belles et blondes. Ce choix était risqué : elles n'étaient ni prostituées ni strip-teaseuses, mais mères de famille ou étudiantes ; les proches ne manqueraient pas de faire pression sur la police pour que l'enquête aboutisse. Il a sans aucun doute passé un certain temps à se promener en quête de la…

Beckett : Il est discipliné ?

Quincy : Autant que peut l'être un maniaque homicide.

Beckett : Croyez-moi, Quincy, il s'agit bien de discipline. Quand l'envie de tuer est à ce point forte, il faut beaucoup de volonté pour attendre la victime idéale. Vous ne pouvez pas savoir. Vous n'avez sans doute jamais eu la moindre impulsion dans votre existence. Et les trophées ?

Quincy : En général, les tueurs en série les collectionnent. Au vu de la scène du crime, il est impossible de savoir ce qui manquait. Le coupable a peut-être pris une bague pour l'offrir à son épouse, histoire d'éprouver des sensations chaque fois qu'il la verrait. Peut-être n'était-ce qu'une boucle de cheveux. Bref, il a besoin de quelque chose pour pouvoir revivre son acte plus tard.

Beckett : Là-dessus, vous vous trompez. Je n'ai rien pris. Pourquoi m'encombrer d'une babiole me liant à un homicide ? Bundy et Kemper[1] se croyaient malins, mais ils n'étaient en réalité que des bêtes sauvages, esclaves de leurs instincts. Ce n'est pas mon cas. Je maîtrisais mes pulsions. Je me contentais de respecter mon schéma.

Quincy : Un schéma ?

Beckett : Vous ne l'avez jamais décodé, n'est-ce pas ?

Quincy : Comment cela ?

Beckett : C'est vous l'expert. À vous de le découvrir.

Une pause.

Quincy : Vous est-il arrivé d'aller voir les tombes de vos victimes ?

---

1. Ted Bundy et Edward Kemper comptent parmi les plus célèbres serial-killers aux États-Unis.

BECKETT : Jamais.

QUINCY : Vous ne vous êtes jamais rendu dans un cimetière, ou à une cérémonie commémorative ? Rien du tout ?

BECKETT : Question de discipline, toujours.

QUINCY : Êtes-vous retourné sur les lieux de vos crimes ? Vous auriez pu le faire en tant qu'officier de police.

BECKETT : J'appartiens à la police du comté de Berkshire. Comment aurais-je pu intervenir à Clinton, dans le Massachusetts ? J'insiste, la discipline passe avant tout. Je suis sérieux, vous savez.

DIFFORD : Tu parles ! Si vous étiez à ce point intelligent, discipliné, *maître de vous*, vous ne seriez pas en prison aujourd'hui.

BECKETT : Vous n'avez jamais songé à vous mettre au régime, Difford ? Regardez-vous. Vous y allez un peu fort sur les beignets, ces temps-ci.

DIFFORD : Vous êtes revenu chercher Teresa, comme vous l'aviez promis. Si vous aviez été plus malin, vous seriez parti. Mais vous ne pouviez pas la lâcher, pas après ce qu'elle vous avait fait. Vous étiez moins discipliné, à ce moment-là, n'est-ce pas ?

BECKETT : Et vous, Difford, où étiez-vous ? Quand j'ai mis les mains autour du cou de ma ravissante épouse, quand j'ai commencé à serrer, où était la police censée la protéger ? Où étiez-vous, espèce de gros lard paresseux ?

QUINCY : Messieurs, je vous en prie…

BECKETT : L'agent Quincy a raison. Cet échange de plaisanteries ne nous mène nulle part. Cependant, je dois avouer que je ne suis guère impressionné. Jusqu'ici, vous auriez aussi bien pu me réciter le texte d'un manuel scolaire. Allons, surprenez-moi !

Une pause.

QUINCY : Votre premier meurtre n'était pas prémédité.

BECKETT: Élémentaire, mon cher Watson. Un tueur ne prévoit jamais son premier assassinat. Le désir monte et tout à coup, en une fraction de seconde, l'occasion se présente. Soit on passe à l'acte, soit on renonce. C'est ce qui différencie les hommes des garçons et vous de moi.

QUINCY: Vous l'avez arrêtée pour excès de vitesse. Vous aviez l'intention de la verbaliser. Vous étiez en service. Arrêtez-moi si je me trompe, Jim. Soudain, vous la voyez, là, devant vous, blonde, superbe, docilement assise dans sa voiture, prête à vous remettre ses papiers. Vous êtes sous pression depuis un certain temps. Vous avez bu…

BECKETT: Je ne bois pas.

QUINCY: Mais vous êtes plus tendu encore que de coutume. Vous remarquez qu'il n'y a personne alentour, que la route est déserte, que cette ravissante créature vous sourit d'un air contrit.

BECKETT: Elle avait envie de moi.

QUINCY: Vous avez été négligent, n'est-ce pas, Jim? Vous vous croyiez maître de la situation, mais vous ne l'étiez pas. Vous avez suivi votre instinct, vous avez violé et tué une femme, votre véhicule de police garé juste derrière le sien.

BECKETT: Je n'ai pas paniqué.

QUINCY: Votre uniforme était déchiré, vous couriez le risque d'être confondu par les tests d'ADN, puisque vous aviez laissé des traces de sperme. On vous avait probablement vu l'obliger à se ranger sur le bas-côté. Que faire?

BECKETT: J'ai rédigé le procès-verbal, bien entendu.

QUINCY: Excellent réflexe. Vous êtes remonté dans votre voiture, vous avez fait votre rapport et annoncé que vous poursuiviez votre route. Mais vous avez caché votre voiture et vous êtes retourné sur le lieu du crime. Vous avez rhabillé la victime, vous l'avez placée dans son véhicule, en la recouvrant d'un plaid trouvé dans le coffre. Elle paraissait dormir. Vous deviez dissimuler le cadavre, mais pas trop loin, sinon comment seriez-vous revenu? Vous avez donc opté pour le lac, sachant que l'eau accomplirait la sale besogne à votre place. Il suffisait qu'elle reste là quatre ou cinq jours… Il est difficile de relever des indices sur un cadavre ayant séjourné dans l'eau.

BECKETT: Surtout au bout d'un an.

QUINCY: Vous avez eu de la chance. La femme est portée disparue, vos supérieurs vous interrogent, puisque vous lui avez infligé une amende. Vous gardez votre sang-froid, tous vos documents sont en ordre…

BECKETT: Je vous ai déjà dit qu'il n'y avait rien de plus drôle que d'être sous les ordres de lieutenants sans cervelle qui n'ont jamais eu le moindre soupçon!

DIFFORD: Espèce de salaud! On a bien fini par vous avoir!

BECKETT: Dix cadavres plus tard, vous le savez bien. Quincy, vous me décevez. Le premier meurtre n'était pas prémédité. Bien. J'ai jeté le corps dans le lac. Logique. Racontez-moi quelque chose qui me donne la chair de poule, à présent.

QUINCY: La nuit où vous avez tué Lucy Edwards, votre première victime, votre épouse était à l'hôpital sur le point de mettre au monde votre fille. Voilà qui vous angoissait. La naissance de votre enfant.

Une pause.

BECKETT: Trop facile. La date est sur le procès-verbal. Vous savez donc qu'elle a disparu ce jour-là.

QUINCY: Cela ne signifie pas forcément qu'elle a été tuée le jour où on l'a vue pour la dernière fois. Vous savez qu'il est impossible de déterminer avec précision le moment de la mort sur un cadavre ayant séjourné un an au fond d'un lac.

BECKETT: Tout ça n'est que logique.

QUINCY : Non, Jim, il s'agit d'un hasard statistique. Il y a toujours un événement déclencheur. Pour les tueurs désorganisés, c'est en général la perte d'un emploi ou une confrontation majeure avec leur mère. Pour un tueur méthodique comme vous, la naissance d'un premier enfant arrive en tête de liste. L'arrivée d'un nouveau membre dans la famille, les difficultés matérielles, surtout pour un policier qui vivait déjà au-dessus de ses moyens. Votre arrogance est votre talon d'Achille, Jim. Vous voulez croire que vous êtes unique. Vous voulez croire que vous êtes le meilleur mais, en fait, vous êtes comme les autres. Et nous pouvons établir votre profil comme pour les autres, en observant ce qu'ils ont fait.

Une pause.

BECKETT : Dans ce cas, vous n'avez aucun besoin de me rencontrer.

QUINCY : C'est le pourquoi qui nous intéresse, Jim. Vous avez assassiné dix belles femmes blondes. Qu'est-ce qui peut conduire un homme à de telles extrémités?

BECKETT : Vous voulez dire regarder une femme supplier qu'on la laisse en vie, lui casser le cou, puis se rendre à l'hôpital pour voir son nouveau-né? Ce fut une bonne soirée, vous savez. Avez-vous rencontré ma fille, Samantha? Elle est magnifique et très intelligente, en plus. Dites-le-lui, Difford. Vous la connaissez. Samantha est ce qui m'est arrivé de mieux dans mon existence.

DIFFORD : Et s'il y a une justice en ce bas monde, elle ne saura jamais qui vous êtes, Beckett. Teresa lui a dit que vous étiez mort.

QUINCY : Jim, pourquoi avez-vous tué ces femmes?

BECKETT : Elles n'étaient que des putains sans foi. Elles méritaient de mourir.

DIFFORD : Il ment. Il ne croit pas en Dieu.

BECKETT *(éclat de rire)*: Pour une fois, Difford a raison. Mais les excuses du type « ma-mère-m'a-obligé-à-devenir-propre-un-pistolet-sur-la-tempe » m'ennuient.

QUINCY : Vous haïssiez votre mère ?

BECKETT : Laquelle ? Ma mère adoptive, ou ma mère biologique ? En fait, ça n'a aucune importance. Ni l'une ni l'autre n'en valaient la peine.

QUINCY : Il paraît que vous avez entretenu une correspondance avec Edward Kemper III.

BECKETT : Bien sûr. Ed est un type formidable. Un mètre quatre-vingt-sept, cent cinquante kilos, ça vous donne un psychopathe de taille. Je fais de la musculation tous les jours, le saviez-vous ? Je soulève jusqu'à deux cents kilos, maintenant… Impressionnant, non ? *(Il remonte ses manches et gonfle ses biceps pour la caméra.)* Pas mal, hein ? Mais j'ai encore du chemin à parcourir pour rattraper Ed.

QUINCY : Ed a un QI de 145, lui aussi. Le saviez-vous ?

BECKETT : C'est un homme de la Renaissance.

QUINCY : Il compte dix victimes à son actif, comme vous. Est-ce la raison pour laquelle vous avez décidé de lui écrire ? Toutefois, les siennes étaient des proches, ses grands-parents, sa mère, la meilleure amie de celle-ci…

BECKETT : Ouais, Ed a un peu trop lu Freud. Il parle sans cesse de sa haine pour sa mère. Pour l'amour du ciel, il l'a décapitée, puis violée, il serait temps qu'il passe à autre chose.

QUINCY : Votre mère était-elle exigeante à votre égard ?

BECKETT : Ma mère biologique était une hypocondriaque sans caractère et stupide.

QUINCY : Votre père ?

BECKETT : C'était un homme bien. Ne le mêlez pas à tout ça.

QUINCY : Aurait-il honte de vous aujourd'hui, Jim ?

BECKETT: Pourquoi?

QUINCY: À mon avis, la réponse est oui. Je pense que vous le savez. Je crois que Jenny Thompson vous a vraiment troublé.

BECKETT: Qui?

DIFFORD: Vous le savez parfaitement, Beckett. La petite Jenny Thompson, cette adolescente de dix-sept ans, celle à qui vous avez coupé la tête.

QUINCY: C'est la seule que vous ayez décapitée, Jim. De plus, vous l'avez laissée se rhabiller après l'avoir violée. Je crois qu'elle vous a humilié. Je crois qu'elle vous a expliqué qu'elle allait voir son père mourant à l'hôpital, qu'il avait besoin d'elle, qu'elle était son unique raison de se battre pour survivre. Mais elle avait eu le temps de voir votre visage. Vous deviez la tuer. Vous n'aviez pas le choix. Cependant, ce n'était pas comme les autres fois. Vous n'avez pas pu la regarder dans les yeux. Vous l'avez étranglée en la saisissant par-derrière. Vous étiez perturbé et cela vous a mis en colère. Chaque fois que vous pensez à elle, vous avez honte, n'est-ce pas, Jim?

BECKETT: Non.

DIFFORD: Vous n'avez pas l'air très à l'aise, tout à coup, Jim.

BECKETT: J'ai des fourmis dans les jambes.

DIFFORD: Ça doit être ça, oui.

BECKETT: J'ai vu le père de Jenny, à l'hôpital.

QUINCY: Quoi?

BECKETT: Les infirmières n'ont jamais fait le rapprochement. Je suis allé là-bas, je voulais savoir s'il était vraiment là, à l'agonie. On ne peut pas faire confiance aux femmes: elles diraient n'importe quoi pour sauver leur peau. J'ai donc vérifié l'information. Il était en réanimation, sous une tente à oxygène. Il n'avait pas droit aux visites, mais j'ai expliqué aux infirmières que j'enquêtais sur l'affaire concernant sa fille et que j'avais une bonne nouvelle à lui annoncer. Elles m'ont laissé entrer, évidemment. Elles étaient jeunes. L'une d'entre elles était très jolie, mais c'était une brune. Je me suis penché sur le malade, je lui ai dit que sa fille était superbe et qu'elle avait crié très fort. Je lui ai raconté qu'elle avait supplié Dieu de lui venir en aide, mais que Dieu était resté insensible. Il est mort le lendemain… Si vous voulez me comprendre, monsieur Quincy, oubliez vos théories à la gomme. C'est tellement plus simple. Tout est une question de pouvoir. Le pouvoir de se retrouver seul avec une femme et de la voir vous supplier de ne pas la tuer. De la voir s'agenouiller et implorer Dieu de lui venir en aide. Il s'en garde bien. Elle est à moi. Je suis le plus fort et le meilleur.

DIFFORD : Vous êtes complètement cinglé, Beckett.

BECKETT : Remettez-vous, Difford. C'est grâce à des types comme moi que vous continuez à avoir du boulot. Avant mon arrivée, vous n'étiez qu'un petit lieutenant de rien du tout. J'ai fait votre carrière. Vous devriez m'en être reconnaissant.

QUINCY : Jim…

DIFFORD : Vous vous trompez, Beckett. Vous n'êtes pas le plus fort. C'est Teresa.

BECKETT : Quoi?

DIFFORD : Parfaitement. Qui a causé votre perte? Qui vous a envoyé en prison? Avouez-le : vous avez épousé une gamine que vous pensiez manipuler et terroriser à votre guise. Mais au lieu de se soumettre, elle s'est battue. Elle a fait tomber le tout-puissant Jim Beckett.

BECKETT : Teresa est une femme faible et stupide qui n'avait même pas le courage d'affronter son propre père. Il suffisait de hausser le ton pour la voir se recroqueviller.

DIFFORD : Elle notait tout, les fois où vous lui disiez que vous étiez de service alors que c'était faux, les fois où vous reveniez couvert d'égratignures et d'hématomes.

BECKETT : Elle était jalouse.

DIFFORD : Elle relevait le kilométrage de votre voiture. Elle inscrivait tout, en secret, dans un petit carnet, jusqu'au jour où elle a eu assez d'informations pour alerter la police. Vous ne l'avez jamais soupçonnée.

BECKETT : Teresa n'est pas aussi intelligente !

DIFFORD : Elle vous a dénoncé, Jim. Elle était terrifiée, traumatisée. Vous avez brûlé toutes ses affaires personnelles, jour après jour, vous lui avez répété qu'elle ne valait rien et, pourtant, elle vous a tenu tête.

BECKETT : Je me suis vengé. Aujourd'hui, chaque fois qu'elle fait un pas, elle pense à moi.

DIFFORD : Et chaque fois que vous entendez claquer la porte de votre cellule, vous pensez à elle.

Une pause.

QUINCY : Une dernière question, Jim…

BECKETT : Savez-vous à quoi je rêve, Difford ? Savez-vous à quoi je pense chaque soir ? Je pense au jour où je reverrai ma femme. Je m'imagine plaçant les mains autour de son cou et serrant, lentement, lentement, avant de lui arracher le cœur encore palpitant. Je le ferai, Difford, et je vous enverrai son cœur en guise de souvenir.

Le lieutenant Richard Houlihan vint à l'avant de la salle et éteignit le projecteur. À son signal, les lumières furent rallumées et soixante-cinq policiers et agents fédéraux clignèrent des yeux. Ici était rassemblée la force spéciale la plus importante qu'ait jamais connue le Massachusetts. La précédente, un peu moins nombreuse, s'était réunie deux ans et demi auparavant en ce même lieu dans le même dessein : retrouver l'ex-policier et tueur en série Jim Beckett.

— Vous savez maintenant à qui nous sommes confrontés, attaqua le lieutenant Houlihan, sans préambule. Jim Beckett s'est toujours vanté de son intelligence supérieure et, la semaine dernière, il nous a une fois de plus prouvé de quoi il était capable. À neuf heures du matin, deux gardiens escortaient Beckett du bloc numéro dix de Walpole à la salle polyvalente, où il voulait procéder à des recherches juridiques. Les gardiens avaient suivi le protocole réglementaire : Beckett était menotté dans le dos, les pieds entravés et ils ne l'ont pas quitté d'une semelle. Pourtant, il a réussi à se libérer de ses menottes, sans doute avec un passe façonné sur place. Une fois dans la salle polyvalente, il s'est jeté sur les gardiens et, en deux minutes, il les a tués à mains nues. L'un d'entre eux a cependant pu activer l'alarme de sa radio. Lorsque, quatre-vingt-dix secondes plus tard, leurs collègues sont arrivés en renfort, ils ont trouvé les menottes et les chaînes de Beckett par terre et deux hommes morts… moins un uniforme et une radio. L'ordre a été aussitôt donné de bloquer toutes les unités et une fouille approfondie a commencé. Pendant ce temps, Beckett, vêtu en gardien, parvenait jusqu'au centre de commande. Au vu et au su de tous, il a alors assommé le lieutenant et le sergent en service, avant de s'emparer du passe-partout, de déverrouiller le système et d'ouvrir toutes les portes des cellules. Dans l'émeute qui n'a pas manqué de suivre, Beckett s'est contenté de sortir comme si de rien n'était. Il a fallu huit heures pour se rendre compte qu'il avait disparu… Depuis, personne ne l'a vu. Je ne vous mentirai pas. Les semaines à venir seront sans doute les plus pénibles de votre carrière. L'équipe de sécurité intérieure de Walpole a passé au peigne fin les alentours pendant quarante-huit heures avant de faire appel aux forces de police municipale, régionale et d'État. La Garde nationale s'y est mise aussi. En vain. La brigade spéciale chargée de la recherche des fugitifs a pris la relève et fouillé tout l'État pendant huit jours, sans succès. L'homme n'a ni famille ni relations. Un mandat national a été lancé, sans résultat. Bref, la brigade spéciale n'a aucune piste et c'est désormais à nous de nous débrouiller. Vous allez devoir travailler plus que vous ne l'avez jamais fait, sous pression constante. Le gouverneur suit l'enquête de près. Le chef de la police recevra un rapport quotidien. Certains d'entre vous ont déjà vécu une expérience similaire, en participant à l'opération Task Force 22, il y a deux ans et demi. À cette époque, Jim Beckett a réussi à nous échapper pendant six mois, pour resurgir brusquement dans la maison que nous étions supposés protéger. Cette nuit-là, Teresa Beckett a failli mourir et cela par notre faute. Trois équipes se relaieront par tranches de huit heures. N'allez pas imaginer que parce que la vôtre prend fin, vous pourrez rentrer tranquillement chez vous. Cette affaire sera à la une de tous les journaux. La ligne spéciale reçoit déjà deux mille appels par jour. Vous ne partirez qu'après avoir fait votre rapport auprès de vos supérieurs. Vendredi soir, Beckett sera le sujet principal de l'émission *L'Homme le plus recherché d'Amérique*. Une armada de volontaires sera engagée spécialement pour répondre au téléphone. Beckett apparaît aussi sur le site Internet du FBI… Oui, ce sera long et fastidieux. Oui, vous connaîtrez des hauts et des bas. Mais nous y arriverons. Beckett a été officier de police. Il s'est servi de son uniforme pour attirer des jeunes femmes hors de leur voiture et les tuer. Il a sauvagement assassiné deux gardiens de sécurité. Sa capture me tient à cœur.

Le lieutenant Houlihan recula d'un pas et attendit quelques secondes que son discours pénètre tous les esprits. Comme ses hommes se penchaient en avant pour écouter la suite, il reprit la parole :

— Beckett a opéré dans quatre États différents. Les trois autres ont aussi mis en place une équipe spéciale et s'efforceront de coordonner leurs efforts avec les nôtres. Je vous présente donc le lieutenant Richardson, de New York… Du Vermont, le lieutenant Chajet, du Connecticut, le lieutenant Bertelli. Si vous recevez un appel de ces personnes ou de leurs subordonnés, débrouillez-vous pour leur apporter votre aide. Ils ne manqueront pas de vous renvoyer l'ascenseur. La contre-enquête sera en grande partie menée par le Programme d'arrestation des grands criminels[1]. Ce système, dirigé par le FBI, est chargé de récolter et d'analyser tous les éléments de l'enquête avec des moyens technologiques extrêmement performants. Si Beckett agit dans un autre État, l'ordinateur nous préviendra aussitôt. Surtout, si vous avez le moindre doute, avertissez votre supérieur. La rapidité est un facteur essentiel. Le FBI nous fournit de plus un profil psychologique du meurtrier. Parmi nous, aujourd'hui, se trouve l'agent spécial Quincy, que vous venez de voir dans le film. Il va nous dire ce que nous devons chercher.

Le lieutenant Houlihan s'écarta. Personne ne bougea. Tous les auditeurs étaient sérieux et attentifs.

L'agent spécial Quincy se présenta. Il comprenait la préoccupation des hommes qui se tenaient face à lui. Il avait lui-même servi dans la brigade des homicides de Chicago, puis à New York, avant d'obtenir son doctorat en criminologie et de rejoindre les forces du FBI.

— Jim Beckett est un véritable psychopathe. La plupart d'entre vous croient probablement savoir ce que cela signifie. Détrompez-vous. Oubliez tout ce que vous

---

1. *Violent Criminal Apprehension Program* (VICAP).

94

avez lu dans les journaux, tout ce que vous avez vu au cinéma. Je vais vous dire ce que vous devez rechercher. Nous connaissons bien cet homme. Beckett est un maître dans l'art de la dissimulation. Son QI élevé et son charme naturel lui permettent de s'adapter à n'importe quelle situation. Il y a deux ans et demi, il a échappé pendant plus de six mois à la plus grande chasse à l'homme jamais organisée en Nouvelle-Angleterre. Nous ne savons toujours pas où il s'est caché, ni comment il s'y est pris. En d'autres termes, l'aspect physique ne compte pas. Pour nous, il s'agit d'un individu non identifié, âgé de trente-six ans. Je répète, c'est un psychopathe. Autrement dit, il sait admirablement compartimenter les choses. D'une part, il connaît les règles et les normes de la société. Il sait s'y conformer, se faire apprécier. Il est affable, extraverti, sûr de lui. D'autre part, il se considère au-dessus de tout et de tout le monde. Les sentiments de culpabilité, les remords, le sens du devoir lui sont inconnus. Il ment sans peine, il est obsédé par l'apparence physique. Son appétit sexuel est grand et, malgré son mépris pour les femmes, il ne peut s'en passer. Il ne supporte pas la solitude. Il sera donc toujours en compagnie d'au moins une femme. Ces éléments peuvent vous paraître futiles, mais ils vont nous aider.

Primo, il n'ira pas se terrer dans un trou. Il est déjà là, parmi nous. Peut-être s'est-il présenté comme agent de sécurité dans une petite université du Vermont ou comme ouvrier sur le chantier de la nouvelle autoroute du Connecticut. Il optera toujours pour des métiers très masculins : cherchez parmi les pompiers, les employés du bâtiment, les vigiles en tout genre, les cow-boys, etc. Il ment beaucoup et, tôt ou tard, finira peut-être par s'empêtrer dans ses propres histoires et se trahir. *Secundo*, c'est un matérialiste, obsédé par son image. Autrefois, il pouvait entretenir une maison impeccable, s'acheter des vêtements et des voitures en complétant son modeste salaire de flic grâce au trafic de cartes de crédit. Il ne manquera pas de se servir de ses capacités en ce domaine. Si l'on vous signale un Blanc ou une jolie blonde impliqués dans un vol de voiture, bondissez. *Tertio,* Beckett ne peut pas se passer des femmes. En prison, il s'est lié avec une blonde de la région de Walpole, une certaine Shelly Zane. Personne ne l'a revue depuis que Beckett s'est enfui. Elle est probablement sa complice. En fouillant son appartement, nous avons découvert un premier indice. Si vous voulez bien ouvrir vos classeurs à la section « Alias possibles »… Nous avons établi cette liste en vérifiant l'emploi du temps de Shelly au cours de ses deux dernières semaines à Walpole. D'après sa facture de téléphone, elle a appelé plusieurs magasins de fournitures médicales et diverses administrations de différents États. Nous pensons qu'elle aidait Beckett à se créer une nouvelle identité en essayant de lui obtenir un nouveau certificat de naissance. Le plus simple, évidemment, est de commander des formulaires vierges, puis d'imiter la signature d'un médecin et d'obtenir un tampon du comté. Ce document peut servir ensuite pour obtenir un permis de conduire et une carte de sécurité sociale. Cependant, un jour ou l'autre, Beckett voudra quitter le pays. Or, tous les certificats de naissance sont vérifiés lors d'une demande de passeport. Il ne reste donc qu'un moyen pour en avoir un « vrai ». Se rendre à la bibliothèque municipale, rechercher dans les archives, à la rubrique nécrologique, un individu né la même année que vous, mais décédé dans un autre État. Il suffit alors de demander copie du certificat de naissance et de se l'approprier. La bibliothécaire nous a en effet confirmé que Shelly avait passé quatre jours devant l'ordinateur à éplucher des vieux journaux. En les parcourant à notre tour, nous n'avons trouvé que quatre noms susceptibles de convenir à Jim Beckett : Lawrence Talbert, Scott Hannah, Albert McDougal et Thad Johnson. Le service des passeports est prévenu. Beckett en aura sans doute bientôt besoin.

Une main se leva, au fond de la salle.

— Pourquoi cette certitude qu'il va quitter le pays ?

— Bonne question. Cela nous amène à la faiblesse majeure de notre homme : son ex-épouse, Teresa Beckett. Comme vous l'avez entendu dans le film, elle a joué un rôle clé dans la capture de Jim. Il ne le lui a jamais pardonné. Tous les jours, de sa cellule, il lui a écrit en lui décrivant par le menu la façon dont il la tuerait lorsqu'il sortirait. Les femmes de la Nouvelle-Angleterre s'enferment peut-être à double tour, mais, à mon avis, elles n'ont pas grand-chose à craindre. Beckett tuera de nouveau, oui. Shelly Zane sera vraisemblablement sa première victime, lorsqu'il n'aura plus besoin d'elle. Mais sa cible ultime, c'est Teresa. Il l'assassinera. Il retrouvera leur fille, Samantha, qu'il semble aimer sincèrement. Puis il s'enfuira. Si l'on en croit sa fascination pour les groupes néonazis, il partira vers le sud, soit au Brésil, soit en Argentine.

Une autre main jaillit dans la foule.

— Qui surveille Teresa Beckett ?

Les supérieurs échangèrent un regard. L'agent spécial Quincy céda sa place au lieutenant Houlihan.

— Tess préfère se passer de la protection de la police.

— Quoi ?

Un murmure parcourut l'assemblée. D'un geste, le lieutenant Houlihan réclama le silence. Il avait réagi de la même manière, lorsque Difford l'avait appelé pour lui décrire ce plan absurde.

— Tess sait qu'elle est en danger. Elle pense qu'elle est plus en sécurité toute seule.

— Nous devons au moins la faire surveiller par des agents fédéraux.

— Personne dans cette salle n'a besoin de savoir où elle est.

Des chuchotements de protestation fusèrent.

— Et la fillette?

— Elle est en sécurité avec ses propres gardes du corps. Cela ne vous concerne pas.

Cette fois, les grognements s'intensifièrent.

— Et le schéma dont parle Jim dans le film?

— Nous y travaillons. Avez-vous d'autres questions?

Quelques personnes secouèrent la tête. D'autres échangèrent des coups d'œil dubitatifs. Ils étaient déjà sous tension.

— Très bien, dans ce cas, au boulot!

Les portes s'ouvrirent, lâchant un flot de policiers en uniforme bleu marine. Ils s'éparpillèrent, clignant des paupières tant la lumière était aveuglante. Certains se déplaçaient par deux, d'autres par petits groupes. Ils marchaient tous vite, pressés de se mettre au travail.

Au bout de la rue, un homme se détacha d'un groupe, agita nonchalamment la main et disparut dans une allée, comme si sa voiture y était garée.

Il ne monta pas dans un véhicule.

Il continua d'avancer un moment, puis revint sur ses pas. S'étant assuré que personne ne l'avait suivi, il se débarrassa de son uniforme, révélant une combinaison orange d'ouvrier du bâtiment, en dessous. Il se coiffa du casque qu'il avait caché un peu plus tôt derrière une pierre. Shelly s'était chargée de lui trouver les vêtements, suivant ses instructions. Elle s'était bien débrouillée.

Il rangea la panoplie de policier dans un sac en papier et réintégra le monde des civils. Son visage était déjà bien modifié… la peau un peu tirée par ci, un peu rembourrée par là. Au bout d'un quart d'heure de marche, il arriva au motel où Lola Gavitz louait une chambre.

— Je suis de retour, ma chérie.

En sifflotant, il verrouilla la porte derrière lui, puis vérifia les rideaux. Il ne prit pas la peine d'allumer la lumière. Il jeta son sac sur le lit et pénétra dans la salle de bains.

Shelly était pendue, nue, dans la baignoire.

Un papier adhésif lui recouvrait la bouche. Ses poignets et ses chevilles étaient liés. Une petite serviette protégeait la peau de son cou de la corde à linge dont il l'avait entourée. L'autre bout de la corde était accroché à la pomme de douche et Shelly se retrouvait suspendue à cinq centimètres du sol. Asphyxie auto-érotique classique. Une mise en scène parfaite. On apprenait tant de choses, dans la police !

Pour ne pas mourir étranglée, Shelly devait se tenir à la pomme de douche. Elle pouvait aussi poser ses pieds sur le bord de la baignoire, mais alors, elle risquait de glisser…

Ses bras avaient fini par fatiguer car, à présent, elle avait les pieds sur le bord de la baignoire. Lorsqu'il entra, elle leva la tête, ses longs cheveux blonds s'écartant pour révéler un regard hagard.

Il contempla ses pieds, enroula une main autour de sa cheville. S'il la poussait…

Elle parut terrifiée.

— Qu'en penses-tu, Shelly ? As-tu envie de vivre ?

Elle opina furieusement.

— La police prédit que je te tuerai quand je n'aurai plus besoin de toi. M'es-tu encore utile ?

Elle acquiesça de nouveau.

Tout doucement, il détacha la corde à linge. Elle s'effondra dans la baignoire. Il l'examina un instant, remarqua la blondeur de ses cheveux sur la blancheur de sa peau.

Il la caressa un moment, puis défit sa combinaison d'ouvrier et la laissa tomber par terre.

Shelly savait ce qu'il lui restait à faire. Il lui arracha l'adhésif de la bouche.

— Excellent, Shelly. N'oublie pas que tu dois m'être utile.

L'espace d'un éclair, il se permit d'imaginer que ce n'était pas Shelly, qui s'agenouillait devant lui, mais Teresa. Son imbécile de femme Teresa.

Il n'avait jamais eu de telles exigences, avec elle. Elle était son épouse, la mère de son enfant. Il l'avait considérée comme un être à part. À présent, il comprenait qu'il s'était trompé.

Paupières closes, rêvant de tout ce qu'il lui demanderait quand il la reverrait, il serra les mains autour du cou de Shelly/Teresa.

8

Elle faiblissait. Ses gestes n'avaient plus aucune fluidité. Elle se débattait dans l'eau et son menton tremblait.

Vingt longueurs, c'est tout ce qu'elle avait fait. À peine plus de quatre cents mètres, quand lui pouvait en accomplir trois mille. Seigneur! Ils n'étaient pas au bout de leurs peines.

Ils avaient commencé par une séance de gymnastique. Elle n'avait pas pu effectuer la moindre pompe. Bon. Après tout, certaines femmes manquaient de muscles dans les bras et celle-ci était particulièrement frêle. Ils s'étaient mis au stretching. Elle était plutôt souple. Elle n'avait pas trop mal réussi les abdominaux. Mais, lorsqu'ils étaient passés à la musculation des jambes, elle avait failli lui tomber dans les bras.

Décidément, elle était dans un état pitoyable. La peau et les os, ça ne suffisait pas pour se battre.

— Encore une! ordonna J. T.

— Non, répondit Angela, sans force.

Il grogna. Elle entreprit une autre longueur.

— Vous appelez ça être en forme? aboya-t-il.

Il avait besoin d'un sifflet.

— Je vous l'ai dit: je ne suis pas bonne nageuse.

— Pas possible! Pas de bras, pas de jambes… comment avez-vous survécu jusqu'à présent?

— En général, les ménagères n'ont pas l'habitude de jouer à l'homme de fer, rétorqua-t-elle.

En tout cas, elle avait le sens de la repartie. C'était mieux que rien.

Parvenue à l'extrémité de la piscine, sans lui demander la permission, elle s'accrocha au rebord. Ses épaules tremblaient. Elle posa sa joue sur le bord du patio, comme sur un oreiller.

Elle avait l'air d'une enfant épuisée, qu'il aurait fallu prendre dans ses bras et câliner jusqu'à ce qu'elle s'endorme.

— Vous savez quel est votre problème?

— Non, mais tout le monde semble avoir sa théorie personnelle sur la question, répondit-elle avec un sourire énigmatique.

— Vous réfléchissez trop.

— J'ai déjà entendu ça quelque part.

— C'est la vérité. Vous vous accrochez au rebord et vous vous dites, j'ai mal aux jambes. Dites-moi que je me trompe, Angela.

Elle rouvrit les yeux.

— D'accord. Je suis fatiguée, j'ai mal aux jambes.

— Il faut que vous trouviez la zone.

— La zone?

— La zone. Vous avez fait du sport?

— Du sport?

— Oui, Angela, du foot, du basket, du hockey, de la natation, n'importe quoi. Si vous voulez, nous pouvons chercher ce mot dans le dictionnaire.

— Je… j'ai été *pom-pom girl*.

— J'aurais dû le deviner.

— Ce n'est pas aussi facile qu'on le croit, protesta-t-elle. Il faut de la souplesse et de la discipline. Vous pouvez lancer votre jambe plus haut que votre épaule?

Je n'en suis pas sûre. Nous travaillions très dur et c'était un supplice pour les genoux.

— Je ne le conteste pas. Il faut sans doute de la force, aussi, pour les pyramides et tout le reste.

— Oui, mais j'étais une des plus petites. J'étais toujours au sommet.

— Vous n'êtes jamais tombée?

— Souvent.

— Vous remontiez?

— Chaque fois.

— Pourquoi?

— Parce que c'était la règle.

— Exactement. Vous n'y pensiez pas. Vous ne vous disiez pas, j'ai trop mal ou j'ai peur. Vous remontiez parce que vous n'aviez pas le choix. C'est la même chose ici, Angela. Vous nagez et vous nagez encore, sans réfléchir, parce que c'est la règle. Vous faites des pompes et des abdominaux jusqu'à l'épuisement, parce que c'est la règle. Et puis, un jour, vous vous rendrez compte que vous êtes dans la zone et que vos bras, vos jambes n'existent plus. Vous n'êtes qu'un mouvement. C'est cela, la zone. Quand on la découvre, on est capable de tout.

Elle paraissait fascinée, impressionnée. Il se sentit mal à l'aise. Il ne faisait qu'énoncer des évidences, il ne lui révélait pas les lois de l'univers.

Tous les soldats n'étaient pas forcément des brutes, comme on le croyait volontiers. La plupart des commandos de la marine ou des bérets verts auraient pu passer pour des comptables. Quelques-uns étaient assez petits pour mériter le surnom de « Minus ». D'autres étaient si maigres qu'ils avaient du mal à résister à un coup de vent. La performance ne résulte pas de la force physique, mais mentale. L'essentiel était de se concentrer sur le but à atteindre. L'ex-marine J. T. Dillon savait que la zone ne durait pas indéfiniment. Tôt ou tard, l'entraînement, le combat, tout prenait fin et l'on se retrouvait comme avant, dans sa couchette, le dos crispé par la rage et l'esprit encombré de souvenirs.

— J'en fais encore une! proposa Angela, paupières plissées.

Apparemment, son discours avait porté ses fruits, car elle avait l'air déterminé.

— Bonne idée.

Elle s'élança. N'ayant pas de maillot de bain, elle nageait en short et en T-shirt. Le poids de l'étoffe l'alourdissait. Elle s'obstina. Vers la fin, il crut qu'il allait devoir la sortir du bassin par la peau du cou. Elle réussit à atteindre le bord toute seule alors qu'il s'avançait.

— C'est affreux! gémit-elle.

Il s'assit près d'elle et plongea les pieds dans l'eau.

— Vous voulez que ce soit facile. Ça ne l'est pas.

— Vous ne pouvez pas savoir! Regardez-vous : je parie que vous attrapez les serpents à sonnette à main nue. Rien de tout cela n'est difficile, pour vous.

— En effet, concéda-t-il avec calme. J'étais prédestiné pour ça.

— Je vous déteste, marmonna-t-elle, le front posé sur le rebord.

Il la laissa s'apitoyer quelques minutes sur son sort. Après tout, pourquoi pas? Ils n'avaient rien en commun. Le colonel était un homme dur et méchant, qui avait transmis ses gènes à ses enfants. Angela était une créature fragile qui, dès le départ, avait manqué d'atouts naturels. Elle serait obligée de se battre jusqu'au bout. Personne n'avait jamais dit que la vie était juste.

— Votre fille existe vraiment?

Angela se raidit instantanément. Il en conclut que oui.

— Pensez à elle. Ne pensez plus à vous, concentrez-vous sur elle.

— À votre avis, comment suis-je parvenue jusqu'ici?

— Mmmm.

Ils demeurèrent silencieux un moment.

— Quel âge a-t-elle?

Angela semblait ne pas savoir ce qu'elle était prête à lui révéler.

— Quatre ans, finit-elle par avouer.

— Elle est en sécurité?

— Autant que faire se peut.

— Mmm…

— Bon, j'y retourne.

Il fut étonné.

— Vous êtes à bout de forces.

— Il faut que j'apprenne. Encore deux, d'accord?

— Vous êtes têtue.

Elle eut l'air étonnée.

— Je ne suis pas têtue.

— Bien sûr que si. Vous êtes ici, non? Grâce à quoi, selon vous?

— À l'énergie du désespoir.

Il secoua la tête:

— Non, non. Croyez-moi, vous êtes têtue.

— Vraiment? Je suis têtue. Tant mieux. C'est indispensable.

Elle repartit et il resta là à se demander s'il la comprendrait un jour. Elle avait de l'esprit. Il regretta soudain de ne pas l'avoir connue « avant ». Elle avait dû être belle. Menue et souriante, avec de longs cheveux blonds.

J. T., arrête! se réprimanda-t-il.

Derrière lui, la porte grillagée s'ouvrit.

— Où est notre mystérieuse intruse?

J. T. pointa le doigt vers la piscine.

— Pour l'amour du ciel! s'exclama Marion. On dirait qu'elle va se noyer.

— C'est sa version personnelle de la nage du petit chien.

— Tu te fiches de moi.

— Non. Tu la crois toujours en fuite ?

Marion hésita.

— Elle n'a pas l'air bien méchant, mais vu tes fréquentations habituelles…

— Merci, Marion. Trop aimable.

Ils regardèrent Angela atteindre le bout du bassin et revenir péniblement. L'expérience fut longue et douloureuse pour l'intéressée comme pour les observateurs. J. T. secoua la tête.

— Un mois ne sera pas suffisant.

Angela arriva. Elle était écarlate. J. T. procéda aux présentations. Les deux femmes montrèrent à peu près autant d'enthousiasme que l'on pouvait s'y attendre.

— J'avoue que vous n'êtes pas telle que je m'y attendais.

— Je ne suis pas une criminelle, dit Angela en essayant de s'extirper de l'eau.

Ses bras refusèrent de coopérer. J. T. dut la saisir par les épaules et la hisser sur la terre ferme. Elle reporta de nouveau son attention sur Marion.

— En fait, j'ai déjà travaillé avec le FBI.

— Quel que soit votre problème, je suis certaine de pouvoir vous recommander un…

— Non, trancha Angela. C'est impossible. Je suis déjà passée partout. La police ne peut plus rien pour me protéger. Il me faut quelqu'un comme votre frère. J. T. va m'aider.

— Une seconde ! se défendit ce dernier en reculant d'un pas. J'ai promis de vous entraîner, rien de plus.

— Parfaitement. C'est tout ce dont j'ai besoin. À quoi nous attaquons-nous, maintenant ?

Il la dévisagea un instant, puis se tourna vers Marion.

— Comment vous appelez-vous ? demanda-t-elle enfin. Si vous n'avez rien à cacher, vous pouvez me révéler votre identité.

— Je n'ai rien à cacher, mais je refuse de vous communiquer mon nom. Cela ne vous regarde pas. D'ailleurs, si mes souvenirs sont bons, vous avez dit à J. T. que vous étiez ici parce que vous êtes sa sœur et non en tant qu'agent fédéral.

— Ne faites pas attention à elle, Angela. C'est plus fort qu'elle.

— J'essaie de rendre service.

— C'est gentil, mais non merci. À présent, si vous voulez bien m'excuser, J. T. ne m'accorde qu'un mois de son temps et j'ai beaucoup à apprendre. Est-ce l'heure de manger ? Je vais préparer les flocons d'avoine. J. T. aux fourneaux est un homme dangereux.

Sur ces mots, elle entra dans la maison. Marion lâcha un sifflement.

— Doux Jésus ! J. T., dans quoi t'es-tu encore fourré ?

— Je lui apprends seulement à se protéger, Marion. Ce n'est pas si terrible.

— Avec toi, si. Pour l'instant, je ne dis rien. Va donc te chercher une autre bière.

— Impossible.

— Impossible ?

— J'ai accepté de ne pas boire pendant tout le mois.

Elle haussa un sourcil.

— Mais oui, bien sûr, J. T.

— Je ne suis pas alcoolique, merde !

— Mais non, J. T.

Elle le gratifia d'un sourire acidulé et s'en fut.

J. T. pressa des oranges fraîches pour Angela, offrant ainsi à Marion une première occasion de passer à l'action.

Une boisson fraîche créait de la condensation sur le verre, effaçant les empreintes. Une boisson chaude avait les mêmes effets à cause de la vapeur. Un jus de fruits à température ambiante, c'était parfait. Elle les rejoignit à la fin du petit déjeuner, bavarda poliment, proposa de laver la vaisselle. Elle mit de côté le verre d'Angela. Plus tard, lorsque J. T. et Angela allèrent se promener, Marion sortit son matériel et se mit à l'ouvrage. Munie des empreintes d'un pouce et de deux moitiés d'index, elle appela le laboratoire.

— La police de Nogales va vous envoyer des empreintes digitales par télécopie, cet après-midi. Effectuez tout de suite les recherches nécessaires et rappelez-moi dès que vous aurez des nouvelles. Ne vous adressez qu'à moi. Est-ce bien clair? Non, non, il faut que je passe par la police, je n'ai pas de télécopieur. Peu importe, ce sont des flics de campagne, ils coopéreront. Nous pouvons avoir confiance en eux.

9

Le crépuscule tombait. Affublé d'un tablier, J. T. grillait des escalopes de poulet au barbecue. Tout en préparant une salade, Marion faisait une grande consommation de bière, comme si elle avait décidé de compenser la sobriété de son frère.

Tess ne participait pas et ni J. T. ni Marion ne semblaient lui en tenir rigueur. Personne n'avait cuisiné pour elle depuis plus de sept ans. Ses doigts pianotaient le long de ses cuisses et l'angoisse montait.

Il fallait qu'elle soit impeccable pour le dîner, coiffée, maquillée, sur son trente et un. Samantha, déjà nourrie, était supposée jouer calmement dans son parc, afin que Jim puisse l'admirer sans être dérangé. Le couvert devait être mis d'une certaine manière, les bougies allumées, les fleurs fraîches. Leur trois-pièces devait être immaculé, le parquet sentir bon la cire au citron, les tapis être soigneusement aspirés et débarrassés de tout jouet.

Jim avait choisi cette demeure à cause des superbes moulures encadrant la cheminée et les fenêtres. Dans d'autres constructions de la même époque, les gens avaient souvent fait l'erreur de les peindre. Jim avait insisté pour conserver le bois de chêne, vieux de cent vingt-cinq ans, un véritable bijou, d'après lui, qui donnait à l'endroit une classe et une élégance dignes de son rang d'officier de police.

Lorsqu'elle avait un an, Samantha avait mis la main sur une spatule recouverte de sauce bolognaise. Elle l'avait agitée avec enthousiasme, éclaboussant tout autour d'elle. Deux gouttes étaient tombées sur le précieux chêne et Teresa avait tenté en vain de les nettoyer. Elle avait fini par poser à cet endroit une plante verte sur un napperon en dentelle, dans l'espoir que Jim ne découvrirait pas sa faute. Deux semaines plus tard, en pleine nuit, il l'avait arrachée de son lit et l'avait fait descendre à la cuisine. Il lui avait tendu une feuille de papier de verre et de la teinture. Il était resté là jusqu'à sept heures du matin à la surveiller, les bras croisés, l'air morose. Samantha s'était mise à pleurer à l'étage.

Il avait obligé Tess à continuer, malgré sa fatigue, malgré les sanglots de sa fille.

Tess enfonça les doigts dans les coussins du canapé. Tout cela appartenait au passé. Désormais, si elle en avait envie, elle pouvait se reposer. Mettre un vieux short et un T-shirt délavé à table. Jouer avec sa fillette dans le salon sans se soucier des Lego qui traînaient sous le divan. S'abstenir de se maquiller. En un mot, être elle-même.

À condition de savoir qui elle était.

Elle s'allongea sur le canapé et s'étira prudemment. Elle avait mal partout. J. T. lui avait infligé de rudes séances de natation et de musculation.

Il ne l'avait pas laissée travailler seule. Il avait accompli avec elle les exercices d'assouplissement, puis enchaîné avec cinquante pompes et deux cents abdominaux. Après cela, il s'était placé sur la tête, le dos au mur et avait abaissé les jambes jusqu'à ce que ses orteils touchent le sol. Un, deux, en l'air, par terre… Elle souffrait rien qu'à l'observer.

— Prenez deux cachets d'aspirine avant de vous coucher, lui conseilla-t-il. Vous vous sentirez mieux demain matin.

— Si je survis jusque-là, marmonna-t-elle en se mettant sur le côté.

Elle avait les côtes douloureuses.

— Le repas est prêt. Venez manger. Nous irons marcher un peu ensuite. Il ne faut surtout pas s'engourdir.

— Aaaaahhh !

— Rappelez-vous : pas de gémissements.

— Pour l'amour du ciel, J. T., donne-lui un verre de vin et ralentis le rythme. Tu vas la tuer.

Tess jeta un coup d'œil surpris, mais empli de gratitude, à Marion. Celle-ci était restée dans la maison une grande partie de la journée. Tess la repérait à l'odeur des cigarettes qu'elle fumait en permanence. À présent, elle était vêtue d'un pantalon de lin et d'un joli chemisier en satin beige. Avec ses cheveux rassemblés sur le bas de la nuque en un élégant chignon, la jeune femme était l'image même de l'invitée d'un cocktail de la haute société. Malheureusement, son visage gâchait l'impression générale. La dureté du regard bleu, acéré, soupçonneux, figeait ses traits délicats. Sa démarche rapide et décidée était celle d'une femme qui n'hésiterait pas à écraser ceux qui auraient l'audace de se mettre en travers de son chemin.

Si Marion McAllister s'était retrouvée nez à nez avec Jim Beckett, elle aurait tiré d'abord et posé les questions ensuite.

Ils mangèrent dans le patio. Marion servit une salade assaisonnée au vinaigre de framboise. J. T. déposa dans leur assiette d'énormes morceaux de poulet grillé accompagnés d'un mélange de riz et de haricots. Elle avait besoin de protéines, expliqua-t-il à Tess en lui rajoutant d'office une cuillerée de légumes.

Elle mangea tout, avec un appétit féroce qu'elle n'aurait jamais soupçonné.

— Freddie va revenir? s'enquit-elle entre deux bouchées.

J. T. et Marion échangèrent un regard.

— Non, répondit J. T., sans quitter Marion des yeux.

Cette dernière se contenta de hausser les épaules. Tess, après avoir tergiversé plusieurs minutes, prit la moitié de volaille laissée par Marion.

— Doucement, murmura J. T.

— J'ai faim.

Il leva un sourcil, mais ne dit rien et continua de manger, en buvant de grandes lampées de thé glacé. De temps en temps, il jetait un coup d'œil plein de convoitise sur le verre de bière de sa sœur.

— En quoi a consisté l'entraînement aujourd'hui? demanda Marion en allumant une cigarette.

— Natation et musculation, déclara Tess.

— Elle a du chemin à parcourir, intervint J. T.

La conversation s'étiola. Ils écoutèrent le chant des grillons dans la pénombre. Tess s'adressa à Marion :

— Vous nagez?

— Un peu.

— Sa spécialité, c'est l'équitation. Le dressage, ajouta J. T. en repoussant son assiette vide. Du moins, quand elle était plus jeune.

— J'ai arrêté.

— Mmmm.

— Ça n'avait aucun intérêt, lança-t-elle. Personne ne monte à cheval, de nos jours. C'est aussi inutile qu'invendable. J'ai perdu mon temps.

— Tu crois? avança J. T., en tripotant distraitement le pied de son verre. Je te regardais souvent. Je te trouvais plutôt douée.

— Toi? Tu me regardais monter?

— Oui. Je n'ai jamais compris comment tu y arrivais. À te voir, si menue sur cette bête de six cents kilos, je me disais que tu appartenais davantage à ton cheval qu'à nous.

— Je ne t'ai jamais vu au manège.

— Je ne voulais pas te déranger.

— Hum! souffla Marion, peu convaincue.

J. T. se tourna vers Tess.

— Et vous, que faisiez-vous?

— Moi?

— Vous avez eu une enfance, comme tout le monde, je suppose, à moins que cette histoire de cigognes ne soit vraie?

Elle fut prise de court: elle n'était guère habituée à ce qu'on l'interroge sur son passé.

— J'ai été scout, répondit-elle enfin. Je n'avais pas beaucoup de loisirs. Je travaillais après les cours. Mes parents possédaient une petite épicerie avec un comptoir de traiteur. C'était très prenant.

— Vous venez donc de la classe moyenne. Vous êtes originaire de la Nouvelle-Angleterre, n'est-ce pas? devina Marion. Vous avez un accent du Nord.

Apparemment, elle prenait des notes…

— Du calme, sœurette, trancha J. T., avant de sourire à Tess. Il faut lui pardonner. Contrairement à vous, nous n'avons jamais eu à travailler dans notre jeunesse. Notre père a eu la bonne idée d'épouser une femme riche. Aujourd'hui, Marion a décidé de surmonter ce handicap en devenant une intoxiquée du boulot. Nous ne pouvons plus l'emmener nulle part. Elle serait capable de faire arrêter nos hôtes pour fraude fiscale.

— Il faut bien que l'un de nous deux ait de la suite dans les idées. Ce n'est pas ton cas. Voulez-vous en savoir un peu plus sur votre héros? proposa-t-elle à Tess en écrasant son mégot dans un cendrier et en allumant aussitôt une autre cigarette. Je vais tout vous dire.

— Aïe! Aïe! Aïe! grommela J. T.

— J. T. à dix-sept ans. Son dada : la course d'orientation.

J. T. s'était raidi. Marion se pencha en avant et poursuivit.

— Un sport né en Scandinavie. Pour simplifier : on vous lâche dans la nature avec une carte topographique et treize contrôles...

— Fanions, rectifia J. T.

— Treize fanions que vous devez retrouver. Vous êtes équipé d'une boussole et vous disposez de trois heures pour en découvrir le maximum. C'est une activité qui peut être très brutale. Les parcours sont classés selon leur difficulté et les plus durs, les rouges et les bleus, ne sont même pas sur des pistes. Il faut se faufiler à travers les broussailles, gravir les sommets, traverser les torrents. On se perd. On se blesse.

— Je savais ce que je faisais, se défendit J. T. Je suis revenu sain et sauf.

— À peine! railla Marion avant d'accorder de nouveau son attention à Tess. Mon frère, dix-sept ans, l'arrogance personnifiée. Vous le trouvez insupportable aujourd'hui, vous ne savez pas comme il était à l'époque.

— J'étais un saint!

— Tu parles! Ces compétitions, c'était sacré. On se présente selon sa catégorie d'âge. Notre père était le meilleur sur le parcours bleu, le plus difficile. Il avait toujours le premier prix. J. T., lui, était trop jeune pour tenter cette course-là. Son parcours, c'était le rouge, et tout le monde était persuadé qu'il allait l'emporter. Tel père, tel fils... Le colonel réfléchissait déjà à l'endroit où il allait exposer les trophées.

Le regard de Marion se durcit.

— Le matin de la compétition. J. T. s'inscrit-il dans sa catégorie? Sûrement pas. Il s'inscrit pour le parcours bleu. À dix-sept ans.

— J'avais déjà fait le rouge, protesta-t-il. Je voulais du nouveau.

— Tu aurais gagné!

— Gagné quoi? Une coupe, un morceau de métal ramasse-poussière.

— Que s'est-il passé? voulut savoir Tess.

— Einstein ici présent, grogna Marion, part à l'assaut. Trois heures plus tard, il est introuvable. Deux heures après, ils en sont à mettre en place des équipes de recherche quand, soudain, un grand fracas parvient de la forêt. Cris, jurons, toutes les mères bouchent les oreilles de leurs chères têtes blondes et voilà J. T. qui surgit, la moitié du visage arrachée, les deux mains abîmées, une cheville enserrée dans une attelle improvisée. Il était tombé dans un ravin.

— Ce sont des choses qui arrivent.

— Tu n'aurais pas eu ce genre d'accident si tu étais resté sur le parcours rouge.

— J'ai réussi mon pari. Je suis revenu... J'ai marché pendant cinq kilomètres sur une cheville cassée, expliqua-t-il à Tess avec un sourire narquois. Courageux, non?

— Stupide, plutôt, murmura Marion.

— Le colonel était très impressionné, répliqua J. T., l'air faussement innocent. Il appréciait ce type d'action: pour lui plaire, il fallait savoir endurer la souffrance, montrer de l'audace, être un H-O-M-M-E, quoi.

Marion se réfugia dans un silence obstiné. Entre ses doigts, la cigarette tremblait.

— Il avait tort, tu sais, reprit J. T. Il aurait dû te laisser participer à ces compétitions. C'est moi qui t'ai appris à lire une boussole, tu t'en souviens?

— Non.

— Et mon fusil à percussion? Tu m'as regardé des après-midi entiers sculpter la crosse dans un bloc de noyer. Tu te rappelles cela, Marion? Ou l'as-tu effacé de ta mémoire, comme tout le reste?

Marion ne dit rien.

— Moi, je n'ai pas oublié, insista J. T., tout bas. Il m'a fallu un an pour sculpter ce fusil et tu m'as observé chaque jour. Tu devais avoir dix ou onze ans; un jour, tu as voulu le soulever, mais il était trop lourd pour toi. Tu as versé la poudre dedans, j'ai placé l'arme à la hauteur de ma taille pour que tu puisses l'armer. Il ne me restait plus qu'à le lever jusqu'à mon épaule, viser et tirer. Tu t'en souviens, Marion?

— Tu mens.

— Pourquoi, Marion? Pourquoi mentirais-je?

— Parce que c'est une manie chez toi, J. T. Tu inventes des histoires.

— À propos de fusil à percussion?

— La vérité t'est insupportable. Tu t'en veux parce que Papa t'a tout donné, parce qu'il t'a toujours préféré et, pourtant, tu as tout raté.

Les phalanges de J. T. blanchirent, puis, brusquement, il repoussa sa chaise de la table.

— C'est ça, Marion, c'est ça.

Il se mit debout et entreprit de ramasser les assiettes.

— Tout s'est passé comme tu l'as imaginé, et le seul crime de Papa fut de t'exclure. C'est vrai que tu as de la suite dans les idées. Si tu avais participé aux courses d'orientation, tu aurais gagné.

— Nous ne le saurons jamais, n'est-ce pas?

— Jamais. Cependant, tu as obtenu des trophées lors des concours de dressage.

— Qui s'en souciait?

— Toi, Marion.

Elle se leva à son tour, rassembla trois assiettes et disparut dans la cuisine. J. T. la suivit des yeux.

— Elle est un peu vive, murmura-t-il après un silence. Passez-moi ce bol, voulez-vous?

— Attendez, je vais vous aider à débarrasser.

— Ce n'est pas la peine. Vous devez avoir mal partout.

Il fixait obstinément la table. Ses gestes étaient saccadés. La lumière du patio éclairait son visage, mais il demeurait impénétrable.

— Prenez de l'aspirine, ordonna-t-il d'un ton sévère. Reposez-vous. Vous avez du pain sur la planche, Angela. Ce ne sera pas facile.

— Très bien.

Cependant, elle ne bougea pas.

— Rentrez à l'intérieur, Angela.

— Laissez-moi emporter quelque chose.

— Je n'ai pas besoin d'aide.

Elle hésita, sans trop savoir pourquoi. Elle le dévisagea attentivement, en quête d'un détail qui lui aurait échappé. L'expression de J. T. ne révéla rien.

— Vous et votre sœur avez grandi dans tout ça, n'est-ce pas?

— Quoi, « tout ça »?

— Les courses d'orientation, l'équitation, la chasse, la natation.

— Moi, oui. Pas Marion. Le colonel s'intéressait davantage à son fils qu'à sa fille. Ça a fonctionné un temps, puis je suis devenu trop vieux et trop têtu, j'ai cessé de gagner des coupes, j'en ai eu assez de tirer sur Bambi. Peut-être aussi que le colonel a commencé à se méfier de moi lorsque j'avais un fusil. Il n'était pas stupide.

Tess frissonna.

— Fini, les sorties père-fils, décréta J. T. J'ai rejoint une équipe de natation et je suis devenu champion de l'État de

Virginie au kilomètre nage libre. Le colonel trouvait que c'était un sport de poules mouillées. À mon avis, il avait un truc contre les hommes qui se rasent les jambes.

J. T. ramassa les verres.

— Je regrette de n'avoir pas pu apprendre tout ça, murmura Tess. J'aurais aimé que ma famille m'encourage à entreprendre ce genre d'activité. J'aurais aimé avoir un grand frère, ou un oncle, qui m'enseigne le tir, l'autodéfense ou la survie en forêt. Si seulement j'avais su tout cela plus tôt.

J. T. se tourna vers elle, le regard vide.

— Oui, Marion et moi, nous sommes des durs. Des purs et durs.

Sur ce, il pénétra dans la maison en lançant par-dessus son épaule :

— Demain, nous commençons les leçons de tir.

Tess sombra dans un sommeil profond et, comme toujours, Jim vint la retrouver dans ses cauchemars. Elle se retrouva à Williamstown, dans son lit, les couvertures remontées jusqu'au menton.

Il va surgir de l'armoire, pensa-t-elle. Sa mère lui avait toujours dit que les monstres n'existaient pas, mais sa mère avait menti, parce qu'elle n'avait jamais voulu croire à l'existence de personnes comme Jim Beckett.

Il va sortir de l'armoire, Tess. Va-t'en ! Cours !

Mais elle ne pouvait pas s'enfuir. Elle n'avait pas de muscles. Elle n'était qu'un tas informe, un oreiller de plumes sans défense.

Au loin, elle entendit un enfant crier. Elle devait à tout prix sortir de là. *Samantha, il faut protéger Samantha !*

Trop tard. La porte de l'armoire coulissa et il fit irruption dans la chambre, blond et souriant, sa batte de base-ball à la main.

— Est-ce que je t'ai manqué, Teresa? Parce que toi, tu m'as terriblement manqué.

Elle gémit, étouffa une supplication. Elle allait mourir. Samantha avait cessé de pleurer. Peut-être pressentait-elle le danger. Pourvu qu'elle se taise encore un moment, juste assez pour que…

Jim s'adossa au mur et fit rebondir la batte sur sa cheville.

— Où est Samantha?

— Partie, chuchota Tess.

Ne pleure pas, Samantha. Ne pleure pas!

— Réponds-moi. Je suis son père. J'ai des droits.

Il brandit la batte et s'approcha du lit.

— Je vais te tuer, Teresa. Samantha sera entièrement à moi.

Elle gémit, puis se figea en voyant la batte décrire un arc de cercle au-dessus de sa tête.

La maison était silencieuse, son bébé aussi.

— La discipline, chuchota Jim. Le secret, c'est la discipline.

La batte s'abattit dans un sifflement.

Tess se réveilla en sursaut, terrifiée, une main sur le téléphone. Elle voulait appeler Difford, entendre la voix de Samantha. Ses doigts se resserrèrent autour du combiné, tandis qu'elle cherchait son souffle.

Petit à petit, elle s'obligea à se décontracter. Téléphoner à Samantha maintenant était trop dangereux. Pour qu'elle soit vraiment en sécurité, avait expliqué Difford, il fallait couper entièrement les ponts.

Tess avait obtempéré. Elle avait embrassé sa petite fille et l'avait laissée partir.

Elle se roula en boule en serrant son oreiller contre sa poitrine. Dans le Massachusetts, il était six heures du matin. Samantha n'allait pas tarder à se réveiller. Dormait-elle bien ou était-elle la proie de terribles cauchemars?

Tess voulait tellement plus pour son enfant. Elle voulait que Samantha puisse grandir dans la sérénité et l'harmonie. Qu'elle se sente forte, intelligente. Belle et aimée. Elle voulait que Samantha soit heureuse.

Quatre heures du matin. Elle descendit du lit, tremblante, percluse de courbatures. Elle vit Jim jaillir de l'armoire, elle entendit le craquement de la batte sur sa jambe.

Je vais te tuer, Teresa. Samantha sera à moi.

Tess traversa la maison sur la pointe des pieds et, ne sachant que faire d'autre, suivit le conseil de J. T. Elle plongea et se mit à nager.

Edith Magher était très fière de son jardin. Elle avait vécu seule toute sa vie. N'ayant toujours pas rencontré le prince charmant à quarante ans, elle s'était dit qu'elle finirait vieille fille, point final. Elle s'était donc consacrée à son jardin, où chaque fleur, chaque feuille lui apparaissait comme un précieux joyau.

Du printemps à l'automne, elle y travaillait chaque jour. Elle s'y trouvait en ce moment, préparant les plates-bandes pour l'hiver. En général, la fin du mois de septembre était belle à Lenox, dans le Massachusetts. Les arbres se coloraient de rouge et d'or, le ciel était d'un bleu limpide. Cette année, pourtant, le froid était venu plus vite que de coutume. Les météorologues annonçaient les premiers gels et même les obstinés qui refusaient d'allumer le chauffage avant le premier novembre commençaient à se poser des questions. Edith, elle, s'occupait de son jardin, en cette fin d'après-midi.

La veille, elle avait appris que sa chère voisine, Martha Ohlsson, allait enfin rentrer de Floride. Après la nouvelle de l'évasion du tueur en série Jim Beckett, elle attendait avec impatience le retour de son amie. Elle ne se sentait guère à l'aise, à côté d'une maison vide.

Tous les soirs, en s'enfermant à double tour dans son petit bungalow, Edith se disait qu'elle n'avait absolument rien à craindre. La commune était petite, paisible. Le centre de Lenox recelait de magnifiques demeures victoriennes qui avaient été autrefois les résidences secondaires de l'élite de Boston. L'écrivain Edith Wharton avait construit son manoir à la lisière de la ville. Non loin de là, Tanglewood déployait ses pelouses verdoyantes sur un fond de montagne pour le plus grand plaisir des amateurs de l'Orchestre symphonique de Boston et des passionnés de nature. Entre Tanglewood et le domaine d'Edith Wharton, les touristes avaient de quoi s'occuper à Lenox jusqu'à l'automne.

Avec l'arrivée de l'hiver, le rythme se ralentissait. Il ne s'était plus passé grand-chose dans le voisinage depuis que le fils aîné des Richardson s'était cassé le bras dans un accident de la route, quelques années auparavant.

Pourtant, de temps en temps, Edith avait ses crises. Pas souvent, mais justement, en ce moment... elle se réveillait en pleine nuit, guettant les battements de son propre cœur. Elle ne cessait de regarder par-dessus son épaule, aussi, comme si elle s'attendait à voir quelque chose d'horrible.

Son arrière-grand-mère Magher avait eu un prétendu don de voyance. Edith n'y croyait pas. Elle faisait confiance à la terre, au pouvoir de mère Nature, à la beauté de son jardin.

Levant les yeux, Edith aperçut l'image éphémère d'une jeune fille blonde et menue, debout au pied du vieux chêne, le visage ensanglanté. Elle secoua la tête en murmurant :

— Ah, non ! Pas de ça avec moi.

La vision se dissipa poliment.

Edith retourna dans sa maison et s'offrit une tasse de thé très noir.

10

— Ne restez pas là.

— Pourquoi?

J. T. la saisit par le bras et la tira vers lui.

— Parce que c'est un *cholla* sauteur.

Elle jeta un coup d'œil vers le cactus.

— Et alors?

Il secoua la tête et se massa les tempes d'une main. Il avait les yeux rouges, les joues noircies par une barbe naissante. Pour changer, ses cheveux étaient rassemblés en queue-de-cheval et il avait mis un T-shirt et des sandales. Mais il n'avait pas bu une goutte d'alcool depuis vingt-quatre heures et il était comme fou.

— Un *cholla* sauteur, Tess. Vous voyez ces minuscules aiguillons? Croyez-moi, vous ne les trouverez ni petits ni doux, quand ces épines vous sauteront sur le bras et s'accrocheront à votre peau.

— Ce n'est qu'une plante! protesta-t-elle.

Cependant, elle examina le cactus d'un œil soupçonneux et se rapprocha de J. T.

— Une plante particulièrement douée.

Il la relâcha, puis s'écarta. Il avait les nerfs en pelote.

Tess, en revanche, se sentait plutôt optimiste. Elle aurait beau avaler des kilos de flocons d'avoine et accomplir des centaines de longueurs dans la piscine, jamais elle ne pourrait se mesurer à la force d'un homme.

Avec une arme, en revanche…

J. T. sortit le petit semi-automatique chromé de l'étui et elle hocha la tête. Elle allait devenir maître dans l'art du tir. Ce serait son atout. Jim serait toujours plus fort et plus rapide, mais même le tout-puissant Jim Beckett ne pourrait échapper à une balle.

Dans le désert brûlant de Nogales, Tess s'apprêtait à devenir le prochain James Bond… autorisé à tuer.

Tapie dans la pénombre de la chambre, elle regarderait Jim, ce monstre que personne ne pouvait soupçonner, sortir de l'armoire. Elle ne chercherait pas à se cacher. Elle ne tremblerait pas. Elle ne le supplierait pas de l'épargner, elle ne craindrait pas pour la vie de sa fille. Elle se dresserait, majestueuse, le visage aussi impassible que celui de Marion. Elle pointerait son calibre 22 sur lui. Il se figerait, blême, comprenant qu'elle avait enfin le dessus.

— Je peux le prendre? s'enquit-elle à voix basse.

J. T. souleva le pistolet, puis s'immobilisa en décelant la lueur brillante dans ses prunelles.

— Ce n'est pas un jouet, trancha-t-il.

— J'espère bien que non.

— Maintenez la sécurité en place et, surtout, ne visez *jamais* quelqu'un, même pour rire. Ce sont des règles essentielles.

— Oui, chef.

J. T. s'impatienta.

— Vous ne comprenez pas. Vous…

— Ce sont les cibles, là-bas? interrompit-elle, surexcitée, en se détournant.

À une dizaine de mètres d'elle, deux bottes de paille jaillissaient de la poussière d'Arizona. Deux cartons ornés de cercles concentriques y étaient fixés à l'aide de gros clous. Ils n'étaient pas loin et étaient d'une taille appréciable. Elle pensa qu'elle n'aurait aucun mal à les atteindre.

J. T. ne dit rien, mais elle sentit son regard sur elle, tandis qu'il lui présentait l'arme. Elle la plaça devant elle et s'exerça à regarder la mire. Elle avait déjà eu un fusil entre les mains. Elle avait tiré à plusieurs reprises. Elle avait même touché un homme.

Elle en savait plus que ne l'imaginait J. T., et cela lui plaisait.

— Quand pourrai-je enlever la sécurité?

— L'enlever? s'indigna-t-il. *Primo,* vous ne portez pas de casque. *Secundo,* le pistolet n'est pas chargé. *Tertio,* où avez-vous appris à vous tenir aussi mal?

Ces paroles sévères modérèrent sensiblement l'excitation de la jeune femme, mais elle acquiesça. Elle était ici pour apprendre. Il était son professeur.

J. T. lui remit un casque, fourra une boîte de balles dans sa poche et vint se poster juste derrière Tess.

— Tenez… Comme ceci, expliqua-t-il en prenant ses bras en sandwich entre les siens.

Il rectifia la position de ses membres comme s'il s'agissait d'un mannequin.

— À présent, regardez dans le viseur. Ne fermez pas un œil. Vous avez vu trop de westerns à la télé.

Il s'écarta. Elle faillit tomber.

— Que voyez-vous, Angela?

— De la paille?

— Pas possible! Choisissez un cercle. N'importe lequel.

— Le noir, répondit-elle en prenant position.

— Baissez les épaules, tendez les bras. Ne bloquez pas les coudes.

— Je peux enlever la sécurité?

— Excellente idée. Vous allez tirer à blanc pour l'instant, afin de vous habituer à la sensation.

— D'accord.

Elle parvint à défaire la sécurité au bout de quatre tentatives seulement.

— Parfait. Vous avez entre les mains un Walther 22 semi-automatique, comme celui avec lequel vous êtes arrivée. Il n'est ni puissant ni particulièrement précis, mais il est petit, facile à dissimuler et fiable. À faible distance, vous toucherez quelque chose. Pour vous, cela signifie que vous devez laisser l'assaillant se rapprocher, viser son torse, puis tirer sans vous arrêter. Si vous l'effleurez simplement, il risque de s'énerver.

— C'est rassurant.

— Tirez.

Elle appuya sur la détente. Ses bras rebondirent, ses coudes se bloquèrent, mais la détente revint plus facilement qu'elle ne s'y était attendue. Le mécanisme cliqueta dans le silence. Encouragée, Tess répéta le geste à plusieurs reprises.

— Félicitations. Vous venez d'abattre un nuage.

Il lui montra comment charger le magasin. Elle pouvait y mettre six balles, plus une dans la chambre ; elle disposait donc de sept chances pour réussir.

Elle mit le casque et visa les bottes de paille. Elle tira et recula d'un bond comme un lapin affolé par le bruit.

— Peut-être n'ai-je pas été suffisamment clair ? railla J. T. Avant de presser sur la détente, il faut ouvrir les yeux.

— C'est ce que j'ai fait !

— Mais oui, mais oui. Essayez de nouveau. Si cela peut vous aider, imaginez mon portrait sur la cible.

Elle tira six fois de suite et parvint enfin à atteindre la botte de paille. La cible, cependant, demeura intacte.

— Mon trésor, je ne savais pas que vous teniez à ce point à moi.

— Taisez-vous! grogna-t-elle, furieuse contre elle-même.

Elle essaya de se concentrer sur la « zone ». Elle pensa à sa fille. Elle se remémora la nuit dans le sous-sol.

Elle chancela.

J. T. la rattrapa.

— Peut-être devrions-nous reprendre demain, proposa-t-il.

— Non. Non. Il faut que j'y arrive.

— Savoir manipuler un pistolet n'a rien d'un exploit.

Elle se ressaisit.

— C'est ce qui compte le plus.

Il demeura silencieux quelques instants, puis haussa les épaules.

— Comme vous voudrez. Après tout, moi, je ne suis que le professeur.

Il s'éloigna, remplit le magasin du pistolet, le lui tendit.

Elle tira la première balle, ratant de loin la botte de paille. Excédée, frustrée, elle recommença. Quatre fois de suite. Sans jamais atteindre les cercles sur les cartons.

Le chargeur était vide. Ses oreilles bourdonnaient. Elle voulut recommencer, mais J. T. lui prit l'arme des mains. Elle était blanche comme un linge. Elle fixa obstinément les bottes de paille en se demandant comment elle pouvait être nulle à ce point.

— *Que vas-tu faire, Teresa? Me frapper, me battre, me tuer? Nous savons tous deux que tu n'en auras jamais la force. Tu n'as jamais osé affronter ton propre père. Tu as été incapable de protéger ta mère. Tu es une bonne à rien, Teresa. Tu es en dessous de tout et tu es à ma merci.*

Assez! Assez! Elle ne voulait plus qu'il vienne hanter son esprit!

— Angela! intervint J. T. d'un ton sévère. Vous réflé-chissez trop.

— Je vous assure que non!

— Trouvez la zone. Je ne sais pas ce qui vous passe par la tête en ce moment, mais faites le vide.

— Je n'ai pas de zone! protesta-t-elle.

Il secoua la tête, furieux.

— Vous voulez y arriver, oui ou non, Angela? Sérieu-sement? Oubliez un peu votre arme et apprenez à ne plus avoir peur. Vous êtes résistante, je l'ai constaté. Mais l'endurance ne suffit pas. Je parie que quand ce type vous a frappée, vous l'avez accepté. Je parie que si l'on vous menace, vous vous recroquevillez sur vous-même pour survivre. C'est très bien, si c'est tout ce que vous voulez. Mais vous vous êtes adressée à moi. Vous ne vouliez plus simplement attendre et endurer. Vous vouliez vous battre. Très bien. Apprenez à vous battre. Ouvrez grand vos yeux, cessez de sursauter à chaque coup de feu. Je me fiche de ce que votre mère a pu vous raconter, les faibles n'hérite-ront jamais de la Terre. Celle-ci reviendra à ceux qui savent tenir la distance et sont encore debout à l'arrivée.

— Comme vous, marmonna-t-elle avec amertume.

— *Chiquita,* vous ne m'avez pas bien regardé.

D'un geste preste, il remplaça le magasin vide de l'arme par un plein. Il tendit le bras devant lui, visa, puis tourna la tête vers la jeune femme et tira jusqu'à ce que le chargeur soit vide.

Il laissa tomber le bras sur le côté.

Le centre de la cible était dévasté.

— Mon Dieu! chuchota-t-elle.

Il plaqua le pistolet sur sa paume.

— Cessez de tressaillir, de sursauter. Visez. Ciblez. Peut-être devez-vous apprendre la haine. C'est ce qui a marché pour moi.

— D'accord.

Elle savait haïr. Elle haïssait son père pour chaque coup qu'il lui avait porté. Elle haïssait Jim de lui avoir laissé croire qu'il la sauverait, avant de la plonger dans un enfer encore plus terrible que celui de son enfance. Elle se haïssait parce qu'elle les avait laissés tous deux lui infliger tant de tourments, parce qu'elle avait mis vingt-quatre ans à comprendre qu'elle devait lutter, parce qu'elle s'en découvrait toujours aussi incapable.

Elle se mit en position et s'obligea à imaginer Jim, à revoir les photos de la police, à se remémorer chacun de ses crimes.

Elle eut un haut-le-cœur. Elle se mit à tirer. Les larmes roulaient sur ses joues. J. T. s'empara de l'arme.

— Arrêtez! aboya-t-il. À quoi jouez-vous?

Elle cligna des paupières. Ses oreilles résonnaient, la poussière se collait à son visage. Elle le dévisagea, puis contempla les bottes de paille. Elle avait effleuré le bord supérieur des cibles.

— Vous ne faites pas attention! s'emporta J. T. Vous appuyez sur cette détente comme Calamity Jane, mais vous n'y êtes pas du tout. C'est un sacrilège, ni plus ni moins!

— J'essaie! se défendit-elle.

Elle ne lui en voulait pas personnellement, mais il était là, aussi s'en prit-elle à lui. Elle enfonça l'index dans sa poitrine et martela ses mots:

— Je vous ai engagé pour m'entraîner. Apprenez-moi à me servir de ce machin!

— Très bien. Très bien.

Il se plaça derrière elle, l'aplatit contre lui, plaquant ses épaules contre sa poitrine, ses hanches contre ses cuisses. Puis il posa le menton sur sa nuque et chuchota:

— Pointez.

Elle leva le pistolet.

— Visez.

Elle visa une cible.

— J'ai dit : « Visez », Angela ! Qu'essayez-vous d'atteindre ? La poussière ? Le ciel ? Un cactus ? Deux bottes de paille, ça ne vous suffit pas ?

— Je vise !

— Regardez dans le viseur, bon sang de bon sang ! Pensez à votre mari. Imaginez-le, là, assis sur le foin.

Elle se raidit, plissa les paupières. Soudain, elle se sentit très calme, terriblement froide. Elle visa la cible, resserra son étreinte et tira.

La balle partit complètement de côté.

Tess fut atterrée.

— Merde, marmonna J. T. en reculant. Nous reprendrons demain, Angela. Il vous reste trois semaines et demie pour y arriver.

Elle regarda de nouveau le pistolet, puis la cible. Elle se sentait trahie. Cette arme devait être son atout majeur. Si elle ne savait pas tirer, comment s'en sortirait-elle ?

— Pourtant, je l'ai touché, une fois.

— Votre mari ?

— Oui. À l'épaule.

— Vous avez tiré sur votre mari ?

J. T. fronça les sourcils.

— Que pouvais-je faire d'autre ? Le laisser me réduire en bouillie avec sa batte de base-ball ?

— *Quoi ?*

Elle jeta le pistolet par terre. J. T. le récupéra vivement.

— Ce n'est pas un jouet ! glapit-il. Si cette arme avait été chargée, vous auriez pu nous tuer tous les deux.

— J'aurais au moins enfin touché quelque chose !

— Ne vous en prenez ni à l'objet ni à moi, Angela. Il faut un certain temps pour maîtriser cet art. Pensez-vous que cent mille dollars suffiraient à vous acheter un badge de tireur professionnel?

— Vous ne comprenez pas! s'écria-t-elle. Vous ne savez pas ce qu'il… J. T., je vous ai menti.

Il se raidit.

— Je n'aime pas les menteurs…

— J'ai cru que vous pourriez m'apprendre à me défendre. Mais soyons francs, trois semaines et demie, ce n'est pas assez. Il faut que vous m'aidiez…

— Ne me dites pas ce que je dois faire.

Il la relâcha et la repoussa au loin.

— Vous ne compren…

— Taisez-vous!

Elle comprit alors qu'elle s'était trompée. Elle l'avait cru insensible. C'était tout le contraire. Son visage s'était tordu en un rictus grimaçant, il serrait les poings. Tout en lui exprimait la colère, la rage, mais aussi un autre sentiment, difficile à décrire.

— Qu'est-ce que vous avez toutes, vous les femmes? Pouvez-vous me l'expliquer, Angela? Vous avez surgi dans ma vie et je vous ai autorisée à rester. Je vous ai dit qui j'étais, ce que je pouvais vous donner. Je suis sans doute un rustre. Je suis en état de manque, au point que je me réveille en pleine nuit avec l'envie d'une bière. Pourtant, je n'en ai pas bu une seule. Vous m'avez dit ce que vous vouliez, nous avons conclu un pacte. Et maintenant, vous voulez changer les règles du jeu? Vous voulez davantage et c'est moi le goujat, parce que je m'y refuse? Croyez-moi, Angela, la route de l'héroïsme, je la connais par cœur. Les lauriers ne me vont pas et ça m'est égal. Je ne veux plus jouer à ce jeu-là, vous m'entendez? Plus jamais!

— Menteur!

Il se figea, comme s'il avait reçu un coup.

— Pardon?

Le ciel d'un bleu limpide s'étirait à l'infini, mais elle ne voyait que J. T., immense, noir et menaçant.

Très bien. Elle ne savait pas tirer, il ne lui restait plus qu'à s'exprimer intelligemment.

— Vous pouvez raconter ce que vous voulez. J'en sais plus sur vous que vous ne le croyez. Vous n'êtes pas aussi dur que vous le prétendez. Vous tenez énormément à votre sœur. De toute évidence, vous aimiez votre femme et votre enfant.

— Ce sont là d'excellentes références : ma sœur me déteste, ma femme et mon enfant sont morts. Je rentre à la maison.

— Attendez !

Elle tendit les mains vers lui. Il les repoussa violemment.

— Je croyais que vous n'aviez confiance en personne, Angela. Ne m'avez-vous pas dit que vous étiez assez grande pour vous débrouiller toute seule ?

— Je suis moins forte que je ne le croyais, avoua-t-elle.

— Apprenez à le devenir.

Il ouvrit l'étui, y rangea le pistolet, referma le couvercle et s'en alla.

11

— Dure journée de boulot, mon chéri? lança Marion d'un ton doucereux, lorsque J. T. revint au bord de la piscine.

— Les femmes sont la racine du mal, grommela-t-il, avant de se ruer dans la maison, de jeter son étui dans le coffre et de verrouiller ce dernier.

Ce détail réglé, il retraversa le salon en déboutonnant la braguette de son jean. Il fit glisser la porte coulissante à l'instant même où Angela, de l'autre côté de la vitre, s'apprêtait à en faire autant. Tous deux se figèrent. J. T. grogna.

— Rosalita va vous teindre les cheveux. À quinze heures. Allez déjeuner.

— Lâche! souffla-t-elle en le croisant.

Il demeura immobile un moment, à assouplir ses doigts.

— Une querelle d'amoureux? railla Marion en avalant une gorgée de bière fraîche.

Une de ses bières à lui. Sa marque préférée.

— Merde!

Il arracha son T-shirt d'un mouvement rageur et jeta son pantalon de l'autre côté du patio. Vêtu seulement d'un caleçon, il se précipita vers le plongeoir.

— Tu fais le boulet de canon? s'enquit Marion d'un ton faussement innocent.

— Regarde bien, petite sœur, répliqua-t-il en prenant son élan.

Un, deux, trois… il rebondit sur le tremplin tel un éclair, puis jaillit vers le ciel. Libre, en suspension, planant comme un aigle. *Qu'ils aillent au diable, tous autant qu'ils étaient!*

Droit comme une flèche, il fendit l'eau et descendit jusqu'au fond du bassin.

Il ne remonta pas immédiatement. Les poumons brûlants, il se laissa glisser le long du carrelage bleu, puis se mit sur le dos, lutta pour rester sur place, savoura sa douleur.

Semper fidelis, ma belle. Marine un jour, marine toujours.

Il avait parfois des accès de mélancolie au souvenir de ce temps-là. Les heures passées dans l'eau glacée aux côtés de son équipier de l'escadron de surveillance hydrographique. Chargés de recueillir et d'analyser la consistance des fonds océaniques, renseignements destinés à servir en cas d'une vaste opération côtière, ils mettaient huit heures à accomplir leur mission. Huit heures dans la nuit silencieuse, à sentir ses jambes s'engourdir. Huit heures durant lesquelles les fonctions biologiques de base continuaient. Les nouveaux étaient gênés ou honteux. Les anciens acceptaient la chaleur de l'urine entre leurs cuisses comme une marque de partage. Ils se sentaient plus proches de leurs équipiers que de leur épouse, leur mère ou leur sœur. Les femmes ne pouvaient pas comprendre.

Être marine, c'était être associé à une noble cause. Il était parti en mission avec des types bien, qui avaient accompli leur boulot sans jamais se dérober. Ceux-là, il les reconnaissait toujours à la lueur dans leurs prunelles, à l'aspect volontaire de leur mâchoire, à leur détermination d'acier. Ils s'étaient retrouvés dans des avions, prêts à sauter en pleine nuit sur des cibles invisibles. Personne ne se plaignait. Personne ne gémissait. Leur peur, ils la gardaient pour eux. Puis, lorsque l'ordre était donné, ils se levaient comme un seul homme. Placés les uns derrière les autres, chacun tapait sur l'épaule de celui qui le précédait en lui souhaitant bonne chance.

J. T. s'était senti bien parmi eux. Il avait eu le sentiment d'être à sa place. Mais même les marines doivent se soumettre aux ordres et, la première fois qu'il s'était retrouvé face à un officier hypocrite et violent, il avait craqué. Il avait essayé de maîtriser sa colère. Vraiment. Puis, soudain, il avait pensé à Merry Berry et à toutes ces nuits au cours desquelles il avait entendu, dans le corridor, le claquement des bottes de leur père se dirigeant vers sa chambre. Il s'était rappelé le nombre de fois où il avait tenté de parler, de raconter ce qui se passait dans leur maison chaque nuit. Le colonel l'avait systématiquement battu en lui reprochant de répandre des fausses rumeurs.

Tu as un problème avec moi, fiston? Bats-toi comme un homme, affronte-moi, frappe-moi si tu t'en crois capable. Mais ne va pas divulguer des mensonges, mon garçon. Ça, c'est un truc de poule mouillée, de petit garçon à sa maman.

Un soir, son supérieur avait giflé sa femme et J. T. avait explosé. Il s'était jeté sur l'homme et l'avait roué de coups. Il lui aurait volontiers cassé la tête, il l'aurait réduit en miettes s'il avait pu. Ils s'étaient mis à quatre pour le maîtriser. L'épouse l'avait traité de brute et s'était précipitée vers son mari en pleurnichant.

Cet épisode avait marqué la fin du service de J. T. Dillon chez les marines.

Il vit enfin ce qu'il attendait depuis plusieurs minutes : Marion se penchait au bord du bassin.

Il remonta à toute allure, émergeant comme une roquette. Il secoua la tête pour éclabousser sa sœur.

— Quel pied ! s'exclama-t-il.

— Pour l'amour du ciel, J. T. ! riposta-t-elle en reculant, l'air dégoûté… Regarde ce que tu as fait ! Tu te comportes comme un gamin de six ans.

— Détends-toi, Marion. Tu viens nager, ou est-ce trop demander à un agent de ton envergure ?

Il obtint ce qu'il souhaitait en moins de trente secondes. Marion était aussi prévisible qu'une poupée mécanique. Elle aurait aussi bien pu se promener avec une affiche : « Ego fragile – Pour un résultat optimal, appuyer ici. »

— Je sais nager ! On fait des suicides, ajouta-t-elle en pointant l'index vers lui.

— Ah, oui ? Je ne sais pas, Marion, c'est plutôt difficile, pour une femme.

— Tu vas me payer ça. Le premier qui crie « Pouce ! » aura perdu.

Au grand plaisir de son frère, elle se déshabilla. Elle était furieuse. Après tout, elle était adulte, elle savait pertinemment à quoi elle s'exposait. Mieux valait réfléchir, avant de lancer un défi comme celui-là. Les « suicides » consistaient à effectuer une longueur de piscine, sortir pour accomplir cinq pompes, puis plonger et recommencer. Le secret de la réussite résidant dans la force de la partie supérieure du corps, les hommes avaient un net avantage naturel. Cependant, pour rien au monde, Marion ne l'admettrait.

Pas elle, si parfaite, si ambitieuse.

— Prête ?

L'œil brillant, Marion avança le menton. Elle était plus que prête. Elle allait l'écraser. Elle aussi était en forme.

La compétition promettait d'être serrée.

— Partez!

Ils plongèrent à l'unisson.

J. T. arriva le premier au bout du bassin, mais il était plus grand. Il lui fallut un temps de plus pour se hisser hors de l'eau. Deux pas en avant et il se laissa tomber à plat sur ses paumes. Marion était juste à côté de lui. Un, deux, trois, quatre, cinq.

Et on reprend!

Il n'était plus qu'une boule d'énergie et il s'amusait comme un fou.

Les dix premières séries se révélèrent aisées. Ensuite, leurs poumons commencèrent à souffrir, leurs mouvements devinrent plus lents, moins précis. Il entendit le souffle rauque de Marion, tandis qu'elle effectuait ses pompes. À moins que ce ne fût le sien?

Tous deux se redressèrent en chancelant, se bousculèrent comme des ivrognes, échangèrent des regards noirs, puis replongèrent.

À la quinzième longueur, ils ressemblaient davantage à des bouchons de liège flottant à la surface en direction de la terre ferme qu'à des nageurs. J. T. avait l'impression qu'une armée de fourmis rouges envahissaient ses bronches. Il avait les biceps en compote. Marion vacillait sur ses jambes.

Mais elle ne cria pas « Pouce ». Pas Marion.

Lui non plus. Pas J. T.

Il se dit qu'ils avaient sans doute plus de points communs qu'il ne l'avait imaginé jusque-là. Ils étaient comme deux enfants stupides décidés à prouver le contraire.

Vingtième longueur. Il voulut sortir de l'eau, mais glissa sur le bord du bassin. Marion était à côté de lui, dans l'eau.

— Tu ne le diras jamais, n'est-ce pas? lança-t-il.

— Va te faire foutre!

— Marion, surveille ton langage!

— Va te faire foutre!

Elle prit son élan et parvint à atterrir sur le patio, étalée sur le ventre comme un poisson à l'agonie. Il n'avait d'autre choix que de l'imiter.

— On le dira ensemble.

— Jette l'éponge! exhala-t-elle.

— Tu rigoles? Montre-moi tes pompes, Pocahontas.

Paupières closes, elle gémit, mais ne bougea pas et ne dit rien. Tant pis pour elle. Ils pouvaient être deux à ce jeu-là. Il s'allongea près d'elle et savoura la chaleur du sol sur sa peau.

Il ne s'était pas senti aussi bien depuis des jours et des jours. Il s'en voudrait le lendemain matin, mais ce ne serait pas la première fois.

Marion avait remué. Elle s'apprêtait à se lever.

— Tu n'abandonnes jamais, n'est-ce pas? s'enquit-il, sincèrement impressionné.

— Non.

Elle serra les dents et, les bras tremblants, souleva péniblement son corps.

— Un!

Il fut forcé d'en effectuer cinq, lui aussi.

Bon! songea-t-il, philosophe, *tôt ou tard, l'un des deux finira par s'écrouler.*

Une heure plus tard, tous deux étaient vautrés sur des chaises longues. Immobiles. Silencieux. Même cela leur avait été douloureux.

À travers la baie vitrée, J. T. apercevait Rosalita qui massait la tête d'Angela. De l'endroit où il se trouvait, il pouvait admirer ses jambes, longues et fines. Il avait toujours eu un faible pour les chevilles dénudées et les pieds nus, surtout les petits pieds, aux ongles laqués de rouge.

Rachel se vernissait les ongles. Parfois, lorsqu'il avait été particulièrement gentil, elle lui permettait de le faire à sa place. Il se remémora tous ces samedis soirs où, couchée sur leur lit, elle avait délicatement posé le pied sur sa poitrine. Détendue, ravie, elle gloussait, parlait de tout et de rien, ses longs cheveux blonds cascadant sur ses épaules, pendant qu'il appliquait avec soin la laque écarlate sur ses orteils. Il avait toujours aimé le samedi soir.

Le dimanche matin, aussi, quand Teddy venait se pelotonner entre eux sous les couvertures.

Merde!

Il n'avait pas envie de penser à tout ça.

C'était son gros problème. Il n'avait pas la force d'endurer ses souvenirs.

— Tu veux parler de Roger? demanda-t-il soudain à Marion.

— Non.

— Je croyais que vous étiez heureux, ensemble.

— Je te dis que je n'ai pas envie d'en discuter.

— Je sais, mais je suis un goujat.

Elle ricana et tous deux se réfugièrent dans le silence.

— Il m'a quittée, déclara-t-elle enfin, d'une voix monocorde. Il s'est trouvé une jeune serveuse et a décidé qu'elle était l'amour de sa vie.

— Le salaud!

— Oui. Au fond, tu avais raison, J. T.

Il opina, mais se garda à faire des commentaires. Il n'avait pas le cœur d'insister auprès de Marion, sa sœur si fière qui avait probablement vraiment aimé le lieutenant-colonel Roger McAllister.

— Je suis désolé, Marion. Je... Quand Rachel est morte, je... C'est dur. Je sais à quel point c'est dur.

Elle réfléchit un instant, puis se tourna vers lui.

— Je le hais, J. T. Tu ne peux pas savoir combien je le hais de m'avoir trahie.

Il aurait voulu se pencher, lui prendre la main. Il eut peur qu'elle ne le repousse.

— Tu es mieux sans lui, marmonna-t-il. Il n'était pas assez fort pour toi, Marion. Il te faut un homme, un vrai, pas un bureaucrate de l'armée.

Elle contempla le ciel.

— Peut-être.

— Tu as demandé le divorce?

— Il faudrait que je m'en occupe, mais je crains que ça ne tue Papa. Il nous en veut déjà de ne pas lui avoir donné de petits-enfants.

J. T. lut entre les lignes. Le colonel, furieux contre elle *et* Roger? Il en doutait. Le colonel avait dû convoquer Marion à plus d'une reprise pour la traiter de mauvaise épouse, de fille désobéissante et de bonne à rien parce qu'elle était incapable de donner naissance à un enfant.

— Papa est mourant. À ta place, je n'hésiterais pas. Si ça l'achève un peu plus vite, je connais un tas de gens qui t'en seront reconnaissants. Moi le premier.

Elle pinça les lèvres mais, pour changer, éluda le sujet.

— À mon avis, Angela est une menteuse.

— Pas possible, Sherlock Holmes!

— Tiens, c'est curieux, je croyais que tu avais horreur du mensonge, que ton code moral débile ne tolérait pas ce genre de comportement.

Il haussa les épaules.

— Qu'est-ce que tu veux, je vieillis. Je suis fatigué.

Il se détourna pour observer la jeune femme en question, une serviette de bain drapée autour de ses épaules, paupières closes, attendant que la teinture agisse.

Elle était intelligente, orgueilleuse et très volontaire.

Elle avait tiré sur son mari. Lui avait essayé de la frapper avec une batte de base-ball.

— Je veux savoir qui elle est. Peux-tu m'aider, Marion?

Un long, long silence.

— Que veux-tu dire?

— Je sais qu'elle ment. Je sais qu'Angela n'est pas son véritable prénom. En temps normal, j'aurais laissé tomber, mais là, j'ai besoin de savoir qui elle est, qui était son époux et ce qu'il a fait.

— Tu en es certain?

— Oui.

— Sérieusement?

— Très.

— J'ai déjà commencé.

— Quoi?

— J'ai relevé ses empreintes, expliqua calmement Marion. Je les ai faxées au laboratoire il y a déjà vingt-quatre heures. Nous devrions recevoir une réponse d'un moment à l'autre.

Il ouvrit la bouche et la referma plusieurs fois de suite. Il aurait voulu se mettre en colère, mais c'était impossible. Lorsqu'il avait accepté que sa sœur reste quelques jours, s'était-il attendu à ce qu'elle demeure les bras croisés dans son coin?

— Tu me diras ce que tu apprendras, ordonna-t-il tout bas. Tu n'en parleras à personne d'autre. Si elle est en mauvaise posture, tu n'interviendras en aucun...

— Tu parles! Je suis un agent fédéral.

— Non! Tu es ma sœur, tu es ici en tant que telle et c'est tout ce que je te demande. Cinq jours, Marion, est-ce trop pour toi? Pendant ces cinq jours qui nous restent, contente-toi d'être ma sœur. Ça ne m'ennuie pas tant que ça d'être ton frère. Je m'efforcerai de ne pas te mettre mal à l'aise.

Elle se tut, sidérée. Pour une fois, elle semblait désta-
bilisée.

— Bien, murmura-t-elle enfin.

Elle fut visiblement aussi choquée que lui par cette
réponse.

— Je te tiendrai au courant, reprit-elle. Ensuite, ce sera
à toi de jouer.

— Merci.

La porte coulissante glissa et Angela apparut, hésitante.
Ses cheveux avaient été rincés et séchés. Elle y passa
la main.

— Alors? Qu'en pensez-vous?

Elle était ravissante. Le soleil couchant l'éclairait
de reflets rougeoyants. Son teint était pâle, ses yeux
immenses. Elle ne ressemblait plus du tout à celle qu'elle
avait été quelques heures auparavant.

Ce constat l'effraya.

— Cette couleur vous va bien, dit-il.

— C'est le but, non?

— Vous apprenez vite.

— En effet. Ne vous inquiétez pas pour moi, J. T.,
je parviendrai à mes fins en dépit de mes petites sautes
d'humeur. J'ai la ferme intention d'apprendre à tirer.

Marion secoua la tête.

— J. T., tu vas t'en mordre les doigts.

Le dîner sur la terrasse fut silencieux. J. T. fit griller
du poisson, qu'Angela et Marion consommèrent sans
commentaire. La dernière bouchée avalée, Angela se leva,
débarrassa la table, puis disparut dans la cuisine.

Marion alluma une cigarette. J. T. contempla les étoiles
et regretta d'avoir la gorge aussi sèche. La sueur perlait
au-dessus de ses lèvres, derrière ses bras et ses épaules.
Il se dit que c'était la chaleur, mais il se mentait. Il mourait

d'envie d'une bière. Il fixait celle de Marion et la convoitait tel un homme perdu en plein désert.

La zone, se dit-il. Trouve la zone.

Le téléphone sonna ; il sursauta.

Marion se leva pour décrocher. Il resta seul avec le chant des grillons, le regard toujours posé sur la bouteille de bière.

Une gorgée, une toute petite gorgée...

Tu as donné ta parole.

Ce n'est qu'une bière. Est-ce un crime de boire une petite bière de rien du tout ? Les hommes ont tort d'écouter les femmes.

Tu ne deviendras pas alcoolique.

Une bière après le dîner, ce n'est pas de l'alcoolisme, c'est du plaisir. Une seule. À l'armée, on buvait tous. On était pourtant performants. Au contraire, ça décontracte. Je n'en peux plus...

Cherche la zone.

Merde ! J. T., tu n'es qu'un menteur, il n'y a pas de zone. Tu ne la trouves que lorsque tu vas te battre. Le calme, la sérénité, tu les ressens lorsque quelqu'un essaie de te tuer. Tu es complètement cinglé.

Sa main se tendit toute seule, ses doigts se resserrèrent autour de la bouteille fraîche.

Il avait soif. Il tremblait.

La porte coulissante claqua et il tressaillit avant de cacher précipitamment sa main sous sa cuisse.

Marion apparut sous la lumière dorée du patio et il effectua un bond dans le passé. Il la revit, en chemise de nuit blanche, au pied de son lit, ses longs cheveux se déversant sur ses épaules. Elle se tordait les mains. Elle le suppliait de la sauver. Pendant ce temps, le colonel cognait de toutes ses forces sur la porte fermée à clé et ordonnait à ses enfants de le laisser entrer.

J. T. cherchait un endroit où cacher sa sœur. Le colonel enfonçait la porte.

Il se mordit la lèvre inférieure et s'obligea à chasser ces souvenirs de son esprit.

Elle s'avança d'un pas, blême.

— Angela n'est pas dans la cuisine, chuchota-t-elle. Elle n'est nulle part dans la maison.

J. T. acquiesça bêtement.

— C'était la section renseignements, ajouta Marion. Je sais qui elle est, J. T., et mon Dieu, je crains d'avoir commis une grave erreur. Une très grave erreur.

12

Le lieutenant Lance Difford vieillissait.

Depuis quelque temps, cela lui était insupportable. Il avait de moins en moins de cheveux et de plus en plus de mal à se lever le matin. Le café lui donnait des brûlures d'estomac et il envisageait de renoncer aux beignets et aux steaks saignants.

Pour ne rien arranger, le froid s'installait et ses insomnies empiraient.

En fait, il n'était pas vraiment vieux. De nos jours, à cinquante ans, on est loin d'avoir un pied dans la tombe. Il n'avait jamais envisagé de quitter la police avant son soixantième anniversaire. Il se considérait comme un homme de valeur, honnête, loyal et respecté. À une époque, il s'était dit que ses journées se passeraient à enquêter sur les crimes et à aider le procureur général du comté de Hampden à condamner les coupables, avant de prendre une retraite paisible en Floride.

Mais un jour, une jeune fille avait été retrouvée à la lisière d'Ipswich, étranglée avec son propre collant. Huit mois plus tard, on avait découvert une autre victime à Clinton. Après cela, le procureur général du Vermont avait appelé, parce qu'il voulait comparer ces deux crimes avec deux homicides commis à Middlebury et à Bennington.

Du jour au lendemain, Difford s'était vu propulsé au sein d'une des affaires les plus étonnantes que le Massachusetts ait connue. Désormais, il lui suffisait de claquer des doigts pour obtenir l'aide de la ville, de l'État ou du FBI. Tout le monde voulait rattraper celui qui avait probablement assassiné quatre jeunes femmes dans trois États différents. Quatre, puis cinq, six… jusqu'à dix…

Difford avait pris un coup de vieux, accaparé par six équipes en opération vingt-quatre heures sur vingt-quatre.

Les enfants, nous sommes en face du tueur en série le plus dangereux qu'ait jamais connu la Nouvelle-Angleterre depuis 1967. Savez-vous combien d'erreurs il a commises ? Aucune.

L'agent spécial Quincy les avait envoyés dans les cimetières et aux obsèques, en vain. Les journalistes avaient accepté de publier le profil des victimes, afin que leurs noms et leur fin tragique demeurent bien ancrés dans l'esprit du public. L'assassin prendrait peut-être contact avec un proche pour se vanter. À moins qu'il ne soit barman dans un bar fréquenté par les flics, où il pouvait se renseigner à loisir sur l'évolution de l'enquête. Ils n'avaient omis aucun détail et, pourtant, la série continuait.

Puis, un soir, Difford avait reçu un coup de fil à son domicile. La voix de son interlocutrice était tellement étouffée qu'il avait eu du mal à la comprendre.

— Je crois savoir qui est la personne que vous recherchez, avait-elle chuchoté sans préambule.

Difford avait imaginé une jeune femme accroupie dans un placard, la main sur le combiné, les épaules recroquevillées par la peur.

— Madame ?

— Est-il vrai qu'il se soit servi d'un instrument contondant, une batte de base-ball, par exemple ?

Difford avait agrippé le combiné.

— C'est possible, madame, avait-il répondu prudemment. Voulez-vous faire une déclaration? Pouvez-vous vous rendre au commissariat?

— Non. Non, non, c'est impossible! Il me tuerait. J'en suis sûre.

Le ton de sa voix était monté d'une octave, puis elle s'était tue, le souffle court.

— Je sais qui c'est, avait-elle enfin repris. C'est la seule explication possible. Les battes de base-ball, les sautes d'humeur, les absences inexpliquées... la lueur que je décèle parfois dans ses yeux. Je n'ai jamais voulu le croire, mais... Promettez-moi que vous protégerez ma fille. Je vous en supplie. Je ferais n'importe quoi.

— Madame?

— Cet homme, ce tueur que vous recherchez. C'est un des vôtres.

Difford avait eu un frisson dans le dos. Il avait su, alors, qu'ils l'auraient. Le procureur général du comté de Hampden avait pris l'affaire en main à la demande de celui du comté de Berkshire dès l'instant où l'équipe du Berkshire avait soupçonné l'un des leurs.

Le lendemain matin, Difford s'était arrangé avec le procureur général du comté de Berkshire pour occuper le lieutenant Jim Beckett dans l'après-midi. Pendant ce temps, Difford et un autre détective en civil avaient rendu visite à la femme de Beckett.

Teresa Beckett lui avait plu tout de suite, sans qu'il sache trop pourquoi. Il s'était attendu à la haïr, à la mépriser. Si ses accusations se révélaient exactes, elle était l'épouse de Frankenstein. Quel genre de femme pouvait épouser un tueur?

Peut-être était-ce la façon dont elle avait répondu à leurs questions, en dépit de sa jeunesse et de sa peur. Peut-être était-ce la façon dont elle avait bercé sa fillette de deux ans en lui chuchotant des mots rassurants. Peut-être était-ce la façon dont elle leur avait confié sa vie…

Au cours de cette première semaine, ils l'avaient rencontrée chaque après-midi en un lieu différent et avaient disséqué son ménage. Depuis quand connaissait-elle Beckett ? D'où sortait-il ? Que savait-elle de sa famille ? Comment se comportait-il en tant que mari et père ? Était-il violent ? Avait-il déjà tenté de l'étrangler ? Et leurs rapports sexuels ? Était-il exigeant ? Quelles étaient ses positions préférées ? Avait-il un comportement sadomasochiste, perverti, pratiquait-il la sodomie ?

Elle avait tout raconté. Par moments, elle n'osait pas les regarder en face. Parfois, les larmes avaient roulé silencieusement sur ses joues. Elle leur avait donné tout ce qu'ils voulaient et plus encore. Elle avait tenu un journal pendant six mois. Elle avait relevé le kilométrage de sa voiture, noté les heures de départ pour le bureau, les heures de retour, établi une liste de tout détail qui la frappait, comme une égratignure ou un hématome.

Elle leur avait dit que Jim Beckett portait une perruque. Peu après leur mariage, il s'était rasé le crâne, le torse, les bras, les jambes, les poils du pubis. Il était totalement imberbe, comme une statue de marbre. Ainsi ne risquait-il pas de laisser un indice sur la scène du crime.

Elle leur avait dit qu'il était froid, arrogant et impitoyable. Il était de ces hommes qui n'hésitent pas à empoisonner le chien du voisin parce que ce dernier a osé laisser sa carte de visite sur la pelouse. Elle leur avait dit qu'il était intransigeant, qu'il obtenait toujours ce qu'il voulait. Il avait le don de faire souffrir les autres sans lever le poing.

Chaque soir, après avoir rangé leurs carnets de notes et prévu un nouveau rendez-vous, ils l'avaient laissée affronter seule le lieutenant Jim Beckett.

Le septième jour, ils avaient estimé en savoir suffisamment. Beckett aussi. Qui avait parlé de quoi et à qui? Personne ne le sut jamais, mais Beckett était entré dans un restaurant, deux agents sur ses talons, et n'était jamais ressorti. Il s'était tout simplement volatilisé.

Difford se rappelait encore l'air effaré de Teresa lorsqu'elle avait ouvert sa porte et que les policiers avaient envahi sa maison. Ils étaient vêtus de combinaisons spéciales prêtées par le laboratoire pour ne pas risquer de contaminer la scène du crime. Tels des extra-terrestres, les bras chargés d'équipement, ils avaient surgi de partout.

Samantha s'était mise à pleurer. Teresa avait téléphoné à sa mère pour qu'elle emmène la petite.

Ensuite, elle s'était installée sur un canapé, pendant que les hommes arrachaient les planchers, soulevaient les carreaux de la cuisine, creusaient le sous-sol et cassaient la cheminée. Ils avaient aspiré toutes les surfaces avec un appareil spécial qui ramassait les moindres particules. Les sacs avaient aussitôt été envoyés au laboratoire pour y être analysés. Ils avaient aussi découpé des bouts de moquettes tachés. Plus tard, la police avait avoué n'avoir jamais rédigé autant de rapports sur la salive de bébé et les compotes de pêche. Dans la cave, une analyse avait révélé la présence de sang de bovin, vieux d'un an environ.

Ensuite, ils avaient installé des éclairages – lampes à quartz, ultraviolets, lumières bleues, vertes et même lasers –, tout un arsenal pour mettre en évidence poils et fibres, fluides corporels et empreintes.

La moitié des forces de police cherchait Jim Beckett, pendant que l'autre démantibulait sa demeure en quête d'indices. Leur première découverte fut un stock de pilules contraceptives dissimulé entre deux plaques isolantes, au grenier, juste au-dessus des cartons contenant les vêtements trop petits de Samantha

— C'est à moi, avait expliqué Teresa. Je les ai obtenues dans une clinique de North Adams. Il voulait un second enfant, mais je… je ne pouvais pas… Je vous en prie, avait-elle rajouté sans réfléchir. Ne le lui dites pas. Vous ne pouvez pas imaginer de quoi il serait capable.

Prenant tout à coup conscience de ce qu'elle venait de déclarer, elle s'était laissée choir sur un fauteuil. Un agent spécialisé dans l'aide aux victimes de traumatismes s'était assis à côté d'elle en la prenant par les épaules.

Dans l'armoire du vestibule, les policiers avaient trouvé un paquet de préservatifs. Teresa avait affirmé que Jim ne s'en servait jamais. Ils les avaient donc expédiés au laboratoire pour une comparaison éventuelle avec des résidus relevés sur les victimes. Ils étaient tombés aussi sur cinq battes de base-ball et une facture pour une douzaine. Les cendres de la cheminée contenaient du bois comparable à celui utilisé pour les fabriquer, de même qu'un composé chimique ressemblant à du vernis de finition.

Ils avaient récupéré aussi quatre flacons contenant un liquide bleu, bientôt identifié sous le nom de Halcion, un puissant somnifère. À côté se trouvait un exemplaire du *Dictionnaire des produits et spécialités pharmaceutiques*, une véritable bible où figuraient la plupart des médicaments mis sur le marché, leurs fabricants, leurs propriétés spécifiques et leurs effets secondaires.

Au grenier, derrière une planche, ils avaient encore trouvé un fusil et un maillet en caoutchouc. Cependant, ils n'avaient pu établir aucun lien entre Jim Beckett et les victimes. Nulle trace de sang ou de cheveux, pas le moindre trophée…

En revanche, Beckett avait collectionné les dossiers concernant plusieurs tueurs en série. Il les avait annotés dans la marge : « Première erreur », « Deuxième erreur », « Manque de soin »…

En guise de conclusion, il avait inscrit : « La clé de tout, c'est la discipline. »

Une semaine, deux… Jim Beckett était demeuré invisible pendant six mois.

Difford se mit debout et regarda par la fenêtre la voiture de police banalisée qui veillait de l'autre côté de la rue. Il vérifia la porte d'entrée, puis les armoires.

Rien à signaler.

Il longea le couloir du minuscule bungalow et poussa la porte de la dernière chambre. Samantha Beckett dormait paisiblement, ses cheveux blonds en éventail autour de son ravissant visage au teint de porcelaine. Difford la contempla un moment.

Elle était tellement minuscule. Elle pleurait souvent en réclamant sa maman. Parfois, elle appelait même son papa. Mais elle avait dû hériter des qualités de sa mère car, du haut de ses quatre ans, elle ne manquait ni de cran ni de courage. Et elle le battait pratiquement chaque après-midi aux dominos.

Difford soupira. Il se sentait vieux, mais après tout…

— J'espère que tu sais ce que tu fais, Teresa, murmura-t-il entre ses dents.

Il alla remonter les couvertures sous le menton de la fillette, puis referma la porte.

— J'ai failli vis-à-vis de ta maman, avoua-t-il dans la pénombre du corridor. Mais je ne te laisserai pas tomber, petite. Je te promets que je te sauverai.

Il alla s'installer au salon, toutes lumières allumées, son arme de service sur les genoux.

Impossible de fermer l'œil.

La semaine précédente, les journalistes lui avaient demandé quelles précautions prendre maintenant que le redoutable Jim Beckett s'était échappé de prison.

Il n'avait su que leur répondre :

— Verrouillez vos portes de placards.

13

Lorsque, à dix-neuf heures, Angela n'eut toujours pas donné signe de vie, J. T. s'avoua inquiet. À dix-neuf heures trente, las de contempler le ventilateur au plafond, il enfila un jean.

Il avait une idée et il était presque sûr de ne pas se tromper. Dehors, l'air avait fraîchi. L'automne arrivait. Le ciel avait chassé le soleil et une lune pâle et rose s'était levée, juste assez claire pour donner aux cactus l'aspect de soldats figés.

Le désert résonnait des chœurs de grillons, des chuchotements du vent et du frottement des ailes des pics qui volaient parmi les *saguaros*. Quelque part au loin, un coyote solitaire hurlait.

J. T. quitta l'oasis de sa piscine et se dirigea vers le champ de tir. Il avait enfermé son calibre 22 dans le coffre, mais Angela avait récupéré le sien.

Il l'aperçut à une dizaine de mètres devant lui et ralentit son allure. Il ne l'appela pas, redoutant d'effrayer une femme armée.

Dissimulé dans la pénombre, il la regarda pointer son pistolet non chargé sur les bottes de paille et 'appuyer sur la détente. Encore et encore. Puis elle bougea et visa en prenant des positions différentes.

Encore et encore.

Ses bras tremblaient. Ses doigts étaient endoloris, mais elle ne s'arrêtait pas. Elle avait installé une lampe de poche pour éclairer ses cibles et paraissait décidée à ne pas gaspiller la lumière. Elle leva son arme et appuya de nouveau sur la détente.

Il vit le pistolet pointer du nez. Elle s'imaginait atteindre la cible mais, en fait, elle ne tuait que la poussière.

Tess rentra bien plus tard, pleine de courbatures. Elle avait mal partout, à la paume de la main, aux doigts, aux biceps.

Elle pénétra dans la cour. À l'instant où elle poussait la baie vitrée coulissante, elle sut qu'elle n'était pas seule.

Elle se retourna, son arme sur la cuisse, et scruta la nuit.

Elle ne pouvait le voir mais elle sentait sa présence.

Elle eut l'impression que son regard lui caressait le visage, puis descendait, très lentement, effleurant sa gorge, ses seins, son ventre, ses hanches, avant de remonter pour s'arrêter sur sa bouche.

Une flamme jaillit dans le noir. Il l'approcha de ses lèvres et elle éclaira momentanément sa mâchoire. Il inhala et le bout de sa cigarette rougit. Puis, en deux mouvements saccadés, il éteignit l'allumette.

La nuit se réinstalla entre eux. Elle entendit les battements affolés de son cœur, frémit sous l'intensité de son regard.

Il s'avança.

— Il faut que nous parlions, décréta-t-il en posant sur la table basse un pack de bières. Ces bouteilles sont pour vous, Teresa Beckett. Buvez et racontez-moi tout.

— Ils ne le retrouvaient pas. Ils m'ont dit qu'il était sous surveillance, qu'ils savaient à tout moment où il était et ce qu'il faisait, que j'étais en sécurité. Puis, un après-midi, il est entré dans un café et on ne l'a plus jamais revu. Les gens du FBI, surtout l'agent spécial Quincy, ont annoncé qu'il réapparaîtrait. Tôt ou tard, Jim allait revenir pour me tuer.

— *Vous vous êtes retournée contre lui, madame, et ça, il ne l'avait pas prévu. Pour un homme comme lui, c'est un coup dur, insupportable. Désormais, le seul moyen pour lui de restaurer son amour-propre, c'est de vous éliminer. Il reviendra. Il n'attendra pas bien longtemps.*

— Je les ai obligés à cacher Samantha. Nous ne pensions pas que Jim s'en prendrait à elle, il semblait l'aimer sincèrement, mais nous ne pouvions pas courir le moindre risque. Je suis restée dans cette maison, à l'attendre, nuit après nuit, pendant six mois.

Tous les soirs, elle s'était couchée, les couvertures remontées jusqu'au menton, les yeux grands ouverts, le cœur palpitant. Elle s'était rongé les ongles jusqu'à la peau. Elle avait sursauté au moindre bruit. L'hiver était arrivé et Williamstown s'était recouvert d'un épais manteau de neige.

— Ils l'ont cherché partout, mais ils disposaient de très peu d'indices. Il parlait rarement de son passé. Les enquêteurs ne découvrirent pas grand-chose. Il n'avait pas de famille, ses parents adoptifs étaient morts. Il n'avait que quelques relations au sein de la police. Dans ces conditions, où aurait-il pu trouver refuger? Pourtant, il s'est volatilisé comme s'il n'avait jamais existé. Par moments, j'avais l'impression qu'il n'était plus qu'un monstrueux fantôme. Les flics ont dû penser comme moi. Au départ, dix hommes surveillaient la maison. Mais une semaine s'est écoulée, puis deux mois, puis quatre et six... Il ne restait plus que deux agents en civil. Et soudain, Jim a resurgi.

Un grattement sur le toit.

Elle se précipita de l'autre côté du lit, s'empara du téléphone, appuya sur les touches.

Le lieutenant Lance Difford allait répondre. Elle lui murmurerait le mot de passe et la police arriverait, s'il n'avait pas déjà été repéré là-haut.

Tout allait s'arranger.

Mais il n'y avait pas de tonalité.

— Tu m'attendais, femme?

Elle leva les yeux.

Son mari sortit de la penderie, vêtu de son uniforme de la police du comté de Berkshire. Il ressemblait à Robert Redford jeune et brandissait une batte de baseball dont l'extrémité était maculée de taches sombres et de cheveux.

Elle se rua vers sa table de chevet. Agile et rapide, Jim bondit sur elle et la saisit par la cheville.

— Non! Non! hurla-t-elle en s'accrochant au matelas.

Il la jeta à terre, où elle atterrit lourdement. Le souffle coupé, elle tenta néanmoins de lutter, d'échapper la main qui remontait le long de sa cuisse nue.

— Où est Samantha?

— Tu ne le sauras jamais.

— Ils ne t'ont pas dit de quoi j'étais capable, Teresa? Ils ne t'ont pas décrit la façon dont j'aime faire souffrir?

Les doigts de Jim se posèrent presque amoureusement autour de son cou et, tout doucement, il serra. Il l'encouragea à se défendre. Il préférait que ses victimes lui résistent.

Elle se débattit, enfonça les talons dans la moquette, chercha à s'échapper, tout en sachant d'avance que c'était peine perdue. Il allait l'asphyxier lentement, la ranimerait, puis recommencerait. À un moment ou à un autre, il la torturerait et la violerait. Enfin, quand il en aurait assez, il s'emparerait de la batte de base-ball et elle serait soulagée de voir venir la fin de son calvaire.

Mentalement, elle appelait les policiers, persuadée qu'ils se doutaient de quelque chose, qu'ils allaient envahir la maison d'un instant à l'autre. Elle était sûre qu'ils viendraient à son secours. Mais il n'y avait personne.

Elle voyait des étoiles. Elle se laissait emporter dans un tourbillon, elle s'enfonçait dans le vide. Elle allait mourir et, au fond, elle s'en moquait.

Si tu ne réagis pas maintenant, se réprimanda-t-elle, tu vas mourir et, dans quelques années, ta fille ne se souviendra même plus de ton prénom.

— Je sais à quoi tu penses, murmura Jim. Tu essaies de trouver la force de me résister. Ça ne sert à rien, Teresa. Je t'ai tout pris. Dès le premier jour, j'ai su qui tu étais. Je t'ai retournée comme un gant et, aujourd'hui, il ne reste plus rien. Tu m'appartiens totalement. C'est moi qui t'ai faite. Je suis en toi, dans ton cerveau. Tu es à moi.

Les étoiles se mirent à danser plus vite. Une sensation de brûlure envahit ses poumons. Un poids énorme pesait sur elle, écrasait ses côtes, chassait tout l'air de son corps. Ses doigts remuèrent légèrement, puis s'immobilisèrent.

Il libéra sa gorge. Elle lui expédia un coup de poing magistral dans le nez.

Il partit en arrière en poussant un cri rauque. Elle n'attendit pas davantage. Elle tendit le bras vers le tiroir du bas de sa table de chevet.

— Espèce de garce! glapit-il.

Elle entendit le sifflement de la batte.

— Je t'en supplie, je t'en supplie, chuchota-t-elle en ouvrant le tiroir.

Elle esquiva le coup juste à temps.

— Je vais te tuer!

Elle pleurait, elle sanglotait tout en cherchant à tâtons dans le tiroir et en priant pour un miracle.

Un deuxième chuintement.

La batte s'abattit sur sa cuisse.

Elle entendit un craquement et une douleur fulgurante lui transperça la jambe. Soudain, elle n'avait plus peur, elle ne se sentait plus épuisée, mais tout simplement furieuse.

Elle tenta en vain de se lever, la douleur était trop forte.

Elle tourna la tête et le vit, immense et imposant dans le pâle rayon de lune, coiffé de sa perruque blonde, son torse lisse comme celui d'une statue.

Elle songea que personne ne lui avait jamais dit que le Mal pouvait revêtir une apparence aussi belle.

La batte retomba.

Elle s'empara du pistolet.

Malgré la douleur, elle roula sur elle-même et leva ses bras tremblants.

La batte s'écrasa sur la moquette.

Tess tira.

— Vous l'avez touché, dit enfin J. T.

Elle en était à sa quatrième bière. Elle chancelait et ses yeux se voilaient. Elle était encore sous le choc.

— Oui, murmura-t-elle, le regard rivé sur l'eau de la piscine. Je l'ai atteint à l'épaule. Ce fut suffisant pour le faire fuir. Les policiers au-dehors ont entendu les coups de feu et Difford a surgi. Ils l'ont emmené. C'était fini.

— Mais vous n'avez jamais cessé d'avoir peur.

— Non. Il avait raison. Il hantait mon esprit. J'ai donc pris ma fille avec moi et nous nous sommes enfuies. Nous avons couru pendant deux ans, de ville en ville. Je changeais constamment d'identité. Aujourd'hui, je suis Tess

Williams, mais Samantha m'appelle toujours Maman. C'est horrible pour elle.

— Vous avez fait ce qu'il fallait.

— Ça n'a pas suffi. Je rêvais de lui chaque nuit. Un être comme lui… ne devrait pas avoir le droit de vivre.

— En effet.

— La semaine dernière, il a tué deux gardiens de prison. Il les a frappés à mort.

— Angela…

— Autant m'appeler Tess.

— Non, je ne pense pas que ce soit une bonne idée. Vous vous servez d'un autre nom pour vous protéger. Après tout ce que vous venez de me raconter, c'est une excellente idée. Seulement voilà : Marion a relevé vos empreintes et les a envoyées par télécopie au FBI. C'est ainsi que j'ai découvert votre véritable nom.

Elle demeura silencieuse un long moment.

— Ah! soupira-t-elle enfin.

J. T. lui prit la main. Elle était glacée.

— *Chiquita,* elle ne faisait que son boulot. Vous mentiez, elle en était sûre, et elle voulait savoir pourquoi.

— Je comprends.

— Elle sait qu'elle a commis une erreur. Vu le passé de Jim Beckett, il est normal que vous éprouviez le besoin de dissimuler votre identité, même aux autorités. Mais de l'eau a coulé sous les ponts. Marion souhaite se racheter. Elle propose de vous accompagner elle-même à Quantico, de vous installer dans une résidence sous haute surveillance.

— Vous n'avez pas écouté ce que je viens de raconter?

— La police s'est trompée une fois, mais cela ne se reproduira plus, maintenant que…

— Ça n'a pas d'importance! coupa-t-elle en libérant sa main et en se mettant debout. Vous n'avez donc pas compris ? C'est un flic. Il connaît leur façon d'opérer. Il pense comme eux. Tant que je resterai avec eux, je risquerai ma peau, parce que les flics observent certaines règles, au contraire de Jim. Il saura toujours anticiper leurs actions et c'est moi qui me retrouverai devant la batte de base-ball. Je ne veux pas revivre cette situation. Je refuse de rester là comme une souris en attendant que le chat me saute dessus.

Il la dévisagea longuement.

— Je ne bouge pas d'ici, annonça-t-elle. Même si la police de Nogales sait qui je suis, Jim n'a pas de contacts en Arizona. Quant aux agents de Quantico qui ont parlé avec Marion, on peut leur demander de se taire, non ?

— J'en discuterai avec elle.

— Parfait, c'est réglé. Vous croyez comprendre, J. T., mais ce n'est pas vrai. Vous me regardez apprendre à nager et à tirer et vous vous dites que je ne suis bonne à rien. Détrompez-vous, j'ai un atout majeur : je sais comment réfléchit Jim Beckett.

Sa bouche se tordit en un rictus amer, ses yeux étaient brillants de larmes. Elle les essuya du revers de la main.

— Je reste, insista-t-elle. S'il me retrouve, j'affronterai le problème. Ou je m'adresserai à vous pour que vous vous en chargiez. Cela ne vous plaît peut-être pas, vous n'êtes sans doute pas d'accord avec moi, mais j'ai eu raison de venir chez vous. S'il existe un type au monde capable de se mesurer à Jim Beckett, c'est bien l'arrogant imbécile que vous êtes.

Elle était magnifique. Furieuse et féroce. Il dut se retenir pour ne pas l'attirer vers lui et l'embrasser sauvagement.

— Nous retournerons au champ de tir demain, Angela. Vous verrez, je ne vous lâcherai plus.

— Tant mieux.

— Je vous conseille de vous retirer, à présent, sinon je risque de vous arracher tous vos vêtements et de vous prendre ici même sur le patio.

— Ah !

— Vous n'avez pas bougé.

— C'est la bière, le rassura-t-elle précipitamment.

Il s'avança et elle reprit brusquement ses esprits. Elle courut dans la maison. Il l'imagina verrouillant la porte de sa chambre.

L'œil rivé sur les deux bouteilles de bière, il demeura assis dans son jardin à écouter le chant des grillons et à ressasser l'histoire de Tess.

14

Le soleil était très haut dans le ciel, mais son ardeur s'était adoucie, au fil de la semaine. Il caressait les joues et les bras de Tess et donnait à son teint trop pâle un soupçon de couleur.

En revanche, le désert était toujours aussi peu engageant. Les cactus géants se dressaient, sombres, au-dessus des buissons de sauge qui frémissaient dans la brise. Au loin, les collines se découpaient maussades, comme alourdies sous la charge des bidonvilles et des centaines de rangées de linge en train de sécher.

L'univers était un camaïeu d'ors et de bruns, au milieu duquel se tenait Tess, en short kaki et débardeur blanc.

— Vous voulez les abattre ou les sculpter ? railla-t-il.

Il s'était débarrassé de son T-shirt pour profiter un peu du soleil. Vêtu d'un jean coupé et effrangé et chaussé de sandales, il ressemblait davantage à un surfeur californien qu'à un desperado. Au bout de deux heures passées à regarder Tess rater la cible, il avait l'air de s'ennuyer ferme.

Marion était venue durant la première heure. Comme J. T., elle avait encouragé Tess à trouver sa « zone ».

— Concentrez-vous, lui avait-elle répété. Visualisez votre main qui pointe vers la cible, imaginez que vous

161

touchez la bande noire, que la balle va transpercer le cerveau de votre victime.

Tess avait rajusté son casque et décontracté ses épaules. Elle avait déjà des courbatures. Appuyer de manière répétée sur la détente exigeait beaucoup de force. Marion lui avait montré ses avant-bras aux muscles saillants. Pour devenir agent du FBI, il fallait pouvoir tirer vingt-neuf fois en trente secondes. Rares étaient les femmes qui y parvenaient.

Tess commençait à croire que les enfants Dillon avaient hérité de tous les talents.

En fait, elle n'aimait pas son arme. Elle n'en appréciait ni le poids, ni la sensation, ni le bruit. Pour elle, un pistolet était un objet fondamentalement mauvais, trop dangereux, trop puissant. Peut-être aussi craignait-elle de franchir un pas décisif et de ne plus pouvoir revenir en arrière une fois qu'elle l'aurait maîtrisé. La violence serait toujours avec elle.

Tu as le choix: ou tu contrôles ton arme ou tu en seras la victime.

Elle inspira longuement. Elle se dit que ce pistolet était son ami. Elle s'en était servi un jour et il lui avait sauvé la vie. Elle allait apprendre à dominer et sa peur et l'arme.

Elle se mit en position comme le lui avait enseigné J. T.

Allez, Tess. Tu es une machine à tuer.

Elle appuya sur la détente. Le bruit fut assourdissant. Elle sursauta et ferma les yeux.

Décidément, elle était idiote.

Avec un soupir fataliste, elle se tourna vers J. T.

Il secoua la tête comme il le faisait depuis le début de l'après-midi.

— Tess, comment pouvez-vous craindre un objet inanimé?

— Un pistolet n'est pas un objet inanimé!

— Vous avez vu trop de dessins animés.

Il s'avança, agacé, et la saisit par le poignet. Les yeux écarquillés de surprise, elle sentit qu'il laissait courir l'index sur sa cuisse nue.

Elle tressaillit. Elle blêmit. Puis, elle rougit.

— Que faites-vous?

— Jolie cicatrice, lança-t-il. Cela ne vous a donc pas servi de leçon?

— Pas suffisamment, semble-t-il, riposta la jeune femme, sans oser rencontrer son regard.

Il se tenait trop près d'elle. Son estomac se noua, une sensation étrange s'empara de tout son être. Elle ne s'était pas attendue à ce désir soudain de se pencher vers lui et de poser ses lèvres sur la cicatrice qui courait sur sa poitrine.

— Euh… et vous? Comment avez-vous eu cette balafre?

— C'était au Guatemala, je crois.

— Vous croyez?

— À moins que ce ne soit au Salvador. Au bout d'un moment, toutes les jungles se ressemblent.

— C'était au cours d'une bagarre?

— Sans doute pour les beaux yeux d'une femme!

— Sûrement.

— C'est la vérité.

— Je vois.

Elle s'écarta, troublée et s'efforça de masquer son malaise en ramassant les cartouches vides.

— Je vous ai blessée? s'enquit-il d'un ton neutre, bras croisés.

— Pas du tout! se défendit-elle.

— Tant mieux… Mais revenons à nos moutons, Tess. Vous ne partirez pas d'ici avant d'y être arrivée. Ce pistolet est un outil. Apprenez à vous en servir.

Il la retourna brutalement et elle se retrouva le dos plaqué contre sa poitrine.

— Nous allons tenter une expérience, murmura-t-il en posant les mains sur ses hanches.

— D'accord, chuchota-t-elle.

Elle ne pensait plus du tout à son arme. Elle s'humecta les lèvres. Il approcha la bouche de son oreille.

— Prenez cette arme.

— D'accord.

— Mettez-y des balles.

— D'accord.

— Visez la cible.

Elle se redressa et se mit en position.

— Ma parole, mais vous vous êtes musclée ! s'exclama-t-il en encerclant ses poignets.

Elle frémit contre son torse nu, mais il interpréta mal sa réaction.

— *Chiquita*, vous n'avez même pas encore mis le doigt sur la détente.

— Je... euh... Que faites-vous ?

— Je vais jouer le rôle de votre ombre. Vous tirez, je corrigerai. Détendez-vous contre moi. Allez, petite, décontractez-vous... Tess, insista-t-il en lui mordillant le lobe de l'oreille... Du calme.

— Mon Dieu ! chuchota-t-elle, et elle se laissa aller contre lui.

— Ça marche à tous les coups, déclara-t-il. Concentrez-vous sur la cible.

Elle fixa la botte de paille sans la voir.

— Tirez.

Elle obéit, trop troublée pour prêter attention à ce qu'elle faisait. Machinalement, elle appuya sur la détente. Il lui saisit les bras à l'instant précis où son arme piquait du nez, la forçant à se redresser.

La balle partit droit devant et se nicha dans le cercle extérieur de la cible.

— Incroyable! souffla-t-elle.

— Vous voyez que ce n'est pas si difficile, murmura-t-il.

— Encore.

Elle reprit. Chaque fois, derrière elle, son corps l'accompagnait pour compenser son défaut naturel.

— Très bien, annonça-t-il enfin en s'écartant.

Il garda les doigts sur les épaules de la jeune femme et massa brièvement ses épaules endolories. Paupières closes, elle s'autorisa à savourer l'instant. Il l'aidait à se décontracter. Il lui donnait l'impression d'être capable de tout.

— Bon… À présent, vous allez jouer en solo. Vous faites exactement comme tout à l'heure. Restez détendue. Pointez, tirez. Le pistolet n'est qu'un outil.

— Un outil, répéta-t-elle docilement.

— Un outil. Il est à vous, Tess, maîtrisez-le. Ce n'est pas lui qui doit vous dominer.

Elle reprit son souffle, expira longuement, plaça ses pieds, leva les bras. Elle ferma les yeux.

L'arme était devenue l'extension naturelle de sa main, un instrument dont Tess pouvait se servir quand elle le déciderait.

Elle pressa la détente. Un, deux, trois, quatre, cinq…

La cible en carton explosa.

Elle la contempla, les yeux ronds. Elle était tellement ahurie qu'elle n'osait plus bouger. Elle finit par se tourner vers J. T. avec un sourire éclatant.

— Vous avez vu ça? Vous avez vu ça?

Il sourit à son tour et acquiesça calmement.

— Vous l'avez eue. Toute seule comme une grande.

À ce moment-là, il eut un geste inattendu. Il se pencha vers elle et lui serra la main.

Elle se tut, trop émue pour parler. Elle avait réussi.

Brusquement, elle se mit à sauter sur place.

— J'y suis arrivée ! J'ai tué la botte de paille ! J'ai tué la botte de paille !

Sur ce, elle tendit le pistolet à J. T. et courut inspecter le fruit de son travail.

J. T. la regarda s'éloigner. Elle s'accroupit devant la botte de paille et, promptement, comme une enfant, enfonça le doigt dans l'un des petits trous noirs. Le soleil allumait des reflets cuivrés dans ses cheveux. Elle riait toute seule.

Quand la transformation avait-elle eu lieu ? Comment était-elle devenue à ce point ravissante ? Elle se retourna vers lui et lui sourit. Il cligna des paupières, surpris par l'émotion qui l'étreignait.

Elle était superbe, comme elle avait dû l'être depuis toujours. Elle était jeune, radieuse, vibrante. À la fois terre à terre et innocente comme une gamine. Elle était femme.

Malgré lui, J. T. imagina les photos à venir. Tess, gisant sur une moquette sombre, le visage éclaté par une batte de base-ball. Le contour à la craie de son corps. Les vêtements déchirés.

Il se détourna et fixa la poussière. Il cligna plusieurs fois des yeux.

Non, se dit-il. Ça ne se passerait pas comme cela. Elle était solide et courageuse. La police saurait l'empêcher. Jim Beckett était peut-être en ce moment même aux Bahamas en train de siroter un punch.

J. T. regretta de n'avoir rien à boire.

Lui qui avait cru retrouver toute sa lucidité en restant sobre… c'était bien le contraire qui se produisait. Il ne dormait plus. Il avait les nerfs à fleur de peau, il était hanté par des pensées qu'il ne maîtrisait pas.

Peut-être ne fonctionnait-il correctement qu'en état d'ébriété. Pas plus tard que ce matin, il s'était assoupi, exaspéré par le ronronnement du ventilateur. À son réveil, il avait découvert Rachel au pied du lit, pas la Rachel des premiers temps, mais celle qui était devenue son épouse. Si belle, si pâle, si délicate. Elle lui avait souri, sereine.

— *Mon chéri, Teddy et moi allons faire quelques courses. Nous serons de retour dans une heure. Qu'as-tu envie de manger ce soir?*

La nuit précédente, il avait encore rêvé. Cette fois, il courait après la Camaro. Il la voyait parfaitement, roulant au milieu de la route et faisant des embardées. En face, les phares de la voiture de Rachel. Il hurlait, il courait, mais la Camaro roulait trop vite, il ne pouvait pas la rattraper.

À la dernière minute, l'adolescent au volant tournait la tête, mais ce n'était plus un môme. C'était un homme chauve aux yeux d'un bleu glacial. Jim Beckett. Beckett souriait. Puis, à travers le pare-brise, en face, il reconnaissait Tess…

— Je propose qu'on fête ça, annonça Tess en revenant vers lui. Comment célébrez-vous ce genre d'événement, d'habitude?

Il revint brutalement au présent.

— Je me soûle à la tequila, puis je fais l'amour comme un fou. Si ça vous tente…

Elle devint écarlate et il remarqua la lueur qui dansait dans ses prunelles.

— Tiens, j'ai une idée! lança-t-elle, le cœur battant… Si on achetait des fraises? On peut en trouver, par ici?

— Certainement.

— Avec de la crème fouettée, ajouta-t-elle. Et du quatre-quarts. Encore mieux! Je vais confectionner un fraisier pour ce soir.

— Tess, marmonna-t-il d'une voix rauque. Cessez de me tourmenter.

Il la saisit par la main, l'attira vers lui et dévora sa bouche. Il l'embrassa avec l'énergie du désespoir, comme un noyé cherchant la terre ferme.

Au loin, il l'entendit gémir et soupirer. Elle se serrait contre lui, frottait la jambe contre sa cuisse, s'accrochait à son cou.

— Ouf! souffla-t-il. Quelle fougue!

Elle lui mordit la lèvre, puis s'écarta, atterrée. Paupières plissées, il effleura sa blessure d'un doigt et lécha les gouttes de sang.

— Décidément, Tess, vous êtes une sauvage.

— Je… Je ne sais pas ce qui m'a pris. Je… pardon! Pardon, pardon!

Il demeura figé, les bras pendants. Elle était bouleversée. Elle pleurait. Bouge, J. T.! se réprimanda-t-il. Essaie de te comporter comme un type bien, pour une fois. Elle était frêle et minuscule, dans ses bras. Tout doucement, il lui caressa la joue.

— Chut, murmura-t-il. Tout ira bien, vous verrez.

Des images l'assaillirent: une batte de base-ball décrivant un arc de cercle. Un homme prêt à l'abattre sur son corps sans défense…

La rage l'envahit, instantanée. Il la chassa et resserra son étreinte.

— Vous voulez en parler? s'enquit-il enfin.

— Je me sens humiliée, avoua-t-elle.

— Pourquoi?

— Parce que j'ai vingt-quatre ans, que j'ai un enfant et que je ne sais pas embrasser un homme. Je ne sais plus ce que je dois faire, ce que je veux… Je… Je suis complètement perdue.

— Votre mari était votre premier amant?

— Le seul, aussi.

— Il était maladroit?

— Terriblement…

Elle s'agrippa à lui et, soudain, il en oublia de respirer. Personne ne s'était blotti contre lui de cette manière depuis si longtemps. Il avait oublié la douceur de la peau d'une femme, le réconfort qu'elle pouvait apporter. Quelque chose en lui céda.

Il ne voulait surtout pas de cela. Il la repoussa sans méchanceté.

— Vous avez tout le temps de vous rattraper, grommela-t-il, sans la regarder. Jim Beckett était un monstre. Vous l'avez quitté. Vous avez la vie devant vous. Vous pouvez tout recommencer de zéro. Après tout, vingt-quatre ans, ce n'est pas si vieux.

Elle se réfugia dans le silence. Il se racla la gorge. Une fois de plus, il regretta de ne pas pouvoir avaler une bonne bière bien fraîche. L'air était sec. Il avait soif.

— Nous ferions mieux de rentrer à la maison.

— Qu'allons-nous travailler cet après-midi?

— Le combat à mains nues.

— Bien.

Elle se rapprocha de l'étui du pistolet, l'ouvrit, versa les balles restantes dans leur boîte.

J. T. s'obligea à rester sur terre. Il revoyait la Camaro, il revoyait son père, longeant le couloir… Il secoua la tête. N'y pense pas, J. T. Bloque tout.

C'était peine perdue. Il lui fallait une bière.

15

— Je sais où se trouve Jim Beckett.

— Je vous écoute, madame.

— Je l'ai vu en rêve. Il est en compagnie d'une jeune femme blonde et j'entends de l'eau qui coule. Très lente-ment.

— Oui, madame?

— Je sens des odeurs de neige fraîche et de sapins. Oui, il est dans la montagne. Là, il renaîtra.

— Euh… oui, madame. Quelles montagnes?

— Comment voulez-vous que je le sache? Vous êtes de la police, non? Je vous ai donné une direction, à vous de la suivre.

L'interlocutrice raccrocha brusquement. L'opératrice soupira.

— Bien, madame, chuchota-t-elle en enfonçant une touche sur son clavier pour libérer sa ligne.

Aussitôt, la lumière se mit à clignoter, annonçant un nouvel appel.

— J'ai trouvé Jim Beckett!

— Où, monsieur?

— Il habite en face de chez moi. Je l'ai aperçu hier soir, par la fenêtre. Je me suis cassé la jambe, vous com-prenez, mais ça ne signifie pas que je ne sois plus bon à rien. Assis à ma fenêtre, je vois toutes sortes de choses. Et la nuit dernière, je l'ai remarqué, qui discutait avec une femme. À mon avis, il a dû la tuer.

— Puis-je avoir vos coordonnées, monsieur ?

— James Stewart. J-A-M-…

— Comme l'acteur James Stewart ?

— Parfaitement.

— Et… votre fenêtre donne sur une cour, c'est bien ça ?

— Euh… oui. Oui, en effet.

— Merci beaucoup, monsieur.

Cette fois, ce fut l'opératrice qui coupa court à la conversation. Immédiatement, son écran s'illumina comme un sapin de Noël. Cinq mille coups de téléphone par jour et le rythme ne semblait pas vouloir se ralentir.

— Jim Beckett est mon voisin !

— Bien sûr, monsieur.

— Il a emménagé pas plus tard que la semaine dernière. J'ai eu des soupçons tout de suite. Il est chauve, vous savez. Faut-il être cinglé pour se promener avec une tête en boule de billard, vous ne croyez pas ? Il est Irlandais, je pense. On ne peut pas faire confiance aux Irlandais.

— Puis-je avoir vos coordonnées, monsieur ?

— Mon nom ? C'est mon nom que vous voulez ? Pourquoi donc ?

— Un officier de police va vous recontacter pour prendre officiellement votre déposition.

— Je ne veux pas de flics chez moi.

— Cela peut se passer par téléphone, mais il nous faut votre nom.

— Ah ! ça non, je ne veux pas de flics ici ! Tout le monde va croire que je suis un magouilleur. Je ne suis pas un…

— Bien sûr, monsieur, mais…

L'irritable interlocuteur raccrocha brutalement et l'opératrice tressaillit. Cependant, l'heure n'était pas à la méditation. Avec un soupir, elle décrocha une fois de plus.

De l'autre côté de la salle, l'agent spécial Quincy parcourait les rapports en quête d'un indice probant. Il s'était rendu à Santa Cruz pour se renseigner sur une série de profanations de tombes et de mutilations de cadavres. La police locale avait cru bon d'informer rapidement le FBI, au cas où… À vingt-trois heures, Quincy était rentré à Boston. Il était épuisé, froissé, sale. Mais il avait l'habitude.

Il tourna la dixième page. Toujours rien. Les opératrices prenaient tous les appels, notaient les noms, adresses et numéros de téléphone, ainsi que les informations apportées. Les agents en service avaient pour mission d'effectuer un premier tri. Quatre-vingts pour cent des appels étaient à éliminer d'office. Ils entendaient tout et n'importe quoi.

Quincy abandonna son dossier et se versa une seconde tasse de café. Beurk! Il avait horreur de l'instantané. Le jour où les commissariats seraient dotés d'une machine à espresso…

Le lieutenant Houlihan l'aperçut et s'approcha de lui.

— Vous avez l'air harassé.

— Merci, marmonna Quincy. C'est le nouveau règlement du FBI. Tous les agents doivent avoir l'air épuisé, sinon on considère qu'ils sont trop payés. Alors? Comment ça se passe pour vous?

— La mauvaise nouvelle, c'est que nous n'avons toujours aucune trace de Jim Beckett. La bonne, c'est que nous avons peut-être débusqué Jimmy Hoffa. Ah! Et nous avons évité deux attaques d'extraterrestres décidés à écraser le gouvernement américain.

— Pas mal.

— Le café est bon?

— Dégueulasse.

— Merci, nous en sommes très fiers. Vous avez remarqué le paquet de pastilles anti-aigreurs d'estomac, à côté. Il faut tout prévoir.

Quincy acquiesça et vida sa tasse. Il ne put s'empêcher de grimacer. Enfin! Il avait ingurgité un minimum de caféine, il pouvait se remettre à l'ouvrage. Il s'étira, indiqua d'un mouvement du menton la médaille suspendue au cou de Houlihan. Il ne se rappelait pas l'avoir remarquée auparavant.

— C'est nouveau?

Le lieutenant se trémoussa, penaud.

— C'est mon alliance.

— Vraiment?

— Ma femme tenait à ce que j'en porte une. J'avais beau lui répéter que dans notre métier, c'était difficile, elle insistait. Il y a trois jours, nous avons fêté notre troisième anniversaire de mariage. Elle avait fait fondre mon alliance en médaille. Nous voilà tous deux satisfaits. Peut-être que ça me portera bonheur. Ce ne serait pas de trop. Vous êtes marié?

— Divorcé depuis peu.

Il haussa les épaules. Il n'aimait guère évoquer cet épisode de son existence.

— Et vous? Avez-vous de bonnes nouvelles à m'annoncer, pour changer?

— J'en ai, mais je crains qu'elles ne soient pas bonnes.

Il entraîna Houlihan vers le petit espace où il s'était installé pour travailler. Son ordinateur portable était en marche.

— Voilà. Donc Beckett agit selon un schéma.

— Vous avez trouvé la solution?

173

— Oui et ça va vous plaire. Nous nous sommes penchés sur la numérologie, l'astrologie, les cycles lunaires. Un de mes amis de la CIA, spécialiste du décodage, s'est intéressé aux longitudes et aux latitudes des lieux des crimes dans l'espoir de décrypter un message. Les ordinateurs ont ruminé le tout, car nous savons à quel point Jim peut être malin. Vous voulez connaître la réponse ? Je vais vous la montrer.

Quincy tourna l'écran vers son collègue.

— Merde ! marmonna le policier.

— Comme vous dites. Des trucs d'écolier. Il a dû se gondoler, dans sa cellule de prison. Il est d'une intelligence redoutable.

Quincy secoua la tête. Tout était là, sur l'écran, et il l'avait découvert complètement par hasard. Il avait établi une liste des victimes dans une colonne d'un tableau. Puis, dans la seconde, il avait inscrit les onze lieux des crimes. En prenant la première lettre de chaque ville et en les remettant dans un certain ordre, on pouvait lire : J-I-M-B-E-C-K-E-T-T. Le salaud avait épelé son propre nom avec celui des lieux où il avait tué ses victimes.

— Je ne comprends pas. Qu'est-ce que cela signifie ?

— Cela signifie que dans sa folie, il respecte une certaine méthode. Son discours sur la discipline n'a rien de fumeux. Cela signifie aussi, lieutenant, qu'il n'en a pas encore fini.

— Si, puisqu'il a épelé son nom. Il ne manque aucune lettre.

— Ces femmes sont toutes mortes, lieutenant. Elles sont l'œuvre du passé. Ensuite, il s'est attaqué à sa femme, à Williamstown…

— Il ne l'a pas tuée.

— Non, mais il s'est retrouvé en prison et là, il a assassiné deux gardiens. À *Walpole*.

Houlihan se réfugia dans un silence atterré.

— W. Il avait besoin de la lettre W… JIM BECKETT W… Qu'est-ce que ça peut vouloir dire?

— Qu'il a encore quelque chose à dire. Il n'a pas terminé.

— Lieutenant! appela-t-on de l'autre côté de la pièce. Le lieutenant Bertelli, du Connecticut, à l'appareil.

Houlihan et Quincy échangèrent un regard. Houlihan décrocha le téléphone le plus proche. La conversation dura à peine quelques minutes.

— Ils ont trouvé Shelly Zane. Vous venez?

— Oui. Où?

— À Avon. Dans le Connecticut.

Quincy rajouta la ville dans la deuxième colonne.

Le trajet s'éternisa pendant plus de trois heures jusqu'au petit motel à la lisière d'Avon. Le photographe venait de terminer et les policiers commençaient à rassembler les indices. Deux d'entre eux essayaient de bouger l'énorme lit. Ils finirent par ordonner à un assistant de ramper en dessous pour récupérer les doigts de la victime.

Ce fut la scène qui accueillit Quincy à son arrivée. Le derrière d'un agent sous le lit. Beckett adorait ces petits jeux : mutiler ses victimes et se moquer des flics. En ce moment même, Jim devait être quelque part sur la route en train de rire aux éclats à la pensée de ce qui se passait dans cette chambre.

Quincy pénétra dans la salle de bains où gisait Shelly Zane, entre la baignoire et la cuvette des toilettes. Ses bras s'arrondissaient au-dessus de la tête, dans un geste d'abandon. Elle avait été étranglée avec son propre collant. Le mur était maculé de sang. Beckett l'avait étouffée, puis battue à l'aide d'un instrument contondant.

Il en était à sa treizième victime et sa rage semblait augmenter chaque fois.

On avait dessiné la forme du corps à la craie, un acte inhabituel à ce stade. Derrière Quincy, le lieutenant Bertelli s'en prenait au jeune policier qui semblait avoir commis cette erreur.

— À quoi pensez-vous? On ne vous a donc jamais dit qu'il ne fallait *en aucun cas* toucher à la scène du crime avant la prise des photos? Qu'est-ce que je vais raconter au procureur général, maintenant?

— Je vous assure que ce n'est pas moi…

— C'est la fée des craies, peut-être.

— Beckett, murmura Quincy. Beckett connaît la marche à suivre et il adore nous narguer.

Le regard de Quincy se posa sur le mot épinglé sur le ventre de Shelly Zane.

— On a laissé ça là pour vous, déclara Houlihan.

Le mot lui était adressé: « Je n'avais plus besoin d'elle. »

Quincy se redressa.

— Il recommence.

— Vous croyez qu'il recherche Tess?

— J'en ai la certitude.

— Nous devrions la prévenir.

Quincy le fusilla des yeux.

— Vous savez où elle est?

Le lieutenant Houlihan dansa d'un pied sur l'autre.

— Personnellement, non, mais je connais quelqu'un qui le sait.

— Et vous pourriez contacter cette personne, qui la mettrait en garde?

— Plus ou moins.

Quincy hocha la tête.

— Surtout, n'en faites rien, Houlihan.

— Quoi?

Il désigna le message et, pour la première fois, Houlihan remarqua sa colère.

— Vous ne reconnaissez pas ces mots? Ce sont ceux que j'ai utilisés lors de la réunion, il y a une semaine.

Houlihan blêmit.

— Vous voyez à quel point il se joue de nous? Ce mot est un mensonge, lieutenant. Parce que Shelly Zane peut encore lui servir. Devant ce meurtre, vous réagissez, vous brisez le silence, vous contactez la personne qui contacte Tess…

— C'est précisément ce qu'il attend, compléta Houlihan. Il nous observe, il nous épie. À l'instant où nous parlerons, il l'aura. Putain!

— Tess a eu raison de vouloir se débrouiller toute seule. Pour elle, nous représentons un danger. Il est trop près de nous pour que nous le voyions. Or, il ne s'arrêtera pas avant de l'avoir retrouvée. Sa cible ultime, son but suprême, c'est Tess.

Houlihan contempla la jeune femme blonde morte sur le carrelage. Il relut la missive.

— Décidément, c'est un sale métier, grogna-t-il.

— Je suis d'accord avec vous, lieutenant.

Le jeune homme au visage grave pénétra dans le commissariat et se dirigea directement vers l'officier de service. Il agita son badge et se présenta :

— Détective Beaumont, du comté de Bristol. J'ai un message urgent pour le lieutenant Houlihan.

— Je regrette mais il est occupé.

— Vous ne comprenez pas. C'est urgent, vraiment *urgent*. J'ai roulé pendant plus de quarante minutes pour m'assurer que Houlihan soit informé. Je veux à tout prix lui parler.

Le policier hésita. Le détective Beaumont se pencha en avant.

— Je vous en supplie. Nous croyons savoir où est Jim Beckett. Je dois contacter immédiatement Tess Williams ou le lieutenant Difford. Aidez-moi, c'est important.

— Vous voyez cet homme, là-bas? C'est le sergent Wilcox. Il est chargé de la surveillance spéciale. Il pourra sans doute vous renseigner.

— Merci. Merci infiniment, vous m'avez été d'une aide précieuse.

Installée sous sa véranda, Edith passa la main sur son chemisier de flanelle bleue et s'efforça de calmer son impatience. La veille, elle avait reçu un coup de téléphone de Martha lui annonçant son arrivée pour ce matin. Femme active et fière de l'être, elle n'avait pas hésité, à soixante ans passés, à revenir de Floride en voiture. Lorsqu'elle avait emménagé, quelques années plus tôt, elle avait frappé dès le premier soir chez Edith. Les deux femmes s'étaient assises dans le patio et avaient partagé une bouteille de vieux whisky en se découvrant une passion mutuelle pour le cigare. Pendant plus de deux heures, elles avaient devisé sur le déclin des États-Unis depuis la fin de la présidence d'Eisenhower.

Edith appréciait ce genre de relations. Elle avait horreur de la frivolité et des platitudes. Elle était d'avis qu'il fallait toujours dire ce que l'on pensait. Histoire de gagner du temps.

Martha s'exprimait de façon concise. Par moments, elle pouvait se montrer autoritaire, mais sans doute était-ce la conséquence de sa taille. Car Martha était particulièrement grande. D'origine suédoise, elle avait hérité de son père la stature et les épaules larges. Elle manquait singulièrement de grâce.

La plupart des hommes la fuyaient, impressionnés par son physique. Cependant, elle avait rencontré un beau Suédois dans sa jeunesse, dont elle avait eu un fils. Edith ne l'avait jamais rencontré. D'après ce que lui avait raconté Martha, il était représentant de commerce et se déplaçait beaucoup. Martha elle-même le voyait rarement et en parlait assez peu.

Une vieille Cadillac marron surgit au bout de la rue. Martha était enfin là. Quelques minutes plus tard, Edith lui serrait la main avec vigueur.

— La Floride vous a fait un bien fou ! s'exclama-t-elle.

Elles ne s'étaient pas vues depuis longtemps mais, en un seul coup d'œil, Edith songea que Martha n'avait pas changé. Les Suédoises vieillissaient bien. Ses yeux bleus étaient toujours aussi brillants, son teint, toujours aussi satiné. Aujourd'hui, elle était vêtue d'un pantalon marron et d'une chemise d'homme, rouge. Un chapeau de paille à large bord était perché sur sa tête. Martha tapota sa taille généreuse.

— La nourriture était trop bonne, expliqua-t-elle. J'ai eu trop chaud. La neige m'a manqué.

Edith secoua la tête.

— Je suis contente que vous soyez de retour.

C'était la vérité. Elle essayait de se rassurer, de se dire qu'elle n'avait pas de visions. Pourtant, l'atmosphère était bizarre, depuis quelque temps, et Edith s'était surprise de plus en plus souvent à contempler avec angoisse la maison vide de sa voisine.

— Je vais vous aider avec vos bagages, proposa-t-elle en se dirigeant vers le coffre de la voiture.

Elle s'efforça de chasser les frissons qui lui parcouraient l'échine. L'heure n'était pas aux « visions », ni aux « sensations ». On ne pouvait agir uniquement sur ses émotions.

— Vous voyagez léger.

— À mon âge, on n'a besoin de rien, répliqua Martha. Et la maison?

— Comme lorsque vous êtes partie.

Martha lui avait confié la clé afin qu'elle y passe une fois par mois vérifier si tout allait bien pendant son absence. Martha avait téléphoné régulièrement pour prendre des nouvelles, mais leur conversation avait en général dévié sur la politique. Martha ne supportait pas Clinton. Edith détestait Dole. Toutes deux prenaient grand plaisir à ces discussions.

Edith se tourna vers la porte d'entrée, puis se figea.

Une jeune fille entièrement nue se tenait sur la véranda. Elle avait un tatouage en forme de papillon au-dessus du sein gauche. Rien de gros ni de vulgaire. De longs cheveux blonds cascadaient sur ses épaules. Elles étaient toujours blondes.

Edith leva les yeux, tout en sachant qu'elle ne tenait pas à en savoir davantage. Rien. Pas un message, pas un indice. L'inconnue gisait là, nue, le sang coulant sur son visage, le regard bleu un peu penaud, comme si elle savait qu'elle était aussi gênante morte que vivante.

— Va-t'en, chuchota Edith. Je ne peux rien pour toi.

La silhouette ne bougea pas. Edith ferma les yeux de toutes ses forces, puis les rouvrit. La vision s'était volatilisée. Elle se rendit compte tout d'un coup que Martha l'observait d'un air intrigué.

— Ça va?

Edith ne répondit pas tout de suite.

— Vous avez entendu parler de ce tueur en série qui s'est échappé d'un pénitencier?

— Hein?

— Il s'appelle Jim Beckett. Il a tué dix jeunes femmes et deux gardiens de la prison de Walpole. Ce n'est pas loin d'ici.

Martha se tut mais, l'espace d'un éclair, Edith crut déceler une lueur étrange dans ses prunelles. Était-ce de la peur? Sa voisine se ressaisit rapidement, cependant:

— Edith, cette ville est trop petite pour qu'un homme comme lui vienne s'y réfugier.

Edith dévisagea Martha encore un moment, mais cette dernière demeurait impassible.

— Vous avez certainement raison, conclut-elle enfin.

Mais elle n'en croyait rien.

16

J. T. avait les nerfs à fleur de peau.

Quand le soir tomba, il allait et venait dans le salon avec une telle énergie qu'il aurait pu alimenter une petite ville en électricité. Marion jeta un coup d'œil dans sa direction, puis remit sa bière au réfrigérateur. Elle reparut dans la pièce munie de deux grands verres d'eau glacée et en tendit un à son frère.

J. T. le but d'un trait, sans un mot, puis s'essuya la bouche avec le revers de l'avant-bras. Il reprit ses allées et venues.

— Pour l'amour du ciel! s'emporta enfin Marion, tu m'exaspères. Assieds-toi.

Il pivota sur ses talons et repartit dans l'autre sens.

— Tu ne sens rien?

— Quoi?

— Tess, allez dans votre chambre.

— Pardon?

— Fermez votre porte à clé. Commencez un tricot.

— Sûrement pas. S'il se passe quelque chose, je veux être au courant.

J. T. posa son regard sur sa sœur. Marion secoua la tête.

— J'ai inspecté le terrain il y a moins d'une demi-heure, J. T. Il n'y a rien, sinon ta mauvaise humeur. Cesse d'effrayer Tess pour rien.

— Elle a voulu rester.

— Allez-vous enfin vous exprimer de façon compréhensible? lança Tess, paniquée.

— Ça ne me plaît pas, insista J. T. Il y a quelque chose dans l'air. Je ne sais pas comment l'expliquer. Allons-nous-en d'ici.

— Quoi?

J. T. traversa la pièce.

— Vous m'avez entendu. Prenez vos sacs, les filles, on se casse.

— J. T., c'est absurde…

J. T. s'immobilisa.

— Tu as bien des copains dans la police de Nogales, Marion?

Elle acquiesça d'un mouvement las.

— Appelle-les. Dis-leur que nous sortons quelques heures. Dis-leur que nous craignons le retour de « l'intrus ». Demande-leur d'envoyer une patrouille toutes les demi-heures.

— Je ne sais pas…

— Marion, en quoi cela peut-il être gênant?

Marion se ressaisit et décrocha le téléphone, pendant que Tess allait chercher une veste. Elle revint rapidement: elle n'avait aucune envie de rester seule.

Sans un mot, ils s'entassèrent dans la voiture de Marion.

— On va dans un bar? s'étonna Tess lorsque, vingt minutes plus tard, ils ralentirent devant une discothèque éclairée par des néons. Ce n'est pas une bonne idée, J. T. Pourquoi ne pas aller plutôt au cinéma?

Il continua d'avancer.

— Il faut se fondre dans la foule. De plus, ce lieu ne compte pas moins de cinq sorties.

Marion et Tess échangèrent des regards dubitatifs. J. T. entra. Apparemment, il était bien connu dans l'établissement.

Situé dans une rue animée de Nogales, l'endroit ne passait guère inaperçu. La musique était agressive et les clients, agités. Bruce Springsteen faisait trembler les haut-parleurs dans la version la plus assourdissante de *Born to run* qu'ait jamais entendue Tess. Au-dessus, une boule disco tournoyait follement, saupoudrant la piste d'une multitude de points lumineux. On dansait avec enthousiasme. Dans les coins plus sombres, on buvait et on bavardait tout en se pelotant. La clientèle semblait être exclusivement latino.

J. T. se fraya sans hésiter un chemin à travers l'assistance. Tess et Marion lui emboîtèrent le pas. Un peu plus loin, J. T. leva la main et désigna un coin. Il remua les lèvres, mais ses paroles se perdirent dans le tonnerre d'une basse suralimentée. Tess et Marion s'empressèrent à sa suite dans la pénombre d'un corridor. De nouvelles odeurs les assaillirent, mélange de bière, de sueur, d'urine et de sexe.

J. T. parvint enfin devant une porte gardée par un rideau de perles de verre rouge et orange. Il le maintint pour laisser passer Marion et Tess. Il jeta un ultime coup d'œil dans le couloir, puis laissa retomber le rideau.

— Une salle de jeux vidéo? souffla Marion, outrée. Tu nous a emmenées ici pour jouer à des jeux vidéo?

— C'est mieux que de boire de la bière, Marion. À moins que tu sois nulle au flipper?

Tess écarquilla les yeux. Ils n'étaient pas seuls, bien au contraire. Une cinquantaine de personnes s'agitaient dans un fracas de sons électroniques. Elle entendit une machine à sous cracher sa monnaie tandis que, sur un écran, un personnage étrange mourait en poussant des borborygmes. Plusieurs hommes levèrent le nez, vaguement surpris, puis se remirent à l'ouvrage. Les femmes étaient peu nombreuses. L'une d'entre elles, en bustier et jupe rouge, tenait le volant d'une voiture sur une piste virtuelle, entourée d'admirateurs. Elle ne paraissait pas les voir.

J. T. sélectionna un flipper baptisé « Le mort qui marche ». Tess frémit.

— Allons, mesdames, c'est une simple question de coordination entre les yeux et les mains.

— En ce qui me concerne, j'en suis dépourvue, prévint Tess.

Marion poussa un soupir en contemplant la machine comme si elle voulait l'évaluer.

— Très bien. Allons-y.

— Deux sur trois?

— Cinq sur sept. De toute évidence, tu es un habitué des lieux.

— Le score le plus élevé, c'est le mien.

— Vraiment? Tu étais sans doute complètement ivre.

— J'étais parfaitement sobre. Ici, Marion, le flipper est une affaire sérieuse… Tess, surveillez l'entrée, voulez-vous? Si un Blanc entre, prévenez-moi. Je ne crois pas que nous ayons été suivis, mais il y a longtemps que je ne joue plus au chat et à la souris.

J. T. mit deux pièces dans l'appareil. Marion fit craquer ses phalanges, étira ses bras. Tous deux se concentrèrent sur leur jeu. Tess avait du mal à se décontracter. Elle ne cessait de se tourner vers la porte, au cas où Jim Beckett surgirait.

J. T. n'était pas manchot. Il atteignit un score de cinq chiffres avant la fin de sa partie et n'abandonna qu'après s'être incliné, l'œil narquois, devant le flipper. Marion plissa les paupières et prit la suite. On aurait dit qu'elle partait en guerre.

Elle voulut aller trop vite et la première boule argentée lui échappa très vite. Elle abattit sa main sur le verre, frustrée. Le flipper protesta.

— Du calme, Marion, ce n'est qu'une machine.

— Machine de mes deux, oui, marmonna-t-elle.

— Comme tu voudras.

Elle attaqua la deuxième boule. Dotée d'une coordination œil-main phénoménale et d'une capacité d'apprentissage redoutable, elle fit résonner toutes les sonneries. Une lueur dansa dans ses prunelles et, l'espace d'un éclair, elle ressembla comme une goutte d'eau à son frère.

— Elle est formidable, n'est-ce pas ? murmura-t-il.

Tess acquiesça.

— Qu'est-ce que vos parents vous donnaient à manger ?

— Des mensonges, uniquement des mensonges… Rien à signaler à l'entrée ?

— Non.

— Hmmm. Marion avait peut-être raison. J'étais sans doute simplement en manque d'alcool.

— J. T…

— Bon sang ! glapit Marion en tapant sur le flipper.

J. T. la repoussa sans méchanceté.

— Doucement, cocotte. La machine n'y peut rien si je suis plus fort que toi.

Marion s'adossa au mur, à côté de Tess, mais elle était tendue comme un arc. J. T. se planta devant le flipper tel un capitaine à la proue de son bateau.

— Tout est dans la coordination œil-main, Marion. C'est facile. Soyons francs : tu aurais dû t'engager dans les marines.

— Non, merci. Un Dillon qui s'en prend à son supérieur, c'est amplement suffisant.

J. T. tira sur le ressort et la boule jaillit.

— J'aurais pu me contenter de l'inscrire au parti communiste, mais le fait qu'il ait battu sa femme méritait, selon moi, une punition plus… personnelle.

— Le parti communiste? répéta Tess, ne sachant trop si elle avait envie d'en savoir plus.

— Je détestais West Point, expliqua J. T. J'ai inscrit le directeur au Parti.

— Et il vous a renvoyé?

— Non. Il a considéré ça comme une bonne blague. C'est quand il m'a découvert au lit avec sa fille qu'il m'a viré.

— Vous aviez séduit la fille du directeur?

— C'est un porc, intervint Marion. Il est incapable de se maîtriser.

— Qui te dit que c'était moi le séducteur? riposta-t-il d'un air innocent.

— Allons, Jordan, je t'en prie. Si on te lâchait dans un couvent, à la fin de la journée, plus une seule bonne sœur ne croirait en Dieu.

J. T. adressa à Tess un sourire ostensiblement concupiscent. Elle avait un mal fou à se concentrer. Du bout des doigts, il effleura sa joue.

— Je vous ai fait peur?

— Quand?

— Tout à l'heure, quand j'ai demandé à Marion d'appeler la police.

— Je suppose que oui.

— Je suis là et Marion aussi, Tess. Marion a même l'autorisation légale de tuer.

— À toi! aboya cette dernière en perdant sa boule.

Elle vint se placer près de Tess.

— Vous savez, pour une fois, il a raison. Ce n'est pas facile de devenir agent du FBI, surtout pour une femme. Je suis un bon élément. Je ferai en sorte qu'il ne vous arrive rien, Tess.

Tess ne dit mot. On lui avait déjà tenu ce genre de discours. Ça ne lui avait servi à rien le jour où Jim avait jailli de l'armoire en brandissant une batte de base-ball.

— C'est gentil d'avoir rangé votre bière, tout à l'heure. Il a du mal à s'en passer.

— En effet. J'étais au courant de ses beuveries annuelles à la tequila, mais cela ne se produisait qu'une fois par an et, vu les circonstances…

— La mort de sa femme? devina Tess.

Marion opina.

— Teddy est mort sur le coup, mais Rachel est restée dans le coma pendant cinq jours. J. T. n'a pas quitté son chevet. Il lui tenait la main. Il était tellement sûr qu'elle finirait par ouvrir les yeux. Il… il ne parvenait pas à accepter la réalité. C'est sa faiblesse. Il faut savoir aller de l'avant. Il a du mal. Il veut revenir en arrière, retrouver les choses telles qu'elles étaient par le passé. C'est une perte de temps.

Ayant perdu son tour, J. T. s'éloigna du flipper et Marion alla reprendre sa place, laissant Tess digérer cette révélation inattendue. Quelques minutes plus tard, J. T. vint s'appuyer contre le mur à côté d'elle, les bras croisés. Il paraissait nettement plus détendu qu'à leur arrivée. Elle partagea avec lui un silence confortable.

Ce ne fut qu'au cours de la septième partie que la situation dégénéra.

Tess ne sut jamais qui avait commencé. Un instant, elle regardait J. T. tirer sa boule ; juste après, elle entendait un hurlement suivi d'un grand fracas.

Tout le monde se retourna en même temps.

Un homme, visiblement soûl, dominait de toute sa taille la jeune femme installée au volant de sa voiture virtuelle. Il pointa le doigt vers elle en l'insultant en espagnol. Elle ne se laissa pas impressionner. Elle se leva et lui répondit avec une verve au moins égale à la sienne.

L'homme leva la main et gifla la jeune femme. Elle heurta la machine et s'écroula par terre.

— Pour l'amour du ciel, non! s'écria Marion en se ruant sur J. T.

Trop tard. Il avait déjà bondi.

La foule déferla comme un raz-de-marée. Certains se bousculaient pour passer la porte, tandis que d'autres, des hommes musclés, se précipitaient dans l'action. Tess vit la jeune femme essayer de se lever, chanceler, retomber. Dans la pénombre, elle remarqua une tache sombre et humide sur ses cheveux. Du sang.

— Nom de nom! bougonna Marion en secouant la tête.

Elle sembla hésiter, puis s'avança à son tour.

Tess vit J. T. lever le bras gauche pour parer un coup, tandis que du bras droit il en assénait un autre ailleurs. Elle se tourna vers Marion, qui continuait d'avancer.

Elle rassembla son courage et, les yeux fixés sur la jeune femme gisant à terre, elle se jeta à son tour dans la mêlée.

Il faisait très chaud. Les corps en sueur se pressaient les uns contre les autres. On se serait cru dans un bain de vapeur. Le bruit était assourdissant. Elle ne distinguait pas une voix ou un cri en particulier, elle n'entendait qu'un bourdonnement sourd, allant crescendo. Elle était trop petite pour voir ce qui se passait au loin, trop frêle pour se frayer sans peine un chemin. Elle plongea en avant, poussant par ici, se faufilant par là, comme à travers un sous-bois épais.

Un bras s'accrocha à son épaule et elle trébucha. Une autre personne la releva. Elle vacilla vers l'avant, mâchoires serrées, poings crispés. Elle fut bousculée de nouveau et, dans un sursaut de terreur, elle fit jouer sa musculature toute neuve pour se dégager. L'inconnu céda aussitôt. Elle en fut stupéfaite.

Elle trouva enfin la jeune femme, qui gémissait en se tenant la tête. Tess s'accroupit, l'examina avec inquiétude et rencontra un regard noir, vitreux.

Un bruit résonna au-dessus d'elles. Les deux femmes tournèrent la tête simultanément pour découvrir la source de cette nouvelle menace. Un homme tenant le goulot brisé d'une bouteille de bière s'apprêtait à en attaquer un autre.

— Connard ! entendit Tess.

Du coin de l'œil, elle vit Marion jaillir de la mêlée, cheveux blonds en désordre, chemisier de soie déchiré. Elle émergea comme une flèche et se jeta sur l'homme qui brandissait son arme de fortune. Il l'aperçut trop tard. En deux mouvements nets et précis, Marion l'envoya à terre. Il se tortilla en se tenant le bras et en hurlant un torrent d'invectives en espagnol. Elle fit volte-face pour éviter une nouvelle attaque.

Tess cessa de réfléchir. Elle tendit la main à la jeune femme blessée, se cala sur ses talons et l'aida à se mettre debout.

— Attention ! s'écria Marion.

Tess se figea. Le premier homme, celui qui était à l'origine la bagarre, se dressait juste devant elles, les yeux brillants de rage, armé d'un pied de chaise.

Le regard rivé sur le long bout de bois arrondi, Tess se fit la réflexion qu'il était moins imposant qu'une batte de base-ball. Elle frissonna, paralysée par les images qui se bousculaient dans sa tête. La batte qui arrivait sur elle, le craquement de sa cuisse, la douleur fulgurante, l'insupportable odeur du sang.

Ses oreilles bourdonnèrent. Comme à travers un brouillard, elle entendit le sifflement du pied de chaise qui s'abattait, puis elle vit l'homme basculer en avant.

J. T. se tenait à sa place.

De loin, très loin, elle entendit Marion s'exclamer :

— Bon Dieu, J. T. ! Elle va tomber dans les pommes !

Deux bras l'entourèrent, la remirent d'aplomb. Elle s'affola, se débattant de toutes ses forces sans même comprendre pourquoi. Elle savait simplement qu'elle devait lutter.

J. T. parvint enfin à immobiliser ses mains contre sa poitrine.

— Chut, *Chiquita*, je suis là. Je suis avec toi.

Lorsqu'elle comprit qu'ils se dirigeaient vers la sortie, elle enfouit son visage contre l'épaule de J. T. et pria pour qu'il ne la lâche plus.

Ils retrouvèrent la fraîcheur de la nuit.

— Ça va ?

Une demi-heure plus tard, il la déposait sur le canapé. La femme blessée avait été confiée à une équipe de secours et ils s'étaient empressés de quitter les lieux. Du pouce, J. T. caressa la joue de Tess, effleura ses cheveux.

— Oui, oui, ça va, murmura-t-elle, honteuse.

J. T. et Marion étaient prêts à lutter jusqu'au bout. La vue d'un pied de chaise avait suffi pour qu'elle, Tess, s'évanouisse. Décidément, elle était irrécupérable.

— Ce n'est pas ainsi qu'aurait dû se terminer la soirée.

— Dès le premier affrontement, votre élève préférée a failli rendre son dîner. Ce n'est pas très encourageant pour l'avenir. La prochaine fois que Jim surgira devant moi, je pourrais peut-être lui vomir dessus pour me défendre ?

— Tess…

Marion rentra de sa tournée d'inspection dans le jardin et alluma la lumière du salon. Elle avait déjà contacté la police. On n'avait vu personne errer dans le quartier.

J. T. s'écarta et, pour la première fois, Tess remarqua l'égratignure sur son visage, ainsi que ses phalanges meurtries.

— Vous êtes blessé.

— Ce n'est rien.

Il se tourna vers Marion.

— Et toi, ça va?

— Très bien.

Marion s'adossa au chambranle de la porte, le chemisier déchiré, le pantalon de lin taché. Sa chevelure défaite cascadait sur ses épaules. Elle paraissait rajeunie de dix ans.

— Vous devriez laisser vos cheveux comme ça. Vous êtes ravissante! bredouilla Tess.

— Ça me gêne, répondit l'agent du FBI, déjà en train de les tresser.

— Oubliez ça, dit J. T. à Tess. C'est une féministe pure et dure.

— Je préfère le terme « professionnelle ». Veux-tu un peu de glace pour tes phalanges?

— Comme tu voudras.

Marion leva les yeux au ciel devant le manque d'enthousiasme de son frère, mais disparut dans la cuisine.

Un silence gêné s'installa. Tess ne savait pas comment le rompre. Elle contempla ses mains. Elle aurait aimé, elle aussi, avoir des écorchures.

— Je suis désolé, marmonna soudain J. T.

— De quoi?

— Euh… à vrai dire, les bagarres de ce genre ne sont pas rares dans ce bar.

— Vous aviez envie de vous défouler?

Une imperceptible hésitation.

— C'est possible.

— Toutes ces longueurs dans la piscine, s'étonna Tess, la musculation, la course à pied, le tir, tout ça ne vous suffit pas.

— Je suis un type plutôt… intense.

Elle le dévisagea un moment, puis fixa l'arche menant à la cuisine.

— J. T., pourquoi êtes-vous constamment en colère?

— Qui, moi?

Il feignait de ne pas comprendre, mais la façon dont il allait et venait le trahit.

— Marion aussi, insista Tess.

— Marion est quelqu'un de froid.

— Alors que vous...

— Moi, je me soûle à la tequila. La soirée a été longue, Tess. Nous avons tous besoin de repos.

— Croyez-vous que quelqu'un guettait la maison, ou était-ce simplement un prétexte?

— Je... je ne sais pas. Marion a peut-être raison. Je... je suis un peu nerveux, ces jours-ci. Vous savez, Tess, ajouta-t-il brusquement, c'est sur Marion que vous devez compter, en fait. Je suis impulsif, mais elle, elle va jusqu'au bout de ce qu'elle entreprend. Je me mets dans des situations impossibles, elle règle les problèmes. Ne l'oubliez jamais, d'accord. En cas de besoin, adressez-vous à Marion. Elle prendra soin de vous.

— Vous vous trompez, murmura-t-elle avec sincérité. Le moment venu, c'est vous qui pourrez vraiment m'aider, J. T. Vous êtes la seule personne que je connaisse capable de vous mesurer à Jim Beckett.

Il la fit taire en plaçant un doigt sur ses lèvres. Son regard s'était radouci. Il semblait ému. Sans un mot, il lui prit la main et la fit se lever du canapé.

Le couloir était sombre, interminable, comme un sanctuaire silencieux. Elle ralentit. Lui aussi. Lorsqu'ils furent devant sa chambre, elle n'ouvrit pas la porte. Elle s'adossa au chambranle et le regarda dans les yeux.

Dans la pénombre, elle ne pouvait distinguer que la ligne de sa mâchoire et la forme gourmande de sa bouche.

Elle parcourut d'un doigt l'égratignure toute fraîche sur son visage.

— Vous avez mal?

— Non.

Elle caressa son menton, effleura ses lèvres.

— Que faites-vous, Tess?

— Rien.

Elle frôla son nez, ses pommettes, ses paupières. Elle sentit le papillonnement de ses cils, la ligne rugueuse de ses sourcils. Elle s'émerveilla de la douceur soyeuse de ses cheveux.

Elle lui massa la nuque, enfonça les doigts dans ses épaules. Il retint son souffle.

Elle aimait le toucher. Il était fort, terriblement viril. Tout en lui exprimait la puissance. Elle avait eu raison de venir à lui.

Il était l'homme dont elle avait besoin.

Elle avait envie de lui. De ses mains calleuses sur ses seins. Elle voulait qu'il lui mordille la bouche, le menton, la gorge, qu'il la serre contre lui.

Elle avait envie d'autre chose que de violence, de peur. Elle avait envie de vivre, de connaître toute la palette des bonheurs et des douleurs. Elle savait si peu de choses sur le désir, la plénitude. Elle songea qu'il était homme à enseigner ce genre de secret à une femme.

Elle se pencha en avant.

— Non.

Elle fut surprise, mais elle continua. Il la repoussa brutalement.

— Non! répéta-t-il, avec un tressaillement.

— Pourquoi?

— Ce n'est pas ce que vous voulez, Tess.

Elle plissa les paupières.

— Je suis plus forte que vous ne l'imaginez.

— C'est probable, mais je ne suis pas sûr de l'être suffisamment. Bonne nuit.

— Mais…

Il l'examina de bas en haut, rapidement, la déshabillant du regard. Il se rapprocha d'un pas, puis d'un second. Il pencha la tête en avant. Le souffle court, elle entrouvrit les lèvres, prête à s'abandonner.

À la dernière minute, il tourna la tête et lui mordit le lobe de l'oreille.

— Allez vous coucher, Tess. Et verrouillez votre porte, ajouta-t-il.

Sur ce, il disparut.

17

— *Mierda !* Tu ne fais aucun effort !

— Tu es bien exigeante !

J. T. roula sur le dos et fixa le ventilateur au plafond. La sueur perlait sur son torse et imprégnait les draps emmêlés. Il avait les jambes raides, la nuque endolorie, le corps tendu.

Rosalita se dressa sur un coude.

— Tu n'es pas toi-même.

Il haussa un sourcil.

— Tu as pris ton pied deux fois et ça ne te suffit pas ? Tu es encore assez énervée pour me parler comme à un *gringo.* Franchement, Rosalita, tu es terrible.

Elle ne grogna ni ne bouda. Elle afficha un air inquiet. Il avait horreur de cela. Dieu tout-puissant, quand allait-on le délivrer de toutes ces femmes qui l'entouraient ?

D'une main hésitante, elle suivit la cicatrice sur sa poitrine. Il faillit la repousser brutalement.

— C'est à cause de la *chiquita*, n'est-ce pas ? Elle te plaît.

— Je n'aime personne, Rosalita. C'est ce qui fait tout mon charme.

Il s'écarta. Non, il n'était pas lui-même. Il avait mal partout. Il avait dans son lit la meilleure pute de Nogales et il pensait à une autre femme.

La manière dont elle s'était accrochée à son cou. La façon dont elle avait posé la tête sur son épaule, en toute confiance. Ses caresses, ensuite, son air gourmand.

Il avait failli craquer. Il s'était retenu de lui saisir le menton, de la plaquer contre le mur et de dévorer ses lèvres jusqu'à ce qu'elle ne puisse plus respirer. Il l'avait imaginée sous lui, s'arc-boutant de plaisir, les cuisses autour de sa taille, les ongles dans son dos.

Mais la petite voix de sa conscience le lui avait interdit. Qu'avait-il à offrir en dehors du lit à une femme comme elle ? Que pouvait-il lui apporter ?

Elle était en train de changer. Elle se transformait peu à peu en une femme forte et volontaire. Il reconnaissait les symptômes, car il avait déjà été témoin d'une telle métamorphose.

Rachel avait choisi de se donner à lui totalement et, pour cela, il l'avait aimée à en crever.

Il tendit la main vers la table de chevet, chercha à tâtons un paquet de cigarettes, en prit une. Il la porta à ses lèvres avec un soupir et l'alluma en grimaçant. Le tabac lui arrachait les poumons. Il ferait mieux d'arrêter de fumer. Mais il aimait ça.

Rosalita continuait de le regarder. Elle pressa son corps ferme contre le sien. Il sentit ses mamelons durcis, ses seins généreux, ses longues jambes satinées, la chaleur de son sexe. S'il la prenait maintenant, elle gémirait de plaisir.

Il se contenta de rester là, immobile, à exhaler des nuages de fumée et à observer les volutes qui montaient au plafond.

— Je vais te chercher quelque chose à boire, proposa Rosalita en se levant. Ça te fera du bien.

Il ne chercha pas à la retenir. Elle se leva et s'enroula dans le drap.

— Tu devrais te marier, dit-il d'une voix légèrement enrouée. Trouve-toi un mari et élève des enfants, au lieu de perdre ton temps avec des types comme moi.

Elle haussa les sourcils, décontenancée, et son expression de consternation s'intensifia. S'il continuait ainsi, elle allait prendre sa température et appeler le médecin.

Elle ouvrit la porte et disparut dans le hall.

Qui risquait-elle de rencontrer, à cette heure-ci? Tess ou Marion? La femme dont il ne voulait pas entendre parler, mais qu'il se croyait seul à pouvoir sauver? Ou celle qu'il avait essayé de sauver autrefois et qui semblait le considérer aujourd'hui comme une incarnation du diable?

— Dieu a le sens de l'humour, railla-t-il entre ses dents. Encore plus que moi.

Le mégot lui brûlait les doigts. Il le laissa tomber par terre et l'éteignit du bout de son pouce. Il arrêtait de fumer chaque matin et recommençait chaque soir.

Il pensait à Tess et, tout naturellement, les souvenirs de Rachel affluèrent. J. T. l'avait épousée parce qu'il avait compris qu'elle n'était qu'une jeune femme de dix-huit ans qui souhaitait avant tout le meilleur pour son fils. Il s'était marié avec elle parce que si elle était aussi corrompue, tordue et manipulatrice que l'affirmait Marion, c'était la faute du colonel.

Son père était venu le trouver après la cérémonie et lui avait serré la main.

— Désormais, Teddy portera le nom de notre famille et je pourrai envoyer mon second fils à West Point afin qu'il rattrape les erreurs de l'aîné. Je savais que tu agirais pour le mieux, Jordan.

— Si jamais tu touches à Rachel ou à Teddy, je te tuerai, avait répliqué J. T. Tu m'entends, *Papa?*

Ce fut la seule fois où J. T. vit le colonel pâlir.

Pendant les six premiers mois, il avait vécu avec Rachel dans une atmosphère étrange. Elle avait sa chambre, il avait la sienne. Lorsqu'ils discutaient, c'était toujours au sujet de Teddy. Pourtant, parfois, tard dans la nuit, ils s'attablaient tous les deux dans la cuisine et buvaient de la bière en livrant un peu d'eux-mêmes à chaque fois.

Elle lui avait parlé de son beau-père, qu'elle avait dû fuir. Il avait raconté l'épisode au cours duquel son père l'avait fouetté et combien il avait été persuadé de mériter cette punition. Elle lui expliqua comment elle avait essayé de trouver du travail, en vain, car personne n'engage une jeune fugueuse de quinze ans. Il lui avait décrit la jungle, les heures d'attente dans la moiteur étouffante avant de se lancer à l'attaque.

Un soir, elle lui avait narré sa première expérience de prostitution. Elle s'était récité en silence des comptines, pour essayer de ne pas penser à ce qu'elle était en train de faire. Elle n'avait pas pleuré. L'homme l'avait bien payée, elle n'avait donc pas pleuré. Elle s'était balancée d'avant en arrière en essayant d'oublier l'existence dont elle avait rêvé, enfant.

Leurs vies n'avaient pas grand sens et cependant, au fil des nuits, ils avaient réussi à construire quelque chose. Ils s'étaient pardonné mutuellement ce qu'ils ne pouvaient pas se pardonner eux-mêmes. Ils avaient envisagé l'avenir, commencé à bâtir une nouvelle vie...

Jusqu'au jour où le gamin battu par son père, l'adolescent rejeté par sa sœur, le guerrier qui se fichait de vivre ou de mourir, s'était rendu compte qu'il l'aimait. De tout son être, de toutes ses forces.

Mais Rachel s'était tuée dans un accident de la route.

J. T. reprit une cigarette et entreprit une fois de plus, méthodiquement, de détruire ses poumons.

L'espace d'un éclair, l'image de Marion lui apparut, si jeune, si vulnérable. Sa petite sœur, terrifiée, se tordait les mains en hurlant : « Cache-moi, J. T., mon Dieu ! aide-moi ! Aide-moi ! »

— Chut, murmura-t-il, paupières closes.

Lorsqu'il rouvrit les yeux, Rosalita était à ses côtés, le regard triomphant. Elle lui tendit un gobelet glacé.

Une tequila *on the rocks* avec une rondelle de citron. Il la dévisagea et elle lui adressa un sourire ravi.

— Tu redeviendras toi-même.

— Tu es un démon, chuchota-t-il en prenant le verre.

Marion pénétra dans la pénombre du salon au moment précis où la silhouette blanche disparaissait dans la chambre de son frère. Pendant un instant, elle crut avoir vu un fantôme. Elle secoua la tête et se dirigea vers le téléphone.

Elle aimait bien cette pièce la nuit. Parfois, elle venait s'y installer pour contempler le clair de lune sur le jardin. L'iguane dormait dans un coin, sous sa lampe.

Elle hésita à s'allumer une cigarette, puis se ravisa. J. T. risquait d'apparaître à son tour. Souvent, lorsqu'elle se trouvait là dans le noir, il lui arrivait de le voir traverser le couloir et se diriger droit vers la baie vitrée. Il se faufilait dehors et, quelques instants plus tard, elle l'entendait plonger dans la piscine.

Marion prit une longue inspiration et décrocha le téléphone.

— Comment va-t-il ? demanda-t-elle sans préambule.

— Marion ?

La voix de Roger était pâteuse de sommeil. Pour lui, il était deux heures du matin. Dormait-il auprès de sa nouvelle conquête ? Elle l'espérait.

— Comment va-t-il ? répéta-t-elle.

Oubliant sa bonne résolution, elle prit une cigarette. Sa main tremblait.

— Marion, il est deux heures du matin.

— Merci, Roger, je sais lire l'heure. Comment va-t-il?

Roger soupira. Elle crut entendre le murmure d'une voix féminine. La serveuse était donc là. Marion avait mal. Beaucoup plus qu'elle ne l'avait imaginé.

Je t'aimais, Roger. Je t'aimais de tout mon cœur.

— Il est mourant. Que veux-tu que je te dise? Les médecins le gavent de médicaments contre la douleur, mais il en est au point où ça ne suffit plus. On lui donne encore une semaine, peut-être deux. Mais il pourrait tout aussi bien partir demain. Je le lui souhaite.

— Ce n'est pas une pensée bien charitable pour l'homme que tu as toujours considéré comme ton mentor, Roger.

Il ne répondit pas. Elle l'imagina, pinçant les lèvres, plissant le front. Ils étaient mariés depuis bientôt dix ans. Elle le connaissait comme sa poche. Elle savait qu'il était faible et sans caractère. Elle savait qu'il était intelligent et ambitieux. Elle savait tout de lui: n'était-ce pas justement cela, le mariage?

— Très bien, Marion, soupira-t-il. Sois désobligeante si ça t'amuse, mais je te signale que c'est toi qui m'as appelé. Je ne suis qu'un messager et je te dis que ton père en est au stade terminal de son cancer. Il souffre, il délire. Parfois, il appelle Jordan. À d'autres moments, il demande Teddy. Si tu veux qu'il continue ainsi, très bien. Mais je trouve que c'est une façon atroce de mourir.

J. T. et Teddy, mais pas elle. Elle n'était pas étonnée que le colonel ne la réclame pas. Il n'avait jamais aimé sa fille.

— Et Emma? lança-t-elle, faisant référence à sa mère.

Marion n'aimait pas Emma, qu'elle considérait comme une écervelée capricieuse et fantasque. Roger, en revanche, avait toujours manifesté une certaine affection envers elle.

— Je m'inquiète aussi pour elle, avoua-t-il. Voilà qu'elle nous récite le texte de Sophia Loren dans *Le Cid*. Je crains qu'un de ces jours, elle ne mette son cadavre sur un cheval. Tu sais bien qu'elle supporte mal le stress.

— Le stress! railla Marion. Choisir une paire de chaussures le matin est déjà un stress insupportable pour elle.

— Marion… quelle est la raison de ton appel?

— Je voulais m'assurer qu'il n'y avait rien d'urgent.

De nouveau, un silence prolongé. Cette fois, elle sut qu'il ne fronçait plus les sourcils, mais qu'il cherchait ses mots. Roger avait un sens inné de la diplomatie. Il ferait une belle carrière dans l'armée.

— Marion… dit-il d'une voix douce.

Elle se figea machinalement.

— … Je sais que c'est difficile pour toi. Je sais que je t'ai blessée…

— Blessée, moi? Tu m'as quittée!

— Je sais, Marion, mais…

— Mais quoi? Nous nous respections, nous étions amis. Nous avons vécu ensemble pendant dix ans, notre relation était solide, Roger et…

— Sauf que tu ne supportais pas que je te touche.

Elle se trouva soudain incapable de respirer, de parler, de bouger. Elle demeura là, dans le noir, le bout incandescent de sa cigarette lui brûlant les lèvres.

— Pardonne-moi. Je suis désolé, Marion, je sais que ça fait mal. Mais comment voulais-tu que je vive ainsi? J'ai certains besoins…

— C'est à cause de mon métier, n'est-ce pas? Tu en as toujours été jaloux. Tu disais que ça me prenait trop de temps, que ça m'empêchait d'être une parfaite maîtresse de maison. Mon parcours est irréprochable, aussi bon que le tien et, en plus, je te bats. Je tire mieux que toi. Tu... tu n'es qu'un bureaucrate de l'armée, alors que moi, je suis sur le terrain, là où ça compte !

Elle s'exprimait d'un ton dur, pour ne pas s'effondrer.

— Évidemment, j'aurais été content que mon épouse rentre à la maison de temps en temps, qu'elle cesse de me comparer à son patron ou à son cher papa. Était-ce trop demander ?

Il perdait pied et elle en éprouva une vive satisfaction.

— Tu n'es qu'un lâche ! cracha-t-elle. Tu n'arrives pas à la cheville du colonel. Tu n'es bon qu'à tes petits jeux politiques. Je suis ravie que tu sois parti. C'est mieux ainsi. Amuse-toi bien avec ta femme-enfant. Tu as enfin trouvé quelqu'un que tu peux dominer !

— Marion, je t'en prie, ne...

Elle n'entendit pas le reste. Elle raccrocha brutalement. Glups tressaillit dans son panier. Elle contempla l'animal en priant pour qu'il bouge, afin qu'elle puisse le réduire en charpie.

L'iguane eut la sagesse de faire le mort. Marion alluma une autre cigarette et aspira la fumée avec frénésie jusqu'à ce que les larmes lui piquent les yeux. Elle tremblait. Elle avait mal, très mal. Elle était à vif.

Pendant quelques secondes, elle eut envie de se rouler en boule et de sangloter. Si seulement quelqu'un avait pu la serrer dans ses bras, la bercer, lui murmurer des paroles réconfortantes.

Tout va s'arranger, Merry Berry. Je te sauverai. Je te sauverai.

Les mots sortirent de nulle part, très bas, comme dans un rêve. Elle se frotta les joues avec les poings et ravala la boule qui lui serrait la gorge.

Roger pouvait aller au diable. C'était un bon à rien, il réglait sa crise de la quarantaine en se consolant auprès d'une créature de vingt-deux ans. Marion était plus forte. Elle dominait la plupart des hommes qu'elle rencontrait, ce qui les effrayait. Ils lui disaient qu'elle avait raison d'exiger les mêmes conditions de travail qu'eux, pourtant ils s'efforçaient toujours de lui cacher les cadavres, comme s'ils craignaient qu'elle ne s'évanouisse. Lorsqu'elle se penchait pour examiner de près la scène d'un crime, ils échangeaient des regards qui trahissaient toute leur méfiance : elle ne pouvait qu'être que lesbienne.

Ils lui disaient qu'ils admiraient son besoin d'indépendance, mais parce qu'elle n'avait pas besoin de leur réconfort, ils prenaient un air blessé. Ils prétendaient comprendre sa force, mais lui en voulaient lorsqu'elle les surpassait sur le pas de tir.

Ce n'était pas elle qui avait changé les règles du jeu. Elle s'était mariée, elle était restée fidèle. Elle avait fait vœu de fidélité, de courage et d'intégrité. Elle n'avait rien à se reprocher. Elle avait promis au colonel qu'il serait fier d'elle et qu'elle serait à son chevet lorsqu'il mourrait.

Elle défroissa machinalement son pantalon blanc et son chemisier de satin bleu. Elle tapota ses cheveux, rassemblés en chignon, et se dit qu'elle n'avait rien à craindre de personne.

Puis elle se dirigea vers sa chambre.

Elle ralentit devant la porte de J. T. L'espace d'un instant, elle faillit céder à son envie d'entrer. Il l'aiderait. *Jordan te sauvera.*

Au même moment, une colère sourde l'envahit, comme le jour où J. T. n'était pas revenu de la course d'orientation. Là, elle avait éprouvé une fureur réelle : Jordan avait craqué. Il s'était échappé, enfui. Il l'avait abandonnée.

Puis il avait jailli des bois mais, au lieu d'en être soulagée, elle l'avait détesté. Il était revenu, l'imbécile, alors que, pendant un bref moment, elle l'avait cru libre, enfin libre…

Les pensées s'étaient bousculées dans son esprit, désordonnées, jusqu'à ce que la douleur devienne insoutenable. Le colonel avait tapé dans le dos de J. T. et l'avait félicité d'avoir eu le courage de marcher sur sa cheville cassée. Marion avait été prise de nausées.

— Je te déteste, chuchota-t-elle dans le couloir.

Curieusement, sa gorge se noua. Elle repartit vers sa chambre, excédée.

— Qu'ils aillent au diable, tous autant qu'ils sont! marmonna-t-elle.

Elle ouvrit sa fenêtre, chercha un paquet de cigarettes neuf, en sortit deux.

Elle en avait assez. Elle avait accordé à J. T. une semaine pour se décider. Demain, il aurait une dernière chance d'y voir clair. Ensuite, elle s'en irait.

Les cigarettes tremblaient entre ses doigts. Elle n'arrivait pas à les allumer. Elle les cassa en deux, exaspérée, croisa les bras et fixa la nuit. Un instant, elle eut l'impression étrange d'être observée.

Elle s'écarta vivement, s'empara de son pistolet, l'arma.

Merde, Marion, qu'est-ce qui te prend? Tu sursautes devant les ombres, maintenant, tu tires sur les cactus? Depuis quand es-tu devenue à ce point cinglée?

Elle posa son arme et baissa la tête.

— Dormir, j'ai besoin de dormir, marmonna-t-elle.

Elle se coucha. La nuit était tranquille. Seul le chant des grillons troublait le silence. Elle serra son oreiller contre elle et sombra dans un sommeil profond.

Merry Berry rêva.

Deux cauchemars vinrent troubler son sommeil. Dans le premier, elle ne voyait rien. Un inconnu pénétrait dans la pièce, ses bottes claquant sur le sol… Puis cette image s'estompa, elle était en Arizona. Elle courait autour de la maison en appelant J. T. Elle devait protéger… elle devait trouver… Elle contournait la villa et il était là : Jim Beckett, son visage de marbre appuyé contre la vitre.

Elle murmura, essaya de chasser les images de son esprit. Elle était épuisée mais, surtout, elle avait peur. Elle n'avait plus personne pour la réconforter. Elle était toute seule.

Elle était petite. Petite, mais forte. Elle montait sans effort le magnifique étalon.

— Plus vite… plus vite…

Ses cheveux volaient derrière elle, le vent lui caressait les joues. Ils galopaient toujours plus vite. Soudain, devant eux, surgit l'obstacle. Ils allaient trop vite, ils ne le sauteraient jamais. Paniquée, elle tira sur les rênes, mais le cheval résista, se cabra.

La voix de J. T. s'éleva, douce, mais nette. Elle ne le voyait pas, mais elle savait qu'il était là. Elle savait qu'elle pouvait compter sur lui.

— Vas-y, Merry Berry, tu peux y arriver !

Elle sauta. Elle l'entendit applaudir.

L'espace d'un éclair, elle se sentit libre.

Jim était prêt.

Assis dans sa chambre aux premières lueurs de l'aube, entièrement nu, il achevait ses préparatifs.

Il avait disposé par terre deux œufs en plastique remplis d'une sorte de pâte à modeler mauve, un rouleau de sachets en plastique transparent, deux paquets de rembourrage pour oreillers, quatre boîtes de collants, du maquillage et une perruque noire qui, selon les dires du vendeur, lui donnerait dix ans de moins. Enfin, un uniforme de la police de Middlesex, volé dans le vestiaire d'un policier qui passait le plus clair de son temps au café du coin.

À la lueur crue de la lampe de bureau, Jim s'attaqua au costume, ses longs doigts décousant les écussons.

En général, la vue d'un uniforme suffisait. Aux yeux du citoyen *lambda,* tous les flics se ressemblaient. En fait, leurs insignes variaient selon leur division, la ville et le comté. Un grade se lisait autant sur le ruban le long de la jambe de pantalon que sur les galons ou les insignes du col. Les styles variaient, du pantalon droit au pantalon à pli, du brun au noir en passant par le bleu marine. Ces détails ne seraient pas à négliger au cours des vingt-quatre heures à venir, car il serait sûrement soumis à un examen attentif cette fois-ci. Or, Jim n'avait aucune intention de se laisser prendre pour un truc aussi bête qu'un insigne qu'il ne saurait expliquer.

À ses côtés était ouvert un livre en couleur illustrant les uniformes de tous les États. Il avait aussi un manuel des insignes de la police, ainsi que sa collection personnelle, accumulée au cours de ses sept années de service. Il en avait acheté quelques-uns, volé d'autres. Tous lui avaient été utiles.

Il poussa de côté l'uniforme et se concentra sur le matériel étalé par terre. Il prit la pâte à modeler, la moula et l'inséra dans les sacs en plastique. Une fois dans sa bouche, ces poches lui donneraient des bajoues. Il coupa les jambes des collants et les remplit de rembourrage, puis les recousit sommairement. Des cuisses instantanées, un ventre bedonnant. Quant à la perruque et au maquillage, il les mettrait à la dernière minute.

Il sortit une vieille boîte à chaussures et y chercha les insignes qui l'intéressaient. Il les appliqua sur l'uniforme. Tout était une question de discipline et de méticulosité.

Sa conversation avec le sergent Wilcox s'était déroulée sans incident, d'autant qu'il l'avait emmené déjeuner et avait versé une bonne dose de Halcion dans son plat. Le gentil sergent s'était endormi comme un bébé. Jim l'avait emmené hors de la ville, attaché à un arbre, puis il avait sorti son couteau suisse. Il ne lui avait pas fallu longtemps pour obtenir tous les renseignements désirés.

Il avait appelé la femme du sergent, à qui il avait expliqué que la mission de Wilcox requérait désormais le secret absolu. Son mari ne rentrerait donc pas avant plusieurs jours et n'aurait aucun moyen de la joindre. Elle en saurait davantage à la fin de la semaine.

Ensuite, il avait pris contact avec le commissariat et demandé l'officier chargé de l'affaire. Se présentant comme le médecin de Wilcox, il avait expliqué que ce dernier souffrait d'une intoxication alimentaire et serait absent pendant vingt-quatre heures. Bien entendu, il reviendrait aussitôt après.

Tôt ou tard, les autorités poseraient des questions. Aucun problème. Jim avait besoin de vingt-quatre heures. Après, ce serait terminé.

Il se mit debout, s'étira. Il était en pleine forme. Trois cents pompes par jour, cinq cents abdominaux. Il n'avait pas un gramme de graisse.

Il secoua les bras et les jambes. Il n'avait pas besoin de plus de quatre heures de sommeil. Il était calme. Ce soir, il attaquerait l'étape numéro deux de son plan d'action. Il avait pensé à tout, envisagé toutes les éventualités. Il n'était pas invincible parce qu'il en avait envie, il était invincible parce qu'il faisait ce qu'il fallait pour cela.

Il avait pourri pendant deux ans à Walpole. Deux années dans une cellule de trois mètres sur quatre, dans le quartier de haute sécurité. Une heure de promenade par jour, du lundi au vendredi, et encore, pieds et poings menottés, escorté par deux gardiens. Il n'y avait jamais plus de deux prisonniers dans la cour au même moment et ils étaient tellement éloignés que la conversation était difficile. De toute façon, il s'en fichait. Il n'avait aucune envie de se mêler à tous ces Latinos.

Deux ans en uniforme orange. Deux ans seul sur une banquette, à écouter les murs résonner de haine et d'insultes. Deux ans sans relations sexuelles.

Plus jamais. Il avait tout planifié, il n'avait omis aucun détail. Il ne retournerait pas en prison. Il aurait sa revanche.

Il se pelotonna sur le lit et s'endormit en pensant à Shelly. Il avait les mains autour de son cou, il serrait, il serrait…

— Je viens, ma chérie, je viens.

18

Tess était prête. Elle se réveilla avec les premiers rayons du soleil et s'étira langoureusement. Ses muscles tout neufs étaient tendus, raides. Biceps, triceps, quadriceps émergeaient tant bien que mal. Elle s'offrit une petite séance d'échauffement dans sa chambre et fut satisfaite de constater qu'elle enchaînait les exercices sans difficulté.

Elle était sur la bonne voie.

Son regard se posa sur le téléphone. Elle avait très envie d'appeler Samantha, d'entendre la voix de sa petite fille, de la rassurer en lui disant que tout allait s'arranger. Difford la bordait-il dans son lit chaque soir? Lui lisait-il ses contes préférés? S'assurait-il qu'elle mangeait bien tous ses fruits, ou réussissait-elle à en jeter la moitié sous la table?

Sa petite fille lui manquait tellement.

Mais que vas-tu lui raconter, Tess? Que tu vas bientôt rentrer à la maison? Que tu vas la protéger de son papa? Qu'en l'appelant tu viens de mettre sa vie en danger?

Elle se détourna, les poings crispés. Encore quelques semaines et elle serait prête à affronter Jim. Le cauchemar prendrait fin. Elle retrouverait sa fille. Seraient-elles heureuses jusqu'à la fin de leurs jours?

Tess ne croyait plus guère aux contes de fées.

Elle se prépara pour sa session matinale de natation. Cependant, en pénétrant dans le salon, elle se figea.

J. T. et Marion se faisaient face, debout sur le tapis navajo, tellement concentrés l'un sur l'autre qu'ils ne l'entendirent pas arriver. Tels deux combattants, ils tournaient, narines frémissantes, poitrines haletantes. Glups servait sans le savoir de pivot central dans cet échange.

— C'est ça, J. T., gronda Marion d'un ton furieux. Papa est en fait Darth Vador et moi, la princesse Leila. À présent, passe de l'autre côté et que le spectacle commence!

— Je t'ai déjà dit que je n'irai pas.

— Je t'ai donné une semaine, J. T. Combien de temps vas-tu continuer à ruminer un passé mythique?

— Indéfiniment. C'est un chiffre rond.

Marion leva les bras de dégoût.

— Arrête! Arrête! Qu'est-ce qui te prend? Il faut toujours que tu gâches tout. Tu ne comprends donc pas que c'est ta dernière chance? Continue d'ignorer Papa et ce sera fini. Il est mourant. Si tu ne te presses pas, tu ne pourras jamais être en paix avec toi-même.

— À t'entendre, on se croirait dans un opéra italien!

— Et toi, tu prends plaisir à le haïr, n'est-ce pas, J. T.? Il est ton prétexte favori. Tu es viré de West Point, c'est la faute de Papa. Tu frappes ton supérieur, c'est la faute de Papa. Tu bois trop, tu baises trop, tu risques ta peau dans des jungles perdues pour des causes désespérées, c'est la faute de Papa. Je te lance un ultimatum : demain matin, je repars pour Washington. Tu peux m'accompagner et te faire pardonner, ou rester ici et pourrir sur place.

La mâchoire de J. T. tressaillit. Il secoua la tête.

— Il faut que j'entraîne Tess. Même si j'étais assez bête pour songer à te suivre, je ne pourrais pas.

— Lâche! Elle n'est qu'une excuse.

— Une excuse? Tu divagues, Marion! N'est-ce pas toi qui ne cesse de me répéter combien Jim Beckett est un homme dangereux? Tu commences par me dire à quel point Tess a besoin de mon aide et maintenant, tu veux que je l'abandonne pour m'occuper de la mort du colonel?

Marion s'empourpra, outragée.

— Emmène-la avec toi.

— L'emmener avec moi?

— Tu m'as parfaitement entendue, J. T. Tu ne veux pas la laisser toute seule, il te faut encore un peu de temps pour la former. Emmène-la avec toi. Ce n'est pas compliqué.

— Excellente idée, Marion. Tu as raison. Je vais emmener Tess avec moi à Washington, la présenter à celui qui battait ma sœur et violait mon épouse. Et pour m'assurer qu'il est bien mort, je la laisserai seule un moment avec lui dans la chambre. Nous savons tous deux qu'il n'y a rien de mieux pour ressusciter le colonel que de lui présenter une jeune et jolie femme sans défense.

— Espèce de…

— J'espère qu'il est mort! interrompit J. T. d'un ton féroce, avant de baisser la voix. Alors, j'irai à Washington pour danser à son enterrement. J'installerai une fontaine de champagne sur la pelouse et je chanterai « Youpi! Youpi! Papa est mort! » à tue-tête pour que le monde entier m'entende.

— J. T., tu es incorrigible, mais surtout, tu es *ivre*!

Il se raidit. Tess le dévisagea, atterrée, attendant qu'il nie l'accusation et répète qu'il tenait toujours sa parole.

Au lieu de cela, il se pencha en arrière, le regard sombre.

— Rectification. Je n'ai bu qu'un seul verre. Je ne suis pas soûl, je suis moi-même.

— Mais tu as bu, J. T., or tu avais promis de ne plus ingurgiter une goutte d'alcool. Tu as violé ton propre code moral à la noix. Regarde-toi! Tu n'as aucune suite dans les idées, tu es incapable de t'engager dans quoi que ce soit. Tu es un être intelligent, doué et pourtant, ton existence n'est qu'une succession d'échecs. Et voilà que tu vends le peu d'avenir qu'il te reste pour un fond de tequila.

— Un verre, Marion, insista-t-il sèchement.

— Un de trop.

Il serra les dents. Un frémissement le parcourut.

— Et toi? riposta-t-il. La fille parfaite que son père battait en guise de loisir. Il ne s'est pas arrêté là, n'est-ce pas, Marion? Tu peux continuer à le nier, mais j'étais là, moi aussi, nom de nom et je sais ce qu'il t'a fait! J'entends encore ses pas dans le couloir, chaque soir. Je l'ai vu entrer dans ta chambre… Tu ne crois pas que j'ai essayé de l'en empêcher? Tu ne crois pas que je… que… Seigneur! J'aurais voulu l'étrangler.

Marion avait blêmi.

— Ne me mêle pas à tes mensonges, J. T.

— Ce n'est pas moi qui vis dans le mensonge, rétorqua-t-il d'une voix rauque. Au contraire, si j'ai quelque chose à me reprocher, c'est bien d'avoir été trop honnête.

— Oublions tout cela! s'emporta Marion. Fais ce que tu veux, J. T., je m'en lave les mains. Tu as détruit ta famille, le sais-tu? Tu me fais perdre mon temps. Je m'en vais.

Elle tourna les talons et voulut se diriger vers le corridor. La main de J. T. partit tellement vite que Tess en tressaillit. Les yeux bleus de Marion fixèrent son poignet emprisonné.

— Si tu ne me lâches pas immédiatement, gare à toi!

Il resserra son étreinte, sans ciller.

— Ne t'en va pas.

— Quoi?

— Reste. Reste ici, Marion. Ne retourne pas à Washington, ne va pas le retrouver. Laisse-le mourir. Ensuite, peut-être que toi et moi, nous pourrons repartir de zéro. Pour l'amour du ciel! Marion, tu es ma petite sœur et…

Les mots moururent sur ses lèvres. Le silence se prolongea. J. T. adressa à Marion un regard presque suppliant. Son sourire narquois avait disparu, remplacé par un rictus de douleur.

Marion baissa les paupières, le dévisagea de nouveau, puis, d'un mouvement preste, abattit sa main gauche sur son avant-bras et se libéra.

— Tu n'es qu'un imbécile, un faible, un bon à rien, J. T., cracha-t-elle. En aucun cas tu ne m'entraîneras dans ta dégringolade.

Elle disparut dans le couloir avec la grâce d'un tank, repoussant Tess sur son passage. Une minute plus tard, la porte d'entrée claqua.

J. T. demeura au centre de la pièce à frotter son bras endolori. Il semblait désemparé.

D'instinct, Tess s'avança.

— Vous allez plonger dans l'arène? s'enquit-elle, tandis qu'il continuait de contempler le mur d'en face. Prélever votre ration de viande fraîche pendant qu'il en est encore temps?

— Non.

— Pourquoi pas?

Sa voix ne comportait aucune trace de moquerie ni de défi.

— Parce que ce n'est pas drôle de s'en prendre à une personne lorsqu'elle est déjà à terre? suggéra Tess.

— Sans doute, répondit-il enfin, après un moment qui parut interminable à la jeune femme.

Elle s'avança d'un pas, mais il se détourna et, en trois longues enjambées, atteignit la table près du canapé. Il ramassa l'étui à cigarettes en or de Marion et s'offrit un billet de plus pour le cancer.

— Allez-vous-en, Tess, lâcha-t-il.

L'allumette s'enflamma. Il l'approcha du bout de sa cigarette et inhala profondément.

— Je ne peux pas.

— Nous avons déjà eu cette conversation, il me semble.

— Oui et j'ai gagné. C'est une des seules choses pour lesquelles je sois douée : me disputer avec vous.

— Ça ne compte pas. Tout le monde est doué pour ça.

— Vous aimez sincèrement Marion, n'est-ce pas ?

Elle aurait voulu lui prendre la main, mettre ses bras autour de ses épaules, le serrer très fort.

J. T. mit un temps fou avant de répondre.

— Oui. Mais je vieillis et j'apprends tous les jours.

Il souffla un nuage de fumée.

— Votre iguane, lui rappela-t-elle.

Il répétait sans cesse à Marion qu'elle ne devait pas fumer en présence de Glups.

Il se figea, porta son regard de la jeune femme à l'animal. Une lueur sombre dansa dans ses prunelles. Rejeté par sa sœur, méprisé par son père, il avait toujours pris le parti de l'autodérision. Mais il savait qu'au fond, elle était dans le vrai. Il avait échoué sur tous les plans. Exprès.

Tess eut un frisson. La rage de Jim l'avait toujours terrifiée par sa froideur. Celle de J. T. la bouleversait par son intensité.

— J. T., chuchota-t-elle en lui tendant la main.

— Vous avez raison, murmura-t-il.

Il prit sa cigarette, feignit d'en admirer le bout incandescent, ouvrit sa main gauche.

— Non! s'écria-t-elle.

Trop tard. Effarée, elle le vit écraser le mégot dans sa paume.

— Que faites-vous?

— Ce que l'on m'a toujours appris.

— J. T…

— Non! prévint-il, lorsqu'elle voulut s'approcher. Je suis un imbécile, un goujat, un bon à rien. Je suis à bout de nerfs et je ne réponds plus de mes actes!

— Je ne vous demande rien! riposta-t-elle en continuant à s'avancer vers lui.

Elle se planta au milieu de la pièce.

— Je sais ce que c'est que le mal, J. T. J'ai connu le pire. Vous ne l'incarnez pas.

— Sacré nom de nom! aboya-t-il en jetant l'étui en or de l'autre côté du salon.

Tess ne bougea pas.

D'un seul geste du bras, il balaya tout ce qui se trouvait sur la table. La lampe au pied de porcelaine vola en éclats. Les dessous de verre en argile se brisèrent. Les revues s'éparpillèrent dans un froissement de pages.

Tess demeura là.

— Vous regretterez de m'avoir rencontré, menaça-t-il. Tant pis pour nous…

Il se dirigea vers elle. Elle était prête.

Il enserra sa taille sans douceur. Elle ne protesta pas lorsqu'il la plaqua contre le mur et se colla contre elle.

Si elle avait voulu fuir, elle aurait dû le faire plus tôt. Désormais, il était trop tard pour revenir en arrière.

Il plaça les mains de chaque côté de son visage.

— Vous croyez que je vais refuser ce que vous m'offrez? Vous vous imaginez qu'à la dernière minute, je retrouverai un soupçon de lucidité et que je m'en irai?

Vous me trouvez bon? Correct? *Chiquita*, vous n'avez pas écouté un seul mot du discours de Marion.

Il s'empara de ses lèvres avec violence. Elle lui répondit de la même façon. Ce fut une étreinte sauvage, cruelle. Il s'attaquait à sa bouche, elle ripostait. Jusqu'ici, son existence avait toujours rimé avec passivité, froideur, rejet. À présent, elle allait à la rencontre de la passion sans hésiter, sans céder la moindre parcelle de terrain. Elle n'avait pas peur de cet homme. Il était vrai.

Ses dents s'enfoncèrent dans la chair tendre de son cou. Elle cria et il plongea un doigt dans sa bouche. Elle le mordit, le lécha. Son corps la pressait contre le mur, ses hanches exigeant toujours plus. Il était trop tard pour dire « non ».

— Vous êtes gourmande, murmura-t-il.

Sans préambule, ses doigts descendirent vers son slip, s'aventurèrent en elle et elle poussa un cri de surprise. Malgré elle. Il ralentit, redressa la tête, plongea son regard dans celui de la jeune femme.

— Décidément, vous ne savez rien de rien, chuchota-t-il.

— Non, avoua-t-elle.

Paupières closes, il se tendit comme un arc.

— C'est trop tard.

— Je sais.

Il se remit à la caresser, tout doucement, en rythme, lui imposant un tempo auquel elle se rallia tout de suite.

Pour la première fois, elle perçut les battements affolés de son cœur. Elle ferma les yeux, tandis que des cercles lumineux se bousculaient devant ses yeux.

— J. T… J. T., murmura-t-elle.

— Ouvrez les yeux. Regardez-moi. Je veux vous voir. Je veux tout voir.

Elle obéit, hésitante et vulnérable. La main de J. T. devint plus insistante, son visage s'assombrit.

Elle se mordit la lèvre inférieure.

— Maintenant! chuchota-t-il d'une voix rauque.

Au paroxysme du plaisir, elle lâcha un cri. Elle eut l'impression de fondre. Les points lumineux explosaient de toutes parts.

Elle sentit vaguement qu'il l'attirait à terre. Le sol était dur contre son dos, le tapis rugueux. Il lui arracha ses vêtements, se débarrassa avec impatience de son short et de son T-shirt.

Il se coucha sur elle, lui écarta les cuisses et elle se laissa faire.

Elle s'accrocha à lui avec l'énergie du désespoir. L'orgasme les laissa épuisés, pantelants.

Comme elle l'avait anticipé, il s'écarta brutalement. Il se leva, la contempla d'un regard indéchiffrable.

— Ne vous sentez pas obligée de parler.

Elle roula sur le côté. Elle avait le corps meurtri, mais elle se sentait rassasiée. La révélation de ses sens l'emplissait de sérénité.

Il se dirigea vers la piscine.

— Je n'ai sans doute pas à vous demander si vous êtes satisfait, lança-t-elle fièrement.

Il marqua une pause, la main sur la baie vitrée coulissante.

— Je vous ai fait mal?

— Non.

— Je n'ai pas été tendre.

— Je ne me suis pas plainte.

— Vous auriez peut-être dû.

— Vous culpabilisez déjà, J. T.? Vous me rajoutez à la longue liste des choses que vous vous reprochez nuit après nuit? Je vous connais mieux que vous ne le croyez. Je crois en vous plus que vous-même. N'essayez pas de vous en vouloir de m'avoir fait découvrir le plaisir brutal. J'assume totalement mes actions.

— Tess…

— J. T., coupa-t-elle sèchement. Si vous me présentez des excuses maintenant, je ne vous le pardonnerai jamais.

Il se raidit.

— Très bien.

Il sortit et plongea dans le bassin.

— N'oublie pas, Tess, se chuchota-t-elle, tu es forte. Très forte.

L'endroit était miteux. Des camionnettes défoncées et de vieilles Chevrolet bleues étaient garées sur l'aire de stationnement. Les anciennes traces des emplacements étaient recouvertes de mauvaises herbes. Loin des jolies rues pavées du centre de Nogales, le bar jaillissait en plein désert, encadré au loin par des collines recouvertes de bidonvilles. Les murs étaient en bois gris, délavé par les intempéries, le toit en tôle rouillée. Lorsqu'il pleuvait, on avait l'impression de se trouver à l'intérieur d'un tam-tam.

À présent, de faibles sons de salsa s'échappaient par les fentes, comme si la musique elle-même était anxieuse de fuir toute cette morosité. De minces volutes de fumée s'élevaient dans le ciel.

Chez Manny, proclamaient les néons rouges de l'enseigne.

Chez Manny. Un lieu fatigué, poussiéreux, oublié.

L'endroit idéal, songea Marion.

Sa voiture de location paraissait incongrue, tout comme elle. Elle poussa la porte sans hésiter et entra. La musique ne s'arrêta pas pour elle. Les clients, en revanche, réagirent. Deux hommes à sa gauche levèrent la tête. Derrière le bar, un petit homme chauve en débardeur s'immobilisa devant la pompe à bière. À sa droite, un petit groupe leva les yeux, se figea, intrigué par cette inconnue trop bien habillée, aux mains impeccablement manucurées.

Marion se fraya un chemin dans l'épaisse fumée et s'assit au comptoir.

— Je voudrais un whisky. Pur.

Le serveur la dévisagea attentivement. Elle ne cilla pas. Il ne bougea pas.

— Vous n'acceptez pas les dollars? lui demanda-t-elle d'un ton glacial.

— Si.

— Dans ce cas, je crois que nous allons nous entendre.

Elle sortit un billet de vingt dollars et le posa devant elle d'un geste agressif.

Le barman alla chercher sa bouteille de scotch. Les clients retournèrent à leurs affaires.

Marion ne bougea pas. Elle ne regarda personne. Elle demeura là, au bar, ébauchant un sourire énigmatique.

Lorsque le barman lui présenta un verre généreusement rempli, elle le remercia et lui porta un toast moqueur.

Que vas-tu faire, Marion? Que te reste-t-il?

Elle leva son verre, entrouvrit ses lèvres maquillées de rose pâle, renversa la nuque en arrière et avala son whisky d'un trait.

Elle reposa le verre, savoura la sensation de brûlure qui lui envahissait tout le corps. Puis, délicatement, poliment, en effleurant le coin de sa bouche d'un ongle verni:

— Un autre.

— *Si, señorita.*

— Merci.

19

— Je veux les Frosties.

— D'accord, d'accord, marmonna Difford, en poussant d'un pied la porte, jonglant avec quatre énormes sacs remplis de victuailles.

Samantha se précipita à l'intérieur sans se préoccuper de son numéro de jongleur. Vêtue de son anorak rose, le capuchon serré sous le menton, elle avait l'air d'une petite fraise. Ses cheveux blonds s'échappaient de la bordure en fourrure blanche. Elle avait les joues roses d'une fillette heureuse et en bonne santé. Il faisait un peu trop doux pour un tel équipement, mais Difford n'avait guère l'habitude d'habiller les enfants. Il préférait se montrer prudent.

— Frosties ! Frosties ! chanta Samantha de toutes ses forces.

Difford grogna et se demanda comment les mères de famille nombreuse s'en sortaient. Toujours du bout du pied, il réussit à refermer la porte, puis s'avança jusqu'à la minuscule cuisine en n'ayant perdu que deux oranges.

Samantha se précipita dans le couloir et revint en les brandissant comme des trophées. Elle gratifia Difford d'un sourire éclatant et, à cet instant, malgré lui, il eut un pincement au cœur.

— Merci, dit-il poliment en acceptant les oranges.

— Bon, maintenant, les céréales!

Son sourire s'élargit. Elle était très fière de l'avoir convaincu, envers et contre tout, d'acheter ces pétales de maïs recouverts de sucre-glace. Lui, s'efforçait de lui proposer une alimentation saine. Tess lui avait donné une liste à cet effet et, depuis le début, il gavait Samantha de céréales aux raisins secs. Aujourd'hui, cependant, elle avait remarqué les Frosties sur une gondole, bien en vue. Exactement ce qu'elle voulait! Difford s'était rendu compte que, s'il savait commander toute une division de policiers, il était perdu devant une gamine de quatre ans ayant une idée précise en tête. Ils avaient acheté les Frosties. Deux boîtes. La seconde était offerte.

— On déjeune d'abord, insista-t-il.

Elle se rembrunit, avança la lèvre inférieure. Comme à chaque fois, Difford eut un sursaut de panique.

— Ah, non! protesta-t-il aussitôt. Il faut manger correctement. Que préfères-tu, du jambon ou du blanc de dinde?

Samantha le dévisagea longuement, ses yeux bleus brillant d'intelligence. Elle inclina la tête de côté. Difford reconnaissait maintenant les signes: elle était en train de se demander jusqu'où elle pouvait le pousser. Il ne pouvait s'en prendre qu'à lui; les premiers jours, il avait cédé à tous ses caprices. Samantha en avait profité au maximum.

Il s'obligea à rester ferme, se recommanda de la traiter comme une nouvelle recrue en mal de discipline.

Au bout d'une minute, il avait remporté le combat.

— Du blanc de dinde, décida-t-elle.

Difford sourit, très fier de lui. Il ne sortait pas souvent vainqueur de ces affrontements. Tess ne l'avait pas mis en garde contre le potentiel démoniaque d'une enfant de quatre ans.

— Très bien, répondit-il en vidant les sacs.

Il tartina des tranches de pain de moutarde et de mayonnaise. Samantha avait pour tâche d'y disposer la viande. Elle s'y attela avec ferveur. Dix minutes plus tard, ils s'attablaient et mangeaient dans un silence amical.

Après le repas, ils joueraient aux dominos. Samantha continuait à le battre à plate couture, mais il s'améliorait de jour en jour.

Il l'envoya chercher le jeu pendant qu'il rangeait la cuisine. Puis, il la rejoignit dans le salon, où ils s'installaient en général, assis par terre en tailleur. Il commençait à avoir mal aux genoux.

Il s'apprêtait à repousser son fauteuil inclinable, quand il remarqua les coussins. La veille, il les avait calés dans son dos en s'adossant au canapé. Difford était plutôt désordonné. Il était persuadé de les avoir laissés sur le sol.

Maintenant, ils étaient sagement posés sur le sofa, chacun à une extrémité.

Samantha surgit, en col roulé blanc et salopette de jean. Elle était vraiment adorable. Difford se figea brusquement. D'une voix qu'il espérait calme, il lui dit :

— Je veux que tu ailles dans ta chambre, Samantha.

Elle s'immobilisa, inquiète.

— Je n'ai rien fait de mal !

— Je sais, ma chérie, répliqua-t-il.

Il parlait du ton le plus rassurant possible, mais il avait les yeux partout et sa main se glissait déjà dans sa veste pour saisir son arme.

— Nous allons inventer un nouveau jeu, fillette. Je veux que tu ailles dans ta chambre quelques minutes, d'accord ? Je... Je te prépare une surprise ici, dans le salon.

Elle ne comprenait pas. Il sentit la sueur perler sur son front.

— Je ne l'aime pas, ton jeu ! s'écria-t-elle soudain, en jetant les dominos par terre avant de s'enfuir.

Difford ne perdit pas une seconde. Par la fenêtre, de l'autre côté de la rue, il voyait une vieille automobile verte, toujours garée au coin. Il agita la main. Les deux policiers répondirent. Ouf! On était en plein jour et les gardes étaient bien en place. Si quelqu'un avait tenté de s'approcher de la maison, ils s'en seraient aperçus.

Il fouilla néanmoins la demeure, pistolet au poing, regard acéré. Rien dans le salon. Rien dans la salle de bains ni dans la douche. Il pénétra lentement dans la chambre à coucher, pointant son arme dans toutes les directions. Il se pressa contre un mur et du bout du pied, ouvrit la porte de la penderie. Rien ne bougea. Il inspecta derrière les cintres. Toujours rien.

Il respira de nouveau. Il avait les nerfs à fleur de peau. Il s'inquiétait pour rien. La nouvelle du meurtre de Shelly Zane l'avait ébranlé. Beckett était là, quelque part, à la recherche de Teresa. Difford n'en dormait plus.

Mais Beckett n'était qu'un homme. Tess avait dû l'affronter une fois. Le lieutenant Houlihan et l'agent spécial Quincy faisaient de leur mieux pour que cela ne se reproduise plus. Un grand nombre de personnes, très qualifiées, travaillaient sur cette affaire. Tôt ou tard, Beckett serait arrêté.

Il compléta son tour de la maison. En vérifiant la chambre de Samantha, en regardant dans l'armoire, puis sous le lit, il lui expliqua que c'était une des règles du nouveau jeu. Il sentit qu'elle n'en croyait pas un mot.

Rien à signaler. Tout allait bien. Peut-être avait-il simplement oublié qu'il avait ramassé les coussins. Peut-être Samantha avait-elle pris cette initiative.

Il rangea son pistolet, offrit sa main à la fillette. Elle la prit sans hésiter.

— On joue aux dominos? proposa-t-il.

— Je veux ma maman.

— Je… je sais.

— Tu sais où elle est, ma maman? s'enquit-elle, le menton tremblant.

— Oui, ma chérie, je le sais.

— Dis-lui de revenir.

Difford s'accroupit devant la petite.

— Elle en a vraiment très envie, tu sais, Samantha. Elle t'aime très fort. Mais il faut d'abord qu'elle s'occupe de régler deux ou trois problèmes. Elle… euh… elle doit s'assurer que vous êtes en sécurité, tu comprends. Dès qu'elle en sera sûre, elle viendra te chercher et vous serez toujours ensemble.

— Je veux ma maman maintenant, chuchota Samantha.

— Je sais, je sais. Viens! On va jouer aux dominos.

Il l'entraîna vers le salon, parce qu'il ne savait pas quoi faire d'autre. Samantha ne se plaça pas en face de lui comme de coutume. Elle se mit à côté de lui, tout près. Au bout d'un moment, il posa un bras sur ses épaules et lui tapota le dos, maladroitement.

Elle esquissa un faible sourire et ouvrit la boîte du jeu.

— Elle reviendra bientôt, ma maman?

— Oui.

— Et après, on sera toujours ensemble?

— Oui. Tu verras, tout s'arrangera.

— On peut regarder *Jurassic Park* encore, ce soir?

— D'accord, promit-il.

Mais il avait le cœur gros.

— D'accord, répéta-t-il.

Tess partit à la recherche de J. T. Le patio était désert, l'eau de la piscine parfaitement immobile. Un frémissement d'inquiétude la parcourut.

Le gravier crissa. Elle fit volte-face, les poings serrés.

J. T. émergea d'un côté de la maison, nu comme un ver, en brandissant son arme.

Elle écarquilla les yeux. Il l'ignora et s'avança à pas de loup sur la terrasse. Elle n'avait jamais vu un homme se déplacer de cette manière, avec une telle aisance, une telle grâce.

Il disparut vers la gauche, le pistolet au poing.

Elle resta là, clouée sur place, la gorge sèche, le corps moite de transpiration. Elle avait de nouveau envie de lui. Déjà.

C'était malsain. L'espace d'un éclair, elle fut submergée par la panique. Elle ne voulait pas le désirer comme cela. Elle ne voulait plus s'abandonner comme elle l'avait fait.

J. T. réapparut dans le patio.

— J'ai entendu quelque chose, marmonna-t-il, l'air furieux.

Il s'avança de deux pas, puis recula.

— Je… Je n'ai rien vu.

— Non, mais vous avez les yeux rivés sur mon anatomie.

— Euh… j'admirais le panorama, riposta-t-elle, écarlate.

— Ha !

Il fronça encore les sourcils, puis s'immobilisa enfin.

— Je suis un peu nerveux, avoua-t-il.

Elle le contempla un long moment en silence.

— C'est vrai que vous avez bu, hier soir ?

— Oui. De la tequila. Une dose. Dieu ait pitié de mon âme.

— C'est un peu tard, il me semble.

Sa mâchoire tressaillit, il était vexé. Tess fut tentée de le réprimander, de le traiter d'imbécile, mais elle se ravisa. Personne n'avait jamais été plus dur avec J. T. Dillon que J. T. Dillon.

— J'ai besoin de vous, murmura-t-elle.

— Non.

— C'est trop tard. Vous savez contre qui je me bats, J. T. Marion vous a expliqué qui était Jim. Il va venir à ma poursuite et il faut que je sois prête. Nous avons bien travaillé, cette semaine. Je nage mieux, plus longtemps, j'ai pris du muscle, je sais tirer…

— À peine.

— Justement ! Il faut que je me perfectionne. Aidez-moi ! Il ne reste plus que quelques semaines.

— Je tiendrai le coup.

— Vous en êtes certain ? Vous savez, s'inscrire aux Alcooliques anonymes n'est pas une preuve de faiblesse, J. T.

— Je vais très bien, je vous dis ! explosa-t-il. Vous n'avez pas de bottes de paille sur lesquelles tirer ?

— C'est beaucoup plus drôle de m'en prendre à vous.

Elle s'approcha de lui. Il se raidit. Elle plaça les doigts sur ses clavicules et le massa légèrement. Il était tendu, brûlant. Il sentait le chlore et la sueur, tandis que le désir montait en elle. Elle savait que cela se lisait dans son regard. Elle ne chercha pas à le cacher.

— Gourmande, chuchota-t-il.

— À cause de vous.

Elle effleura des lèvres ses épaules, sentit un frémissement au niveau de ses biceps. Elle avait envie de le prendre dans sa main, de le caresser, de s'offrir tout entière à lui, ici même, dans le patio, ou peut-être sous l'arbre… à moins que, sur la table en verre ?

Et ensuite ?

Tout doucement, elle s'écarta. Il lâcha une sorte de sifflement.

— Mettez-vous au régime sec…

— Je me suis arrêté après le premier verre.

— Tant mieux. À présent, essayez de rattraper Marion.

Il eut l'air ahuri.

— Quoi ?

— Elle a besoin de vous, J. T.

Il lui montra son bras encore rougi.

— Ouvrez les yeux, Tess.

— Je vous dis qu'elle a besoin de vous. Pourquoi s'est-elle enfuie, d'après vous? Pour que vous puissiez la suivre. Pour que quelqu'un la suive enfin.

— Tess, Marion serait capable de manger un tank pour son petit déjeuner. Fin de l'histoire.

Il se dirigea vers la porte coulissante.

— Vous voulez toujours de votre professeur?

— Oui.

— Alors cessez de japper. Mettez-vous en tenue. Nous commencerons par la musculation, puis la piscine. Vous disposez de cinq minutes.

— Elle a peur, chuchota Tess derrière lui.

— Il vaudrait mieux ne plus se raconter d'histoires, dit-il.

— Je peux vous offrir un verre?

— Si ça vous fait plaisir.

Marion se pencha sur la table de billard. Le soleil s'était couché. L'endroit était sombre et enfumé.

— La huit, coin gauche! lança-t-elle.

Elle se positionna, tira sa queue vers l'arrière, puis la poussa en avant, avec un peu trop de force. La huit tomba dans la poche.

Elle se redressa, porta une cigarette à ses lèvres. Elle aspira, expira.

— Je crois bien que vous me devez vingt dollars.

L'homme grogna. Elle n'avait pas saisi son nom. Elle s'en fichait. Il était plutôt meilleur que les autres, mais guère plus. Il lui présenta un billet. Elle le posa sur la pile.

Pendant un moment, elle inspecta les alentours. Elle avait la désagréable sensation d'être épiée. Évidemment, tout le monde avait les yeux rivés sur elle! Elle se tourna vers le billard.

Une nouvelle proie de choix arriva avec sa boisson. Il lui adressa un sourire charmeur, mais elle n'était pas ivre au point de ne pas déceler ses véritables intentions. Elle accepta le verre et s'appuya négligemment contre la table, sans ciller.

Il était grand, au moins un mètre quatre-vingt-cinq. Sous sa casquette de base-ball rouge s'échappaient des mèches blondes et raides. Il portait la moustache et une barbe naissante. Il avait les épaules larges et les bras musclés d'un travailleur. Peut-être était-il exploitant de coton? Cependant, son ventre bedonnant trahissait un penchant pour la bière. Il avait dû être un tombeur. Aujourd'hui, il se laissait aller.

— Quel est votre jeu?

— La huit, répondit-elle calmement. Je parie trois contre un. On démarre à vingt. Vingt dollars.

Il croisa les bras et montra ses biceps.

— Vous êtes vraiment bonne?

— Vous vous trouvez assez séduisant pour me draguer avec un verre?

Il rougit. Elle le fixa sans ciller. Les hommes n'avaient jamais le courage de soutenir longtemps son regard. Ils cédaient toujours, puis la traitaient de garce.

— Très bien, déclara-t-il brusquement.

Sa surprise fut telle qu'elle en oublia d'avaler sa gorgée de whisky.

— Mais je vous préviens, ajouta-t-il. Je suis meilleur que ceux que vous avez battus jusqu'ici.

— Ce sera à moi d'en juger.

Elle posa son verre et s'empara de sa queue. Son pistolet était niché sous son bras, caché par sa veste. Le métal froid contre sa peau la rassurait.

Ils se mirent à la tâche.

Est-ce que je te manque, Roger? Est-ce que tu penses à moi de temps en temps? Ou suis-je simplement la garce frigide que tu as épousée pour pouvoir profiter des relations de son papa? Comment une serveuse peut-elle te rendre heureux avec ses minauderies?

Elle se pencha et joua avec fureur.

Et toi, Papa? Pourquoi ne m'appelles-tu jamais par mon prénom? Pourquoi ne suis-je toujours rien pour toi, après trente-quatre ans de dévouement? N'ai-je pas été assez docile? Ne t'ai-je pas toujours obéi?

C'était au tour de son adversaire. Elle ne fut guère impressionnée par son premier coup.

Et toi, J. T., qui t'es enfui, toi qui as ruiné la réputation de ta famille. Tu n'es qu'un vaurien alcoolique et voilà que tu me dis que je te ressemble. Je ne suis en rien comme toi. Je suis forte.

L'homme nettoya la table. Elle leva les yeux, stupéfaite.

— Je vous avais prévenue que je savais ce que je faisais.

— Sans doute, oui.

Il posa sa queue, pendant qu'elle comptait trois billets de vingt dollars et les lui tendait. Il secoua la tête.

— Vous n'en avez pas assez des préliminaires? Vous ne pensez pas qu'il est temps de passer aux choses sérieuses?

Elle se figea. Comment réagir? Se mettre en colère? Feindre de ne pas comprendre? Elle posa l'argent et haussa délicatement les épaules.

— Très bien. Qu'est-ce que vous proposez?

— Viens avec moi, chérie. Je t'aiderai à oublier tous tes problèmes.

Elle le dévisagea sans un mot. Il n'était plus tout jeune, ses bras étaient toujours fermes et durs. Il savait jouer au billard. Le plus sage serait de refuser. Elle était la bonne fille de son papa, elle n'avait couché qu'avec Roger. Elle était un agent spécial réputé et savait qu'il était imprudent de partir en compagnie d'un inconnu.

— D'accord.

Elle prit son sac et accepta son bras.

Chaque fois que je te touchais, Marion, tu devenais de glace.

Elle avait toujours la sensation qu'on l'épiait, mais elle ne se retourna pas.

Dehors, l'air était frais. Elle l'aspira à grandes bouffées, heureuse de respirer autre chose que la sueur et la fumée. Le ciel était noir comme l'encre.

Son tombeur l'entraîna vers sa camionnette. Le parking était désert. Marion n'était pas inquiète : elle était armée.

Il lui tint la portière et elle se demanda si c'était bon signe ou non. Elle ne lui demanda pas où ils allaient. Elle n'osait pas imaginer la suite des événements. Elle alluma encore une cigarette et baissa la vitre pour contempler les étoiles.

Il l'emmena au milieu de nulle part. Y était-il déjà venu en compagnie d'une femme ? Était-il marié ? Était-ce pour cela qu'ils n'allaient pas chez lui ? Elle s'en fichait. Elle profitait de l'occasion.

— Personne ne vient par ici, annonça-t-il tout à coup en la regardant pour la première fois. Mais par une nuit comme celle-ci, c'est agréable. J'ai pensé que ça vous plairait mieux qu'une caravane qui empeste la bière et les chaussettes sales. Je ne fais pas souvent le ménage.

— C'est parfait.

— J'ai une couverture, à l'arrière.

Il était donc déjà venu. Elle l'observa par le rétroviseur extérieur. Il sortit une couverture de l'armée et l'étendit par terre. Elle ne vit ni tuyau de métal ni menottes. Ce n'était pas un séducteur comme les autres. Elle descendit à son tour.

Il faisait frais. L'homme s'avança vers elle et l'empoigna brutalement. Sans préambule, il s'empara de sa bouche, y enfonça sa langue.

Cette intrusion soudaine brisa son apathie et elle eut un haut-le-corps. Puis elle se rappela qu'elle était là pour ça. Elle essaya de se décontracter. Elle s'accrocha à son cou et s'efforça de ne pas grimacer lorsqu'il se mit à lui pétrir les seins.

Il se mit à genoux et entreprit de déboutonner sa veste.

— Attendez, objecta-t-elle, car elle ne voulait pas qu'il voie son arme. Je m'en occupe. Ôtez votre chemise.

Ses yeux brillaient de désir.

— Retournez-vous, ordonna-t-elle.

— Pourquoi?

— Parce que je suis pudique. Retournez-vous.

Il haussa les épaules et s'exécuta. Elle se débarrassa de sa veste et cacha son pistolet dessous.

Il revint vers elle et se lança à l'attaque, lui arrachant son chemisier, enfonçant les dents dans son cou. Il trouva l'attache de son soutien-gorge, le dégrafa, se pressa contre elle.

Elle frissonna, essaya de répondre. Elle se dit que le ciel était magnifique et qu'elle se sentait bien petite.

Il baissa son pantalon et son sexe jaillit, énorme, turgescent, grotesque. Elle recula d'un pas. Mais il était trop tard.

Il l'attira sur la couverture.

— Oh, chérie, chérie… chérie… Embrasse-moi. Ne sois pas timide. Embrasse-moi. Caresse-moi. Laisse-toi aller.

Il posa ses lèvres sur les siennes, comme s'il sentait qu'elle avait besoin d'un encouragement. Puis il lui prit les mains et en enveloppa son sexe.

Elle n'avait plus qu'une envie : s'enfuir à toutes jambes.

Avant qu'elle ne puisse réagir, il poussa sa tête vers son sexe palpitant.

— Alors ? Qu'est-ce que tu attends ? s'impatienta-t-il.

Embrasse le zizi. Allez, Marion, tu sais ce que je veux. Sois gentille et ouvre ta bouche. Embrasse le zizi. Embrasse le zizi de Papa.

C'en était trop. Elle se redressa et lui vomit dessus.

— Sacré nom de nom ! s'écria-t-il en la repoussant furieusement.

Elle tomba sur le côté, tremblante. Elle se recroquevilla sur elle-même et s'efforça de chasser les souvenirs qui menaçaient de l'engloutir.

Elle chercha ses vêtements.

L'homme la rattrapa, ivre de rage. Elle ne réfléchit pas. Elle avait perdu la tête. Instinctivement, elle se défendit et, en cinq mouvements, il se retrouva par terre, se tordant de douleur. Elle se rhabilla, s'empara des clés de la camionnette et lui annonça qu'il retrouverait son véhicule sur le parking du bar.

Elle s'installa au volant et démarra en trombe.

Cours, Marion, cours. Ne te retourne pas. Tu n'as pas envie de savoir ce qui se passe. Tu n'as jamais eu envie de savoir ce qu'il y avait derrière toi.

20

J. T. se réveilla brusquement, couché sur le dos au milieu des draps emmêlés. Il fixa le plafond sans le voir et cligna des yeux en essayant de comprendre ce qui l'avait réveillé.

Puis, lentement, son regard se porta vers le pied du lit.

Elle était de nouveau là, pâle et éthérée. Ses longs cheveux tombaient dans son dos en une cascade de boucles blondes et soyeuses. Vêtue de sa chemise de nuit blanche, elle tordait ses petites mains en le dévisageant d'un air suppliant.

Il retint son souffle. Il se dit que ce n'était qu'un souvenir. Il referma les yeux en priant pour que les démons du passé s'éloignent. Il ne pouvait pas la sauver. Il avait échoué. Il n'était rien.

Il rouvrit les yeux.

Elle était toujours là.

Il comprit soudain qu'elle n'était plus une enfant. Ce n'était pas la petite Merry Berry d'antan, mais la Marion adulte, bien vivante, bien réelle.

Il tendit le bras vers elle.

— Marion…

Sa voix se brisa.

— Je suis venue, chuchota-t-elle. Je voulais savoir si… si je m'étais déjà tenue là, si j'avais l'impression que…

Paupières closes, elle soupira.

— Non. Non, ce n'est jamais arrivé! Jamais!

Elle s'enfuit.

J. T. laissa retomber son bras, sous le choc. Il ne pouvait plus respirer, encore moins bouger. Il était suspendu quelque part entre le passé et le présent, la poitrine brûlante et douloureuse.

Il se leva, atteignit la porte en deux enjambées, l'ouvrit. Un bref éclair blanc et elle avait disparu. Il se lança à sa poursuite. Il n'avait pas le choix. Pour une fois, il fallait qu'il agisse correctement.

La porte claqua violemment derrière elle et toute la maison vibra dans le silence de la nuit. Puis vint le déclic du verrou. J. T. frappa avec l'énergie du désespoir.

— Laisse-moi entrer, Marion! Il faut que nous parlions de tout ça. Je t'en prie!

De l'autre côté de la paroi, il perçut un son étouffé. Au bout d'une minute, il comprit qu'elle sanglotait. Elle pleurait. Marion, l'iceberg, avait craqué.

Il se laissa glisser à terre.

— Marion, insista-t-il d'une voix rauque. Marion, Marion. J'ai essayé. J'ai tout fait pour te sauver. J'ai...

Pour toute réponse, il ne perçut qu'un hoquet.

Il pressa sa joue contre la porte et ferma les yeux. Puis il frappa, avec le poing, dans l'espoir fou qu'elle céderait.

Je sais que je n'ai pas su t'aider, Marion. Mais je suis revenu. Je suis revenu et tu avais tout oublié, les bons moments comme les mauvais, et j'ai eu l'impression que tu m'avais laissé tomber. Comment avons-nous pu nous tromper à ce point? Comment avons-nous pu accepter de nous laisser dominer ainsi par le colonel?

Marion ne lui ouvrit pas. Elle ne répondit pas à ses supplications. Il changea donc de tactique et entreprit d'insulter le colonel. Il avait trente-six ans. Comment pouvait-il à la fois mépriser et craindre à ce point son père?

Les minutes se succédèrent, interminables. Marion cessa de pleurer, le silence les enveloppa dans la maison endormie.

— Marion?

Rien. Elle ne vint pas. Elle était partie. Il était de retour à la case départ, sauf qu'il souffrait bien davantage. *L'échec, l'échec, l'échec, l'échec…*

— Ça va s'arranger.

Il leva les yeux. Tess avait surgi de la pénombre du couloir, le regard plein de compréhension. Elle lui prit la main.

— Donnez-lui jusqu'au matin. Elle n'est pas prête à vous écouter.

— J'ai essayé, murmura-t-il.

Échec. Échec. Poule mouillée, petit garçon à sa maman. Échec. Échec.

— Je sais, répondit-elle en effleurant sa joue, puis en passant les doigts dans ses cheveux. Ce n'est pas grave. Vous n'étiez qu'un petit garçon, J. T. Ce n'était pas votre faute.

Elle l'aida à se hisser sur ses pieds, l'entraîna dans sa chambre et le borda dans son lit. Il demeura là, immobile, fixant le plafond, assailli par les souvenirs. Il avait besoin d'un verre. Barman, apportez-moi une bière!

N'y pense plus, n'y pense plus, lui chuchota la voix de Rachel. Il faut que tu apprennes à ne plus y penser, mon amour.

Mais c'était impossible. Les images étaient gravées dans sa mémoire, il n'arrivait pas à s'en débarrasser.

Tess prit une chaise et s'assit.

— Je vais rester. Il ne faut pas que vous soyez seul. Pas avec toute la tequila stockée dans la maison.

— Taisez-vous, grommela-t-il. Allez-vous-en. Un mari psychotique, ça ne vous a pas suffi? Laissez-moi tranquille.

— Moi aussi, j'ai connu l'horreur, J. T. Je sais ce que c'est, quand on ne voit plus le bout du tunnel. On se perd dans le noir et on a peur. On se sent tellement seul.

Ses paroles lui faisaient mal, le déchiraient. Il repensait à toutes ces nuits qu'il avait passées, guettant les pas du colonel sur le parquet. Il n'avait personne à qui se confier, personne à qui demander de l'aide pour lui et pour Marion.

Nuit après nuit, il était resté là, priant pour que ça cesse.

Un grognement lui échappa, il empoigna Tess et la tira sur le lit. Elle s'allongea sans protester, en murmurant son prénom.

— Je sais, dit-elle. Je comprends.

Il enfouit le visage dans sa nuque.

— Je ne vous abandonnerai pas, promit-elle. Je ne m'en irai pas.

Il l'étreignit avec ferveur.

Difford était mal à l'aise.

Bien après le coucher du soleil, Samantha et lui avaient dévoré des macaronis au fromage. Puis, ils avaient regardé *Jurassic Park*, heureux que les enfants survivent aux monstres. Difford avait inspecté la chambre de la fillette, sans repérer le moindre démon, ni sous le lit ni dans la penderie. Il l'avait bordée dans son lit, lui avait caressé les cheveux, lui avait donné sa poupée préférée. Ce soir, elle avait voulu qu'il lui lise l'histoire de Blanche Neige.

Elle s'était finalement endormie et il était retourné dans le salon, où il allait et venait, les nerfs à fleur de peau.

Le téléphone sonna. Il sursauta, se précipita de l'autre côté de la pièce, décrocha avant la seconde sonnerie... Il ne voulait surtout pas réveiller la petite.

— Lieutenant?

— Oui, répondit Difford, avec méfiance, attendant le mot de passe.

— Un chasseur sachant chasser... Difford, ici le sergent Wilcox. Écoutez-moi bien.

— J'ai entendu dire que vous aviez une intoxication alimentaire.

— Non. J'ai été empoisonné au Halcion.

— Quoi?

Difford se redressa, sur le qui-vive.

— Nous n'avons pas beaucoup de temps, n'est-ce pas? Hier, un type s'est présenté comme étant le détective Beaumont. Il prétendait appartenir à la police du comté de Bristol et avoir un message urgent pour vous. Il a versé le somnifère dans mon café pendant que je l'interrogeais...

— C'était Beckett.

— Oui, c'était Beckett. Il a parcouru mon carnet de notes, il m'a posé des questions. Nous sommes à peu près certains qu'il sait où vous vous trouvez et qu'il a un double de la clé de la maison. Il faut absolument que vous partiez. Immédiatement.

Difford se tut un moment. Enfin confronté à un danger devant lequel il pouvait réagir, il se sentait calme.

— Quel est le plan d'action?

— Dès que vous aurez raccroché, regardez par la fenêtre. Travis va sortir du véhicule de surveillance. C'est un gars costaud, vous ne pouvez pas le rater. Approchez-vous négligemment de la porte d'entrée. Évitez les mouvements brusques : Beckett est peut-être dans les parages. Je vous suggère d'avoir à la main une tasse de café pour votre collègue. Ça donnera l'impression qu'il vient chercher sa dose de caféine. Dès qu'il sera à l'intérieur, fermez. Il vous aidera à porter Samantha. Vous prendrez la voiture dans le garage…

— Attendez!

— Quoi?

Difford sentit les premières gouttes de sueur perler à on front.

— Si… euh… s'il a la clé de la maison, il a pu entrer dans le garage. Je ne l'ai pas inspecté récemment. Je… Je n'y ai pas pensé, tout bêtement. Il pourrait être…

— Merde!

Un silence tendu, puis:

— Très bien. Je vais prévenir Travis. Dès qu'il sera dans la maison, il vérifiera le garage. Vous le couvrirez. Si la voie est libre, vous sortirez tous les trois par là. Ensuite, vous vous rendrez directement au QG. Compris?

— Compris.

La ligne fut coupée. Difford raccrocha l'appareil. Il se dirigea vers la fenêtre, tira les rideaux. Il avait la chair de poule, le souffle court.

Il vit la lumière de l'habitacle s'allumer, tandis que la portière s'ouvrait. Un policier de large carrure descendit du véhicule. Il aperçut brièvement son second, penché comme s'il ramassait quelque chose par terre. Travis regarda de part et d'autre, une main sur son arme.

— Reste calme, lui murmura Difford. Rappelle-toi: tu viens juste chercher un café.

Mais de l'endroit où il se trouvait, il sentait la nervosité de son collègue. Brusquement, dans ce quartier paisible, il semblait que le monde entier les épiait.

Travis traversa la rue. Difford se précipita à la cuisine remplir une tasse. Il avait les yeux rivés sur la porte menant au garage.

Beckett éteignit le téléphone cellulaire et le posa par terre. Il avait passé une heure, le matin même, à s'exercer à imiter la voix de Wilcox. Ses efforts n'avaient pas été vains.

Il se retourna, les mouvements un peu maladroits à cause de l'uniforme généreusement rembourré. Son « partenaire » était sur le siège passager, une couverture remontée jusqu'au menton, comme s'il s'était assoupi. Sachant que la lumière de l'habitacle éclairerait sa silhouette, Beckett se pencha sur le corps, redressa le siège et plia l'homme en deux vers l'avant. La rigidité cadavérique avait déjà commencé à s'installer et ce ne fut pas une tâche facile. Mais Beckett commençait à avoir l'habitude. Le truc, c'était de faire ployer le cadavre au niveau du trou laissé par la balle dans son ventre.

Beckett leva les yeux. Difford était bien à la fenêtre, attendant que Travis sorte de la voiture.

— Content de pouvoir vous être utile, murmura Beckett.

Il frappa doucement. *Tant mieux*, songea Difford. Travis avait la délicatesse de penser à Samantha. Difford s'approcha de la porte, une tasse de café fumant à la main. Il résista mal à la tentation de jeter un coup d'œil vers la sortie côté garage.

Du calme. Du calme.

— Le mot de passe, exigea Difford avant d'ouvrir.

— Un chasseur sachant chasser sans son chien.

Difford examina l'officier à travers le judas. Il paraissait bien jeune, mais évidemment, aux yeux de Difford, ils l'étaient tous. En tout cas, celui-ci aurait besoin de quelques séances de musculation. Difford entrouvrit, inquiet.

De nouveau, avant de retirer la chaîne, il contempla son collègue de bas en haut. L'uniforme correspondait. L'agent était trop jeune pour afficher des décorations.

— Identité?

Travis produisit son badge. Parfait.

Difford détacha la chaîne et lui tendit la tasse.

— Prenez-la et restez calme. Vous n'êtes venu que pour ça, rappelez-vous.

Il inspecta rapidement les alentours. Les lampadaires créaient des zones d'ombre. Il avait toujours eu horreur de ces éclairages municipaux. Tout paraissait tranquille.

— Entrez.

Travis s'avança, l'air incertain.

— Depuis combien de temps êtes-vous dans la police?

— Deux ans.

— Deux ans, et on vous a confié cette mission?

— Manque de personnel. L'affaire Camarini accapare tout le monde.

— Hmmm. Vous avez déjà surveillé une maison?

— J'ai participé à la mission Gingham. C'est pour ça qu'ils m'ont assigné ici.

Difford se décontracta. L'affaire Todd Gingham avait mal tourné. Ils pensaient que le trafiquant d'armes âgé de dix-neuf ans était enfermé dans sa villa de New Bedford. Les voisins l'avaient vu manipuler une arme. On avait appelé la brigade spéciale en renfort, ils avaient tiré comme des fous. Le môme s'était échappé par l'arrière et avait ouvert le feu sur plusieurs véhicules de la police. Il avait fallu six agents pour le neutraliser. Travis avait donc été en première ligne. Il avait survécu.

Difford inclina la tête de côté et l'entraîna vers la porte du garage.

— Posez la tasse sur la table. Passez le premier. J'ai déjà inspecté le reste de la maison. S'il est ici, il est là-dedans.

— Non, Difford. Il est devant vous.

Travis bougea avec une rapidité fulgurante pour un homme aussi gros. Il se retourna, le bras levé et Difford vit son regard juste avant que le poing ne le frappe en plein menton.

Il tomba, mais il avait la main sur son arme.

Pas de panique, surtout. Pas de panique.

Il sortit son revolver de l'étui.

Tire, bon sang, tire!

La matraque s'abattit sur son avant-bras. Il entendit le craquement de l'os. Ses doigts s'engourdirent. L'arme lui échappa et rebondit contre le mur.

Attrape-le par les pieds. Fais-le tomber.

Il enroula sa cheville autour de celle de Jim et tira de toutes ses forces. La matraque l'atteignit en pleine joue, tandis que Jim chutait lourdement. Ses oreilles bourdonnaient, il avait un drôle de goût dans la bouche. Le sang lui coulait sur le menton. Où étaient ses dents?

Il se hissa sur son bras valide et rampa vers son pistolet. *Plus vite! Plus vite! Plus vite!*

Pardon, Tess. Pardon.

Un bruissement d'étoffe lui signala que Jim se relevait. Il s'obligea à bouger. L'arme était tout près, à trois mètres seulement. Si seulement il pouvait…

Jim s'assit violemment sur son dos, plaquant Difford au sol. Le souffle coupé, Difford ne put se défendre. Des mains commencèrent à l'étrangler. Il se débattit, se tortilla, en vain. L'étau se resserrait autour de son cou. Il sombrait dans un tourbillon noir.

Il n'avait presque plus mal.

Le supplice ne dura qu'une minute. La pression se relâcha. Instinctivement, il respira, chercha à voir. Vaguement, il vit Jim se relever. Le revolver était loin. Beckett ramassa une chaise, disparut dans le couloir et la coinça sous la poignée de la porte de Samantha.

Difford sut alors ce qui allait se passer. Jim ne voulait surtout pas que sa fille risque d'en être témoin.

Il revint. Difford tenta d'esquiver, mais son bras cassé refusait de se mouvoir et le sang et les dents l'étouffait. Il rampa vers l'avant, mais Beckett l'arrêta dans son élan.

— J'ai quelques questions à vous poser, chuchota-t-il.

Un crissement. L'éclair d'une lame dansa devant les yeux de Difford.

— C'était trop facile, avec le sergent Wilcox, expliqua Jim. Avez-vous remarqué combien le seuil de douleur des flics est faible? Ils passent leur vie à l'étudier et à se croire immunisés. Invulnérables.

— Espèce de salaud, marmonna Difford.

— Chut! Ne réveillez pas Samantha.

Difford ferma les yeux. Quelque chose coulait sur ses joues. Des larmes, peut-être.

— Compliquez-moi la tâche, Difford. Défiez-moi. J'aime les défis.

Sur ce, Jim Beckett se mit à l'œuvre.

Beckett se déplaça sans bruit dans la pièce où se répandait le clair de lune. Il commença par décrocher le téléphone et appeler l'officier de service.

— Bravo Quatorze, annonça-t-il, pour compte rendu. Rien à signaler.

— Roger Bravo Quatorze.

— Je vous recontacte dans une heure, conclut l'agent Travis.

Il était une heure du matin. À deux heures, une nouvelle équipe viendrait prendre le relais. Jim devait à tout prix respecter l'emploi du temps préétabli.

Il ouvrit la porte du garage. Il plaça le corps de Difford dans le coffre de la voiture. De retour dans la cuisine, il nettoya tout avec des serviettes en papier. Le sang avait une consistance huileuse, bien plus difficile à enlever que les gens ne l'imaginaient. Il avait entendu parler d'un couple, dans le Midwest, qui avait monté une société de nettoyage post-mortem. Homicides, suicides, ils se chargeaient de tout et gagnaient beaucoup d'argent. En prison, il avait failli leur écrire pour leur demander quelques trucs.

Pour l'heure, il ne pouvait pas s'éterniser. Il avait ramassé le plus gros et caché le reste avec des meubles. Puis il se débarrassa de son uniforme, sous lequel il portait un jean et un T-shirt. Il jeta la panoplie de policier dans la machine à laver. Il la mettrait en route juste avant de partir. Il ôta sa perruque et prit la peine de se démaquiller : il ne voulait pas effrayer Samantha. Il s'empara d'une des vieilles casquettes de base-ball de Difford pour dissimuler son crâne chauve.

Il avait oublié à quel point Difford appréciait ce sport. S'il s'était rappelé ce détail, il aurait tué le lieutenant avec une batte, histoire de rigoler un peu.

Une heure vingt du matin. Jim frotta ses mains et ses bras dans l'évier, puis y déposa la tasse de café. Il avait laissé des empreintes partout. C'était agréable de ne plus avoir à se cacher. Empreintes, cheveux, sang, peu importait. Sa tâche était plus facile depuis qu'il s'était échappé de prison en tuant ses gardiens.

Enfin, il s'approcha de la porte de Samantha. L'émotion le saisit. Il se sentait l'âme d'un adolescent invitant sa première fille à une soirée.

Il frotta ses mains sur ses cuisses et décida qu'il était prêt.

Il ôta la chaise. De l'autre côté, tout était silencieux. Difford n'avait pas fait trop de bruit. Jim avait compté là-dessus, sachant que Difford voulait autant que lui protéger la fillette. Il tourna tout doucement la poignée et entra.

Un rayon de lune argenté éclairait le lit, accentuant la blondeur de ses cheveux épars.

Jim Beckett contempla sa petite fille avec émerveillement et un sentiment d'amour intense lui emplit le cœur.

Elle ouvrit de grands yeux innocents, puis les écarquilla de surprise. Il lui intima le silence en mettant un doigt sur ses lèvres.

— Samantha, chuchota-t-il.

— Pa…papa?

— Oui, mon bébé. C'est moi.

Elle était magnifique. Parfaite.

— Tu es revenu.

— Évidemment que je suis revenu, Samantha. Je suis revenu te chercher. Nous ne serons plus jamais séparés.

J. T. se leva et plongea dans la piscine avant même le lever du soleil. Il effectua cent longueurs, vingt-cinq en papillon, vingt-cinq en dos crawlé, vingt-cinq à la brasse, vingt-cinq en crawl. Le chlore piquait sa cicatrice sur le visage.

Il sortit enfin du bassin. Le soleil apparaissait à l'horizon. Il resta là un moment, à contempler les lueurs rougeoyantes dans le ciel.

Il savait ce qu'il allait faire ensuite. Il se dirigea vers la chambre de Marion.

La porte était ouverte et la pièce déserte, comme il s'y était attendu. Il s'assit sur le bord du lit, passa une main sur l'oreiller dans lequel elle avait dû sangloter avant de s'endormir.

Pardon, Merry Berry.

— J'aurais dû le tuer, lança-t-il dans le silence. J'aurais dû le tuer, tout simplement.

Il se retrouva devant le réfrigérateur ouvert. Corona Extra Gold. Quatre bouteilles bien fraîches. C'est bien ce que tu voulais, J. T., non? Quelque chose qui te calme. Quelque chose qui t'aide à oublier.

Il s'empara d'une bouteille. C'était tellement facile. Il pouvait la boire avant le lever du soleil.

Il pensa à Tess, endormie. Il pensa à la façon dont elle l'avait bercé contre elle en lui caressant les cheveux. Il pensa à la douceur de ses lèvres sur ses tempes.

Quelle idiote, songea-t-il. Lâchant la bière, il repartit vers la piscine et nagea encore une centaine de longueurs.

Comme il revenait dans la maison, il entendit la sonnerie du téléphone. Il n'y prêta pas attention et continua de se sécher les cheveux avec une serviette. Tess émergea dans le couloir, visiblement affolée, se demandant où il était.

En l'apercevant, elle eut l'air soulagé et se détendit. Il ne lui sourit pas, mais se contenta de l'examiner, perdue dans l'immense T-shirt qui lui servait de chemise de nuit. Il avait très envie de la prendre dans ses bras.

La sonnerie retentissait toujours. Elle finit par décrocher.

Il pénétra dans le salon et l'entendit répondre d'un ton méfiant.

— Oui?

Soudain, ses phalanges blanchirent sur le combiné et elle chancela, les yeux écarquillés d'horreur.

— Ma petite fille! murmura-t-elle. Ma petite fille!

L'appareil tomba avec fracas tandis qu'elle s'effondrait. J. T. la rattrapa juste à temps.

21

L'agent spécial Quincy se frotta le nez. Il était dix heures du matin et il avait passé une bonne partie de la nuit sur la scène du crime Difford. En trois jours, il avait dormi à peine huit heures et perdu trois kilos. Il était épuisé.

— Donnez-moi une bonne nouvelle.

— Les Red Sox ont enfin gagné un match.

Quincy adressa à Houlihan un regard noir.

— Une autre.

— Désolé, c'est à peu près tout. Quand Campbell et Teitel sont arrivés pour prendre leur service à deux heures, ils ont trouvé Harrison mort dans la voiture et la maison vide. Des traces de sang dans la cuisine indiquent qu'il y a eu violence, mais nous n'avons localisé ni Difford ni son véhicule. Samantha et toutes ses affaires se sont volatilisées. De plus, le meuble renfermant les armes a été forcé et vidé. Nous ne savons pas précisément ce que Difford y rangeait, mais il a officiellement annoncé un Mossberg de calibre 12, un Smith & Wesson 9 mm, son 357 Magnum et sans doute un Smith & Wesson 38 spécial. Difford conservait peut-être en plus quelques surprises dans son arsenal.

Sur les lieux, nous avons relevé les empreintes de Beckett, des mouchoirs en papier tachés de restes de maquillage, un uniforme de la police d'État, ainsi qu'un badge émis au nom d'un certain Travis, il y a quatre ans. Beckett nous a aussi laissé sa perruque, des collants pleins de rembourrage et deux petits sachets en plastique contenant de la pâte à modeler violette. Il y avait aussi ce message.

La voix du lieutenant Houlihan baissa d'un ton.

— Beckett a écrit : « Le sergent Wilcox vous prie d'agréer l'expression de ses sentiments les meilleurs. » Wilcox a disparu depuis maintenant vingt-quatre heures. Sa femme le croyait en mission spéciale, nous le pensions malade. Nous n'avons pas encore retrouvé son corps.

Quincy ferma les yeux et se pinça le nez.

— Les voisins ? Ils n'ont rien remarqué de spécial ?

— Ils ont vu deux flics dans une voiture banalisée au cours de la soirée. L'un d'eux paraissait dormir.

— À quelle heure a été estimée la mort de Harrison ?

— Dix-huit heures. Beckett a dû l'abattre alors qu'il montait dans sa voiture pour prendre son service.

— Et le dernier compte rendu depuis le véhicule date d'une heure.

— Exactement. Difford a appelé un peu après minuit. Donc, entre minuit et deux heures du matin…

— Épatant. Vous avez prévenu la Garde nationale ?

— Vous plaisantez ? Tous les hommes en état de marche sont sur le pont. Nous avons bloqué toutes les routes sur un rayon de cinquante kilomètres. La photo de Samantha Williams a été adressée à toutes les stations de télévision et à tous les journaux du pays. Bientôt, son portrait figurera sur les briques de lait du monde entier.

— C'est déjà un début.

— On va l'avoir, Quincy. Comment peut-il cacher une gamine de quatre ans ? Non, cette fois, on va le rattraper.

— Mmmm.

Quincy n'était pas convaincu. Il s'appuya contre le dossier de son siège et contempla le faux plafond blanc. Les néons l'aveuglaient. Certains jours, la tension était si forte que sa tête semblait sur le point d'exploser, pourtant, il continuait. Était-il malade ?

— Vous voulez quelques suggestions de plus ?

Il fit cette proposition sous forme de question, parce que la brigade était sous les ordres de Houlihan et que Quincy ne voulait pas lui donner l'impression qu'il prenait les commandes. La coordination interjuridiction n'était jamais facile dans les meilleures conditions, encore moins quand personne n'avait fermé l'œil de la nuit et que l'affaire semblait se dérouler sous leurs yeux.

— C'est vous le spécialiste. Si vous connaissez la formule secrète pour piéger Jim Beckett, crachez-la. Notre division ne peut plus se permettre de telles soirées.

La voix de Houlihan trahissait une amertume qu'ils éprouvaient tous les deux. Au cours de sa carrière, Quincy avait vu huit officiers tomber et deux remarquables agents. Combien de fois avait-il écouté les canons saluer leur mémoire ? C'était toujours aussi douloureux.

— Bon. Nous savons que Beckett aime sa fille. Nous ne pensons pas qu'elle soit en danger. Vous avez raison, exploitons ce filon. Vous vous retrouvez avec une fillette de quatre ans sur les bras. Comment s'en occuper ?

— Quincy, je suis l'heureux papa de deux dobermans. Je ne connais rien aux mômes !

— Mmmm. Quant à moi, je ne sais même pas m'occuper d'un poisson rouge.

— Attendez une seconde.

Le lieutenant Houlihan ouvrit la porte et hurla :

— Rich ! Venez par ici !

Un détective d'une quarantaine d'années apparut quelques minutes plus tard. Lui aussi avait passé la nuit à courir, mais il se garda de tout commentaire. Comme ses collègues, il était hagard, les épaules voûtées par la fatigue. En vingt-quatre heures, Difford et Harrison avaient été assassinés. Le sergent Wilcox avait vraisemblablement subi le même sort. Ils étaient furieux. Ils voulaient que justice soit faite. Les chances de ramener Beckett vivant diminuaient d'heure en heure... ce que Quincy regrettait. Ils avaient beaucoup à apprendre d'un type comme lui. Mais le prix à payer devenait exorbitant.

— Vous avez deux mômes, n'est-ce pas? s'enquit Houlihan.

— Une fille et un garçon. Respectivement trois et cinq ans.

— Très bien. Mettez-vous dans la peau d'un enfant de quatre ans.

— Hein?

— Vous avez quatre ans. On vous a réveillé en pleine nuit. Vous êtes fatigué, de mauvaise humeur. Beckett a sûrement dû chercher un hôtel, non?

Rick secoua la tête.

— Il a pris la voiture de Difford, il me semble. Les enfants dorment très bien, en voiture. Quand le petit faisait ses dents, on roulait jusqu'à Shawn pour le calmer. C'était le seul moyen de le faire dormir.

— Merde. Donc, avec bientôt une heure d'avance sur nous, Beckett a pu aller assez loin. Mais le matin, quand elle se réveillera, elle va avoir peur, faim...

— Un Happy Meal, suggéra Rich sans la moindre hésitation.

— Quoi?

— La forme de corruption la plus géniale de ce siècle. Les petits gémissent, on les emmène chez McDonald's. Beckett sait-il cuisiner?

— Non. C'est un macho de première.

— En général, les mômes détestent les restaurants. Cherchez plutôt du côté des établissements de restauration rapide. Elle va vouloir manger et à coup sûr, dans un McDo, ou un Burger King, un endroit comme ça.

Quincy acquiesça.

— Excellente idée. Prenons une carte et essayons de décider jusqu'où il a pu aller en une nuit. Nous enverrons la photo de Samantha dans tous les fast-foods des environs.

— Parfait, approuva Houlihan, avant de renvoyer Rich. Il faut aussi alerter les aéroports. La Guardia, Logan, JFK et compagnie. Vous pouvez vous en charger?

— Il ne va pas essayer de quitter le pays tout de suite.

— Comment pouvez-vous en être certain?

— Tess est toujours vivante. Il ne partira pas avant de l'avoir tuée.

— Voyons! Comment va-t-il la retrouver, encombré d'une gamine?

— Je suppose qu'il a un plan, dit Quincy en se penchant en avant. Les aéroports ont été avertis, Lieutenant. Le portrait de Beckett orne toutes les salles d'embarquement pour l'étranger. Nous pouvons leur faire parvenir celui de Samantha, mais d'après moi, il est trop tôt. Samantha était l'étape numéro un. L'étape numéro deux, c'est le meurtre de Tess Williams.

— Vous croyez qu'il quittera le pays, ensuite?

— Je n'en sais rien.

— Vous n'en savez rien? C'est vous l'expert et *vous n'en savez rien?*

Quincy demeura silencieux un moment et Houlihan en profita pour se ressaisir.

— N'oubliez pas le schéma, dit Quincy en tapotant le clavier de son ordinateur.

— Pour l'amour du ciel, c'est ridicule!

— Réfléchissez, Houlihan. Beckett s'est lancé dans un jeu qu'il n'abandonnera pas en cours de route. Peut-être le finira-t-il à l'étranger. Peut-être s'accordera-t-il une année sabbatique. Mais il tuera de nouveau. Tant que nous ne l'aurons pas débusqué, il poursuivra Tess et il en poursuivra d'autres.

Le silence se prolongea. Houlihan avait les mâchoires tellement serrées que Quincy avait l'impression de l'entendre grincer des dents. Il ne dit rien, de peur de pousser le lieutenant à bout. Il se contenta de patienter.

— Je lui ai proposé la protection de la police, dit enfin Houlihan, d'un ton sec. Elle m'a envoyé balader. Elle refuse.

— Tess Willliams?

— Oui. Difford a laissé le numéro de son contact dans un coffre-fort, de façon à ce qu'on puisse la prévenir, si jamais il lui arrivait quoi que ce soit. Difford envisageait toujours toutes les possibilités.

— Beckett sait sans doute où elle se trouve, alors. Il a dû obtenir de Wilcox les informations concernant la maison où était Samantha. Il aura utilisé la même tactique pour faire parler Difford.

— Oui. Putain… Quelle histoire…

Houlihan ravala sa salive, redressa les épaules.

— J'ai été franc avec elle. Je lui ai offert ce que je pouvais. Elle m'a répondu que la police en avait assez fait comme ça.

Quincy grimaça.

— Elle préfère se débrouiller toute seule.

— Mon Dieu!

— Elle s'entraîne auprès d'un mercenaire.

— Vous plaisantez!

— Non. Elle est pour l'autodéfense. Comment lui en vouloir? ajouta Houlihan avec une sorte de rire qui sonnait faux.

Quincy secoua la tête, immensément las.

— Espérons qu'elle ne fera rien de stupide.

— C'est stupide.

— Vous n'êtes pas obligé de m'accompagner.

— Enfin, Tess, réfléchissez un instant. Beckett enlève votre fille et vous, que faites-vous ? Vous courez le retrouver. À votre avis, qu'espérait-il ?

Tess regarda obstinément par la vitre. Il était plus de minuit et ils filaient sur l'autoroute vers Springfield. La circulation était fluide. Le clair de lune avait été bientôt obscurci par une légère bruine. Les essuie-glaces allaient et venaient en rythme. Le moteur de la voiture de location ronronnait paisiblement.

Au volant, J. T. luttait contre la fatigue et la morosité. Le soleil et le désert lui manquaient déjà. Six heures plus tôt, il était dans son jardin, en short et en T-shirt. À présent, c'était Rosalita qui prenait soin de la villa et de Glups pendant que Tess et lui fonçaient vers le froid.

J. T. détestait le Massachusetts. Boston était un vrai melting-pot – Irlandais, Italiens et Chinois – , mais pour être un vrai Bostonien, il fallait pouvoir répondre par l'affirmative à trois questions : vos ancêtres sont-ils venus à bord du *Mayflower*, ont-ils fait leurs études à Harvard, ont-ils connu personnellement un membre du clan Kennedy ? Si on échouait à ce test, autant renoncer pour de bon. On pouvait vivre cent cinquante ans à Boston sans en être un authentique citoyen.

— Vous dites que Beckett aime Samantha, reprit J. T. Elle n'est donc pas en danger…

— Pas en danger ? Pour l'amour du ciel, elle a été kidnappée par un tueur en série sadomasochiste qui viole et étrangle les femmes en guise de passe-temps. Comment peut-on imaginer qu'elle soit en sécurité ? Il ne la frappera jamais, mais il est en fuite. Et si la police le cerne ?

S'il y a un échange de coups de feu? Mon Dieu, s'il y a un échange de coups de feu…

— Tess…

— Non! protesta-t-elle en s'éloignant. Pas de platitudes, je vous en prie.

— Écoutez, *chiquita*. Soyez attentive. Vous avez admis vous-même que vous étiez la cible principale de Big Jim. Et vous venez vous jeter dans la gueule du loup.

— La police est persuadée qu'il sait où me localiser dans l'Arizona.

— C'est possible, mais en compagnie d'une gamine de quatre ans, ce ne sera pas facile pour lui de s'y rendre. Enfin, Tess, vous êtes en train de réagir exactement comme il le souhaite!

Tess haussa les épaules.

— Jim est un malin. Il aurait trouvé un moyen. Pour l'instant, nous allons agir à ma façon.

— Vous n'êtes pas prête.

— Ah! non? Et quand est-on prêt à se mesurer à Jim Beckett? Après avoir travaillé dans la brigade des homicides pendant dix, vingt, trente ans? Oh! désolée! Eux aussi, il les a tués.

J. T. s'accrocha au volant. Depuis qu'elle avait appris la nouvelle, elle était tendue, sarcastique et amère. Tout, sauf effrayée, ce qui était mauvais car la peur aide à se protéger.

— Laissez-moi vous déposer dans un hôtel, suggérat-il. Je passerai à la maison. S'il y a le moindre indice, je le découvrirai. Nous partirons de là.

— Non.

— Vous tenez à tout prix à être dans le feu de l'action?

— C'est ma fille, c'est mon ex-mari, c'est mon problème.

— Votre mort, aussi.

Tess serra les dents.

— Tess, murmura-t-il… Quand cesserez-vous de vous punir?

— Pardon?

Il emprunta la sortie de Springfield.

— Vous m'avez entendu. Vous n'êtes pas seulement tracassée par Jim Beckett, et vous feriez mieux d'accepter d'en parler.

— Je ne comprends pas où vous voulez en venir.

— Vous êtes en colère.

— Il a assassiné mon ami! Il a kidnappé mon enfant.

— Pas contre lui. Contre vous-même.

— Et pourquoi donc le serais-je? Parce que j'ai laissé ma fille seule? Parce que j'ai quitté l'État, afin que Difford soit assassiné à ma place…

— Parce que Samantha a été enlevée pendant que vous forniquiez avec un ex-mercenaire ou que vous consoliez sa sœur, proposa-t-il. Allons, Tess, reconnaissez-le. Frappez-moi si vous en avez envie. Frappez-vous. Ensuite, vous vous ressaisirez. Parce que je ne vous laisserai pas descendre de cette voiture tant que vous ne serez pas à cent pour cent concentrée sur le problème qui vous préoccupe.

— Merde! explosa-t-elle.

Elle le frappa. À l'épaule, violemment. Puis elle s'en prit au tableau de bord. Trois fois de suite.

— J'aurais dû rester avec Samantha, chuchota-t-elle. J'aurais dû être auprès d'elle.

— Vous seriez morte, vous aussi. Vous avez eu envie de changer, Tess. Le moment est venu. Cessez de jouer les martyres et apprenez à foncer droit devant.

Des quartiers résidentiels apparaissaient. Ils se rapprochaient. À voix basse, Tess lui indiqua le chemin jusqu'à la maison de Difford. À cette heure-ci, il n'y avait personne dans les rues.

J. T. jeta un coup d'œil vers Tess. Elle était très pâle.

— Je peux vous emmener à l'hôtel.

— Allez au diable.

— Bien parlé, Tess !

Elle grogna, puis désigna une maison nichée entre deux autres. Un cordon jaune de la police cernait la propriété.

J. T. se gara au bord du trottoir et regarda autour de lui, au cas où une voiture banalisée se serait trouvée là. Rien. Tout était fini. Les chimistes du laboratoire avaient dû passer la journée entière sur place, à analyser la scène, relever les empreintes, étiqueter les indices. On avait fait venir des chiens, dans l'espoir de localiser le corps de Difford. D'après Tess, il était demeuré introuvable. La villa n'était plus qu'une carcasse vide. Les policiers s'affairaient maintenant dans les laboratoires et les bureaux.

J. T. et Tess étaient là parce qu'ils avaient décidé de prendre la scène du dernier crime de Jim Beckett comme point de départ. Peut-être y découvriraient-ils quelque chose, peut-être pas.

J. T. ouvrit la portière et s'avança dans la nuit d'automne glaciale.

— Bon sang ! maugréa-t-il. Je préfère de loin mes cactus et mon sable.

Il fourra les mains dans les poches de son pantalon et se recroquevilla dans son blouson de cuir. Tess, mieux équipée que lui pour affronter le climat, descendit à son tour.

— Restez là, ordonna-t-il.

— Non.

Il n'avait pas envie de discuter. Il s'approcha d'elle et la plaqua contre l'automobile en la dévisageant d'un regard dur, perçant.

— C'est moi le professionnel.

— Et moi, je suis la cliente.

— Tess, vous allez tout gâcher. Remontez tout de suite.

Elle le fusilla du regard.

— Il a déjà Samantha. À votre avis, que peut-il y avoir de pire?

Il se pressa contre elle. Elle ne tressaillit pas. Elle ne cilla pas. Elle avait fait des progrès immenses. Marion serait fière d'elle.

— Beckett n'est pas une botte de paille, Tess.

Elle le repoussa sauvagement, mais il ne bougea pas.

— Allez! Dans la voiture.

— Non.

Elle le poussa de nouveau, puis soudain se baissa et se faufila sous son bras.

— Je suis bien meilleure, avouez-le! lança-t-elle avec un sourire amer.

— Ce n'est pas un jeu, grommela-t-il.

Il voulait qu'elle se réfugie dans la voiture. Il voulait qu'elle soit là où il n'aurait pas à s'inquiéter pour elle.

Elle fonça vers la porte d'entrée.

— Vous croyez vraiment que Beckett est encore là? Il a ce qu'il voulait.

— Je préfère ne pas prendre de risques inutiles.

Il songea un moment à l'assommer et à l'enfermer dans le coffre jusqu'à ce qu'il en ait terminé.

— Il a Samantha, insista-t-elle. Il faut qu'il reste avec elle, ce soir.

— À moins qu'il n'ait trouvé une ravissante blonde pour s'en occuper.

Elle marqua une pause et il la vit imperceptiblement tressaillir. Cependant, elle avança le menton. La brise s'agita derrière elle et lui amena les effluves de son parfum. Le clair de lune se répandait sur ses cheveux blonds et caressait son visage en forme de cœur.

— Seigneur, murmura-t-il en se détournant.

Elle était belle, précieuse, mais il n'avait pas envie de la voir ainsi, car il savait ce qu'il arrivait aux êtres beaux et précieux qu'il aimait. Il avait trente-six ans et sa vie n'était qu'une spirale infernale dont il connaissait l'issue amère.

— Vous avez votre pistolet?

— Oui, répondit-elle d'une voix tremblante d'émotion.

— Sortez-le.

— Vous croyez qu'il est à l'intérieur?

— Sortez-le, je vous dis. Vous voulez jouer au petit soldat? Les soldats ne remettent jamais en question les ordres qu'ils reçoivent. Vous devez obéir quand on vous le dit. Compris?

— Oui, chef.

Il prit son pistolet et l'arma.

— Restez derrière moi et suivez mes instructions. Ne faites pas de bruit, ne vous écartez pas. Si vous me désobéissez une seule fois, je vous abattrai moi-même.

— Oui, chef.

— Vous connaissez le système de l'horloge?

Elle lui jeta un coup d'œil exaspéré. Bien sûr que oui.

— Parfait, enchaîna-t-il, ignorant son attitude. S'il arrive quoi que ce soit, voici comment ça marche. Vous vous occupez de la position six heures-midi. Moi, je couvre midi-six heures.

— Vous voulez dire… au tir?

— Si ça vous amuse, vous pouvez lui serrer la main, *chiquita*, mais je ne vous le recommande pas.

— D'accord, d'accord, s'empressa-t-elle de répliquer.

L'angoisse la submergeait. Elle prit un air résolu. Brave petit soldat. Elle le bouleversait.

— La voiture, tenta-t-il, une dernière fois.

— Non.

— Vous êtes têtue comme une mule.

— Oui. Vous voulez qu'on en discute toute la nuit?

— Très bien, riposta-t-il, furieux malgré lui. Mais ne dites pas que je ne vous aurai pas prévenue.

— Ne vous inquiétez pas, je vous autorise à graver « J. T. avait raison » sur ma pierre tombale.

— Merci. J'attends ce moment avec impatience, ironisa-t-il.

Il la regarda une dernière fois. Ses mains tremblaient légèrement, mais elle tenait son arme comme il le lui avait appris.

Il décida d'abandonner la tactique de l'indifférence.

— Mon Dieu! marchanda-t-il sans honte. Vous avez eu Marion. Vous avez eu Rachel. Vous avez eu Teddy. Le cancer de la prostate du colonel était une petite touche poétique, mais avec trente ans de retard. Donnez-moi Tess. Juste Tess. Dans ce cas, on pourra dire qu'on est à égalité. C'est un marché honnête.

Il ne reçut pas de réponse. Comme d'habitude. Il ébaucha un sourire.

— Allons-y.

J. T. entra le premier, le dos appuyé contre le mur du vestibule, son bras effectuant des mouvements larges et réguliers, tandis qu'il pointait son pistolet vers chaque ombre. De la main gauche, il tenait une lampe de poche. Il faisait penser à Rambo.

J. T. se glissa dans le couloir et elle lui emboîta le pas en se concentrant sur sa respiration. Le corridor était long et sombre et semblait sectionner la maison en deux parties, comme une artère principale. Ses narines frémirent. Elle reconnaissait toutes ces senteurs. Les substances vaporisées sur la moquette, le résidu huileux du produit servant à relever les empreintes. Il y avait une autre odeur, aussi, un peu rouillée. Elle eut un haut-le-cœur, qu'elle s'empressa de ravaler.

J. T. tourna vers la droite et pénétra directement dans la minuscule cuisine. La vaisselle s'empilait dans l'évier. Un journal gisait, ouvert, sur la table, comme si la vie s'était brusquement interrompue. Le linoléum, en revanche, ne ressemblait plus du tout à un sol de cuisine. De grandes sections avaient été arrachées et envoyées au laboratoire. Sans doute allait-on analyser les traces de sang.

J. T. ouvrit les placards du bas et les inspecta à la lumière de sa lampe. Puis il vérifia le comptoir, encore luisant de substances chimiques diverses.

Le faisceau poursuivit inlassablement sa quête. Les murs scintillaient. En remontant vers le plafond, il illumina une sorte d'arc-en-ciel de taches sombres. La preuve que Beckett avait battu sa victime avec un instrument contondant, branche d'arbre, manche à balai ou batte de base-ball.

Tess avait de plus en plus de mal à respirer. Elle ferma les yeux et pensa de toutes ses forces à Samantha. *C'est pour ta fille que tu fais ça. Sois forte pour elle.*

— Ne craquez pas, lui murmura J. T. à l'oreille, avant de se déplacer vers le salon.

Elle se reprit et le suivit. Dans cette pièce, les traces du drame étaient moins visibles. Les meubles paraissaient avoir été remis en place précipitamment par les policiers. Ici et là, ils avaient découpé des carrés de moquette pour le laboratoire. Cependant, de toute évidence, le gros de l'action s'était déroulé dans la cuisine.

— Restez ici, ordonna sèchement J. T. Je vérifie le reste de la maison.

— Et mes responsabilités de six heures-midi?

— *Chiquita,* vous tenez à peine debout.

Sans un mot de plus, il disparut dans le couloir, emportant avec lui la lumière. Tess resserra les doigts autour de son pistolet. Prudemment, elle s'écarta du mur qui lui servait de soutien. Elle ne vomirait pas ; elle ne s'évanouirait pas ; elle n'aurait pas peur. Elle serait forte.

Jim arriva juste derrière elle et lui recouvrit la tête d'un sac en plastique.

— Teresa, chuchota-t-il. Je vois que tu as répondu à mon invitation. Apparemment, tu m'as aussi amené ton mercenaire.

J. T. venait d'ouvrir un tiroir de la commode dans la chambre, quand il sentit qu'il n'était plus seul. Était-ce Tess ? Elle ne savait pas se déplacer aussi silencieusement. Ces pas-là étaient ceux, réguliers, d'un professionnel.

Beckett ! Comment ?

Son doigt se crispa sur la détente de son 9 mm à l'instant précis où la batte siffla. Il s'esquiva sur le côté et tira deux fois. La batte s'abattit sur le meuble.

J. T. pivota, essaya de viser… et reçut en guise de récompense deux coups violents dans les reins. Son arme vola. Il lança son pied en avant et entendit Beckett grogner de douleur.

Tournant la tête, J. T. repéra son pistolet. Il se jeta dessus. Au même moment, Beckett ramassa la batte.

Il suffisait de rouler et de tirer, comme pour un exercice de tir. Une différence majeure, cependant : Beckett n'était pas une cible en carton et les enjeux étaient bien réels.

Les coups partirent : un, deux, trois… mais la batte se souleva de nouveau.

J. T. se déplaça. Pas assez vite, malheureusement. La batte atterrit avec un craquement sur son avant-bras. Aussitôt, ses doigts s'engourdirent et une douleur fulgurante le transperça. Il lâcha son arme.

— Bordel !

La batte décrivit un large arc de cercle.

Il n'avait plus le temps de réfléchir. Sa survie dépendait maintenant de son taux d'adrénaline et J. T. se sentait prêt.

Il retroussa les lèvres, maintint son bras blessé contre sa poitrine et lança sa jambe gauche en avant. Il atteignit Beckett en plein genou. Beckett poussa un cri. Encouragé, J. T. recommença. Cette fois, il visa l'estomac. Puis, pivotant rapidement, son pied remonta jusqu'au bras. La batte tomba par terre. J. T. bondit.

Au moment où il allait se ruer sur Beckett, ce dernier le fit trébucher et il chuta lourdement. Ses poumons se vidèrent de tout leur oxygène, une sensation de brûlure envahit sa poitrine. Il eut un éblouissement.

Il continua de bouger, cependant, poussé par son instinct. Roule, roule, roule, ou meurs…

Il se leva péniblement en essayant de repérer Beckett dans la pénombre. Tout tournoyait autour de lui. Il n'arrivait pas à retrouver son équilibre. Son arme était invisible.

Il était dans de sales draps. *La zone, merde, la zone!*

Son regard tomba enfin sur Beckett, silhouette immense et pâle, spectrale. J. T. mit quelques secondes à comprendre. En fait, Beckett n'avait ni cheveux ni sourcils, rien. Ses yeux semblaient s'être enfoncés dans sa figure, minuscules et brillants. Une tête de serpent, voilà ce qu'il évoquait.

Les deux hommes se dévisagèrent, haletants.

J. T. plaqua son bras sur le côté. Du sang coulait sur l'épaule de Beckett.

Ce dernier bougea. Il serra les dents de frustation et se propulsa vers la fenêtre. J. T. se lança à sa poursuite.

À la dernière minute, cependant, alors qu'il avait un pied sur le rebord, il se retourna.

— Teresa, annonça Beckett… Je pense qu'elle ne doit plus avoir beaucoup d'oxygène.

J. T. s'immobilisa.

Beckett sourit.

— Imbécile! Je l'ai eue des années durant et je peux te dire qu'elle n'en vaut pas la peine.

— Tu es un homme mort.

— Elle est à moi. Aide-la et tu m'appartiendras à ton tour. Parles-en donc à Difford, quand tu le reverras.

Beckett sauta. J. T. ne pouvait rien faire de plus sans risquer de mettre la vie de Tess en danger. Il récupéra son arme et courut jusqu'au salon.

Menottée à la table basse, Tess gisait, un sac en plastique entourant sa tête. Elle semblait inconsciente ou… morte.

J. T. sortit le couteau qu'il portait autour de sa cheville et fendit le plastique. La tête de la jeune femme roula sur le côté. Sa peau si blanche avait pris une coloration bleue.

— Tess! Tess! *Chiquita!*

Sa tête tomba vers l'avant.

Il la gifla violemment. Elle eut un sursaut et inspira goulûment. Elle était vivante. Il avait tout gâché, mais elle avait survécu. Il la berça contre lui en se reprochant sa propre stupidité. Mais ils ne devaient pas traîner. Il fallait s'enfuir. Tout de suite.

— Jim, chuchota-t-elle d'une voix rauque, le regard vitreux.

— Il est parti, mais il risque de revenir. Vous pouvez marcher?

— J'ai essayé de l'abattre. Je l'ai visé avec mon pistolet, mais…

— Chut… Du calme, venez vite, Tess.

Il souleva la table basse afin de libérer la seconde menotte et l'aida à se lever. Elle s'appuya lourdement contre lui.

— Bon. Vous, concentrez-vous sur votre respiration. Moi, je me charge de courir. Allons-y.

Ils sortirent. Un froid glacial leur fouetta les joues.

Vite ! Vite ! semblait dire le vent qui leur sifflait dans les oreilles. J. T. ne se fit pas prier.

— Il est mort.

Marion quitta des yeux le feu de cheminée, les joues rosies par les flammes. Elle était perchée sur un petit tabouret italien en cuir blanc, d'excellente facture. Elle l'avait choisi elle-même, ainsi que le canapé et le fauteuil. Ils avaient trouvé leur place dans cette salle de séjour au décor minimaliste. Elle avait toujours eu un faible pour cette pièce.

Pourtant, après les tons chauds et les verts éclatants de l'Arizona, elle se trouvait soudain perdue dans cet océan de blancheur et cela l'agaçait prodigieusement.

— Tu m'as entendu ? insista Roger, qui se tenait dans l'embrasure, l'air de se demander s'il était prudent d'avancer ou non. Elle le dévisagea d'un air hautain, puis avala d'un trait le reste de son cognac.

— Je t'ai parfaitement entendu.

— Je croyais que tu serais à son chevet.

— De toute évidence, je ne suis pas arrivée à temps.

— Tu es sûre d'aller bien, Marion ? Tu ne sembles pas…

Les mots moururent sur ses lèvres et il parut réellement inquiet. Elle en fut exaspérée.

— Retourne donc auprès de ta serveuse, Roger. Je n'ai pas besoin de toi ici.

Pour une fois, il ne l'écouta pas. Il se dirigea vers elle. Elle haussa un sourcil.

— Ma parole, Roger, tu as pris du poil de la bête en mon absence !

Il grimaça, touché en plein cœur.

— Je sais que tout ça est pénible pour toi, Marion.

— Épargne-moi tes banalités, je t'en prie.

— Je sais que tu souffres. Je ne peux plus être ton mari. Je suis désolé. Mais j'espérais… j'espérais pouvoir rester ton ami.

— Pourquoi aurais-je besoin d'un ami?

— Je sais que tu l'aimais, murmura Roger. Moi aussi, je l'aimais, Marion. Il était mon ami, mon mentor. Il me manque déjà. Je ne peux pas imaginer ta douleur.

Elle remarqua qu'il avait les yeux brillants de larmes. Elle l'observa d'un air hébété. Elle aurait dû pleurer, elle aussi. Elle aurait dû éprouver du chagrin. Elle ne ressentait rien. Elle était comme un bloc de glace. Depuis deux jours, elle se réfugiait dans cet état.

Parfois, quand l'iceberg se fendait, elle apercevait des choses qu'elle ne voulait pas voir.

Roger fit un pas en avant. Il était beau et élégant dans son costume bien taillé. Issu d'une bonne famille, il était un modèle de grâce, de raffinement et de classe.

Elle l'avait remarqué pour la première fois alors qu'elle descendait le grand escalier en spirale de la maison de ses parents, en robe longue, pour assister à la fête donnée en l'honneur de son dix-huitième anniversaire. Roger se tenait auprès du colonel en grand uniforme, le regard brillant d'admiration. Elle avait eu l'impression de se trouver devant le prince charmant.

S'il mettait son bras autour de ses épaules maintenant, les images s'estomperaient-elles? Pouvait-il la sauver de cette glace qui la consumait?

Je suis perdue au fond de moi-même et personne ne m'entend pleurer.

— Marion…

— Rentre chez toi, Roger. Je ne veux pas de toi ici.

— Il ne faut pas rester seule.

— Va-t'en, nom de nom ! Rentre chez toi, sinon j'appelle ta petite serveuse et je lui dis qui tu es vraiment ! Sors de chez moi. Sors de mon salon. Va ruminer ta tristesse ailleurs !

Il parut atterré. Elle fit un pas vers lui et il eut un mouvement de recul. Son visage se ferma, son regard devint accusateur. Elle n'eut pas besoin de lui demander ce qu'il pensait.

Tu n'as aucun sentiment, Marion. Tu es froide. Frigide.

Quant à elle, elle se remémora son existence après son mariage digne d'un conte de fées. Elle se rappela ce jour où elle se lavait le visage dans la salle de bains. Il était entré sans frapper, avait déboutonné sa braguette et s'était mis à pisser en la regardant dans les yeux. *Après cinq ans de mariage, si on ne peut pas se soulager l'un devant l'autre...* Elle n'avait pas pu dissimuler son dégoût. Il n'avait plus jamais recommencé.

— Très bien, soupira-t-il en se dirigeant vers la porte. Je te laisse, puisque c'est ce que tu souhaites.

— Combien de fois vais-je devoir te le répéter ?

Il marqua une pause, secoua la tête.

— Tu as toujours été renfermée, Marion, mais je ne t'ai jamais vue aussi dure.

— Je deviens sage avec l'âge.

— Attention, Marion. Tu n'as plus beaucoup d'amis, sinon Emma, que tu hais, et J. T., que tu détestes.

— Emma est cinglée et J. T. est un ivrogne. Je me soucie comme de ma première chaussette de l'un et de l'autre.

— J. T. est un ivrogne ?

— Absolument, confirma-t-elle.

Roger-le-parfait avait toujours été fasciné par son beau-frère.

— C'est pour cela qu'il n'est pas revenu?

— Certainement. Il va falloir t'y résoudre, Roger. Mon frère n'est plus le séduisant rebelle. Il n'est qu'un pauvre alcoolique. Et là où il se trouve en ce moment, je suis sûre que la tequila est de première qualité.

22

La chambre du motel était marron. Moquette marron, couvre-lits marron, rideaux marron. Un représentant de commerce n'en aurait pas voulu. Tess trouvait ce décor en harmonie avec son état d'esprit.

J. T. était parti chercher de la glace. Elle était seule au milieu de la pièce, les bras serrés sur sa poitrine. Ses oreilles bourdonnaient. Lorsqu'elle inspirait, sa gorge piquait.

Elle avait appelé le lieutenant Houlihan pour lui raconter ce qui s'était passé. Le lieutenant voulait qu'elle vienne se placer sous sa protection. Elle n'en voyait pas l'intérêt. Ils l'installeraient dans une maison. Elle y resterait et attendrait, comme elle l'avait fait deux ans auparavant. La souris piégée par le chat, attendant, jour après jour, qu'il lui bondisse dessus. Elle ne s'en sentait pas le courage.

Tu étais supposée être forte et tu t'es jetée directement dans la gueule du loup.

Elle sortit un gros pull en laine de son sac. Ses mains tremblaient tellement qu'elle dut s'y prendre à deux reprises. Elle claquait des dents.

Où est Samantha ? Est-ce qu'elle te réclame ? Est-ce qu'elle se demande pourquoi tu n'es pas venue la chercher ?

Pourquoi n'as-tu pas secouru ta fille ?

La nuit était trop noire, la chambre trop vide. La vérité l'assaillait et elle n'avait aucun moyen d'y échapper : elle avait failli envers sa fille.

J. T. entra. La porte claqua derrière lui.

— Ça va ?

— Non.

— Prenez un verre d'eau, dit-il en lui tendant un gobelet en plastique. Buvez. Ressaisissez-vous. Nous devons échafauder un nouveau plan.

Elle l'observa, tandis qu'ils s'asseyait devant une table branlante. Il s'était acheté des cigarettes. Il en alluma une. Il ne se servait que d'une main. L'autre restait plaquée contre ses côtes.

— Vous êtes blessé.

— Ça va.

— Votre bras.

— Vous savez poser une attelle sur une fracture osseuse ?

— Non. On nous emmenait toujours, ma mère et moi, aux urgences de l'hôpital, où l'on pouvait expliquer à des internes naïfs qu'on était tombées dans l'escalier.

— Nous n'irons pas aux urgences. Tout va bien.

Elle détourna son regard. L'odeur âcre de la fumée lui piquait les yeux. Sa gorge était nouée, mais elle était incapable de pleurer.

Samantha. Difford. Combien de personnes laisseras-tu Jim te prendre encore ?

— Je l'ai touché, annonça enfin J. T.

Elle écarquilla les yeux.

— Jim et moi avons eu un petit face-à-face dans la chambre du fond. Il était muni de sa batte, moi de mon pistolet. La prochaine fois, je laisserai le 9 mm à la maison et je prendrai mon AK-47.

— Il est gravement blessé ?

— Non, répondit J. T., apparemment furieux. Je l'ai sans doute simplement effleuré. En tout cas, ça ne l'a pas ralenti.

— Je ne comprends pas pourquoi il était là, murmura-t-elle. Pourquoi est-il revenu et où était Samantha, pendant ce temps?

— C'est vous qu'il voulait, Tess. Il avait tout prévu : récupérer sa fille, assassiner son ex-épouse.

— D'où sortait-il? Un instant, j'étais toute seule, l'instant d'après…

J. T. serra les mâchoires.

— J'ai tout fait rater. Je n'ai pas inspecté le périmètre avant de vous laisser en arrière. Je ne m'attendais pas vraiment à ce que… bref, tout est ma faute. C'est aussi simple que cela.

— Vous ne pouviez pas savoir.

— J'aurais dû.

— Qu'allons-nous faire, maintenant?

— Dormir. Manger. Nous aviserons demain matin.

Un silence pesant les enveloppa. Tess alluma le poste de télévision. La première image sur laquelle elle tomba fut celle de Samantha.

— Samantha Williams a été kidnappée tard hier soir dans la maison où elle vivait, sous protection policière, à Springfield. Deux officiers ont été tués par son père, le tueur en série Jim Beckett, considéré comme un individu armé et dangereux. Agée de quatre ans, Samantha a les cheveux blonds et les yeux bleus. Elle porte un anorak rose. Toute personne pouvant donner des renseignements à son sujet est priée d'appeler le numéro vert ci-dessous. J'insiste, Jim Beckett est armé et très dangereux. En aucun cas il ne faut l'approcher. Il se déguise fréquemment en agent de police ou en agent de sécurité. La police passe toute la région au peigne fin avec l'aide du

FBI et de la Garde nationale. Beckett s'est échappé il y a trois semaines du quartier de haute sécurité de la prison de Walpole après avoir assassiné deux gardiens...

Tess gardait les yeux rivés sur l'écran. C'était la photo d'école de Samantha. Elle regardait par-dessus son épaule avec un sourire édenté, les yeux brillants, les couettes bouclées. Tess tomba à genoux.

— Laissez-vous aller, lui conseilla J. T., laissez-vous aller complètement.

Elle en était incapable. Elle ne pouvait ni pleurer ni crier.

Que vas-tu faire, Teresa? Te battre contre moi? Nous savons tous deux que tu n'en auras jamais la force.

— Reprenez-vous, Tess, ordonna J. T., avec dureté. Respirez. Concentrez-vous sur la moquette, si ça peut vous aider.

Tu es faible, stupide. Tu n'as jamais su faire face à ton père. Que faisais-tu, pendant qu'il battait ta mère? Tu regardais. Et lorsqu'il s'en prenait à toi? Tu attendais.

— Tess! Nom de nom! Reprenez-vous!

J. T. la saisit par les épaules et la secoua sauvagement.

Pendant un instant, elle se laissa agiter comme une poupée de chiffon. Elle n'avait plus de forces, plus de muscles, plus de cerveau.

— Tess? murmura-t-il. Ma chérie...

Ce fut le déclic. Elle se mit à sangloter, la gorge brûlante, les épaules tremblantes. Que de larmes... J. T. s'assit à côté d'elle sur l'horrible tapis. Il l'entoura de son bras valide et la berça contre lui. Elle pleura sur son T-shirt pendant qu'il lui caressait les cheveux.

— Chut. Chut. Je vous aiderai. Nous retrouverons Samantha.

Elle sanglota de plus belle. Il la serra tout contre lui.

— Allez-y, l'encouragea-t-il. Je comprends.

Serrez-moi. Serrez-moi fort. Ne me laissez plus jamais partir.

— Je comprends, répéta-t-il, je sais ce que c'est.

Une heure s'écoula. Elle avait pleuré. J. T. avait fumé. À présent, ils se tenaient, hagards, sur le bord du lit trop mou.

— Il faudrait mettre de la glace sur votre bras. Je… Je peux jeter un coup d'œil?

Il haussa les épaules et pinça les lèvres sur sa cigarette. La fumée lui piquait les yeux et elle soupira:

— Vous ne pourriez pas arrêter?

Il leva un sourcil.

— En échange de mes bons soins, négocia-t-elle.

— Je croyais que vous n'aviez aucune notion de secourisme.

— Je sais que fumer est mauvais pour la santé. J'ai donc un peu d'avance sur vous.

Il ne céda pas tout de suite, mais au bout de quelques minutes, il écrasa son mégot dans le cendrier.

— Miss-la-Morale, marmonna-t-il.

Elle ignora la remarque et s'agenouilla devant lui. Il écarta les genoux pour lui permettre de se rapprocher. Ses cuisses lui frôlaient les bras. Elle plaça les doigts sur sa blessure et le sentit retenir son souffle.

Elle lui avait dit la vérité: elle n'avait pas la moindre idée de ce qu'il fallait faire. Chez sa mère, elle avait appris à recouvrir ses hématomes de maquillage, pas d'arnica. Ses os brisés, elle les avait réparés avec des mensonges destinés aux médecins et aux infirmiers. Elle était devenue experte dans l'art de masquer sa douleur.

Elle examina d'un air dubitatif le bras de J. T., qu'elle trouva enflé, rouge, brûlant au toucher. Elle leva le regard vers lui. Il était blême. La sueur perlait à son front. Il se mordait l'intérieur des joues pour ne pas gémir.

— Je crois qu'il vous faut un vrai médecin, déclara-t-elle.

— Faites ce que vous pouvez, Tess, sinon j'emploierai la méthode traditionnelle.

— L'amputation ?

— Le bourbon.

— Ah !

Elle mit des glaçons dans une serviette de toilette et posa le sachet improvisé sur la contusion. Il pouvait remuer les doigts, mais à peine. Était-ce le signe d'une fracture, d'une simple entorse ou de quelque chose de plus sérieux ? Elle n'en savait rien.

Pour finir, elle sortit de son sac deux cachets d'aspirine.

— Deux seulement ? s'indigna-t-il. Mon bras a été pulvérisé par une batte de base-ball et vous me proposez deux cachets d'aspirine ?

— Vous avez raison.

Elle lui en ajouta quatre. Il avala le tout d'un seul coup.

Elle se rassit sur le lit, pas trop loin de lui. Ils avaient vécu un drame, mais ne savaient pas comment en parler. Elle avait couché avec lui, pourtant, elle n'osait pas lui demander de la serrer contre lui. Elle avait pleuré sur son épaule, elle était incapable de le réconforter à son tour.

— Vous allez me dévisager comme ça toute la nuit ?

— Peut-être.

— Vous me donnez la chair de poule.

— Pourquoi sommes-nous descendus ici ? Pourquoi ne sommes-nous pas allés directement au commissariat ?

J. T. demeura silencieux un moment.

— Parce que là-bas, il y a des policiers.

— Vous n'avez pas confiance en eux ?

— Pas franchement, non. Le grand méchant Jim semble tourner trop près d'eux. Nous avons intérêt à agir en solo.

— Vous avez le bras en miettes, j'ai failli mourir. Vous persistez et signez?

— Nous avons tous deux survécu. Jusqu'ici, nous avons fait mieux que la police

— Il a ma fille avec lui, J. T.

— Nous le retrouverons.

— Comment? s'emporta-t-elle, au bord de l'hystérie. En mettant une petite annonce? En lisant dans le marc de café?

— Je n'en sais rien.

— *Vous n'en savez rien?* hurla-t-elle malgré elle.

— Je ne suis pas Superman, Tess! Je n'ai pas toutes les réponses. J'improvise de mon mieux.

J. T. sortit une nouvelle cigarette et la cassa promptement en deux.

— Merde! lâcha-t-il en en saisissant une autre. Quelle heure est-il?

— Trois heures du matin. Il a ma fille depuis plus de vingt-quatre heures. Vingt-quatre heures et nous, nous en sommes à la case départ!

— Nous savons qu'il est dans les parages. Nous l'avons obligé à prendre un risque en revenant sur la scène du crime. Tôt ou tard, il commettra une erreur.

— Quelle stratégie! railla-t-elle. Celle qu'emploie la police depuis trois ans, avec le succès que vous savez?

— Bien, répliqua-t-il froidement. Quelle est votre suggestion?

— Je... je...

Elle n'en savait rien. Elle voulait seulement rattraper Jim. Elle voulait le voir mort. Elle voulait tenir Samantha dans ses bras.

Elle ferma les yeux, s'obligea à respirer calmement, passa une main dans ses cheveux. Tout à coup, elle se sentait trop lasse pour réfléchir. La douleur était intense, profonde et lui dévorait toute son énergie. Elle n'était plus qu'une carcasse vide. Sa petite fille était en danger. Elle-même se trouvait dans une chambre de motel sordide, ne sachant que faire. Elle avait la migraine. Quant à J. T., il avait raison, il n'était pas Superman. Elle était ridicule d'espérer des miracles.

Il faut que tu apprennes à te débrouiller. Tu dois être forte. Tu dois te ressaisir et récupérer ta fille.

Elle se mit debout et tendit une main.

— Venez vous coucher.

J. T. grogna.

— Ma chérie, ironisa-t-il, même avec la meilleure volonté du monde, avec un seul bras, je suis quelque peu handicapé.

— Je ne vous ai pas demandé de me faire l'amour, rétorqua-t-elle vertement. Je sais que vous n'êtes pas suffisamment en colère pour ça.

Il écarquilla les yeux, puis les plissa dangereusement.

— Si je n'ai agi que dans cet esprit, comment expliquez-vous votre attirance à mon égard?

— La luxure, tout simplement.

Il ne répondit pas. Il refusa sa main tendue. Elle secoua la tête, écœurée. Ne comprenait-il donc pas qu'une femme comme elle ne se donnait jamais dans le seul but de satisfaire un simple besoin physique, même si elle avait souhaité le contraire?

Elle l'empoigna, sachant qu'il ne bougerait pas, et le hissa sur ses pieds.

Il la domina de toute sa taille, le regard noir.

— J'ai changé d'avis, murmura-t-il. Finalement, je suis très en colère.

— Tu parles! riposta-t-elle en le repoussant sur le lit. Vous allez vous allonger là, bien sagement, avec ce paquet de glace sur le bras, et m'écouter.

Elle se mit à genoux sur le matelas, qui s'enfonça dangereusement. J. T. l'observait, paupières à demi closes. Elle éteignit la lampe de chevet.

— Je préfère vous voir.

Ses seins lui effleurèrent le torse. Elle s'écarta prudemment.

— Dormez.

— Dormir, maintenant?

— C'est une faculté comme une autre, n'est-ce pas?

— Jusqu'à huit heures seulement.

— Très bien. Jusqu'à huit heures.

— Il a sûrement quelqu'un pour surveiller Samantha, insista J. T. Un proche dont nous ne soupçonnons pas l'existence, un vieil ami, un complice involontaire. Il n'a pas pu la laisser toute seule pour retourner à la maison.

— Je ne sais pas, marmonna Tess, sur ses genoux.

Elle examinait son bras. Il paraissait en moins bon état encore que la veille. À présent, J. T. ne pouvait plus du tout remuer les doigts.

— Réfléchissez, Tess.

— C'est tout réfléchi! Je vous le répète, tous les membres de sa famille sont morts, il n'a jamais eu d'amis, seulement des relations. Aujourd'hui, en toute logique, il n'a personne vers qui se tourner. D'un autre côté, c'est un coureur de jupons. Peut-être a-t-il une petite amie? Je n'en sais rien.

— Où s'est-il caché, la dernière fois?

— Aucune idée.

— Il a disparu pendant six mois et les flics ne savent toujours pas où?

— Je suis désolée, J. T., mais après son arrestation, il s'est bien gardé de tout révéler. Ce genre d'aveu est réservé aux films.

— Où ont-ils cherché?

— Au début, partout, comme en ce moment. Ils ont affiché son portrait, mis en place un numéro vert. Un mandat d'arrêt a été lancé à travers toute la Nouvelle-Angleterre. Cependant, plus le temps passait, plus le nombre d'équipes chargées de cette mission diminuait. La police n'a pas le budget nécessaire pour monopoliser autant d'hommes pendant six mois.

— Ce que Jim sait pertinemment. Il a donc attendu, jusqu'au jour où vous vous êtes retrouvée toute seule dans votre maison, surveillée de loin par deux inspecteurs.

— Nous n'étions même pas certains qu'il reviendrait, chuchota-t-elle. D'après Quincy, c'était probable, mais rien ne le laissait présager.

J. T. se retrancha dans un silence morose. Il était verdâtre. Il se sentait fébrile.

— Il pourrait recommencer.

— Cette fois, il a Samantha.

— Justement. Raison de plus pour rester tapi dans l'ombre. Il a un refuge, peut-être quelqu'un. Prenons cela comme hypothèse de départ. Il s'y est caché la dernière fois et il y est retourné. Vous avez raison. Il va se tenir à carreau pendant six mois, le temps que les forces déployées aujourd'hui s'amenuisent. Oui, avec un peu de patience, ça peut marcher.

— Dans ce cas, c'est à nous de le débusquer, décréta Tess. Je ne veux pas laisser Samantha entre ses mains pendant six mois, voire un an.

— Je ne dis pas le contraire, mais nous devons commencer quelque part. Nous avons besoin de plus d'éléments.

Tess soupira.

— Vous avez tout à fait raison, J. T.

Le ton de sa voix la trahit. Il secoua la tête avec ferveur.

— On peut mener un cheval à l'abreuvoir, Tess, mais on ne peut pas l'obliger à boire.

— Ce n'est pas avec un cheval que je joue. Je vous parle de vous, de votre sœur et de ma fille, qui ont toutes deux besoin de vous.

— Vous avez une âme d'entremetteuse?

— J'essaie d'agir pour le bien de Samantha.

Il se raidit, touché en plein cœur. Il descendit du lit et s'éloigna de quelques pas.

— Marion ne voudra peut-être pas nous aider, vu ses sentiments à mon égard en ce moment.

— Elle ne vous hait pas plus que vous ne la haïssez.

— Vous avez lu ça dans votre boule de cristal?

Elle s'avança vers lui et plaça le bout de ses doigts sur ses clavicules. Elle ne le laisserait pas la repousser.

— Vous étiez un petit garçon, J. T. Elle comprend sûrement que vous ne pouviez pas la sauver.

— La sauver? Elle n'admet même pas ce qui s'est passé!

— Je sais. Ce n'est pas rare, dans les cas d'inceste…

Il tressaillit et son visage se ferma.

— Vous êtes même incapable de prononcer le mot, n'est-ce pas? devina-t-elle.

— Je ne… je ne… c'est un vilain mot.

Elle ne le quitta pas des yeux et continua de lui caresser les épaules.

— Je revois si bien la scène, murmura-t-il. Elle m'affirme que ça n'est jamais arrivé, mais je me rappelle chaque détail. Les scènes au cours desquelles il nous a battus. Les moments où elle se tenait au pied de mon lit en me suppliant de venir à son secours…

Il s'écarta.

— J. T.

— Arrêtez! Tout ça a bien eu lieu. Nous avons grandi malgré lui. Et je lui souhaite de pourrir en enfer.

— Mais vous aimez votre sœur, chuchota-t-elle.

Il crispa le poing.

— Oui, avoua-t-il, le regard fixé sur la fenêtre. Quant à elle, elle continue à me prendre pour un cinglé.

— Je ne le crois pas, J. T. D'après moi, elle commence à comprendre que vous avez raison et c'est cela qui l'affole.

Tess tenta une nouvelle fois de s'approcher et il grimaça.

— Non !

Elle hésita, blessée à vif. Il souffrait. Elle savait qu'il avait mal.

Laissez-moi vous aider, un tout petit peu, si c'est possible.

Il demeura impassible, hors d'atteinte. Jamais auparavant elle n'avait rencontré quelqu'un capable d'une telle dureté.

— Très bien, conclut-elle en un souffle. Je vais prendre une douche. Et vous… vous ferez ce que vous croyez le mieux.

— Ouais, c'est ça.

— C'est vous le professionnel.

Dès que la porte se referma derrière Tess, J. T. alluma une cigarette. Il ouvrit la fenêtre et prit le temps de goûter un échantillon du climat glacé de la Nouvelle-Angleterre. Il porta la cigarette à ses lèvres, inhala avec plaisir.

L'air était froid et le ciel gris, mais suffisamment clair pour l'éblouir. Paupières plissées, il fuma.

Puis il décrocha le téléphone.

Sa main tremblait, tandis qu'il enfonçait les touches. Il se dit que c'était la nicotine. Marion décrocha dès la troisième sonnerie. L'espace d'un éclair, il se trouva à court de voix.

— Allô ? Allô ?

Elle semblait déjà furieuse et elle ne savait même pas que c'était lui. Il faillit raccrocher, mais se ravisa.

— Bonjour, Marion, dit-il enfin.

Elle garda le silence. Il en profita pour aspirer une bonne bouffée de fumée. Peut-être en faisait-elle autant, à l'autre bout de la ligne? Joli tableau : le frère et la sœur étaient incapables de soutenir une conversation de plus de trente secondes, mais qu'est-ce qu'ils pouvaient fumer!

— Acceptes-tu de me parler?

— Donne-moi une bonne raison de le faire.

— C'est au sujet de Beckett.

— Beckett? répéta-t-elle, sur ses gardes. Qu'est-ce que tu veux, J. T.?

— Ce n'est pas pour moi, Marion, tu t'en doutes. Si je t'appelle, c'est pour Tess. N'oublie pas que cette affaire pourrait t'apporter un plus dans ta carrière, ajouta-t-il avec une pointe d'amertume.

— Je t'accorde deux minutes pour m'exposer ce dont tu as besoin.

— Il me faut des renseignements.

— De quel type?

— Beckett est revenu dans le Massachusetts. Il a tué le flic chargé de la protection de la fille de Tess et a enlevé la petite.

— Saloperie! murmura Marion, atterrée.

— Selon moi, il a confié Samantha à un ou une amie, mais Tess ne voit pas qui ce pourrait être. C'est le FBI qui s'est chargé de mettre les téléphones sur écoute et d'organiser la surveillance. Peut-être y a-t-il un indice?

— Peut-être.

Elle réfléchit un moment.

— Pourquoi me demander cela, à moi, J. T.? Pourquoi ne pas contacter directement l'agent spécial chargé de la mission? Je pourrais te communiquer son nom.

— C'est ce que tu veux que je fasse, Marion?

Cette fois, le silence se prolongea. Il oublia sa cigarette, dont le mégot incandescent lui brûla les doigts.

— Je viens, annonça-t-elle brusquement. Où êtes-vous ?

— À la lisière de Springfield, dans un motel.

Il lui dicta rapidement les coordonnées, en s'efforçant de conserver un ton neutre. Il ne savait pas encore quel sentiment éprouver, ni s'il devait ressentir quelque chose de particulier.

— Euh... appelle-nous dès que tu atterriras à Logan. Je t'expliquerai comment venir de là.

— Les navettes sont nombreuses. Je pense pouvoir être là à la mi-journée.

— Parfait.

Il attendit qu'elle lui dise au revoir et qu'elle raccroche. Ou qu'elle évoque le bon vieux temps, les étés brûlants qu'ils avaient passés à perfectionner leurs plongeons dans la piscine, les séances d'équitation où il s'émerveillait devant la grâce de sa sœur.

Elle annonça brutalement :

— Papa est mort.

— Ah, bon.

— Les obsèques auront lieu vendredi prochain. Il sera enterré au cimetière d'Arlington et recevra les honneurs militaires.

— Hmmm.

— Tu viendras, J. T. ?

— Non.

— Tu le haïssais à ce point ?

— Pas toi, Merry Berry ?

La tonalité résonna dans ses oreilles.

Tess était sous la douche. Elle s'immobilisa, les mains sur sa tête pleine de shampooing, le regard inquisiteur. La mousse parsemait délicatement son corps mince et pâle, aux muscles naissants. Il ne se rappelait plus comment elle lui était apparue, le premier jour. Il la voyait aujourd'hui telle qu'elle était devenue. Magnifique.

Il fixa la ligne rouge encerclant son cou, trace laissée par le sac en plastique.

— Que faites-vous? demanda-t-elle d'une voix rauque, incertaine.

— Je cherche quelqu'un qui pourrait me gratter le dos.

— Qu'est-ce qui vous fait croire que j'en serais capable?

— Je suis invalide. Vous allez m'aider.

Il tira complètement le rideau, insensible aux gout-telettes d'eau chaude qui lui aspergeaient la poitrine. Il déboutonna rapidement sa braguette.

Tess resta figée, bouche ouverte, pendant qu'il se débarrassait avec plus ou moins de difficulté de son jean.

Il la rejoignit dans la baignoire.

Il prit le savon et entreprit de le passer sur ses seins, sur son ventre plat. Il la sentit frémir. Sans un mot, il savonna la meurtrissure rouge, comme pour l'effacer. Comme s'il en avait le pouvoir! Le remords l'étreignit. Il voulait rendre le monde meilleur autour d'elle, lui donner tout ce qu'il n'avait pas su offrir à Marion, à Rachel ou à Teddy. Que d'échecs!

Il continua son lent massage. Quand il reverrait Jim Beckett, il lui infligerait une mort lente et pénible.

Mon Dieu! aidez-moi à la protéger. Aidez-moi à secourir Tess et Samantha!

— Vous l'avez appelée, n'est-ce pas?

Le silence de J. T. l'en persuada.

— Je suis fière de vous, J. T.

— Je n'ai pas besoin de ça, grommela-t-il en cherchant son regard.

Elle avait des yeux splendides, immenses, innocents. Elle lui faisait confiance.

Il laissa courir sa main vers son bas-ventre. Elle se tendit vers lui, offerte, en chuchotant son prénom.

Avec elle, il renouait avec l'espoir. Et peut-être aussi avec autre chose.

— Je sais, murmura-t-elle en pressant le front sur sa poitrine. Mais je suis fière de vous quand même.

— Je veux ma maman!

— Je sais.

Il caressa la chevelure blonde qui se répandait sur l'oreiller. Passé le premier choc des retrouvailles, elle était devenue nerveuse, anxieuse. Elle ne le repoussait pas, mais elle ne s'accrochait pas à sa main comme autrefois. Il pouvait le comprendre car elle ne l'avait pas revu depuis deux ans, et il avait beaucoup changé, depuis.

— Comme je te l'ai déjà expliqué, Maman ne reviendra pas, répondit-il patiemment.

Samantha se mordit la lèvre. Ses yeux s'embuèrent de larmes.

— Mais elle avait *promis*!

Il ne réagit pas à l'intonation plaintive de sa voix. S'il prêtait attention à ses caprices, elle n'apprendrait jamais. Il répondit brusquement:

— Teresa t'a menti, Samantha.

— Maman ne ferait jamais ça!

— Si, Samantha. Elle t'avait dit que je ne reviendrais jamais, n'est-ce pas? Là aussi, elle a menti, mais ce n'est pas grave, parce que je vais m'occuper de toi.

Elle pleura un peu, comme si cela pouvait suffire à réfuter ses paroles. Il attendit patiemment qu'elle se calme. Pour finir, elle s'essuya les joues, puis lâcha un gros soupir. Il ne la consola pas. D'ici à quelques semaines, l'image de Teresa s'estomperait dans l'esprit de la fillette. Au fil des mois, sa mère ne serait plus qu'une ombre lointaine. Les jeunes avaient cette faculté extraordinaire de faire table rase…

Samantha s'étant ressaisie, il borda ses couvertures et lui tapota l'épaule.

— J'ai une surprise pour toi, déclara-t-il.

— Une surprise? La cassette de *Toy Story*?

Une lueur de joie passa dans son regard et il regretta de n'avoir pas pensé à la lui acheter. Mais il n'avait pas le temps de s'occuper de ces détails. Le rendez-vous avec Teresa, la veille, l'avait déjà retardé considérablement. De surcroît, il avait mal à l'épaule, là où la balle l'avait atteint. Il la bougeait avec peine et cela l'agaçait prodigieusement.

— Non, ce n'est pas *Toy Story*, répliqua-t-il d'une voix tendue.

Samantha tressaillit et il afficha un sourire forcé. Il avait oublié à quel point les enfants pouvaient être sensibles. Elle se décontracta aussitôt.

— Est-ce que… Est-ce que je vais avoir une petite sœur ou un petit frère? s'enquit-elle, rêveuse.

Jim cligna des yeux, stupéfait.

— Non. Maman envisageait de te donner une petite sœur ou un petit frère?

Samantha secoua la tête avec tristesse.

— Non, mais j'aurais bien voulu.

Cette fois, le sourire de Jim fut sincère. Dès qu'il avait vu Samantha au sein de Teresa, il avait été captivé par ce petit miracle. Elle était le fruit de sa semence. Il se voyait dans le bleu de son regard. Déjà, elle faisait preuve d'une grande intelligence et d'une volonté redoutable. Même tout bébé, elle pleurait rarement. Oui, vraiment, elle était mignonne, et forte surtout.

— Papa!

Le sourire de Jim s'élargit. Il était content de s'entendre appeler ainsi.

— C'est encore mieux : je t'ai trouvé une nouvelle grand-mère.

— Une grand-mère ? Tu veux dire que grand-mère Matthews est là ?

Elle paraissait perplexe.

— Non, une autre. Maintenant, tu en as deux.

Elle opina.

— Deux grand-mères. Quand est-ce que je l'aurai ?

— Demain matin. Je vais devoir m'absenter quelque temps, mais tu feras connaissance avec elle à ton réveil. Elle est grande, un peu lourde et elle s'exprime avec un drôle d'accent. Tu lui obéiras, Samantha. Elle prendra bien soin de toi.

Samantha ne semblait guère convaincue.

Il lui caressa la joue.

— Tu as confiance en moi ?

Elle acquiesça.

— Tant mieux. Je m'occupe de tout. Je serai bientôt de retour et ensuite, nous nous en irons. Quelque part au soleil, qu'en dis-tu ?

— Maman sera avec nous ?

— Non.

— Grand-mère et grand-père Matthews ?

— Non.

— La nouvelle grand-mère ?

— Peut-être, murmura-t-il enfin. Je n'ai pas encore décidé.

Edith venait de s'asseoir sur la véranda avec son thé matinal, une couverture sur les genoux, quand Martha ouvrit sa porte. Un instant, Edith fut surprise. Le jour se levait à peine. Edith avait toujours été une lève-tôt, mais ces temps-ci, à cause de son insomnie, elle était debout avant le soleil.

Un frémissement la parcourut. Elle resserra les doigts autour de sa tasse.

Martha émergea de sa maison et regarda de son côté.

Depuis son retour, l'atmosphère était tendue. La veille, Martha avait carrément disparu. Edith s'était rendue chez elle pour leur cigare du soir et avait trouvé la demeure vide. Bien sûr, Martha ne lui devait aucune explication, mais tout de même…

Edith s'était soudain rendu compte qu'elle ne savait rien de son amie. Elle avait emménagé deux ans plus tôt, effectué quelques courts voyages, puis était partie en Floride pendant des mois. Les appels téléphoniques l'avaient rassurée mais, à présent, Edith était sur le qui-vive.

Martha vint vers elle.

Edith eut la chair de poule. L'air siffla dans ses oreilles. Elle sut alors, sans se retourner, que les visions étaient de retour, les images de pauvres filles torturées errant sur sa terrasse comme si elles avaient quelque chose à lui dire. Mais la mort leur avait volé leur voix…

Sa main trembla et elle renversa un peu de thé brûlant.

— Edith !

Martha s'arrêta au bas des marches.

Edith remarqua quelques changements subtils. Martha avait le regard harassé. Elle se déplaçait d'une manière différente, aussi. Elle avait la démarche raide d'une personne rattrapée par son âge.

— Martha, répondit enfin Edith.

— Je suis désolée de vous déranger.

— Pas du tout.

Martha se redressa.

— J'ai de la visite, annonça-t-elle presque sur un ton de défi.

— De la visite ?

— Ma petite-fille.

— Vous avez une petite-fille?

— La fille de mon fils. Le représentant de commerce.

— Je vois.

— Il a un problème et m'a demandé de m'occuper d'elle.

— Mmmm…

— Vous voulez bien la rencontrer ce matin?

Edith hésita, puis hocha la tête.

— Si vous voulez.

— Je… S'il m'arrivait quoi que ce soit, pourriez-vous vous occuper d'elle, Edith? Je vous fais entièrement confiance.

Le regard de Martha était lointain, comme mort, son timbre monocorde.

— Oui, murmura-t-elle. Je suppose que oui. Mais il faut me laisser les coordonnées de votre fils.

Martha haussa les épaules.

— Ne vous inquiétez pas, il vous retrouvera.

23

Ils s'étaient donné rendez-vous dans un petit restaurant où les parents emmènent leurs enfants parce que les glaces sont meilleures que le steak-frites.

Perchée sur un tabouret recouvert de vinyle, dans un surprenant décor floral rouge et bleu, Marion attendait impatiemment l'arrivée de son frère et de Tess.

Ses longues jambes élégamment croisées, le dos très droit, elle portait un tailleur-pantalon bleu marine bordé aux manches et au col de tresses dorées. Ses cheveux étaient tirés en un chignon impeccable et aucune mèche ne s'en échappait pour venir encadrer son visage au teint d'albâtre. Un gamin de deux ans s'immobilisa devant elle et la contempla, impressionné. Elle le toisa de son regard bleu, froid et impénétrable. Il poussa un petit cri et repartit en courant. Marion porta sa cigarette à ses lèvres et inhala.

— Tu as encore effrayé un admirateur, railla J. T.

Tess était juste derrière lui. Il vint s'accouder au comptoir, le bras maintenu par une attelle improvisée. Elle souffla un nuage de fumée dans sa figure.

— C'est un don, répliqua-t-elle en le dévisageant.

Lequel des deux tirerait le premier ? Tess se positionna entre le frère et la sœur. Marion la gratifia d'un coup d'œil sans chaleur.

— Vous jouez les arbitres?

— Apparemment, répondit Tess.

La perspective ne la réjouissait guère. Elle allait s'asseoir, quand Marion secoua la tête.

— Pas ici. Il y a trop de monde.

L'agent spécial rassembla ses affaires et les entraîna vers le fond, où les salles réservées aux banquets étaient inoccupées. Elle s'appropria la plus petite et ferma la porte derrière eux en les invitant d'un geste à s'asseoir.

Tess choisit une table en plein centre. J. T. s'installa à côté d'elle. Marion s'assit en face.

— Joli, murmura Marion en désignant d'un coup de menton l'attelle de J. T. C'est la nouvelle mode?

— C'est l'œuvre de Beckett.

Marion haussa un sourcil, écrasa son mégot dans un cendrier, chercha son paquet.

— Vous l'avez déjà retrouvé? Dans ce cas, je ne vois pas en quoi vous pouvez avoir besoin de moi.

— C'est lui qui nous a trouvés. La nuit dernière.

J. T. résuma brièvement les faits. Tess intervenait de temps en temps avec des précisions. Marion fumait, acquiesçait, fumait encore.

Lorsqu'ils eurent achevé leur récit, elle les gratifia l'un et l'autre d'un regard désapprobateur. Les représentants de la loi acceptent mal que les civils agissent à leur place. Marion ne faisait pas exception à la règle.

— Savez-vous ce qui se passe quand on branche des électrodes sur un psychopathe et qu'on l'avertit qu'il va recevoir un choc? s'enquit-elle.

— Pas vraiment, avoua J. T., laconique, sur la défensive.

Marion accorda son attention à Tess.

— Rien, répliqua-t-elle.

— Rien?

— Rien. Son pouls reste stable, il ne transpire pas. Il ne réagit absolument pas, il n'a pas peur de souffrir. C'est cela, la nature d'un psychopathe.

Elle s'exprimait avec beaucoup de calme, mais Tess avait déjà deviné où elle voulait en venir.

— J'ai sorti les dossiers concernant Beckett, comme tu me l'avais demandé, J. T., reprit-elle. Je les ai lus dans l'avion. Je ne te le dirai qu'une fois : tu es dans de sales draps.

— Merci. À présent, dis-moi ce que tu as appris.

Elle ne quitta pas Tess des yeux.

— Jim Beckett est un psychopathe pur et dur. Vous lui avez échappé à deux reprises. Soyez-en reconnaissante, Tess. Et laissez la police, ou plutôt le FBI, s'occuper de cette affaire, car vous aurez peut-être moins de chance la prochaine fois. Beckett ne commet pas beaucoup d'erreurs.

— Je n'ai pas l'intention de l'inviter à danser, railla J. T. Je suis trop vieux pour tes sermons, Marion. Fais-moi confiance, pour une fois. Je sais ce que je fais.

Elle pinça les lèvres, sceptique.

J. T. secoua la tête, excédé.

— Très bien, passons les préambules. Dis-moi où il est.

Marion alluma encore une cigarette.

— Mon Dieu ! mon Dieu ! ironisa-t-elle. J'avais prévu de te donner la carte magique qui mène à sa cachette, mais je crains de l'avoir oubliée dans l'avion. Qu'allons-nous devenir ?

— Très amusant.

— Je suis ton exemple.

— J'en suis fier. Ses amis, ses associés, reprit-il. Tu dis qu'il s'est échappé grâce à la complicité d'une fille qu'il a connue lorsqu'il était en prison.

— Elle est morte.

— Donc, il a tué sa complice, puis il s'est attaqué à la maison?

— Erreur. Il a kidnappé le sergent Wilcox et l'a assassiné. Deux adolescents ont retrouvé le cadavre aujourd'hui dans les bois. Beckett l'avait recouvert de pierres, en ne laissant dépasser que les mains. Évidemment, la nature avait déjà fait son œuvre.

— Il prend plaisir à mutiler les mains de ses victimes, intervint Tess.

Marion la dévisagea, intriguée.

— En effet. On se demande pourquoi. Peut-être simplement parce que cela rend d'autant plus difficile le processus d'identification.

— Et le corps de Difford? voulut savoir J. T.

— Toujours rien. Cependant, sa voiture a été localisée, à une trentaine de kilomètres de chez lui. Beckett avait dû prévoir un autre véhicule pour l'échange. Le coffre était imprégné de sang. Nous sommes à peu près certains qu'il est mort. Nous ne comprenons pas bien pourquoi Jim a conservé son corps.

— Et Samantha? murmura Tess d'une voix presque suppliante.

— Rien. Je… Je suis navrée.

— Il m'a dit qu'on reverrait Difford.

— Quoi?

Marion et Tess se tournèrent vers J. T., ahuries.

— Dans la chambre, expliqua J. T. « Quand tu reverras Difford, pose-lui la question », m'a-t-il dit.

— Tu crois que Difford est vivant?

J. T. secoua la tête.

— C'est trop risqué, surtout en présence de Samantha. Mais Big Jim n'agit jamais au hasard. S'il a gardé le cadavre, c'est pour une bonne raison. À nous de le devancer, pour changer.

— Le schéma, chuchota Tess.

Elle avait l'impression d'être complètement engourdie. Ils se trouvaient dans un lieu banal, un restaurant ordinaire au milieu d'une ville sans histoire. Ils parlaient en toute quiétude de torture et de meurtre, du meilleur moyen de se servir d'un mort. C'était bien le but de Jim. Plus que tuer, il aimait tourmenter. En ce moment même, il devait être en train de s'amuser à imaginer son désarroi. Elle ne voulait pas lui donner une telle satisfaction.

— Quel schéma? demanda J. T.

— *WAS*, s'interposa Marion. *JIM BECKETT WAS...* Quincy a plusieurs propositions. *Jim Beckett was number one*, *was here*, *was the best...* Jim Beckett était le premier, était là, était le meilleur... Ce que nous savons, c'est que chaque lettre correspond à l'endroit où il laisse un cadavre. C'est certainement dans ce but qu'il a emporté celui de Difford.

J. T. fronça les sourcils.

— Autrement dit, le temps presse.

Marion lui lança un regard intrigué.

— Quel est ton raisonnement?

— Il a tué chaque victime dans une ville. Voilà maintenant qu'il... recycle les corps, si l'on peut dire. Au lieu de laisser Difford à Springfield avec les autres, il l'a emmené ailleurs, pour gagner une autre lettre. Il veut achever sa phrase, mais il a conscience que le temps passe. Peut-être a-t-il décidé d'en finir au plus vite après avoir récupéré Samantha. Personnellement, je croyais qu'il allait se planquer.

Tess se frotta les tempes. Elle ne parvenait pas à chasser les images de son esprit. Sa fille de quatre ans, roulant dans une voiture dont le coffre recelait la dépouille de Difford.

— Écoute, Marion, ce type doit avoir une cachette ou un complice, enchaîna J. T. Je suppose que vous examinez la question.

— Tu plaisantes, J. T.? On attend d'abord de voir combien de flics il va abattre! Évidemment qu'on examine la question. Seulement, tu sais comme moi que le point de départ le plus logique, pour une enquête, c'est l'entourage. Or, Beckett n'a ni famille ni amis.

— Comment peux-tu l'affirmer?

— J'ai lu les dossiers! Ses proches sont tous morts…

— Ils ont vérifié les certificats de décès? interrompit J. T.

— Ils ne sont pas idiots, J. T. Bien sûr qu'ils les ont vérifiés.

— Ce n'est pas difficile à imiter. Les recherches ont-elles été assez minutieuses?

Pour la première fois, Marion hésita.

— Que veux-tu dire?

— Ils ont appelé les médecins ou les hôpitaux qui ont signé ces papiers? Voyons! C'est une des façons les plus élémentaires de démarrer une nouvelle existence. On imite son propre certificat de décès, puis on s'approprie l'acte de naissance de quelqu'un d'autre.

— Je… je n'en sais rien. Je vais me renseigner.

— C'est ça, renseigne-toi.

— Bien, chef! railla-t-elle. Cela dit, J. T., il est difficile d'imaginer qu'un membre de sa famille ait pu feindre de mourir pour dissimuler un assassin. Je pense plutôt qu'il a une nouvelle petite amie. Il est assez habile avec les femmes.

Tess baissa le menton, honteuse. Oui, elle était l'épouse de Frankenstein. Elle avait habillé et nourri un tueur. Elle avait même mis au monde son enfant. Certaines nuits, en regardant Samantha dormir, elle s'était demandé si le mal était héréditaire. Personne ne savait comment on devenait psychopathe. L'était-on dès la naissance ou le devenait-on ? Pouvait-on transmettre cette perversion à ses enfants ?

J. T. lui prit la main.

— Tess, s'il devait chercher quelqu'un d'autre, comment serait-elle ?

Tess haussa les épaules. Elle était lasse, mais elle fit un effort. C'était le but du jeu. Il ne fallait pas abandonner. Il ne fallait pas le laisser gagner.

— Blonde, jolie, une vingtaine d'années. Assez peu cultivée. Serveuse peut-être, hôtesse de l'air ou employée dans une teinturerie. Pourquoi pas réceptionniste dans un commissariat ? Ça lui plairait bien.

— Elle ne sera pas facile à identifier, marmonna Marion. Mais j'en connais plus d'un qui ne serait pas mécontent d'être assigné à cette mission.

J. T. se frotta la nuque avec sa main valide.

— En d'autres termes, nous ne disposons d'aucun élément concret. Comment un homme peut-il assassiner seize personnes et kidnapper une enfant au nez et à la barbe de la police, sans laisser la moindre trace ?

— C'est sa spécialité. Il a tout préparé minutieusement et il est très prudent.

— La discipline, chuchota Tess en fermant les yeux. C'est le secret. La discipline. Il frappera de nouveau. Il finit toujours ce qu'il a commencé. Il ira jusqu'au bout du schéma. Il me rattrapera.

Elle revit Difford la rassurant, lui affirmant que tout allait s'arranger. Elle revit Samantha lorsqu'elle lui avait demandé pourquoi elle s'en allait, pourquoi elles ne pouvaient pas rester ensemble.

Elle se revit devant l'autel, prononçant le « oui » fatidique.

— Tess? Ça va?

Elle se tourna lentement vers J. T. et le dévisagea. Beckett le tuerait-il, lui aussi?

— Je... j'ai besoin d'un peu d'air frais.

Marion et J. T. échangèrent un regard inquiet.

— Je vous en prie. Je... je reviens tout de suite.

Elle se leva précipitamment.

— Tess...

Elle ignora la main tendue de J. T. et se précipita vers la sortie, se rua en direction de la lumière du jour. Le soleil filtrait à travers un vitrail bleu et rouge. *On dirait du sang*, songea-t-elle en s'adossant au mur.

— Elle n'a pas l'air d'aller très bien.

— Elle est solide. Elle tiendra le coup.

Il voulait être ferme, mais il avait du mal. Il n'était pas doué pour réconforter. La souffrance de Tess lui était insupportable.

Il observa Marion. Elle était moins calme qu'elle ne le paraissait. Chaque fois qu'elle portait sa cigarette à ses lèvres, sa main tremblait. Au bout d'un moment, elle lui tendit le paquet. Ils fumèrent en silence.

— Comment vas-tu? s'enquit-il enfin.

— Je me porte comme un charme. Je songe à traîner Roger devant les tribunaux. Il a de l'argent. Après tout, que pourrais-je souhaiter de plus?

— Tu pourrais avoir envie de t'attaquer à lui physiquement, répliqua J. T. d'un ton léger. Si tu veux, je t'aiderai à faire sauter sa maison. J'en connais un rayon, sur les explosifs.

— Vraiment? Tiens, tiens... Le faire sauter. Pourquoi pas, ça pourrait être rigolo!

— Tu es une professionnelle, Marion. Tu n'aurais aucun mal à l'avoir. Quel bel exemple pour les milliers de femmes trompées!

Les coins de sa bouche se relevèrent imperceptiblement. J. T. s'accrocha à sa cigarette, de façon à ne pas faire un geste idiot, comme lui prendre la main.

— Je suis content que tu sois venue! lança-t-il d'un ton brusque.

— Pourquoi me l'as-tu demandé?

Son sourire s'était estompé. Elle avait repris son air distant. Peut-être était-elle un peu nerveuse.

— Parce que j'avais besoin d'informations. Parce que je savais que tu pouvais les obtenir.

— C'est tout?

— C'est tout. Pourquoi es-tu venue?

— Parce que je veux la peau de Beckett.

— C'est tout?

— C'est tout.

— Nous mentons aussi mal l'un que l'autre, Marion.

Elle se détourna, mais il eut le temps de déceler une lueur de vulnérabilité dans son regard. Il se crispa.

— La prochaine fois, Beckett te tuera, J. T. Tu n'as pas réussi à le neutraliser avec tes deux mains. Comment vas-tu te débrouiller avec une seule?

— Je tirerai plus vite.

— Ne sois pas stupide. Emmène Tess hors du Massachusetts. L'agent spécial Quincy est parmi les meilleurs. Il se chargera de tout.

Elle marqua une légère pause.

— Je crois que je vais tenter de proposer mes services. Le FBI évite toujours de mettre des femmes sur les affaires de grands criminels mais, en ce moment, je ne suis pas très occupée. De plus, je sais qu'ils ont besoin de monde. Il est possible que ça marche.

— Tu crois que tu peux te mesurer à Beckett? s'enquit J. T. d'un ton volontairement indifférent.

— Je suis une professionnelle expérimentée.

— Oui, Marion. Moi aussi. Seulement toi, tu as appris à agir en respectant les règles. Là où je suis allé, il n'y en avait pas. Beckett connaît les représentants de la loi. Il sait anticiper vos mouvements, il pense comme vous. En revanche, il n'a jamais eu affaire à un type comme moi.

— C'est ça, J. T. Tu es un superhéros et ce bras en écharpe le prouve.

— Tess et moi sommes sortis de là vivants. C'est plus que ne peuvent en dire les autres.

Marion secoua la tête avec vigueur.

— Ce que tu peux être arrogant ! Si tu rencontrais Dieu, tu lui demanderais ce qu'il fait dans ton fauteuil !

— Du moment qu'Il se lève pour me le rendre, tout ira bien.

— Tais-toi, J. T. Ça suffit. Tu as toujours couru très vite, pourquoi t'arrêter maintenant ?

Il s'assombrit.

— Non.

— Pourquoi ?

— Parce que je n'ai rien de mieux à faire que t'agacer, évidemment. Marion… j'ai accepté la mission. J'essaie de la mener jusqu'au bout. N'est-ce pas ce que tu m'as toujours conseillé ? N'est-ce pas ce que tu as toujours voulu ?

Il se pencha subitement en avant.

— Je *veux* Beckett. Mort.

— Pour te donner l'impression d'être le plus fort ?

— Non ! riposta-t-il, suffisamment fâché pour avouer la vérité. Pour que Tess puisse dormir la nuit. Pour qu'elle puisse récupérer sa fille. Pour qu'au moins deux personnes puissent poursuivre leur existence, parce qu'en ce qui nous concerne, ce n'est pas un franc succès.

— Je ne sais pas de quoi tu parles.

Il abattit le poing sur la table.

— Si, tu le sais, Marion. Je sais que tu le sais. Je le lis dans tes yeux. Je sais aussi que c'est la raison pour laquelle je t'ai appelée, celle pour laquelle tu es venue.

Marion devint cramoisie. Une rage meurtrière lui glaça le sang. Il savait ce qu'elle ressentait. Il imaginait l'intensité de sa fureur.

— Il t'a tout laissé, le salaud! siffla-t-elle. Il te lègue *tout*!

J. T. resta à court de mots. Il enregistra cette nouvelle et tenta de la digérer.

— Tu le détestais. Tu lui as tourné le dos, tu lui as tout renvoyé à la figure, tu as sali l'honneur de la famille, tu es devenu un bon à rien... et il t'a laissé presque tout son héritage. Emma reçoit un fonds en fidéicommis, histoire de pouvoir continuer à dépenser de l'argent avant de devenir complètement folle. Il y en a un pour mon enfant. Toi, tu as tout le reste. Espèce de salaud! Salaud! Salaud!

La froide Marion cédait la place à une créature hagarde, torturée. La main de J. T. se mit à trembler. L'abcès était crevé. La douleur était plus forte qu'il ne l'avait imaginé.

— Je ne veux pas de cet argent. Je ne l'accepterai pas. Prends tout.

— C'est à toi qu'il l'a laissé, nom de nom. Tu pourrais au moins avoir la décence de l'accepter!

— Non. C'était un fou, Marion. Son testament le prouve. Prends tout. Tu... tu le mérites.

— Tu veux dire plutôt que je l'ai *gagné*?

Le monde cessa de tourner. Les émotions, les souvenirs, les réactions l'assaillaient.

— Alors tu te souviens de tout, chuchota-t-il.

— Non! répliqua-t-elle précipitamment.

— Marion... Ce qu'il t'a fait était mal. Bon sang! Il t'a violée...

Elle tressaillit, mais il était lancé. Il devait tout dire. C'était le seul moyen de s'en sortir.

— Ce n'était pas ta faute, Marion. Tu dois absolument comprendre cela. Tu n'y étais pour rien. Le colonel était un malade, un cinglé, il nous a détruits tous les deux pour s'amuser. À présent, il est mort. Il est mort, nous sommes vivants et nous allons nous en sortir.

Il essaya de lui prendre la main, mais elle se rétracta.

— Laisse-moi tranquille. Je n'ai rien de commun avec toi, J. T. Je ne suis pas un ivrogne paumé.

— Quand nous étions enfants, je regrettais de ne pas être une fille. Sais-tu pourquoi, Marion?

Elle l'observa d'un œil dubitatif.

— Pour qu'il te lâche, enchaîna J. T. Je me disais que si j'avais été une fille, il t'aurait laissée tranquille.

La carapace de glace se brisait. Marion avait disparu, Merry Berry était de nouveau devant lui, incroyablement perdue, terriblement seule. Il en eut les larmes aux yeux.

— Je me rappelle les forts que nous bâtissions avec des coussins, murmura-t-il d'une voix rauque. Dis-moi que tu t'en souviens aussi. Dis-moi que tu nous revois jetant des chaussettes à la bonne, qui nous les renvoyait aussitôt en riant.

Elle secoua la tête. Elle avait du mal à contenir son émotion.

— Tu venais dans ma chambre, la nuit et nous nous pelotonnions l'un contre l'autre sous les draps avec une lampe de poche, pour lire des bandes dessinées. Tu avais une préférence pour le Serpent. Tu étais persuadée qu'il viendrait un jour à notre secours.

— Non.

— Nous déménagions sans cesse. Nous devions changer d'école, de camarades, mais nous étions ensemble. Tu me tenais par la main, le premier jour, et tu me réconfortais.

— Non.

— Une fois, j'ai avoué au directeur que le colonel nous battait. Je lui ai dit qu'il allait te voir, chaque nuit…

— NON !

— … et il m'a répondu que j'étais un menteur. Il m'a puni parce que je répandais de fausses rumeurs. Le colonel m'a frappé avec une telle force que je n'ai pas pu m'asseoir pendant une semaine. Tu as cessé de m'adresser la parole. Je ne pouvais pas savoir ce qu'il t'avait raconté. Je ne comprenais pas pourquoi personne ne voulait me croire. Pourquoi le Serpent ne venait pas nous sortir de là.

— Va-t-en au diable !

— Je le haïssais, Marion. Mais pas toi, jamais toi. Tu étais mon seul bonheur. La seule qui me donnait de l'espoir. La seule que j'aimais.

— Tais-toi !

Un hoquet lui échappa et les larmes roulèrent sur ses joues. Il aurait voulu la toucher, effacer les traces de son chagrin, la serrer contre lui.

— Je ne veux pas en entendre davantage ! chuchota-t-elle, brisée.

Il la regarda allumer une cigarette.

— Marion, nous devons en parler.

— Je ne peux pas.

— Merry Berry…

Elle s'avança brutalement, les yeux suppliants.

— Jordan Terrance, si tu m'aimes vraiment, tu vas me promettre de ne plus jamais évoquer Papa. Jure-le-moi.

— Tu crois que ça suffira pour te guérir ?

— *Jure-le-moi !*

Il refusa. Elle insista. Tant pis. Il se sentait trop coupable pour lutter. Elle avait gagné.

— D'accord, Marion. D'accord.

Elle poussa un long soupir.

— Je ne suis pas comme toi, dit-elle après un long silence. Tu as eu raison de partir, J. T., de le haïr à ce point. Je… Pour moi, c'est impossible. Je ne sais plus où j'en suis. Je me croyais si forte, mais peut-être qu'au fond, je ne le suis pas. Tu as survécu jusqu'ici. Parle-moi. Fais-moi confiance.

Elle se détourna légèrement, l'air accablé.

— Marion…

Le bruit des pas de Tess résonna derrière eux et l'expression de Marion devint impassible. Sa sœur était repartie, remplacée par l'agent du FBI. Ils avaient grandi dans une maison remplie de masques, où chacun avait le don de se transformer en un clin d'œil. Certaines habitudes étaient impossibles à briser.

— Tu m'as promis. J'espère que tu tiendras parole.

Tess arriva à la table et annonça, sans préambule :

— J'ai un plan.

Elle posa les mains devant elle.

— Nous allons reprendre là où tout a commencé, à Williamstown, là où je vivais. Nous allons offrir à Jim ce dont il rêve par-dessus tout. Une seconde chance de me tuer.

24

— Monsieur Dillon, ça va vous faire un peu mal.

— Pas possible.

Le médecin saisit les doigts de J. T. et tira avec force. Tess entendit un crissement, puis le craquement de l'os se remettant en place. J. T. blêmit. La douleur était intense, mais pour rien au monde il ne l'aurait avoué. Son regard demeura impassible, fixé sur le mur du fond. Tess tressaillit à sa place.

Le docteur inspecta le bras de son patient. Tess et Marion étaient présentes. Cette dernière n'osait pas lever les yeux vers son frère. Elle feignait d'examiner tout ce qui se trouvait dans la pièce, le lit mécanique, le plateau d'instruments stérilisés, la radio de son bras gauche affichée sur un tableau lumineux, les compresses, le tensiomètre.

Seul un frémissement trahit son émotion, en même temps que Tess. Elle ressentait la souffrance de son frère, mais refusait d'y participer. Ils étaient experts en l'art de masquer leurs sentiments. Combien de fois avaient-ils eu l'occasion de mettre à l'épreuve ce talent? Souvent, sans doute. Tess avait connu cela, elle aussi. Elle s'était forgé une carapace pour ne pas entendre le claquement de la main de son père sur la joue de sa mère, pour ne pas sentir le corps de son mari sur elle.

Le passé revenait toujours, de façon insidieuse.

Le médecin plâtra l'avant-bras de J. T., puis lui tendit une écharpe.

— D'ici six à huit semaines, vous serez comme neuf.

— Mouais.

— Vous n'êtes pas obligé de porter l'écharpe, mais, à votre place, je la mettrais au moins les deux premiers jours. Plus votre bras sera immobilisé, plus vite la fracture se remettra.

— Mouais.

J. T. jeta le bout d'étoffe par terre. Le chirurgien fronça les sourcils.

— Interdiction formelle de courir ou d'exercer la moindre activité physique tant que vous serez plâtré. Une chute compromettrait sérieusement votre rétablissement complet.

— Mouais.

Le médecin paraissait de plus en plus mal à l'aise.

— Vous avez des questions?

Pour la première fois, J. T. le dévisagea. Son interlocuteur se raidit visiblement. Tess songea qu'on ne pouvait guère le lui reprocher, tant J. T. avait l'air féroce.

— Avez-vous soigné une blessure par balle récemment?

— Pardon?

— Avez-vous soigné une blessure par balle? Probablement à l'épaule. L'homme est chauve, il n'a même pas de sourcils. On ne peut pas l'oublier.

Le médecin se tourna vers Tess et Marion, en quête de soutien. Marion brandit sa carte d'agent du FBI.

— Répondez à sa question.

— Euh… non. En toute honnêteté, non. Cependant, si vous le voulez, je peux me renseigner.

La froideur de Marion ajoutée à la férocité de J. T. l'incitait soudain à l'affabilité.

— C'est la vérité?

Il se redressa, vexé.

— Monsieur Dillon, je suis un médecin, pas un criminel.

J. T. haussa les épaules et se mit debout.

— Si vous le dites. Combien vous dois-je?

Sous son regard ahuri, J. T. sortit de sa poche un paquet de billets et commença à compter les coupures de cent dollars.

Lorsqu'ils furent sur le parking du cabinet du médecin, Marion les salua. Elle avait accepté de soumettre l'idée de Tess à l'agent spécial Quincy, tout en se demandant s'il était bien sage de transformer la jeune femme en appât.

Marion s'avança jusqu'à sa voiture, jeta un coup d'œil vers J. T., puis ouvrit sa portière.

— N'oublie pas, lui rappela-t-il. Tu peux appeler quand tu veux.

Marion hésita, puis acquiesça.

J. T. souffla comme s'il retenait sa respiration depuis un moment. Il regarda sa sœur s'éloigner, l'air soucieux.

— Ça va?

— Je me porte comme un charme! rétorqua-t-il.

— Je m'en doutais.

Il s'installa du côté passager de leur véhicule de location. Tess se mit au volant et démarra. Allait-il enfin se résoudre à parler ou serait-elle obligée de lui tirer les vers du nez?

— Vous êtes certain d'aller bien?

— Je ne veux pas en discuter.

— Vous avez tort.

— Ça suffit, Tess.

Elle insista néanmoins.

— Je veux vous aider, J. T.

— Je ferai appel à vous le jour où Marion se transformera en tueur en série.

— Ce n'est pas drôle.

— Non, je suppose que non. Contentez-vous de conduire, s'il vous plaît, ajouta-t-il, l'air lointain. J'apprécie votre attention, mais pour l'instant, roulez.

Elle céda. Trente minutes plus tard, elle se gara devant le motel, arrêta le moteur et descendit de voiture. Elle avait fait quelques pas lorsqu'il ouvrit enfin la bouche.

— Je vais faire un tour.

— J. T., c'est ridicule.

— Tant pis. J'y vais quand même.

Elle se fâcha.

— Et moi, que dois-je faire ? Tricoter un chandail ? Attendre seule la prochaine attaque de Jim ? Vous faites un drôle de garde du corps !

— Vous avez raison. Montez.

— Quoi ?

— Montez, je vous dis. Ou alors, restez là.

Déjà, il se glissait derrière le volant. De toute évidence, il était inutile de discuter. Elle s'engouffra dans l'habitacle et dit avec colère :

— Vous ne pouvez pas conduire avec une seule main !

— C'est probable.

Il démarra et esquissa un sourire sinistre.

— Attachez votre ceinture.

Il accéléra dans un rugissement et s'engagea comme un fou sur la route. Tess s'accrocha au tableau de bord.

— Pour l'amour du ciel, ralentissez !

— Vous avez peur, Tess ? murmura-t-il. Vous qui envisagez de vous attaquer à Beckett, ma conduite devrait vous sembler ennuyeuse !

— Le carrefour ! Le carrefour !

Il sourit, tourna violemment le volant et elle fut projetée contre la portière.

— Aucun problème.

Elle avait le cœur battant. La sueur perlait au-dessus de ses lèvres. Elle comprenait ce qui se passait, maintenant. Il était furieux et lorsqu'il était furieux, J. T. pouvait être aussi puéril et égoïste que dangereux.

— Je ne changerai pas d'avis, J. T. Et j'en ai par-dessus la tête de vos petits jeux.

Il ne répondit pas. Mâchoires serrées, biceps crispés, il se concentra sur la conduite. Une route de campagne surgit à droite, caillouteuse et mal entretenue. Sans doute était-elle destinée aux tracteurs ou aux engins qui avançaient à vingt kilomètres à l'heure.

Tess ferma les yeux.

La pédale à fond, J. T. attaqua le chemin de terre dans un fracas de cailloux. Tess grinça des dents. Elle rouvrit les yeux et se tourna vers lui, excédée.

— Arrêtez ! hurla-t-elle. Cessez immédiatement cette idiotie.

Il appuya sur les freins.

La voiture s'immobilisa brutalement. Prise de court, Tess fut projetée vers l'avant, mais J. T. ne se donna pas la peine de s'excuser. Il ouvrit sa portière et bondit dehors.

Tess se lança à sa poursuite.

La poussière se soulevait autour de leurs pieds. L'air d'automne était frais. Il n'y avait rien autour d'eux. Rien, sinon d'immenses champs nus et, au loin, la promesse des montagnes.

J. T. revint soudain vers elle.

— Vous ne servirez pas d'appât, affirma-t-il. Je vous l'interdis.

Elle ouvrit la bouche pour répliquer, mais il la plaqua contre la voiture. Son sourire était féroce.

— Êtes-vous à ce point pressée de mourir, Tess?

— Non, bredouilla-t-elle, le souffle coupé.

D'un mouvement rapide, elle libéra ses mains et les planta sur sa poitrine. S'il voulait se battre, elle était prête. Elle avait appris à se défendre.

— Vous ne le ferez pas, déclara-t-il sèchement.

— Si.

— Votre plan n'est pas au point, Tess. Un type comme lui n'a pas peur de souffrir. S'il vous saute dessus, le seul moyen de vous débarrasser de lui sera de l'abattre. Et ensuite, Tess?

— Il sera mort.

— Vous oubliez Samantha. S'il est mort, comment retrouverez-vous votre fille?

— Je… je…

Elle n'en avait pas la moindre idée.

— Je l'obligerai à me dire où elle se trouve.

— Il n'en est pas question! aboya J. T.

— Lâchez-moi! riposta-t-elle en essayant de le repousser.

Il se rapprocha, au contraire, les yeux brillants.

— Vous vous en prenez à un homme blessé, Tess?

— Si ça peut me servir…

Elle remua les hanches, décidée à le forcer à la libérer. Ses efforts furent vains.

— Cet homme blessé essaie de sauver votre peau! cracha-t-il en se penchant sur elle, le souffle chaud sur sa joue.

— Sauver ma peau? répéta-t-elle. Vous vous en fichez pas mal, si j'en juge par votre comportement depuis deux heures!

— Vous êtes vexée parce que je ne vous ai pas flattée, parce que je ne vous ai pas regardée amoureusement dans les yeux?

Sa main droite s'immisça sous le T-shirt de Tess et alla se poser sur son sein. Il connaissait son corps par cœur. Un mouvement du pouce et son mamelon se durcit. Elle lui en voulut ; pourtant, elle se tendit vers lui.

— J'ai pensé à vous, chuchota-t-il. À votre sein dans ma bouche. À vos mains dans mes cheveux. J'avais envie de vous renverser sur le dos et de vous faire l'amour. Est-ce ce que vous vouliez entendre, Tess ? Est-ce assez romantique pour vous ?

Elle se mordit la lèvre, furieuse de le voir éveiller son désir et en parler comme si de rien n'était.

— Allez au diable !

Pour toute réponse, il réclama sa bouche. Elle enfonça les ongles dans ses épaules, cambrée vers lui, alors même que sa raison la traitait de tous les noms.

— Arrêtez ! Je ne suis pas votre jouet !

— C'est curieux, j'avais l'impression du contraire, railla-t-il, en caressant son sein avec plus d'insistance encore.

— Ça n'a aucune importance, murmura-t-elle d'une voix rauque. Je vais lui tendre ce piège. J'agirai exactement comme je l'ai prévu. Si ça vous amuse de vous mettre en colère, très bien. Si vous voulez me torturer d'ici là, très bien. Je sais que ça ne signifie rien pour vous.

Il poussa un juron, puis l'embrassa avec sauvagerie, comme s'il voulait la dévorer tout entière. Elle accepta son baiser avec avidité, se pressant contre lui.

Puis, brusquement, il s'écarta. Un petit cri lui échappa et elle tendit les mains pour le retenir. D'un mouvement preste, il la retourna. Ses hanches se pressaient contre les siennes

— Déboutonnez votre jean, murmura-t-il. Pour moi. Maintenant.

Elle secoua la tête, mais ses mains s'activaient déjà.

— Je ne vous laisserai pas servir d'appât à Jim Beckett, grommela-t-il dans son oreille.

— Vous ne pouvez pas m'en empêcher.

— Je veux vous sauver !

— Vous ne le pouvez pas…

Les mots moururent sur ses lèvres. L'air était glacial, le corps de J. T., brûlant.

— Merde au colonel. Merde à Jim Beckett. Je ne le laisserai pas…

Il lâcha un gémissement et se laissa emporter dans les tourbillons de l'orgasme. Tremblante, Tess se sentit comme aspirée dans une spirale de sensations. Elle chuchota son prénom, sachant qu'il était trop tard pour revenir en arrière. Elle comprenait sa fureur, sa peur. Elle comprenait ses besoins. Elle avait décelé, derrière sa façade, ce qu'il y avait de bon en lui, les craintes qu'il s'efforçait d'ignorer, sa solitude.

Elle l'aimait.

Beaucoup plus tard, alors que le soleil avait disparu, remplacé par une lune argentée, ils descendirent dans un nouveau motel. J. T. était silencieux, comme il l'avait été une grande partie de l'après-midi. Sa pâleur et les cernes sous ses yeux trahissaient son état. Tess posa son sac dans la chambre et en sortit son flacon de cachets d'aspirine.

Il en prit une demi-douzaine et les avala d'un seul coup.

Il entreprit de se déshabiller, l'air las. Elle l'admira sans un mot, émerveillée par la grâce de ses mouvements, par la perfection sculpturale de son corps.

— Tu me mets mal à l'aise.

— On ne t'a jamais dit que tu étais beau ?

— Le stress te monte au cerveau.

— Je suis sincère, J. T. Tu es beau.

Il se détourna et se mit au lit. Elle se déshabilla à son tour et le rejoignit. Ils avaient parlé avec le lieutenant Houlihan. Jim et Samantha demeuraient introuvables. Sa petite fille était là, quelque part, toute seule. Prenait-on bien soin d'elle ? Avait-elle mangé à sa faim ? Jim lui lisait-il une histoire avant qu'elle s'endorme ?

La séparation était insupportable. J. T. jouait les durs, mais Tess était affolée, désespérée. Elle se pelotonna. Il se raidit. Elle resta là, la joue pressée contre lui.

— Les souvenirs lui reviennent, dit-il subitement.

Tess se figea, puis du bout des doigts, lui caressa l'épaule.

— Tu sauras l'aider.

— Elle m'a fait promettre de ne plus jamais mentionner son nom.

— Accorde-lui un peu de temps. Tôt ou tard, elle éprouvera le besoin d'en parler. Elle viendra à toi quand elle se sentira prête.

— Rachel me conseillait souvent de lâcher prise. Elle disait que je m'accrochais trop au passé.

— C'est possible.

— Je n'ai pas su l'aider, Tess. Si tu avais vu son regard… Je me suis rendu compte à ce moment-là à quel point j'avais été en dessous de tout.

— Chut…

Il se tut un long moment, puis, brusquement, se mit sur le dos. Elle ne voyait pas son visage dans le noir, mais sa main lui effleurait le visage avec douceur.

— Renonce à ton idée.

— Je n'ai pas le choix. Tout le monde a lutté, sauf moi. Tout le monde a payé le prix fort, sauf moi.

— C'est donc ce qui te rendra heureuse ? Qu'il te tue ?

Elle ouvrit la bouche, la referma.

— Je n'ai plus envie d'en discuter.

— Eh bien moi, si. Va-t'en, Tess. Cache-toi dans un hôtel en Arizona et je prendrai ta place dans la maison.

— Tu es blessé.

— Tu n'as pas confiance en moi, Tess?

— J. T., tu ne peux pas sauver le monde à toi tout seul, murmura-t-elle. Personne n'a ce pouvoir. Nous irons ensemble. Je serai l'appât et tu le piégeras.

— Je ne veux pas que tu meures.

— Je ne mourrai pas.

— J'en ai assez de les voir tous disparaître, avoua-t-il, des larmes dans la voix.

Elle le serra très fort.

— Je t'aime.

Ils ne dirent plus rien.

Edith se tenait dans le salon de Martha, une tasse de thé entre les mains. En face d'elle, sur le canapé, la fillette lisait à côté de sa grand-mère.

La pièce n'était pas très gaie. Le sofa était vieux, usé jusqu'à la corde. Les autres meubles et les quelques objets étaient disparates. Pas un seul tableau n'ornait les murs. Edith n'avait encore jamais remarqué ce détail.

Elle contempla la petite. Elle s'appelait Stéphanie, elle paraissait calme, un peu renfermée. Elle portait un jogging et une casquette de base-ball qui lui cachait les yeux. Edith eut l'impression d'avoir déjà vu ce visage quelque part. Évidemment, elle avait tendance à trouver qu'à cet âge-là, tous les enfants se ressemblaient.

Elle se concentra sur son thé, tandis que Stéphanie continuait de lire à haute voix l'histoire de Cendrillon.

Elle en était à la transformation de la citrouille en carrosse, quand Edith fut saisie de frissons.

Elle leva les yeux et le regretta aussitôt.

Des jeunes filles, beaucoup de jeunes filles. Jamais elle n'en avait vu autant à la fois. Ici, dans cette pièce, leurs traits étaient tellement nets qu'elle avait l'impression de pouvoir les toucher. Comment Martha ne les voyait-elle pas? Comment Stéphanie pouvait-elle parler de souris qui se métamorphosaient en valets, alors que des dizaines de silhouettes éthérées tournoyaient autour d'elles, nues et honteuses?

Elle avait mal à la poitrine, elle étouffait. Elle arrondit la bouche, essaya de leur crier de la laisser tranquille. Elle n'était qu'une vieille femme, elle ne savait pas ce que ces créatures lui voulaient.

Elle les vit alors fixer Martha et Stéphanie avec une détresse visible. Edith se leva brutalement. Son thé se répandit sur ses genoux, mais elle n'en ressentit pas la brûlure.

— Martha! s'écria-t-elle. Vous êtes en danger! C'est abominable!

Stéphanie se tut et écarquilla ses yeux bleus. Martha redressa lentement la tête.

— Stéphanie, va dans ta chambre, s'il te plaît.

La fillette se leva précipitamment, soulagée de pouvoir s'éclipser. Martha se tourna vers Edith.

— Qu'en savez-vous?

— Je… J'ai des visions, bredouilla Edith. Je vois les morts.

Martha parut intriguée.

— Vous voyez les morts?

— Oui.

— Ils vous parlent?

— Non, ils apparaissent, l'air torturé, comme pour tenter de me faire comprendre quelque chose.

Martha se pencha en avant et saisit la main d'Edith. Sa poigne était étonnamment ferme.

— Racontez-moi tout.

Dans sa chambre, Samantha décolla son oreille de la porte. On lui avait appris, en cas d'urgence, à composer le 911, donner son nom, son adresse, son numéro de téléphone. Mais l'appareil était dans le couloir et elle ne connaissait plus ses coordonnées. Elle ne savait plus trop ce qu'elle devait faire.

Pour finir, elle s'approcha de son nouveau lit.

Elle s'assit, caressa les cheveux de sa poupée.

— Ça ira bien, lui chuchota-t-elle. Maman va venir. Maman va venir et tout s'arrangera.

25

La police s'efforçait de rattraper les erreurs passées. Désormais, les agents étaient tenus de présenter leur badge à l'entrée. Les trois officiers responsables d'une équipe restaient à la réception pour identifier personnellement chacun de leurs hommes. Il fallait compter environ quarante-cinq minutes pour rassembler la totalité des participants.

Tess était au premier rang, aux côtés de J. T. Marion s'était installée au fond. Était-ce délibéré? Depuis vingt-quatre heures, Tess et Marion avaient harcelé l'agent spécial Quincy et le lieutenant Houlihan pour qu'ils acceptent le plan de la jeune femme. La veille au soir, Tess avait senti qu'enfin ils avançaient. Ce matin, aux informations télévisées, elle avait revu le portrait de sa fille et avait été saisie de terreur.

— Bien! attaqua le lieutenant Houlihan. Votre attention, s'il vous plaît.

Quincy apparut, l'air épuisé, et Houlihan grogna. Quincy hésita, puis, au lieu de venir s'installer à l'avant, alla prendre une chaise près de Marion. Houlihan enchaîna:

— Comme vous le savez, nous avons formulé une nouvelle stratégie pour piéger Jim Beckett. Nous avons

314

parmi nous son ex-épouse, Tess Williams, que nombre d'entre vous connaissent déjà. Il y a deux ans et demi, Tess a accepté de rester dans sa maison pour attendre le retour de Jim Beckett. Nous avions convenu de la protéger et d'attraper son mari. Nous n'avons pas été bien brillants. Aujourd'hui, Tess propose de répéter le scénario mais, cette fois, nous mènerons la mission jusqu'à son terme. Trois équipes sont rassemblées dans cette salle. J'ai déjà parlé avec vos supérieurs, qui verront les détails avec vous plus tard. Voici ce que vous devez savoir. L'équipe A continuera de rechercher Jim Beckett et Samantha Williams. Je sais que le numéro vert est saturé d'appels. De plus, il va falloir enquêter sur la validité des certificats de décès des membres de la famille de Beckett. Vous serez en service douze heures d'affilée, au lieu de huit…

Quelques gémissements accueillirent cette nouvelle, mais Houlihan n'y prit pas garde.

— Oui, je sais, vous menez une vie dure. Les équipes B et C sont assignées à la surveillance de Tess Williams, par rotations de huit heures. Vous serez chargés de patrouiller en ville, d'assurer sa sécurité et d'observer la maison. Vous devrez rester mobilisés pour un assaut éventuel. Vous vous déplacerez par groupe de deux. Certains d'entre vous seront à pied, d'autres dans des voitures banalisées. Il faudra dix agents sur le terrain en permanence. Le FBI se charge de la coordination et des enregistrements. La brigade spéciale sera aussi de la partie. Nous ne pouvons lui demander de rester en alerte indéfiniment, mais elle va mettre à notre disposition des tireurs d'élite pour vérifier les toits. Comme vous l'avez déjà lu dans vos rapports, c'est par là que Jim Beckett est passé, la première fois. Évitons que cela ne se reproduise.

Une main se leva, dans le fond. C'était un détective d'un certain âge, qui avait participé à l'opération, deux ans plus tôt.

— Sauf votre respect, lieutenant, ça ne pourra pas durer. C'est comme ça que nous avons démarré, l'autre fois, en déployant toutes nos forces. Six mois plus tard, nous n'étions plus que deux à surveiller la maison, sans le soutien de la brigade spéciale. Je ne vois pas où est la différence. Nous avons des budgets à respecter, des contraintes. Beckett le sait.

Houlihan opina.

— Bonne remarque. Agent Quincy, si vous voulez bien…

Houlihan s'effaça tandis que Quincy avançait, sans regarder Tess ou J. T. Vêtu d'un costume bleu foncé, il paraissait calme et distant. Tess lui avait parlé à de nombreuses reprises. Leurs destins étaient intimement liés et, pourtant, il refusait de l'appeler par son prénom et ne discutait jamais avec elle en dehors de l'affaire.

Au fil des ans, il avait appris à masquer ses émotions. Ce qui horrifiait Tess était pour lui chose courante. Les questions qu'elle considérait indiscrètes n'étaient pour lui qu'une affaire de routine. Il savait prendre le recul nécessaire. Elle le respectait et s'inquiétait souvent pour lui.

Comme toujours, il alla droit au but :

— Nous ne pensons pas devoir attendre bien longtemps. Nous sommes à peu près convaincus qu'il a atteint une phase de décompensation.

— En clair, s'il vous plaît, murmura Houlihan. Nous ne sommes pas tous titulaires d'un doctorat.

— Jim Beckett perd les pédales, énonça brutalement Quincy.

Quelques voix s'élevèrent contre cette déclaration. L'assassin avait tué trois agents de police en vingt-quatre heures. N'était-ce pas le signe qu'il était au mieux de sa forme?

Quincy leva une main.

— Écoutez-moi jusqu'au bout. Un psychopathe est une créature complexe. D'une certaine façon, on peut le comparer à un enfant capricieux.

De nouveau, des protestations. Quincy ne perdit pas patience.

— Vous avez écouté les enregistrements. Vous savez que Jim Beckett est persuadé d'avoir une exceptionnelle maîtrise de lui-même. Il répète sans cesse que le secret, c'est la discipline. Il est poussé par des pulsions qu'il ne peut pas lui-même expliquer. D'un côté, il se considère comme un marginal. C'est sa névrose. De l'autre côté, au fond, comme n'importe qui, il a besoin de limites. Plus la liste de ses victimes s'allonge, plus il fait preuve d'audace et de témérité. Pas seulement par orgueil, mais parce que, dans un petit coin de sa tête, *il souhaite être pris*. Comme le gamin qui passe des crises de colère sans conséquences aux petits délits pour attirer l'attention de ses parents, Beckett prendra de plus en plus de risques... C'est le facteur psychologique de son état de décompensation. D'après les recherches effectuées, il existe aussi un facteur physique, que nous comprenons mal. Il semblerait que l'acte de tuer libère un certain nombre de substances chimiques dans le cerveau. Les assassins parlent volontiers d'un sentiment d'euphorie, comparable à celui qu'éprouvent les coureurs de fond. Avant, ils sont tendus, tourmentés, harassés. Après, ils sont détendus, calmes. Avec le temps, le désir, le *besoin* de cette sensation s'intensifient. Les laps de temps entre les meurtres raccourcissent, les cycles passent de six mois à six jours et, dans le cas de Jim Beckett, *six heures.*

Un silence de plomb tomba sur l'assistance.

— Dans la plupart des cas, le tueur en série adopte un comportement que l'on pourrait rapprocher de celui d'un toxicomane. *Primo,* il est sur les nerfs. *Secundo,* sa santé se détériore. Les substances chimiques libérées dans son cerveau et l'apport constant d'adrénaline finissent par perturber son fonctionnement. Comme le cocaïnomane, il cesse de dormir, oublie de manger, néglige son hygiène personnelle. Ses actes deviennent de plus en plus hardis et désespérés. Plus brutaux, aussi. Des premiers meurtres parfaitement orchestrés, on passe à l'attaque éclair. Enfin, *tertio,* il a tendance à accroître sa consommation d'alcool ou de drogue. Bref, le tueur devient imprudent et vulnérable. Nous avons remarqué ces schémas dans les cas de Kemper, de Dahmer, de Bundy et de bien d'autres. Nous le constatons maintenant chez Beckett. Regardez.

Quincy agita le bras et l'éclairage s'estompa. Il mit en marche un projecteur et un graphique apparut sur l'écran.

— Avant d'aller en prison, Beckett a tué dix jeunes femmes sur une période de seize mois. Ceci est indiqué par la courbe rouge, qui démarre avec la naissance de sa fille et se termine huit mois avant son arrestation. La courbe bleue traduit son comportement après son évasion. Il a assassiné six personnes en moins de quatre semaines. Deux gardiens, pour commencer. Puis, le calme pendant trois semaines. Et soudain, en quatre jours, quatre victimes… Ces morts n'étaient pas toutes indispensables. Shelly Zane était sa complice, elle aurait continué à l'aider. Il aurait pu pénétrer dans la maison avec moins de violence. À l'origine, il se contentait d'un cadavre par lettre. Par exemple, il a tué une femme à Clinton, Massachusetts, pour la lettre C. Maintenant, il multiplie les assassinats dans un même lieu. Deux gardiens à Walpole pour la lettre W. Wilcox et Harrison, à Springfield, pour la lettre S. En fait, il est passé en mode « massacre ».

Quincy reprit son souffle.

— Par ailleurs, il dort de moins en moins. Notez, dans les quatre derniers jours, l'espace entre les crimes. Il commence par étrangler Shelly Zane dans la matinée. Il dépose le corps à Avon, dans le Connecticut. De là, il se rend à Springfield. Il enlève, torture et tue Wilcox huit heures plus tard. Ensuite, il doit retourner dans sa cachette. Nous avons passé la région de Springfield au peigne fin, sans succès. Il ne réside donc pas à proximité. Il doit se procurer un uniforme de police et peaufiner son déguisement. Tout préparer. Donner des coups de fil pour se couvrir, etc. Il revient à Springfield dans la peau de Travis. À dix-huit heures, il surprend et abat Harrison. Il doit alors se réfugier dans la voiture banalisée et rester éveillé. À une heure du matin, au bout de trente-six heures sans sommeil, il s'attaque à Difford. Kidnappe Samantha. Il ne lui reste plus qu'à courir toute la nuit. Il a avec lui la dépouille de Difford. Peut-être parvient-il à se reposer quelques heures, le lendemain matin, pendant que Samantha est dans son lit. Mais dès qu'elle est levée, il doit s'occuper d'elle. Nous en sommes à quarante-huit heures d'activité presque continue et, au lieu de se coucher, il retourne sur la scène du crime Difford. Il s'en prend à Tess Williams et à M. Dillon. Il est blessé à l'épaule. Une fois de plus, il doit regagner son antre. Faites le compte : cinquante-six heures. Samantha ne va pas tarder à se réveiller et il devra affronter encore une journée sans sommeil.

— Il promène toujours le cadavre de Difford. Il a un plan.

Quincy se tourna vers Tess.

— Je pense que son but ultime est de vous rattraper. Sa rage est immense, il ne se maîtrise plus. S'il vous trouve, il se jettera sur vous. Votre idée de lui servir d'appât est sans doute la seule solution. Tôt ou tard, il y aura confrontation. Il vaudrait mieux que celle-ci se déroule selon nos plans plutôt que les siens.

Le silence était intense. Tess hocha lentement la tête.

Soudain, une sonnerie de téléphone retentit. Les gens se regardèrent, perplexes. Au bout d'un moment, on se rendit compte que le bruit provenait de l'arrière de la salle.

— Mon portable, murmura Quincy.

Sa mallette était aux pieds de Marion. Il fit signe à sa collègue de répondre.

Elle écouta, fronça les sourcils, couvrit le récepteur d'une main.

— C'est Lawrence Talbert. Il demande le coroner Quincy.

Quincy se figea. Il ne dit rien, mais Tess avait déjà compris. C'était lui. Jim Beckett!

Soudain, Quincy s'agita. Quelques hommes quittèrent précipitamment leurs sièges. Vite! Il fallait à tout prix découvrir d'où venait l'appel.

Marion s'avança calmement et tendit à Quincy son portable. Il s'était ressaisi. Tess enfonça les doigts dans la cuisse de J. T.

— Quoi? Qui est à l'appareil? Nom de nom, je sais que c'est vous!

Quincy porta son regard vers la grille de ventilation, tout en haut du mur.

— Non, attendez, je ne comprends pas. Soyez plus précis. Je n'ai pas d'outils…

Il s'affolait. Ses phalanges avaient blanchi sur le combiné.

— Donnez-moi une minute, il me faut un tournevis. Je suis policier, pas ouvrier. Hein? Je n'ai pas bien entendu. Vous pouvez répéter? Il semble qu'il y ait des interférences… Bon sang! s'écria Quincy.

Beckett avait raccroché et, dans une rare démonstration de colère, Quincy jeta le téléphone de l'autre côté de la pièce.

— Le salaud! Le salaud! murmura-t-il, le souffle court comme s'il venait de courir un marathon.

Son front était moite de transpiration. Il se redressa lentement, scruta les visages devant lui, accorda de nouveau son attention à la grille de ventilation.

— Quelqu'un pourrait-il m'apporter un tournevis, je vous prie?

Personne ne bougea. Tout le monde avait les yeux rivés sur le mur. Tess frisait la crise d'hystérie. Elle n'était en sécurité nulle part. Il allait partout. Il contaminait tout.

— Regarde-moi, ordonna J. T. en se plantant devant elle.

Il lui agrippa les épaules.

— Ne reste pas là. Tu vas sortir d'ici.

— Non, répliqua-t-elle.

Quelqu'un avait tendu à Quincy un couteau suisse muni d'un tournevis. Il se mit debout sur une chaise, sous la grille.

— N'entre pas dans son jeu.

— Je ne peux pas partir.

— Tess, s'il te plaît…

— Et si… et si c'était Samantha? bredouilla-t-elle, d'une voix rauque, à peine reconnaissable.

En s'exprimant ainsi à voix haute, elle prit tout à coup conscience de la peur qui l'étreignait. Elle eut l'impression qu'elle allait s'évanouir. Ou se briser en mille morceaux.

La grille se détacha. Tess demeura assise, atterrée.

— Ne regarde pas, Tess, ne regarde pas.

Elle eut un haut-le-cœur. Des étoiles de toutes les couleurs dansèrent devant elle.

Dans le lointain, elle entendit Quincy annoncer :

— Nous avons retrouvé la tête de Difford.

L'un des policiers les accompagna dans une autre salle. J. T. alla leur chercher des cafés. Tess resta clouée au milieu de la pièce en se laissant bercer par les murmures des voix et les sonneries de téléphone.

Les plafonds étaient très hauts, les fenêtres peu nombreuses. Les parois séparant les bureaux avaient été démontées. À leur place, derrière de longues tables, au coude à coude, les opérateurs prenaient les appels et tapaient les informations sur le clavier de leur ordinateur.

Quelqu'un avait affiché des photocopies du portrait de Samantha sur les murs. Son visage souriant, innocent, rappelait à tous la raison pour laquelle ils devaient travailler sans relâche.

Tess eut envie de caresser la joue de sa fille sur la photo, comme si cela pouvait suffire à la lui ramener.

C'était étrange de se retrouver au centre d'une telle activité et de n'avoir rien à faire. À une époque, Tess avait cru être le pivot de toute cette agitation. À présent, elle savait qu'il n'en était rien. Si elle disparaissait demain, Beckett continuerait de tuer, et l'administration judiciaire poursuivrait sa tâche.

J. T. revint et lui mit une tasse de café tiède entre les mains. Quincy était sur ses talons, suivi de près par Marion.

— Je propose que nous nous rendions dans une salle d'interrogatoire, dit Quincy. Le lieutenant Houlihan nous y rejoindra tout à l'heure.

Il les conduisit jusqu'à un réduit muni d'un miroir sans tain. Une table, deux chaises pliantes… L'agent spécial s'excusa pour aller en chercher trois de plus.

— Tu tiens le coup ? s'enquit J. T.

322

— Autant que faire se peut, répondit-elle après avoir avalé une gorgée de café.

— Il cherche à t'ébranler.

— Il y réussit parfaitement.

J. T. était tout près d'elle. Elle était consciente qu'il essayait de savoir ce qu'elle voulait. Avait-elle envie de se réfugier dans ses bras, de presser sa joue contre son épaule ? Elle y songea un instant, mais rien ne pourrait effacer de sa mémoire l'image de la tête décapitée de Difford.

Tout va s'arranger. Je m'occuperai de Samantha. Houlihan et Quincy rattraperont Beckett. Tout va s'arranger.

Quincy revint avec les chaises et ils s'assirent. Quelques minutes plus tard, le lieutenant Houlihan surgit à son tour. Il avait le teint gris, le front plissé.

— Pas une goutte de sang, lança-t-il sans préambule. La tête a été coupée immédiatement après la mort, congelée pour ralentir la décomposition, puis placée dans le conduit d'aération. On peut y accéder *via* le toit. Ce salaud a dû la déposer pendant que nous étions encore sur la scène du crime.

— Comment a-t-il obtenu le numéro du portable de l'agent spécial Quincy ? demanda Marion, désireuse d'être considérée comme un membre de l'équipe et non comme une simple observatrice. Je suppose que vous êtes sur la liste rouge, monsieur ?

— Difford l'avait, expliqua Quincy. Wilcox aussi. Beckett l'aura trouvé sur l'un ou l'autre ou le leur aura demandé.

Tout le monde imagina aussitôt par quels moyens il avait dû obtenir l'information. Tess se surprit à dévisager J. T. Il fixait le mur d'en face, mâchoires serrées. Il n'avait pas peur pour lui, ce n'était pas dans sa nature. Il songeait sans doute à ce qui se passerait si Jim Beckett les attaquait, elle ou Marion.

— Pourquoi seulement la tête? s'enquit-elle.

— Je n'en sais rien, avoua Quincy.

— C'est sa tactique, répondit J. T. Il tente de démoraliser les troupes.

Quincy fronça les sourcils, mais ne discuta pas. De toute évidence, il n'approuvait guère la présence parmi eux d'un ex-mercenaire.

— Il a toujours le corps, fit remarquer Marion.

— C'est possible, murmura Quincy en haussant les épaules. Personne n'a inspecté le coffre de sa voiture.

Un silence angoissé s'abattit sur eux.

— Peut-être devriez-vous être protégé, vous aussi? suggéra Tess. Vous dites que je suis sa cible principale, mais il en veut à ceux qui l'ont envoyé en prison la première fois. C'est-à-dire moi, Difford et vous, Quincy.

— Cela mérite réflexion.

— Et s'il se servait de la maison pour détourner l'attention? La police a les yeux braqués sur moi, il en profite pour vous attaquer. Il en serait capable.

— Absolument, marmonna Quincy en pianotant sur la table. Je serai dans la camionnette de surveillance avec Houlihan et ses hommes la plupart du temps. Ils peuvent assurer ma protection.

— Les tireurs d'élite, intervint J. T. Trois hommes, c'est peu.

— Williamstown est une petite ville. On peut la traverser d'un bout à l'autre en vingt minutes. La demeure de Tess est située dans Elm Street, à dix minutes de Main Street. Tout le bloc se compose de maisons de ville restaurées. Nous positionnerons les tireurs d'élite aux coins, ils auront ainsi une bonne vue depuis les toits.

— Il en manque au moins un.

— C'est vrai, mais la visibilité est excellente. Nous les placerons en triangle.

— Et les officiers de service? insista J. T., dubitatif.

— Nous disposerons d'une camionnette de sur-veillance, de deux voitures banalisées et de six flics opérant par deux et à pied. Williamstown est une ville universitaire. Nous avertirons les étudiants du danger et maintiendrons une forte présence sur le campus. Les patrouilles seront multipliées.

— Mouais. Une camionnette devant la maison, c'est un peu voyant, non?

— Nous nous déplacerons.

— Qu'est-ce qui vous fait croire qu'il va venir? interrogea Marion. C'est ainsi qu'il a été appréhendé la première fois, il va donc se méfier. De plus, ça ne correspond guère à son schéma.

— Il viendra, affirma Tess.

— Parce qu'il perd la tête?

— Parce qu'il termine toujours ce qu'il a commencé. Toujours.

Marion se balança sur sa chaise.

— J'ai du mal à comprendre.

— Normal, riposta Quincy. Vous êtes une femme.

Marion voulut protester, mais Quincy l'en découragea d'un geste las.

— C'est une question de statistiques, pas de machisme. La plupart des tueurs en série sont de sexe masculin. C'est peut-être un problème d'hormones, mais c'est aussi une histoire de comportement. Un homme en colère a tendance à s'en prendre aux autres. Une femme, au contraire, se repliera plutôt sur elle-même. En d'autres termes, si votre maman vous a tourmentée dans votre enfance, vous deviendrez alcoolique, anorexique ou suicidaire. Pas assassin.

Il s'adressa à Tess, d'un ton neutre.

— Jim viendra, mademoiselle Williams. Et il y aura un bain de sang.

Marion attendit que son frère et Tess retournent à l'hôtel avant d'agir. Il était dix-huit heures passées, et l'on s'affairait toujours autant au QG. Les téléphones sonnaient, les opérateurs répondaient. Le lieutenant Houlihan s'en prenait à un stagiaire tout en mâchouillant un chewing-gum. L'humeur était sombre.

Elle erra dans les couloirs, en quête d'une salle vide dans un coin oublié. Elle se trouva nez à nez avec l'officier Louis, un jeune aux cheveux couleur de paille. Il l'aperçut et se figea.

Elle l'avait déjà rencontré un peu plus tôt dans la journée. Peut-être un jour serait-il un policier efficace, mais pour l'heure, il avait plutôt l'air d'un type sans envergure. De son côté, il semblait la considérer comme une sorte de tarentule prête à sauter sur sa proie.

— Je cherche l'agent spécial Quincy.

Louis bégaya, recula contre le mur, indiqua le bout du couloir. Marion poursuivit son chemin en secouant la tête. Derrière elle, il soupira de soulagement.

Elle découvrit Quincy dans son antre, entouré de photos prises sur les scènes de différents crimes. Il ne leva pas les yeux tout de suite. Elle en profita pour examiner les clichés. Ils ne semblaient pas sortis du dossier Jim Beckett. La plupart des victimes étaient des femmes d'environ trente-cinq ans et avaient été sauvagement poignardées.

Quincy les ramassa comme un paquet de cartes, puis soupira avec découragement.

— Une autre affaire, Monsieur? s'enquit-elle respectueusement.

Elle avait spontanément adopté l'attitude d'un officier subalterne, jambes écartées, épaules droites, mains derrière le dos.

— Santa Cruz, grommela-t-il, sans quitter des yeux les photos. À une certaine époque, Santa Cruz était la capitale des tueurs en série, trois d'entre eux y étaient en activité. Maintenant, nous en avons un quatrième sur les bras. Où allons-nous?

Il recula son fauteuil. Il était visiblement épuisé. Il se frotta la nuque.

— Et elle? demanda Marion, subitement trop intimidée pour formuler sa requête.

— Elle? Ah! ma femme, ou plutôt, mon ex-femme, répliqua-t-il avec un sourire penaud. Le divorce a été prononcé il y a quelques semaines seulement. J'ai du mal à m'y faire. J'ai toujours voyagé avec sa photo. Je ne peux pas travailler sans l'avoir devant moi. C'est ridicule, n'est-ce pas?

Marion se trémoussa, mal à l'aise.

— Pas vraiment, Monsieur. Je... euh... mon mari et moi nous sommes récemment séparés, aussi. Après dix ans de vie commune, c'est difficile.

— La vie d'un agent spécial n'est guère compatible avec la vie de couple.

— C'est ce que tout le monde dit.

Il esquissa un sourire.

— Banal...

— Je ne sais pas, Monsieur.

Un silence gêné les enveloppa. Quincy se ressaisit.

— Que puis-je pour vous?

— Je... je voulais m'entretenir avec vous de mon rôle dans cette affaire.

— Votre rôle? Vous n'y êtes même pas rattachée officiellement. Jusqu'ici, votre implication est due aux circonstances, c'est tout.

— Je comprends. Cependant, si c'était possible, j'aimerais qu'il en soit autrement. Je m'intéresse depuis fort longtemps à ce genre de travail.

— J'ai consulté votre dossier.

Marion attendit patiemment.

— Votre rapport est bon. Vous êtes parfois un peu rigide, mais vous gardez la tête sur les épaules.

— Merci.

— Cependant, d'après ce que j'ai lu, vous êtes spécialisée dans les crimes en cols blancs, les fraudes bancaires…

— J'ai traité plusieurs homicides, intervint-elle.

— Toujours en rapport avec des affaires de corruption.

— Un mort est un mort, Monsieur.

— Dans mon service, nous ne faisons que cela. Au cours de sa carrière, un policier traditionnel traitera un, deux, peut-être trois meurtres crapuleux dans l'année. Mais moi, c'est mon pain quotidien. Cent cinquante cas… assassinats, viols, enlèvements. Jour après jour, je ne traite que des cas de ce genre.

— Je comprends.

— Je vous mentirais si je vous disais que cela ne finit pas par m'affecter.

Elle avança le menton.

— Je pense pouvoir le supporter.

— Je ne sais pas si vous savez de quoi vous parlez.

— Parce que je suis une femme ?

— Ne m'insultez pas, je vous prie.

Elle insista néanmoins.

— Vous aimez citer les statistiques, Monsieur. Sachez que d'après le Bureau des statistiques, les femmes sont assignées de façon presque systématique aux affaires de cols blancs et non aux homicides.

— Nous avons parmi nous de remarquables agents de sexe féminin. Vous n'êtes pas des nôtres. Si vous tenez à rejoindre cette brigade, adressez-vous à votre supérieur pour qu'il vous confie des tâches différentes. Prouvez vos talents dans la pataugeoire avant de plonger dans l'océan.

— L'occasion est là, répliqua-t-elle, d'une voix calme, une lueur brillante dans les prunelles.

Elle avait horreur qu'on la remette à sa place. Par moments, elle avait l'impression qu'elle avait passé son existence tout entière à se soumettre à des hommes qui refusaient de lui faire confiance.

— J'ai quelques idées, ajouta-t-elle.

— Agent McAllister...

— Écoutez-moi jusqu'au bout, c'est tout ce que je vous demande. J'ai consulté le dossier Beckett. J'ai longuement discuté avec Tess Williams. D'après moi, il est clair que Beckett a un complice. Vous avez dit vous-même qu'il ne pouvait se passer longtemps de la compagnie d'une femme. Tess a confirmé que, pour lui, la séduction était un hobby. Je suis persuadée que quelqu'un l'aide pour tout, la même personne qu'il y a deux ans et demi lors de sa disparition. Je crois savoir comment la retrouver.

Quincy parut sceptique, mais ne l'interrompit pas. Elle enchaîna avant de perdre courage.

— Supposons un instant que cette femme ne soit pas une étrangère choisie au hasard, mais quelqu'un qu'il connaît de longue date. Cela signifie qu'il aurait gardé le contact avec elle pendant qu'il était en prison.

— Shelly Zane est la seule à figurer sur le registre des visiteurs.

— Oui, mais au téléphone? J'ai vérifié auprès des autorités de Walpole. Jim était un prisonnier modèle. Il n'avait aucun problème de discipline, il avait donc droit à quatre appels par mois, de trente minutes chacun.

— Je sais. On vous a sans doute dit à Walpole que les conversations sont contrôlées. Les détenus doivent soumettre leurs numéros d'appel à la sécurité. Ils ne les composent pas. Le gardien apporte le téléphone dans la cellule, le branche, joint le correspondant, puis passe l'appareil à travers la fenêtre. Un code de quatre chiffres doit être tapé avant la mise en service. Le détenu ne peut donc pas raccrocher pour composer un autre numéro. Le système fonctionne plutôt bien. Nous avons vérifié les appels de Jim. Il prenait contact avec Shelly Zane environ deux fois par mois et avec son avocat.

— Je suis au courant, Monsieur, dit Marion en se forçant à rester calme, mais avez-vous pensé au transfert d'appel?

— Comment cela?

— Shelly Zane.

Quincy se tut un moment et cligna des paupières.

— Je ne sais pas si elle en avait un.

— Si. J'ai vérifié. Elle s'en est servie pour deux cent quarante-sept numéros différents en deux ans. J'ai établi une liste.

Quincy hocha la tête.

— Nous allons nous pencher là-dessus. Nous demanderons à Houlihan et à l'équipe A de s'y atteler immédiatement. Nous découvrirons peut-être une nouvelle piste.

— Merci, Monsieur.

— Vous pourrez vous installer dans la camionnette avec Houlihan et moi, déclara-t-il brusquement. S'il y a de l'action, vous serez aux premières loges.

— Et si j'assistais l'équipe A?

— Vous ne devez pas empiéter sur leur territoire, agent McAllister. C'est une règle d'or, chez nous.

Marion décida qu'elle avait été suffisamment loin.

— Je serai très contente de rester auprès de vous, Monsieur.

— Dans ce cas, c'est décidé. Vous ne serez sans doute pas d'accord, mais le seul fait de participer à ce genre de surveillance est en soi une responsabilité. N'allez pas tout gâcher.

Son ton était tranchant. Il se concentrait déjà sur sa pile de photos. Marion le salua d'un bref signe de tête et sortit. Elle avait la gorge nouée par la frustration. Elle en voulait davantage. Elle aurait voulu qu'on la félicite pour ses idées, qu'on l'accepte dans cet univers essentiellement masculin. Elle était intelligente, vive, capable. Quincy l'avait traitée comme une subalterne, puis lui avait jeté un os pour la calmer un moment.

Il avait tort. Elle avait ses opinions. Elle en avait par-dessus la tête de vivre selon les règles imposées par les autres.

Les occasions ne se représenteraient pas : il fallait savoir les saisir au vol.

Le téléphone sonna dans la chambre du motel. Tess décrocha aussitôt.

— Allô ? s'enquit-elle d'une voix pleine d'espoir.

Le lieutenant Houlihan lui avait promis d'appeler s'il avait la moindre nouvelle de Samantha. Tess avait les yeux rivés sur l'appareil depuis deux heures. Le soleil s'était couché, la pièce s'était assombrie. Ni elle ni J. T. n'avaient eu le courage d'allumer.

— Ah, bonsoir, Marion, reprit-elle en se voûtant légèrement. Non, tout va bien. Ce n'est qu'un motel, ils se ressemblent tous. Il y a une piscine, cependant, et nous avons pu nager. Ça ne lui a pas suffi. Il va finir par creuser un trou dans la moquette. Vous voulez lui parler ?

J. T. s'immobilisa, l'air méfiant, tourmenté.

Tess lui tendit le combiné.

— Allô ? Non, non, très bien. Tess joue au solitaire. Quant à moi, je deviens fou. Comme d'habitude.

Il écouta sa sœur un moment.

— Il… il n'était pas pour toi, soupira-t-il enfin, mala-droitement. Tu rencontreras quelqu'un d'autre. Quelqu'un de beaucoup mieux. C'est dur, je sais, mais la mer est pleine de poissons, non?

Il posa son regard sur Tess.

La conversation se prolongea quelques minutes, puis il raccrocha et se remit à arpenter la chambre.

— Elle va bien? s'enquit Tess avec douceur.

— Les papiers du divorce sont arrivés aujourd'hui. La femme de ménage lui a téléphoné la nouvelle.

— Ah! Ce doit être pénible. Surtout en ce moment, avec tout ce qui se passe.

J. T. acquiesça, impassible.

— C'est bien qu'elle t'ait appelé, J. T. Elle cherche à se rapprocher de toi.

— Ouais… Je ne suis pas très doué.

— Tu t'en es très bien sorti.

— Je ne savais pas quoi lui dire.

— On ne sait jamais quoi dire dans ces cas-là. As-tu déjà essayé d'expliquer à une fillette de quatre ans que son papa est un tueur? Tout est improvisation.

Le clair de lune éclairait son visage. Elle lui effleura les épaules, puis la joue. Elle se serra contre lui. Il était si fort et elle avait besoin de sa force.

Elle le prit par la taille.

— Allons-nous coucher.

Il ne bougea pas.

— C'est notre dernière nuit ensemble, J. T. Demain, nous serons à Williamstown. Je sais que tu es inquiet, mais j'ai pris ma décision et j'en assume les risques. En attendant, j'aimerais passer cette nuit avec toi. Peux-tu m'offrir cela?

Il resta à court de mots.

Elle était pâle, délicate, ses yeux immenses et lumineux. S'il se taisait assez longtemps, elle finirait peut-être par abandonner la partie. C'était compter sans sa détermination. Elle s'accrocha à son cou, se pressa contre lui.

Il voulait rester de marbre. Ne rien sentir.

Ses lèvres frôlèrent les siennes et il succomba. Son bras valide l'étreignit et il s'empara de sa bouche avec ardeur.

Elle hantait son esprit, elle le consumait. Les émotions l'assaillaient. Il entendait sans cesse la voix de Marion, sentait sa vulnérabilité. Il revoyait l'air horrifié de Tess lorsque Quincy avait enlevé la grille du conduit d'aération...

Marion, Tess. Les femmes qu'il aimait, celles qu'il n'était pas sûr de pouvoir protéger. Les femmes qu'il voulait serrer contre lui, tout en les repoussant parce qu'il ne supportait pas sa propre faiblesse. Tess avait raison, il ne pouvait pas sauver le monde à lui tout seul et cela le rendait furieux.

Il l'attira sur le lit, goûtant la douceur de son corps, respirant le parfum de sa peau. Il céda à l'urgence de ses murmures fiévreux.

Soudain, leur étreinte s'affola. Elle le retourna sur le dos et se mit à le chevaucher. Ce fut un véritable combat qui s'engagea sur les draps emmêlés.

— Je t'aime, chuchota-t-elle. Je t'aime...

Plus tard, lovés l'un contre l'autre, leurs corps encore humides de transpiration, il soupira.

— J'aimais Rachel.

— Je sais.

— Elle est morte.

— Je sais.

— Je ne lui ai jamais dit que je l'aimais.

— Je suis certaine qu'elle le savait.

— Personne ne le lui a jamais dit ; ni ses parents ni le colonel ni moi.

— Mais tu le lui as prouvé, J. T. C'est mieux.

Il tourna la tête vers elle et, du bout des doigts, lui caressa le bras.

— Par moments, je te déteste.

— Je sais. C'est comme ça que je sais que tu tiens à moi.

Au petit matin, de fragiles rayons de soleil s'immiscèrent dans la chambre. Tess sortit du lit la première et s'enferma dans la salle de bains sans regarder derrière elle.

Il attendit que l'eau coule dans la douche. Puis il prit une cigarette. Sa main tremblait. Il fuma longuement, en contemplant le plafond.

Il n'avait pas été un bon frère. Il n'avait pas été un bon mari. Toute sa vie n'avait été qu'une longue suite de souffrances et ce n'était pas fini.

Ce soir, un nouveau chapitre débutait. Cette fois, il devait réussir. En serait-il capable? Il avait du mal à dominer sa colère. Ses lèvres formèrent les mots en silence, trois fois de suite, avant qu'il n'ait le courage d'y ajouter une voix. Enfin, dans la pièce déserte, il chuchota :

— Moi aussi, Tess, je t'aime.

Puis, une minute plus tard :

— Jim Beckett est un homme mort.

26

— Voilà, nous y sommes, annonça Marion.

Elle eut un geste vers la maison dans laquelle Tess avait vécu pendant quatre ans toute son existence de femme mariée. La demeure avait été vendue deux ans auparavant, mais la police l'avait réquisitionnée. Les propriétaires actuels avaient dû partir avec armes et bagages et les pièces avaient été meublées à la hâte, de bric et de broc.

Tess trouva le décor aussi morose que son humeur.

Dans le salon, à sa gauche, un divan bleu défoncé trônait sur la moquette marron. Des étagères avaient été montées à la hâte et remplies de livres de poche. Un vieux poste de télévision était posé sur une table basse, ainsi qu'un magnétoscope, d'aspect plus moderne. La seule source de lumière provenait d'une lampe de bureau posée sur le manteau de la cheminée. Devant, un escalier. À droite, la cuisine minuscule. À l'étage, la chambre et deux pièces supplémentaires. Tess n'osait même pas imaginer comment on les avait aménagées.

— Le réfrigérateur et les placards sont remplis, expliqua Marion. Vous avez aussi une télévision, des livres, bref, de quoi vous occuper. Ce sera comme la dernière fois…

— Le confinement solitaire, acheva Tess.

Marion jeta un coup d'œil en direction de J. T.

— Pas tout à fait solitaire.

J. T. avait le regard ailleurs. Il inspecta soigneusement le salon, s'approcha du bow-window.

— Nous avons fait circuler des informations par radio, enchaîna Marion. Nous sommes restés vagues, en évoquant l'arrivée d'un « colis spécial » à Williamstown nécessitant une « manipulation soigneuse ». Quincy est persuadé que Beckett écoute nos fréquences. Tôt ou tard, il entendra nos conversations et mettra son plan au point.

— Où sont les tireurs d'élite?

Marion les montra à J. T.

— Il y en a un de l'autre côté de la rue, avec vue sur la porte d'entrée. Les deux autres sont aux coins, de ce côté-ci.

— Il y a beaucoup de cheminées. Ils auront une bonne ligne de tir?

Marion haussa les épaules.

— Tout dépend de l'endroit où se placera Beckett. De toute façon, ils le repéreront et nous, nous serons mobilisés.

— Mmm. Les fenêtres sont protégées?

— Toutes, et des micros ont été dissimulés dans chaque pièce.

— La salle de bains? s'enquit Tess.

Les détails qu'elle s'était empressée d'oublier resurgissaient d'un seul coup.

— *Toutes les pièces*. Il s'agit de votre vie, non?

— Quelle chance j'ai! railla-t-elle.

— Si vous avez besoin de quoi que ce soit, haussez le ton. Nous serons à l'écoute en permanence dans la camionnette.

— Donc, mieux vaut éviter les ébats passionnés, ironisa Tess, de plus en plus paniquée.

— À moins que vous ne vouliez des témoins, riposta Marion, imperturbable. Vous avez d'autres questions?

— Vous avez examiné les plans du système d'égout? Y a-t-il des puits, des souterrains?

— Nous savons ce que nous faisons, J. T.

— Je ne veux voir aucun camion professionnel dans les parages. Pas de société de câblage, d'électricité ou de téléphone. Appelez-les et dites-leur de se tenir à l'écart, sans quoi je me charge de transmettre personnellement le message à leur chauffeur. Ce serait trop facile pour Big Jim de se servir d'une ruse pareille.

— Même les vendeurs d'encyclopédies sont interdits de séjour dans le quartier, le rassura Marion.

— Mouais, marmonna J. T., avant de se tourner vers Tess. Ça te convient?

— C'est épatant! murmura-t-elle en affichant un sourire forcé.

Elle avait l'impression d'être un rat pris au piège.

— Aucune nouvelle de Samantha? demanda-t-elle à Marion, dans un chuchotement.

— Pas pour l'instant.

— Le cadavre de Difford?

— Rien.

J. T. secoua la tête et Marion grogna:

— Nos équipes travaillent sans relâche. Nous vous préviendrons s'il y a quoi que ce soit. À présent, si vous voulez bien m'excuser, j'ai encore quelques problèmes à régler. Je serai de retour au coucher du soleil.

Marion se dirigea vers le vestibule. J. T. lui emboîta le pas.

— Comment vas-tu? s'enquit-il précipitamment, avant de perdre courage.

Elle ne répondit pas tout de suite.

— Très bien... Félicitations, J. T.

— Pour quoi?

— C'est une femme formidable. Je suis heureuse pour toi.

Il grimaça, mais se rendit :

— Ouais. C'est vrai. Merci… Elle mérite mieux, ajouta-t-il après réflexion.

— Tu n'es pas si mal.

— Pas si mal?

— Pas si mal.

— Marion…

L'émotion l'étreignit, les mots refusaient de sortir. Il se contenta de lui effleurer le bras.

— Tiens-moi au courant de ta situation avec Roger, d'accord? Je ne suis pas toujours très adroit, mais je sais que tu l'aimais, Marion, et je voudrais pouvoir t'aider. Enfin, dans la mesure du possible…

Elle fixa ses pieds.

— Tu sais, ce que j'ai dit à propos de Rachel…

Il opina. Il se remémorait chacune de ses paroles.

— C'est moi qui te l'ai envoyée, avoua-t-elle tout à coup. Elle est venue me trouver et… je ne pouvais rien pour elle. Je n'avais qu'une envie : qu'elle disparaisse de ma vue. Je ne supportais pas de la regarder. C'est bête, n'est-ce pas?

Elle haussa de nouveau les épaules.

— Je lui ai donné tes coordonnées. Je lui ai promis que tu ferais de ton mieux pour l'aider. Je savais… je savais que tu aurais le cran que je n'avais pas.

— Tu as bien fait, Marion. Merci.

— Tant mieux, murmura-t-elle, soulagée. Je tenais à ce que tu le saches.

— Je serai là pour toi quand tu le voudras, Marion.

Elle ébaucha un sourire timide, ému, et lui caressa brièvement la joue.

— Je sais.

Elle partit. J. T. revint vers Tess. Elle se tenait au milieu du salon, l'air hagard après une nuit sans sommeil. Il s'approcha et lui prit les mains. Elle tressaillit.

— Tu as ton pistolet?

— Oui.

— Tu veux qu'on s'exerce? On peut s'exercer à viser, sans balles.

— Pourquoi pas?

Il hocha la tête et sortit le 9 mm qu'il portait au bas du dos. Son calibre 22 était fixé à sa cheville et il avait un couteau à l'intérieur de son bras plâtré.

Il était prêt.

Tess sortit l'arme de son sac.

— Nous l'aurons, Tess. Tu verras.

Elle sourit.

— C'est ce que Difford disait toujours.

— Oui, je sais que le médecin est mort. Nous voulons simplement vérifier son certificat de décès. Oui, madame, je comprends, vingt ans, c'est loin. Avez-vous des copies de son dossier d'hospitalisation? Peut-être y a-t-il encore une infirmière qui travaillait à cette époque? Non, non, je ne quitte pas.

Le détective Epstein leva les yeux au ciel. Il détestait ce genre d'enquête fastidieuse.

Les parents adoptifs de Jim Beckett étaient morts depuis moins de dix ans, il n'avait donc eu aucun mal à récupérer leurs actes de décès. Pour son père biologique, il avait eu de la chance. Le policier arrivé sur les lieux de son accident de voiture, vingt ans plus tôt, était toujours en activité. Il avait confirmé que James Beckett était bel et bien mort, victime d'un carambolage.

Les recherches concernant Mary Beckett se révélaient nettement plus compliquées. Le médecin qui avait signé l'acte de décès était mort et les bureaucrates de l'hôpital avaient d'autres chats à fouetter que de fouiller leurs archives.

Son interlocuteur reprit l'appareil et Epstein cessa de jouer avec son crayon.

— Comment ça, les archives sont dans un entrepôt séparé? Oui, bien sûr, je comprends, c'est une question de volume… Comment peut-on faire? Pouvez-vous y envoyer un interne? Oui, madame, je pourrais vous prêter un de mes hommes, mais je ne pense pas que vous teniez à le laisser parcourir vos dossiers sans surveillance. Pardon? J'en étais sûr. Dans combien de temps? Une heure, parfait!

Il raccrocha et se frotta les paupières. D'un point de vue purement technique, son service avait pris fin deux heures auparavant. Il était loin d'avoir terminé.

La nuit ne tarderait pas à tomber. Tess Williams s'était installée dans sa maison, sous la protection de l'équipe A, mais la tension était forte. S'ils retrouvaient Jim ou Samantha rapidement, cela éviterait bien des soucis. Ils étaient douze sur l'affaire, en ce moment même. Epstein était chargé de retrouver le dernier acte de décès. Quatre de ses collègues retraçaient les appels transférés par Shelly Zane au cours des deux dernières années. Huit autres policiers s'affairaient sur les renseignements recueillis par le numéro vert, répertoriaient les indices intéressants, chassaient des fantômes. Cette mission allait les achever tous.

Epstein avait bien connu Difford. Il avait eu énormément de respect pour le lieutenant. Difford était un des rares à rester loyal aux Red Sox, même dans les périodes de crise… et celles-ci n'avaient pas manqué.

Epstein enfila sa veste.

— Andrews, vous êtes disponible?

— En cas de nécessité uniquement.

— C'est un cas de nécessité. Prenez votre manteau. Nous avons rendez-vous.

— Où?

— Dans un entrepôt. Nous devons retrouver une épingle dans une botte de foin.

— Décidément, Epstein, vous avez un sens aigu du divertissement.

Marion était assise par terre, au milieu du bureau qu'on lui avait prêté. Elle était entourée de cartes de couleurs pastel. Nouvelle-Angleterre, Massachusetts, comté de Berkshire, Williamstown… Elle les avait examinées toute la journée et, maintenant, ses yeux la lâchaient. Elle avait de plus en plus de mal à se concentrer.

Sans trop savoir pourquoi, elle se revit soudain à l'âge de sept ans, se cachant derrière le canapé avec son frère pour bombarder Melhelia, la bonne, de paires de chaussettes.

J. T. riait. Merry Berry aussi. Incroyable!

Elle secoua la tête, cligna les paupières, s'obligea à se pencher de nouveau sur ses cartes. Elle n'aimait pas évoquer le passé. Elle ne voulait pas penser à l'ombre qui hantait la petite Merry Berry de son enfance. Elle voulait penser à Beckett, essayer de le voir avec ses yeux.

— Nous avons plus de choses en commun que tu ne peux l'imaginer, marmonna-t-elle. La glace. Tout ça, c'est une question de glace. Jamais de sympathie, jamais de compassion. Seulement la froideur, l'impitoyable efficacité d'un génie immoral, sans limites. Il suffisait d'y penser pour y arriver.

On frappa et elle sursauta. Agacée, elle se frotta le cou et se ressaisit.

— Entrez.

Une secrétaire entrouvrit la porte.

— Roger McAllister vous demande au téléphone.

— Dites-lui que je suis occupée.

— Il a appelé à plusieurs reprises.

Marion se pencha sur la carte de Williamstown.

— Tant pis pour lui.

Elle laissa courir un doigt le long des rues en s'efforçant de voir la ville telle qu'il la voyait. De la connaître comme il la connaissait.

Jim Beckett était le meilleur. *Jim Beckett was here.* Jim Beckett était là. *Là.*

Elle fixa la maison de Tess, qu'elle avait marquée d'une croix.

— Mon Dieu! s'exclama-t-elle, comprenant enfin.

Vingt heures. Le soleil s'était couché, les lampadaires étaient allumés. Dans la camionnette de surveillance, Houlihan et Quincy demeuraient silencieux. Les tireurs d'élite étaient à leur place désignée sur les toits. Ils avaient revêtu des cagoules et des gants de laine pour lutter contre le froid. Au bout de la rue, une jeune étudiante en collant et bottes noirs, minijupe rouge et anorak beige, rentra chez elle avec son sac à dos.

À dix-huit heures, ce paisible quartier résidentiel avait montré quelque effervescence. À présent, tout était calme. Les familles étaient à table. Les étudiants étaient déjà repartis pour leur soirée du vendredi. Houlihan songea que rien ne bougerait avant une ou deux heures du matin.

Linden Street était tranquille.

La radio grésilla. Les patrouilles Alpha, Beta et Omega firent leur rapport. Jim Beckett n'avait toujours pas donné signe de vie.

— Préparons-nous à une longue semaine, marmonna Houlihan.

— Où est McAllister? s'enquit Quincy.

— Aucune idée. Elle dépend de vous.

Quincy consulta sa montre, fronça les sourcils.

— Je ne pensais pas qu'elle se planterait si vite, murmura-t-il.

Il se tourna vers la vitre. Il avait horreur des missions de surveillance.

Houlihan finit par prendre son portable et contacter le QG.

— Il y a du nouveau?

— Rien, Monsieur.

— Et l'équipe A? Ils ont des indices concernant Jim ou Samantha?

— Aucun, Monsieur.

— Les actes de décès ont-il été tous confirmés?

— Oui, Monsieur.

— Je croyais qu'ils étaient sur une piste?

— Je viens de parler au détective Epstein. Les archives de l'hôpital ont révélé une copie du certificat de décès de Mary Beckett. Il n'a plus de famille, monsieur. Si quelqu'un l'aide, c'est quelqu'un que nous ne connaissons pas. Les hommes continuent à travailler sur la liste des numéros de téléphone.

— Épatant, grommela Houlihan avant de raccrocher.

Quincy ne dit rien.

Ils contemplèrent la rue déserte, sur le qui-vive.

Marion se changea. Elle mit un jean de couturier, un col roulé en soie abricot, un cardigan de laine irlandais, qu'elle laissa déboutonné pour mieux accéder à son arme.

Ces vêtements étaient beaucoup trop beaux pour une étudiante *lambda,* mais de loin, on ne s'en rendrait pas compte.

Elle ôta la première épingle de ses cheveux, puis la seconde, la troisième. Les mèches blondes se déroulèrent avec lenteur, comme si cette nouvelle liberté les affolait. Elle prit sa brosse et se coiffa avec vigueur, puis choisit un serre-tête. Elle ressemblait à Alice au pays des merveilles. C'était parfait.

La pendule marquait vingt heures trente lorsqu'elle enfila son manteau gris. L'étui de son revolver était confortablement calé sous son bras. Autour de la cheville, elle avait un 22.

Elle sortit son badge du FBI et l'examina une dernière fois. Fidélité, courage, intégrité, lut-elle. *Je jure solennellement de soutenir et de défendre la Constitution des États-Unis contre tout ennemi, étranger et domestique...*

Elle posa le badge sur le lit. Il ne lui restait plus qu'une chose à faire. Elle opta pour la brièveté :

J. T.,
Je me souviens du fort en coussins et des bandes dessinées et de la nuit où nous avons pleuré parce que le Serpent ne venait pas à notre secours. Parfois, je rêve encore du colonel. Il se tient au milieu des flammes de l'enfer et des petits démons sont en train de l'écorcher vif. Je me trouve à l'extérieur de cette fournaise et je l'observe en me disant chaque fois que ce n'est pas suffisant. Que rien ne le sera jamais.
Tu avais raison de ne pas oublier. En ce qui me concerne, je ne peux pas faire autrement.
Pense à moi quand j'étais jeune, pour ton bien comme pour le mien.
Merry Berry.

Elle laissa le bloc-notes près du téléphone.

Tête haute, épaules droites, elle quitta la pièce sans un regard en arrière.

Edith se tenait dans sa véranda et serrait son vieux manteau de chasse. Il faisait très froid, ce soir. Trop froid.

Elle s'était dit qu'en racontant à Martha ses visions, tout irait mieux, ensuite, entre elles. Elles en avaient parlé franchement. Martha avait peur de son fils. Elle le soupçonnait d'avoir commis des actes odieux. Sans doute était-ce ce que les jeunes filles essayaient de dire à Edith. Plus tard, Martha lui amènerait la petite Stéphanie à garder, pendant qu'elle se rendrait au commissariat.

Edith avait acquiescé. Il était temps d'agir. Les visions cesseraient.

Cependant, elle se sentait oppressée, elle avait la chair de poule. Elle avait peur. Terriblement peur.

Martha reparut dans l'allée. Elle remplissait le coffre de sa voiture. Depuis un bon moment déjà, elle chargeait valises et sacs divers.

Martha disparut à l'intérieur de sa maison. Elle ne se déplaçait plus avec raideur. Ses foulées étaient longues, décidées, presque allègres. Leur décision avait eu sur elle un effet euphorisant. Edith songea que ce ne serait que momentané. Martha avait les yeux cernés et le regard trop brillant de quelqu'un qui a des insomnies.

Parcourue d'un frisson, Edith se frotta les bras. La jeune fille reparut, celle avec le tatouage en forme de papillon. Edith secoua la tête.

— Je fais ce que je peux. Va-t'en.

Martha resurgit, en tenant Stéphanie par la main. Elles traversèrent le jardin et la fillette fut solennellement confiée à Edith. Elle ne paraissait pas très contente, mais elle ne se plaignit pas. Sous sa casquette de base-ball, elle affichait l'expression de quelqu'un qui avait déjà connu tout ça.

Edith se dit qu'elle était solide, pour une enfant de quatre ans.

— Si tout va bien, un mandat d'arrêt sera lancé dès demain matin, annonça Martha.

— Comment cela vous protégera-t-il de Jim Beckett? murmura Edith.

Martha se figea et examina Edith avec méfiance.

— Comment connaissez-vous Jim Beckett?

— Je… je… je sais, c'est tout.

Martha opina, mais son attitude avait changé. Edith fut saisie d'effroi. À ses côtés, Samantha semblait avoir cessé de respirer, comme si elle pressentait elle aussi le danger.

La vieille dame et l'enfant attendirent en silence.

Martha hocha la tête, recula avec lenteur.

Elle s'engouffra enfin dans sa voiture et claqua la portière. Edith se mit à trembler. Elle contempla la petite fille, si docile, aux cheveux blonds comme ceux des créatures éphémères hantant sa terrasse. La vieille Nissan marron reculait.

Soudain, les visions s'élancèrent, bondirent dans le véhicule. Elles avaient toutes de longs cheveux blonds et des visages sombres. Elles pleuraient, suppliaient qu'on vienne à leur secours.

Edith eut l'impression qu'un étau lui serrait la poitrine. Elle avait mal. Très mal.

Son regard se posa sur la voiture, sur les cheveux trop blancs de Martha. Alors, brusquement, elle comprit. Les visions qui s'amplifiaient en présence de Martha. Le visage trop lisse, les mains trop solides, la carrure trop forte.

Martha n'était pas la mère de Jim Beckett. Martha *était* Jim Beckett.

Les lumières des freins s'allumèrent soudain et le véhicule s'immobilisa au milieu de la rue.

Edith comprit que Jim Beckett savait qu'elle savait.

Elle saisit Samantha par la main.

— Cours, mon enfant, cours! Cours avec moi!

Tess s'arracha à la fenêtre. Elle se tourna vers J. T., assis dans un fauteuil, en train de triturer son couteau.

— Ça va ? demanda-t-il.

— La nuit tombe, répondit-elle simplement.

27

Marion s'aventura sans peur dans les rues de Williamstown.

Elle les avait parcourues un peu plus tôt en comparant les immeubles à ceux du plan qu'elle connaissait par cœur. Houlihan avait raison, la ville était petite. Fondée en 1753 sous le nom de West Hoosuck, elle se nichait au pied des monts du Berkshire avec son campus de deux cents hectares. Les espaces verts étaient nombreux, vastes pelouses ondoyantes sur lesquelles trônaient d'impressionnantes églises gothiques. Les bâtiments en brique parfaitement entretenus ajoutaient leur touche prestigieuse. Les montagnes jaillissaient à l'horizon.

Le centre se réduisait à quelques kilomètres carrés. De son local de Hoxsey Street, Marion pouvait atteindre la maison de Tess en douze minutes à pied. Six minutes suffiraient si elle courait. L'ensemble de boutiques, de foyers d'étudiants et de demeures composait un décor idéal pour une course poursuite. La circulation incessante d'étudiants et de touristes facilitait l'anonymat.

Elle comprenait comment Jim Beckett pouvait être incité à revenir.

Elle avança tranquillement. La faculté des sciences était à sa gauche, énorme masse entourée de sapins centenaires. En face, s'alignaient les bâtiments de Spencer House, la superbe résidence étudiante en briques rouges.

Il était à peine vingt et une heures. L'affluence était grande. Les étudiants longeaient les allées, en route pour leurs soirées. Ils se déplaçaient en groupes et marchaient à vive allure. De toute évidence, ils avaient entendu dire qu'un détenu échappé de prison risquait de rôder dans les parages.

Marion les encouragea mentalement à se dépêcher. *Partez. Partez vite, si vous ne voulez pas vous trouver nez à nez avec Jim Beckett.*

Jim Beckett was here. Jim Beckett était là.

Marion se répétait sans arrêt cette phrase, la seule qui ait du sens. « Jim Beckett était le meilleur » avait un côté péjoratif. Il se serait plutôt exprimé au présent.

Jim Beckett était là. C'était aussi arrogant et puéril que l'homme en question.

Ce soir, ou peut-être demain, voire après-demain, il viendrait chercher Tess. Avant cela, cependant, il terminerait sa besogne selon le schéma établi. Il finissait toujours ce qu'il avait commencé. Il n'avait plus le temps d'utiliser des noms de villes, mais il pouvait se servir de ceux des rues.

Tess était dans Elm Street. Ce pouvait être un des *e* de *here*.

Mais, pour commencer, il avait besoin de la lettre *h*.

Marion pivota sur elle-même et reprit Hoxsey Street en sens inverse. Tout s'achèverait ici.

Elle quitta le trottoir pour emprunter une allée contournant la faculté des sciences. Le gravier crissait sous ses pieds.

Elle croisa un groupe de quatre étudiants, qui disparut bientôt dans la nuit.

Un gardien en uniforme bleu s'approchait, ses cheveux gris s'échappant de sa casquette. Il était bedonnant. Elle secoua la tête, rentra le menton et poursuivit son chemin. Encore un policier à la retraite recyclé. Lent, incapable de se mesurer à un type comme Jim Beckett.

Du coin de l'œil, elle le vit redresser la tête. Son visage était ridé et il avait des bajoues.

Elle n'était qu'à une trentaine de centimètres de lui lorsqu'elle aperçut son regard.

Bleu et glacé.

Elle chercha son arme. Il se jeta sur elle.

— Où est Marion? grommela J. T.

Il arpentait la cuisine de long en large, tandis que Tess essayait de s'occuper un préparant un chili. Elle tournait les haricots d'un geste mécanique en les saupoudrant copieusement de piment en poudre.

Pour la quatrième fois en cinq minutes, il consulta la pendule.

Vingt et une heures trente-cinq. Déjà, ils devenaient fous.

— Elle est peut-être encore au bureau.

— Peut-être.

Il était tendu comme une peau de tambour. Il ne tenait pas en place.

Il prit le téléphone. Le lieutenant Houlihan décrocha dès la première sonnerie.

— Quoi? aboya-t-il.

— Je croyais que Marion devait revenir au coucher du soleil.

— Elle semble avoir changé d'avis.

Cette déclaration irrita J. T.

— Passez-la-moi! ordonna-t-il sèchement.

— Impossible.

— Pourquoi?

— Elle n'est pas là. Je ne sais pas ce qui se passe. Aux dernières nouvelles, la patrouille Alpha l'a aperçue dans Hoxsey Street. Elle a dû avoir un problème de dernière minute. On va s'amuser, quand elle devra expliquer à Quincy les raisons de son retard. Il n'a pas l'air très content.

J. T. fronça les sourcils, perplexe.

— C'est curieux, cela ne lui ressemble pas de se promener sans but.

— Je ne sais pas. Vous savez, la semaine a été dure.

— Mouais. Marion n'est pas une mauviette.

— Elle n'est pas sous mes ordres, J. T. Elle devait être ici à dix-neuf heures. Il est maintenant vingt et une heures trente-huit minutes et elle a été aperçue pour la dernière fois, en tenue décontractée, dans le centre de Williamstown. Les agents disent qu'ils ont failli ne pas la reconnaître, avec ses cheveux défaits.

— *Quoi?*

— Elle était en tenue décontractée, ses cheveux *blonds* sur les épaules. Aurait-elle pu passer pour une jeune étudiante?

Il y eut un silence atterré, puis, tout bas :

— Merde.

— Espèce d'imbécile ! glapit J. T., submergé par la colère. Vous n'avez pas compris son jeu? Allez au diable, tous autant que vous êtes, et elle avec vous!

Il n'attendit pas de réponse. Il raccrocha violemment et s'empara de son pistolet.

Tess le dévisageait, la main figée sur sa cuiller en bois.

— Verrouille derrière moi, commanda-t-il d'un ton sec. Ne bouge pas, ne cligne pas des yeux, n'ouvre à personne. À personne, tu m'entends?

— O… oui, bredouilla-t-elle. Attends! Tu ne peux pas…

Trop tard. Il était déjà parti.

— Merde! répéta Houlihan en se ruant sur la portière de la camionnette.

D'une main, Quincy l'arrêta dans son élan.

Les radios grésillaient. Les tireurs d'élite venaient de voir J. T. sortir en courant de la maison. La patrouille Alpha venait d'être appelée pour un incident à la maison des étudiants.

Ça commençait à chauffer sérieusement.

— Réfléchissez! prévint Quincy.

Il relâcha légèrement son étreinte, mais son regard était sévère.

— La patrouille Alpha va voir ce qui se passe là-bas. Pouvons-nous déplacer la patrouille Omega vers l'endroit où Marion a été vue pour la dernière fois?

Houlihan crispa le poing, puis émit un soupir.

— Oui. Oui, c'est une bonne idée.

— Vous pouvez tenir tout seul ici?

— Quoi?

— Vous pouvez assurer la surveillance sans moi?

— Bien sûr…

— Très bien. Mlle Williams est seule dans la maison, Houlihan. C'est hors de question. J'y vais immédiatement.

Houlihan mit du temps avant de réagir. Il avait les nerfs à fleur de peau. Ils étaient tous sous pression. Et voilà que l'agent McAllister perdait la tête, aussitôt imitée par son ex-mercenaire de frère. Les radios crépitaient, tout le monde voulait comprendre ce qui se passait, ce qu'il fallait faire. Ce n'était pas le moment de céder à la panique. Beckett avait raison, au fond. Le secret, c'était la discipline. Houlihan prit une grande aspiration et répondit :

— N'oubliez pas que Beckett a toutes les armes qu'il a volées chez Difford. Vous avez votre gilet pare-balles?

— Oui. Je me réfugierai à l'intérieur. Vous, concentrez-vous sur tout ce qui se passe dehors.

Quincy sortit son 9 mm et l'arma. Dans un tiroir de la camionnette spécialement équipée, il prit deux chargeurs supplémentaires et les glissa dans sa poche. Il salua Houlihan de la tête, puis descendit.

Houlihan ferma à clé derrière lui. Il était désormais tout seul. Ses yeux pourchassaient toutes les ombres. Il se rassit.

Vingt et une heures quarante et une, et son équipe était déjà dispersée.

Ce n'était pas bon signe.

Dans la salle du QG, une opératrice agita la main en direction du sergent.

— J'ai au bout du fil une vieille dame qui dit savoir où est Jim Beckett.

— Où?

L'opératrice soupira. Elle croyait avoir tout entendu, ces dernières semaines. Elle commençait à douter sérieusement de l'intelligence de l'homme.

— Elle prétend que Jim Beckett est sa voisine, une femme de soixante ans à la retraite.

— Jim Beckett est une femme de soixante ans?

— Oui, monsieur.

— Bon sang! À quoi est-ce que je pensais? Pourquoi me faites-vous perdre mon temps?

— Parce qu'elle affirme aussi avoir Samantha Williams auprès d'elle. Elle dit qu'elle téléphone d'une station-service, que Martha va les retrouver d'un moment à l'autre et qu'elle craint pour sa vie autant que pour celle de Samantha. J'entends des bruits de circulation, dans le fond, et ce qui ressemble à des pleurs d'enfant. Elle dit qu'elle ne raccrochera pas tant qu'on ne lui enverra pas du renfort et moi, je la crois.

Le sergent lui fit signe de lui prêter son casque.

— Allô? Ici le sergent McMurphy. Qui êtes-vous? Edith? Edith Magher? En quoi puis-je vous être utile, Edith?

Il fronçait les sourcils. Edith Magher. Ce nom lui disait quelque chose. Il jeta un coup d'œil sur sa liste de noms, pendant que son interlocutrice lui racontait une histoire de jeunes filles qui hantaient sa véranda et d'une voisine de soixante ans qui aimait fumer le cigare... une voisine trop grande, trop forte, aux yeux trop bleus...

Elle ne figurait nulle part sur son document. Il revint en arrière de quelques jours. Il perçut un sanglot. La dame dit à quelqu'un de ne pas s'inquiéter, que tout allait s'arranger. Puis elle recommença à lui parler de jeunes filles mortes qui montaient dans la Nissan et de Martha/Jim Beckett qui partait. Mais Martha/Jim savait qu'elle savait et, tôt ou tard, Martha/Jim la rattraperait.

Le regard du sergent tomba sur la liste des numéros de téléphone sur laquelle travaillait l'équipe A. Soudain, un nom lui sauta à la figure. Edith Magher. Shelly Zane avait transféré sept appels chez cette femme au cours des deux dernières années.

Le sergent saisit l'épaule de l'opératrice avec une telle force que celle-ci grimaça de douleur. Il lui montra l'écran.

— Vite! Il me faut absolument l'adresse de cette personne!

Beckett lui immobilisa d'abord le bras. Marion ne s'affola pas, elle ne voulait pas lutter trop vite. Elle le laissa l'entraîner derrière les arbres, tout en échafaudant son plan d'attaque. Il la croyait sans défense. Elle ne l'était pas, mais elle devait se garder de dévoiler son jeu trop vite. Avec un homme comme Beckett, l'effet de surprise primait par-dessus tout.

Elle leva le pied et l'abattit avec force sur ses orteils. Il s'écarta, perdant l'équilibre. D'un mouvement preste, elle lui échappa, lui abandonnant son manteau.

Elle pivota vers lui en sortant son pistolet, mais il lui expédia un coup de poing magistral en plein menton. La tête de Marion bascula en arrière.

Ignore la douleur, se recommanda-t-elle en visant. Il lui bloqua l'avant-bras avec sa matraque. Ses doigts s'engourdirent. L'arme se balança un instant et elle crut qu'elle allait la lâcher. Si elle tombait par terre, c'en serait fini avant même d'avoir commencé.

Ne lâche pas!

Elle s'en empara de la main gauche et tira à trois reprises.

Beckett esquiva, avant de plonger vers elle. Il la plaqua contre un tronc d'arbre, lui coupant le souffle. Elle réagit instinctivement en le frappant dans la nuque avec le canon de son pistolet. Il grogna et resserra son étreinte. À force de lever des poids pendant deux ans au gymnase de la prison, il avait acquis une force redoutable. Son épaule s'appuya sur son diaphragme, lui écrasant les poumons.

Elle était incapable de tirer. Ses mains refusaient de fonctionner. De petites taches blanches dansaient devant ses yeux. Elle tenta de lever le genou. Il riposta sans effort. Elle tira sur ses cheveux, lui arrachant sa perruque.

Le monde se mit à tourbillonner. Sa poitrine la brûlait, son corps manquait d'oxygène. L'écorce de l'arbre lui râpait le dos. Il existait mille et une façons d'étrangler une victime. Elle avait oublié ce détail.

Pardon, J. T.

Sur cet ultime éclair de lucidité, elle appuya sur la détente, histoire d'avertir la population de sa situation. Puis elle s'attaqua à l'épaule de Beckett, en quête de sa plaie par balle.

Cela ne servit à rien.

Beckett compta jusqu'à huit et le corps de Marion s'avachit.

Il la laissa glisser à terre, recula d'un pas, chancela comme un ivrogne. Il avait mal au cou, là où elle l'avait frappé. Lorsqu'il essaya de la fixer, il vit double.

Il n'avait pas le temps de céder à ces faiblesses. La discipline…

Il leva sa matraque pour en finir. Un, deux, trois. Avec un peu de pratique, on devenait très efficace.

Il s'enfuit à toutes jambes en se débarrassant de son uniforme. Rideau sur l'acte un. Il était temps d'entamer l'acte deux.

J. T. entendit les coups de feu en arrivant dans Main Street. Il vira à droite dans Hoxsey Street, bousculant sur son passage des étudiants qui se figèrent, ahuris, en le regardant s'éloigner.

— Écartez-vous ! glapit-il. Poussez-vous de là !

Il sut tout de suite qu'elle était là, car quelques personnes se déplaçaient à l'entrée du chemin, conscientes qu'il venait de se dérouler un drame, mais n'osant pas s'approcher.

J. T. se servit de son bras plâtré pour se faufiler entre elles.

— Police ! mentit-il. Appelez vite le 911 !

— J'ai vu un type qui s'enfuyait parmi les arbres, déclara un étudiant.

— On aurait dit un gardien du campus.

— Quels idiots, ceux-là, marmotta un de ses camarades. Il a sans doute voulu tirer sur un rat, à moins que ce ne soit sur ses orteils.

J. T. se propulsa en avant. En passant le cinquième tronc, il la vit, ses longs cheveux blonds répandus autour du visage. Des filets rouges commençaient à se mêler aux mèches.

— Non ! Non, non, non !

Il tomba à genoux. Il lui prit la main. Il la saisit par les épaules et la serra contre lui. Sa tête roula en avant.

Tout ce sang. Comme dans leur enfance, il pria le ciel pour qu'elle survive.

Les forts en coussins, les bandes dessinées.

L'équitation, les « suicides ».

Ne me laisse pas. Ne t'en va pas. Reste avec moi.

Merry Berry au pied de son lit, le suppliant de lui venir en aide.

Beckett se déplaça à toute allure dans la pénombre. Parvenu devant une haie, il s'arrêta pour récupérer. Il était à bout de souffle. Il avait les joues brûlantes, la nuque douloureuse et enflée.

Ce genre d'incident n'était pas prévu.

La sensation d'euphorie s'estompait. L'épuisement menaçait de prendre le dessus. Il secoua la tête, décidé à poursuivre coûte que coûte.

Il avait sa lettre *h*.

Il faudrait procéder à quelques ajustements. Edith connaissait sa véritable identité. Elle avait Samantha. Il avait pensé un moment se lancer à leur poursuite, mais il ne pouvait pas tuer une vieille dame devant sa fille. Il verrait cela plus tard. Il montrerait à Edith ce qui se passait quand on avait l'audace de se mettre en travers de son chemin. Il récupérerait Samantha ensuite. Il l'avait déjà fait, il pouvait parfaitement recommencer.

Teresa était toujours dans les parages et, pour l'heure, c'était le plus important. Ils avaient suffisamment parlé d'elle par le biais de leurs fréquences radio pour qu'il comprenne l'invitation.

Il était impatient de la revoir.

Il passa une main sur le costume sombre qu'il avait pris la précaution d'enfiler sous son uniforme. De sa poche, il sortit quatre lingettes pour se démaquiller. Puis il se coiffa d'une perruque à cheveux courts et bruns et percha une paire de lunettes sur son nez.

Il détacha le fusil à canon scié qu'il avait sous son bras. Une véritable mine d'or, le meuble de Difford.

Il était prêt.

Tess se tourna vers Quincy.

— Vingt-deux heures, chuchota-t-elle. Où est-il?

— Il a donné signe de vie? s'enquit l'agent spécial par talkie-walkie.

— Rien, répondit Houlihan. En revanche, on nous a fait part d'un incident du côté de Hoxsey Street. Des coups de feu. La patrouille Omega est en route…

Un grésillement, puis une nouvelle voix.

— Ici le tireur A. Il est vingt-deux heures. J'aperçois B, mais je n'ai aucune nouvelle de C. Confirmez, s'il vous plaît.

De nouveau, Houlihan fut sur le réseau.

— Tireur C, au rapport. Tireur C…

Silence.

— Tireur C?

Silence, toujours. Tess et Quincy échangèrent un regard.

— Quelqu'un voit-il le tireur C?

— Ici B. Je distingue A, au coin ouest. Je ne vois pas C, à l'est. Je répète, je ne vois pas C à l'est. Confirmez, Tireur A.

— Ici A. Rien en vue. Je demande l'autorisation de vérifier.

— Autorisation refusée! prononça Houlihan d'un ton monocorde. Maintenez votre position. J'appelle du renfort. Brigade spéciale? Plan rouge, je répète, plan rouge!

Sous l'œil inquiet de Tess, Quincy sortit les deux chargeurs de secours et les plaça sur la table à côté de lui. Il leva son 9 mm et le dirigea sur la porte.

— Vous avez une arme, mademoiselle Williams?

— Oui.

— C'est le moment ou jamais de la prendre. N'oubliez pas qu'il est ici pour tuer. Il ne négociera pas. Vous avez bien compris?

— Oui. Je n'hésiterai pas.

— Très bien.

— Monsieur, laissez-nous l'emmener. Vous devez nous la laisser, à présent.

J. T. contempla l'homme d'un regard vide. Il était en blouse blanche et portait une mallette de premier secours rouge. Derrière lui, les sirènes hurlaient.

— Monsieur, insista l'infirmier... C'est à nous de prendre la relève. Quelqu'un m'a dit que vous étiez de la police.

Petit à petit, ses paroles arrivèrent jusqu'à lui. J. T contempla Marion, la tête molle dans ses bras. Il avait mal. Horriblement mal. Il plaça sa petite sœur dans les bras du secouriste.

— Il faut que j'y aille. Prenez bien soin d'elle, je vous en prie.

Il se mit à courir.

L'autre le rappela, mais il ne l'écoutait pas.

Une voix lui dictait de se dépêcher. *Tue Jim Beckett, tue Jim Beckett, tue Jim Beckett...*

Il courut comme un possédé.

— Monsieur! Monsieur! Ici la patrouille Omega. Une femme a été abattue dans Hoxsey Street. Beckett est dans les parages!

Tess cacha sa tête entre ses genoux et s'obligea à respirer calmement. La radio de Quincy crachait une cacophonie de rapports.

— Ici la patrouille Alpha. Je répète, ici Alpha. Nous sommes sur le toit, au coin est. C est introuvable.

— Ici Omega. L'agent McAllister est tombé.

— Le salaud! hurla Quincy en abattant le poing sur la table.

Tess sursauta.

— Le suspect était en tenue de gardien du campus. Il a été aperçu pour la dernière fois se dirigeant vers le nord. Nous sommes à sa poursuite. Mobilisation totale demandée…

— La brigade spéciale est alertée et…

— Ici Alpha, au coin est. Nous avons trouvé le tireur C. Mon Dieu! ... Nous avons trouvé C… Vite! Du renfort! Je crois que je l'ai vu, là-haut. Il est sur le toit, nom de nom, sur le toit!

Quincy et Tess perçurent des bruits de pas précipités.

— Maintenez vos positions! Maintenez vos positions! rugit Houlihan. Je vous dis de maintenir vos positions, bon sang de bon sang!

Des coups de feu explosèrent. Le cri rauque d'un homme.

— Difford! Oh, mon Dieu! Mon Dieu!

Houlihan se mit à crier à tue-tête.

— Que se passe-t-il? gémit Tess.

— Je n'en sais rien.

Quincy avait blêmi. Il fixait le plafond.

J. T. surgit au coin de la rue. Il entendit les coups de feu et le cri. Il était encore trop loin pour voir quoi que ce soit. Il comprit simplement que c'était la panique.

La sonnette de la porte d'entrée retentit, suivie de coups répétés.

— Ouvrez, mademoiselle Williams! Ici le détective Teitel, de la police d'État du Massachusetts. On m'envoie pour monter la garde.

— Écartez-vous! ordonna Quincy à Tess.

Elle ne se fit pas prier. Elle s'adossa au mur, la main tremblante sur son pistolet.

Quincy s'approcha de la porte en restant sur le côté.

— Montrez-moi votre badge!

— Pas de problème.

Quincy se rapprocha du judas.

Le coup de feu fit exploser la porte et le propulsa de l'autre côté de la pièce.

Un cri s'éleva dans la pièce. Tess mit plusieurs secondes à comprendre que c'était le sien.

J. T. continua de courir. Une vague d'hommes en noir déferla sur les toits. Les hurlements des sirènes déchiraient l'air. Une ambulance passa en mugissant et il eut à peine le temps de s'esquiver.

Il se tordit la cheville et tomba lourdement.

De nouveau, des coups de feu.

Il se remit debout, repartit.

Je vais tuer Jim Beckett, je vais tuer Jim Beckett.

— Les bottes de foin! Les bottes de foin! s'écria Tess en essayant de se positionner pour tirer.

Jim visa Quincy, qui gisait à terre.

— Je vais te tuer, Teresa, annonça-t-il calmement. La question que je me pose, c'est de savoir combien de flics vont tomber avec toi.

Les larmes ruisselaient sur ses joues. *N'hésite pas! N'hésite surtout pas!*

Quincy émit un râle. Il avait le visage ensanglanté, hérissé de bouts de bois. Cependant, elle savait qu'il portait un gilet pare-balles. Le pire était sans doute évité.

Jim arma son fusil.

La silhouette de J. T. apparut dans l'embrasure. Tess ne put s'empêcher de diriger son regard dans cette direction. Jim se tourna tranquillement et tira.

— *Non!*

Tess eut l'impression que ses tympans éclataient. J. T. retomba en arrière, vers l'extérieur. Il s'écroula, les membres en croix comme un personnage de dessin animé. Cette violence ne cesserait-elle donc jamais?

Elle tenta d'appuyer sur la détente. Jim s'empara de son arme en lui tordant le bras. Elle s'effondra à genoux.

— Nous agirons à ma façon, déclara-t-il en la traînant jusqu'à l'étage.

Son épaule était tachée de rouge. L'avait-elle touché? Elle n'arrivait plus à réfléchir. Elle ne sentait rien. Ses oreilles bourdonnaient. Le dément était sur le point de gagner. Jim avait repris le contrôle de la situation.

Non! Non! Non!

Elle lui donna des coups de pied dans les jambes, s'efforçant d'atteindre ses rotules. Il esquiva. Avec sa main libre, elle le frappa dans le creux des reins. Il la gifla. Elle le mordit à l'épaule, puis s'attaqua à son oreille. Il la repoussa avec une telle force qu'elle rebondit contre le mur et s'écroula. Elle trouva néanmoins la force de se relever et de viser son entrejambe.

Bats-toi! Bats-toi! Bats-toi! Elle se battit.

Telle une bête enragée, Jim se dressa devant elle, jeta au loin son fusil, la saisit par les épaules et la tira vers lui. Elle le frappa à l'épaule avec le plat de la main. Il grogna de douleur.

Puis il mit les doigts autour de son cou et serra.

Elle tomba à genoux, luttant désespérément, vainement. Croyant percevoir du bruit en bas, elle continua de se défendre pour gagner un peu de temps. Elle n'avait pas envie de mourir. Mille et une étoiles dansaient devant ses yeux, mais elle refusait de céder.

Elle avait accompli trop de chemin pour tomber aux mains de Jim maintenant. Elle vaincrait.

Jim eut un sourire cruel.

Les poumons de J. T. allaient sûrement éclater. Il était mourant. La chaussée était trop froide sous son corps.

Il se dit que Merry Berry viendrait à son secours, puis il se rappela…

Il se hissa sur le coude, entendit le claquement de la chair humaine frappant la chair humaine. Tess!

Il se leva, furieux, une main sur les côtes, s'accrocha au chambranle de la porte.

Il se concentra sur la douleur.

Le colonel avait élevé un fils capable de parcourir cinq kilomètres avec une cheville cassée. Voilà ce que c'était que d'être un homme.

Il trouva son petit couteau de chasse, toujours accroché à l'intérieur du plâtre et s'avança jusqu'à l'escalier.

Les sirènes rugissaient. Partout, des hommes criaient.

Qu'ils viennent, tous! Qu'ils viennent!

Jim l'aperçut du coin de l'œil. Il lâcha Tess pour attraper son fusil. Il ne vit le couteau qu'à l'instant où celui-ci s'enfonçait dans la chair de son épaule.

Il le fixa un moment sans comprendre. J. T. était sur le palier.

Dans un rugissement de rage, il chargea.

Il saisit Beckett par la taille et tous deux tombèrent avec fracas. Un liquide tiède remplit la bouche de J. T.

Il entrouvrit les lèvres et le sang gicla. Le goût métallique accentua sa furie.

Beckett le cribla de coups de poing dans le dos. J. T. s'arc-bouta, atteignant Beckett sous le menton avec sa tête. Puis il agrippa le manche du couteau et tourna.

Beckett vacilla en poussant un cri de douleur. J. T. remarqua vaguement les cernes sous ses yeux, l'aspect émacié de son visage. Beckett avait perdu dix kilos depuis qu'il s'était échappé de prison et cela se voyait.

Il n'avait pas l'air de s'en ressentir, pourtant. Il n'était conscient que du bourdonnement dans ses oreilles. Les sirènes, les hurlements, le bruit concouraient à décupler son énergie.

Il s'empara de la matraque qu'il cachait sous un bras et prit son élan.

La première fois, J. T. parvint à éviter le coup. La deuxième aussi. La troisième atterrit sur ses côtes déjà brisées. La douleur le transperça. Il tomba.

Au-dessus de lui, la matraque effectua un arc de cercle. Il entendit le sifflement, sentit le courant d'air.

Il ordonna à son corps de rouler. Encore une fois, en direction de l'escalier. Ses muscles mirent un temps fou à répondre.

La matraque s'abattit sur lui.

Au même instant, le coup de feu partit et Beckett fut projeté sur le palier. Tess était là, le fusil entre les mains, le visage maculé de poudre. Elle inséra une deuxième cartouche.

Un gémissement s'échappa des lèvres de Jim. J. T. la vit vaguement s'approcher de son ex-mari. Elle ne pleurait pas. Elle était impassible. Pâle, mais très calme. Il pensa à Marion, tandis que Tess pointait l'arme sur Jim et tirait.

À travers le nuage de fumée, elle rencontra le regard de J. T.

— C'est fini, chuchota-t-elle d'une voix rauque.

Jim ne bougeait plus. Tess laissa le fusil glisser à terre. Elle berça J. T. contre elle et attendit que les policiers les rejoignent.

Au sud de Lennox Street, le véhicule de police freina brutalement devant la station-service.

La dame qui s'apprêtait à payer son essence se retourna. Le pompiste s'immobilisa. Les flics cherchèrent des yeux la cabine téléphonique.

Une femme âgée, au visage sombre et aux mains tavelées, apparut. Une fillette blonde s'accrochait à son cou.

— Edith? demanda l'un des agents.

Elle hocha la tête et il s'approcha avec prudence, car la petite fille était visiblement terrorisée.

— Je veux ma maman, chuchota-t-elle.

— Je sais, ma chérie. Tu es bien Samantha Beckett, n'est-ce pas?

Elle acquiesça, sans relâcher son étreinte autour du cou d'Edith.

Il la gratifia d'un sourire rassurant.

— Ne t'inquiète pas. Nous allons t'amener jusqu'à ta maman, Samantha. Tu vas rentrer à la maison.

Épilogue

Son arrivée provoqua des remous.

Elle se tenait dans l'embrasure du bar de Nogales, longue, fine, ravissante. Toutes les têtes se tournèrent vers elle. Les queues de billard s'immobilisèrent devant les boules. Les verres se figèrent à portée des lèvres entrouvertes. Des regards voraces transpercèrent le nuage de fumée pour s'attarder sur la silhouette fine en robe de coton blanc.

Elle entra.

Sa démarche décourageait toute tentative. Elle savait où elle allait. En silence, on la suivit des yeux, filant sa trajectoire et la devançant dans l'espoir de reconnaître l'heureux élu. Dès que l'on vit de qui il s'agissait, les regards se détournèrent vivement.

Si elle pouvait le dompter, tant mieux pour elle. Eux avaient appris à se tenir à l'écart.

Il était penché sur un verre au contenu de couleur ambrée. Sa chemise bleue froissée tombait négligemment par-dessus un jean délavé. Ses cheveux noirs n'avaient pas vu les ciseaux d'un coiffeur depuis longtemps. Son visage était émacié, assombri par une barbe mal rasée.

Certaines femmes le trouvaient séduisant. Il semblait ne pas les voir.

Il venait là jour après jour. Il buvait. Il jouait au billard. Il buvait encore.

La mystérieuse jeune femme était près de lui. Elle se percha sur un tabouret en skaï déchiré. Elle le dévisagea tranquillement. Il ne leva pas les yeux.

— Je t'aime, déclara-t-elle simplement.

Il souleva péniblement les paupières. Il semblait n'avoir pas dormi depuis des semaines. Un mois s'était écoulé depuis leur dernière rencontre. La police lui avait ramené Samantha. Beckett avait été transporté à l'hôpital où on avait constaté sa mort. J. T. et Quincy avaient reçu des soins. Tous deux souffraient de côtes brisées et J. T. avait un poumon perforé. Elle lui avait rendu visite chaque jour, pendant une semaine. Il n'avait réagi ni à sa voix ni à sa présence. Par moments, elle s'était demandé s'il n'aurait pas préféré mourir.

Puis, un jour, il avait disparu. Il avait revêtu ses habits tachés de sang et était sorti, tout simplement. Le personnel hospitalier n'avait rien pu faire pour le retenir. Depuis, il était introuvable.

Le corps de Difford avait été descendu du toit où Jim l'avait placé pour donner le change après avoir tué le tireur d'élite. Tess avait assisté aux obsèques des deux hommes.

Deux jours plus tard, elle s'était rendue aux funérailles de Marion. Celle-ci reposait désormais auprès de son père, à Arlington. J. T. n'avait pas reparu pour l'occasion. Il s'était volatilisé. Tess avait compris qu'il était retourné à Nogales.

— Que fais-tu ici? demanda-t-il d'une voix rauque.

Était-ce l'effet du whisky ou du tabac? Les deux peut-être. Il se mit à tripoter un étui à cigarettes. Celui de Marion.

— Tu ne devrais pas être là, dit-elle.

Il l'examina de bas en haut.

— Trop virginal, commenta-t-il. Ça ne m'intéresse pas.

— Reviens à la maison, J. T.

Elle lui effleura la joue. Sa barbe était si longue qu'elle en était devenue soyeuse. Elle suivit les contours de sa mâchoire, de sa bouche. Elle se languissait de lui. Elle avait mal pour lui.

— Dis-moi comment je peux t'aider.

— Va-t'en.

— Je ne peux pas.

— Les femmes essaient toujours de changer les hommes. Elles croient qu'on vaut mieux que ce qu'on montre mais, en vérité, elles se trompent. Je suis ce que je suis. Ma chérie, tu me vois sous mon vrai jour.

— Tu es qui tu es, mais là, tu n'es qu'un ivrogne. Je t'ai vu sobre. Cet homme-là, j'y tiens énormément. C'est un des êtres les plus extraordinaires que j'aie jamais connus.

Il contempla son verre. Son visage s'empourpra de honte.

— Je suis comme hanté par les souvenirs, avoua-t-il brusquement. Je ferme les yeux, je vois Rachel et Marion, encore et encore. Parfois, elles sont heureuses. Parfois, elles sont tristes. Je n'y peux rien. Je leur tends la main et, pouf!, elles disparaissent.

Il fit mine d'attraper une mouche invisible.

Tess ne savait quoi répondre. Elle fit de son mieux. Elle l'embrassa. Il ne sentait ni l'alcool ni le tabac. Plutôt le jus de pommes.

— Du jus de pommes? s'étonna-t-elle.

— Ouais, avoua-t-il, penaud. J'ai essayé le whisky. J'ai vraiment essayé. Chaque fois que je levais mon verre, je voyais Marion qui secouait la tête. Nom de nom… je ne bois plus une goutte d'alcool!

— Tu verras, ça ira mieux, avec le temps.

Il ne parut guère convaincu. Tess lui caressa de nouveau le visage.

— Je t'aime, J. T.

Il grogna comme une bête prise au piège. Il ferma les yeux.

— Pourquoi ne t'en vas-tu pas? Laisse-moi tranquille. Tu l'as tué, tu as survécu, ça ne te suffit donc pas?

— Je ne veux pas vivre dans le passé.

— Je ne peux pas y échapper.

— Si, mais cela prendra du temps.

Elle abandonna son tabouret et vint se glisser sur ses genoux. Dans le bar, peu de gens s'en aperçurent. Elle posa la tête sur son épaule et, après une légère hésitation, le sentit placer les bras autour de sa taille.

Il se mit à trembler.

— Parle-moi, murmura-t-elle.

— Je t'aime. Je t'aime tant.

Il mourait à petit feu et personne ne pouvait plus rien pour lui. Il ne pouvait aller nulle part sans voir Marion gisant au pied de l'arbre, il ne pouvait s'asseoir nulle part sans voir Rachel agiter la main, avec le petit Teddy sur la banquette arrière. *Pense à moi lorsque j'étais jeune. Pour ton bien et pour le mien.*

Il se redressa. Ses joues étaient maculées de larmes. Il s'en fichait complètement.

— Aide-moi à redevenir un être à part entière.

Elle le serra contre lui. Elle sentait la rose. Il inhala son parfum, se laissa enivrer.

— Viens. Je veux que tu reviennes à la maison. Je veux te présenter ma fille.

Il l'embrassa.

Il se laissa entraîner.

Un an environ après cette nuit tragique, il rêva, pour la première fois de Marion et de Rachel dans un champ de fleurs sauvages, vêtues de robes blanches et coiffées de chapeaux de paille. Teddy ramassait des marguerites à leurs pieds. Ils bavardaient, riaient, profitaient pleinement de la journée.

J. T. se tenait à la lisière du champ, invisible à leurs yeux, impossible à toucher.

« Ridicule », songea-t-il en se réveillant. « Grotesque ». Pourtant, ce rêve resta gravé dans sa mémoire.

Il aimait se souvenir d'eux heureux.

Il se tourna sur le côté et posa les bras autour de la taille souple de sa femme.

— Un cauchemar? murmura-t-elle d'une voix ensommeillée.

— Non.

— Tant mieux. Cesse de tirer la couverture de ton côté.

Elle se rendormit. Il remonta les draps et se coula contre elle. Elle chuchota son prénom et, sans se réveiller, répondit à son étreinte.

Peter Blauner

VERS L'ABÎME

Accusé d'avoir assassiné une jeune femme à coups de marteau, Julian Vega, d'origine portoricaine, a passé deux décennies derrière les barreaux. À 37 ans, libéré pour vice de procédure, il n'a qu'une obsession : prouver son innocence.

Mais a-t-on droit aujourd'hui, dans une ville comme New York, à une seconde chance ? Surtout lorsque l'inspecteur qui a extorqué vos aveux vous harcèle, et n'hésite pas, à peine sorti de prison, à vous coller un second meurtre sur le dos.

Un flic sur le déclin, qui nage en plein brouillard. Un homme en quête de rédemption, qui n'a plus sa place dans la société. L'un plonge vers l'abîme, l'autre cherche à sortir du gouffre.

Torturés par des sentiments de dépossession, de culpabilité, de colère, les personnages de Peter Blauner donnent à ce thriller sa coloration : froide, noire, violente…

Né à New York en 1959, **Peter Blauner** *a d'abord été journaliste d'investigation au* New York Magazine *avant de se tourner vers la fiction. Son premier roman,* L'Irréductible *(Flammarion, 1992), a reçu le célèbre prix Edgar Allan Poe. On lui doit également* L'Intrus *(Le Rocher, 1997),* Casino Moon *(Gallimard, 1998),* Temps de chien sur la ville *(Belfond, 2002) et* Le Dernier Beau Jour *(Seuil, 2006).*

« Un thriller psychologique qui vous noue l'estomac
jusqu'à la dernière page. »
Time Magazine

ISBN 978-2-35287-103-3 / H 50-5678-3 / 554 pages / 8,50 €

Andrew Klavan

LA DERNIÈRE CONFESSION

Psychiatre, Calvin Bradley dirige le Manoir, une clinique privée. Père de trois enfants, l'époux de Marie, est un homme comblé. Jusqu'au jour où on lui confie un bien étrange patient.

Peter Blue, dix-neuf ans, a, dans un accès de folie, frappé sa petite amie, incendié une église et menacé d'une arme un représentant de la loi…

Au fil de leurs séances, Calvin découvre peu à peu le doute, la trahison et la peur… Les troubles dont souffre Peter semblent intimement liés au passé de Marie, dont Calvin ignore les recoins les plus sombres.

Un drame couve, mais quand la vérité prend forme, Calvin Bradley se tait… Un remords qu'il lui faut aujourd'hui confesser !

Andrew Klavan est né à New York en 1954. Ancien journaliste de radio et de presse écrite, il vit à Santa Barbara (Californie). Il a été deux fois lauréat du prestigieux Edgar Award, distinction accordée aux États-Unis au meilleur roman à suspense de l'année, pour Présumé coupable (Lattès, 1998), adapté au cinéma par Clint Eastwood, et pour Pas un mot… (L'Archipel, 2001), porté à l'écran avec Michael Douglas.

ISBN 978-2-35287-170-5 / H 50-7050-3 / 320 pages / 6,50 €

Tami Hoag

CONTRE TOUTE ÉVIDENCE

À Minneapolis va s'ouvrir le procès de Karl Dahl, un marginal soupçonné d'avoir violé puis torturé une mère de famille et deux enfants avant de les tuer – des crimes d'une barbarie inouïe qui ont marqué l'opinion publique.

Aussi la juge Carey Moore met-elle le feu aux poudres quand elle décide que les antécédents judiciaires de Dahl ne seront pas pris en compte lors des débats. Est-ce pour cette raison qu'elle est agressée?

Afin de la protéger, elle est dès lors placée sous la surveillance de Sam Kovac et de sa partenaire Nikki Liska, deux flics de la criminelle.

La routine pour eux. Jusqu'à ce que Dahl s'évade…

*Avec plus de 25 millions de livres vendus dans le monde, **Tami Hoag** est considérée aux États-Unis comme l'une des plus sérieuses rivales de Patricia Cornwell. En France ont entre autres paru* Meurtre au porteur *(Archipoche, 2009).*

« Les rebondissements de l'intrigue sont faits pour tenir le lecteur en haleine jusqu'à la dernière page de ce thriller, qui se referme sur une note romantique. »
Booklist

ISBN 978-2-35287-221-4 / H 50-8433-0 / 480 pages / 7,50 €

Joyce Carol Oates

L'AMOUR EN DOUBLE

Molly Marks, jeune et jolie femme de vingt-sept ans, décide
– plus par désœuvrement que par nécessité – de suivre une
thérapie chez le Dr Jonathan McEwan, qui ne tarde pas à devenir
son amant.

Quand Molly apprend qu'il a un frère jumeau, également
psychiatre, avec qui il est en froid, elle décide de découvrir
la raison de la brouille.

Molly se présente chez James McEwan sous une fausse identité.
Et elle en devient la maîtresse…

Désormais, elle ne cesse de comparer les jumeaux : leurs manies,
leur façon de faire l'amour, leur écriture…

Mais James et Jonathan l'ont vite percé à jour. Et les mensonges
de Molly se retournent peu à peu contre elle…

Née en 1938, **Joyce Carol Oates** *est l'un des écrivains américains les
plus talentueux de sa génération. Sous le pseudonyme de Rosamond
Smith, elle a publié plusieurs thrillers, dont* Double diabolique, Œil
de serpent, *et* Le Sourire de l'ange, *tous disponibles en Archipoche.*

traduit de l'anglais (États-Unis)
par Anne Rabinovitch

ISBN 978-2-35287-290-0 / H 50-8749-9 / 264 pages / 7,50 €

Cet ouvrage a été composé
par Atlant'Communication
au Bernard (Vendée)

Impression réalisée par

BRODARD & TAUPIN

La Flèche
en septembre 2013
pour le compte des Éditions Archipoche

Imprimé en France
N° d'édition : 198
N° d'impression : 3002333
Dépôt légal : janvier 2012